全国计算机技术与软件专业技术
资格(水平)考试试题分类精解

系统集成项目
管理工程师考试
试题分类精解 （第2版）

希赛教育软考学院　罗永红　张友生　主编

电子工业出版社·
Publishing House of Electronics Industry
北京·BEIJING

内容简介

本书由希赛教育软考学院组织编写，作为计算机技术与软件专业技术资格（水平）考试中的系统集成项目管理工程师级别考试的辅导与培训教材。本书根据最新的系统集成项目管理师考试大纲，对历年考试试题进行了分析和总结，对考试大纲规定的内容有重点地进行了细化和深化。考生可通过阅读本书掌握考试大纲规定的知识点、考试重点和难点，熟悉考试方法、试题形式、试题的深度和广度、考试内容的分布，以及解答问题的方法和技巧。

本书适合参加系统集成项目管理工程级别考试的考生参考阅读，也适合参加信息系统项目管理师级别和信息系统监理师级别考试参考阅读。

图书在版编目（CIP）数据

系统集成项目管理工程师考试试题分类精解 / 罗永红，张友生主编. — 2 版. — 北京：电子工业出版社，2011.3

（全国计算机技术与软件专业技术资格（水平）考试试题分类精解）

ISBN 978-7-121-13025-0

Ⅰ. ①系… Ⅱ. ①罗… ②张… Ⅲ. ①电子计算机－系统综合－项目管理－工程技术人员－资格考核－题解 Ⅳ. ①TP3-44

中国版本图书馆 CIP 数据核字（2011）第 033336 号

责任编辑：孙学瑛
特约编辑：顾慧芳
印　　刷：三河市鑫金马印装有限公司
装　　订：
出版发行：电子工业出版社
　　　　　北京市海淀区万寿路 173 信箱　　　邮编：100036
开　　本：787×1092　　1/16　　　印张：21　　　字数：523 千字
印　　次：2011 年 3 月第 1 次印刷
印　　数：5000 册　　定　　价：55.00 元

前　　言

随着 IT 项目规模越来越大，复杂程度越来越高，项目失败的概率也随之增长。因此，项目管理工作日益受到重视。从 2009 年上半年开始，全国计算机技术与软件专业技术资格（水平）考试（以下简称为"软考"）开设了系统集成项目管理工程师的考试，这将为培养项目管理人才，推进国家信息化建设和软件产业化发展起重要的作用。同时，国家人事部也规定，凡是通过系统集成项目管理工程师考试者，即可认定为计算机技术与软件专业工程师职称，由用人单位直接聘任，享受工程师待遇。2008 年 4 月，工业与信息化部规定，系统集成企业申报资质时，原来需要提供的项目经理资格证书，改为提供系统集成项目管理工程师证书，正式确定了系统集成项目管理工程师在 IT 企业中的地位。

《系统集成项目管理工程师考试试题分类精解（第 2 版）》是为软考中的系统集成项目管理工程师级别而编写的考试用书，全书分析了历年系统集成项目管理工程师考试的所有考题，尤其增加 2010 年的考题分析，对试题进行详细的分析与解答，对有关重点和难点进行了深入的分析。

作者权威，阵容强大

希赛教育（www.educity.cn）专业从事人才培养、教育产品开发、教育图书出版、在职业教育方面具有极高的权威性。特别是在在线教育方面，稳居国内首位，希赛教育的远程教育模式得到了国家教育部门的认可和推广。

希赛教育软考学院（www.csairk.com）是全国计算机技术与软件专业技术资格（水平）考试的顶级培训机构，拥有近 20 名资深软考辅导专家，负责了高级资格的考试大纲制订工作，以及软考辅导教材的编写工作，共组织编写和出版了 60 多本软考教材，内容涵盖了初级、中级和高级的各个专业，包括教程系列、辅导系列、考点分析系列、冲刺系列、串讲系列、试题精解系列、疑难解答系列、全程指导系列、案例分析系列、指定参考用书系列、一本通等 11 个系列的书籍。希赛教育软考学院的专家录制了软考培训视频教程、串讲视频教程、试题讲解视频教程、专题讲解视频教程等 4 个系列的软考视频，希赛教育软考学院的软考教材、软考视频、软考辅导为考生助考、提高通过率做出了不可磨灭的贡献，在软考领域有口皆碑。特别是在高级资格领域，无论是考试教材，还是在线辅导和面授，希赛教育软考学院都独占鳌头。

本书由希赛教育软考学院罗永红和张友生主编，参加编写的人员有桂阳、王冀、谢顺、施游、朱小平、李雄、何玉云、胡钊源、王勇。

在线测试，心中有数

上学吧（www.shangxueba.com）在线测试平台为考生准备了在线测试，其中有数十套全真模拟试题和考前密卷，考生可选择任何一套进行测试。测试完毕，系统自动判卷，立即给出分数。

对于考生做错的地方，系统会自动记忆，待考生第二次参加测试时，可选择"试题复习"。这样，系统就会自动把考生原来做错的试题显示出来，供考生重新测试，以加强记忆。

如此，读者可利用上学吧在线测试平台的在线测试系统检查自己的实际水平，加强考前训练，做到心中有数，考试不慌。

诸多帮助，诚挚致谢

在本书出版之际，要特别感谢全国软考办的命题专家们，编者在本书中引用了部分考试原题，使本书能够尽量方便读者的阅读。在本书的编写过程中，参考了许多相关的文献和书籍，编者在此对这些参考文献的作者表示感谢。

感谢电子工业出版社孙学瑛老师，她在本书的策划、选题的申报、写作大纲的确定，以及编辑、出版等方面，付出了辛勤的劳动和智慧，给予了我们很多的支持和帮助。

感谢参加希赛教育软考学院辅导和培训的学员，正是他们的想法汇成了本书的源动力，他们的意见使本书更加贴近读者。

由于编者水平有限，且本书涉及的内容很广，书中难免存在错漏和不妥之处，编者诚恳地期望各位专家和读者不吝指正和帮助，对此，我们将十分感激。

互动讨论，专家答疑

希赛教育软考学院（www.csairk.com）是中国最大的软考在线教育网站，该网站论坛是国内人气最旺的软考社区，在这里，读者可以和数十万考生进行在线交流，讨论有关学习和考试的问题。希赛教育软考学院拥有强大的师资队伍，为读者提供全程的答疑服务，在线回答读者的提问。

有关本书的意见反馈和咨询，读者可在希赛教育软考学院论坛"软考教材"版块中的"希赛教育软考学院"栏目上与作者进行交流。

希赛教育软考学院

2011 年 1 月

目 录
CONTENTS

目录
CONTENTS

目录
CONTENTS

第1章　信息系统开发基础

根据考试大纲，本章主要考查以下知识点：

（1）信息系统建设：信息系统的生命周期、各阶段目标及主要工作内容，信息系统开发方法；

（2）信息系统设计：方案设计、系统架构，设备、DBMS 和技术选型；

（3）软件工程：软件需求分析与定义，软件设计、测试与维护，软件质量保证及质量评价，软件配置管理，软件过程管理，软件开发工具，软件复用；

（4）面向对象系统分析与设计：面向对象的基本概念，统一建模语言与可视化建模，面向对象系统分析、面向对象系统设计；

（5）软件系统结构（软件架构）：软件体系结构定义，典型体系结构，软件体系结构设计方法，软件体系结构分析与评估，软件中间件。

试题 1（2009 年上半年试题 5）

与客户机/服务器（Client/Server，C/S）架构相比，浏览器/服务器（Browser/Server，B/S）架构的最大优点是　(5)　。

（5）A. 具有强大的数据操作和事务处理能力

　　B. 部署和维护方便，易于扩展

　　C. 适用于分布式系统，支持多层应用架构

　　D. 将应用一分为二，允许网络分布操作

试题 1 分析

C/S 架构（体系结构）是基于资源不对等，且为实现共享而提出来的，是 20 世纪 90 年代成熟起来的技术，C/S 架构定义了工作站如何与服务器相连，以实现数据和应用分布到多个处理机上。C/S 架构有三个主要组成部分，分别是数据库服务器、客户应用程序和网络。

C/S 架构将应用一分为二，服务器（后台）负责数据管理，客户机（前台）完成与用户的交互任务。服务器为多个客户应用程序管理数据，而客户程序发送、请求和分析从服务器接收的数据，这是一种"胖客户机"和"瘦服务器"的架构。其数据流图如图 1-1 所示。

在一个 C/S 架构的软件系统中，由于客户应用程序是针对一个小的、特定的数据集，如一个表的行来进行操作，而不是像文件服务器那样针对整个文件进行；对某一条记录进行封

锁，而不是对整个文件进行封锁，因此保证了系统的并发性，并使网络上传输的数据量减到最少，从而改善了系统的性能。

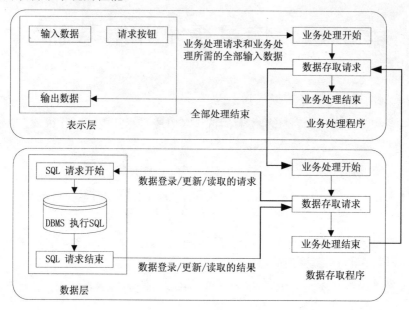

图 1-1　C/S 架构的一般处理流程

与二层 C/S 架构相比，在三层 C/S 架构中，增加了一个应用服务器。可以将整个应用逻辑驻留在应用服务器上，而只有表示层存在于客户机上。这种结构被称为"瘦客户机"。三层 C/S 架构是将应用功能分成表示层、功能层和数据层三个部分，如图 1-2 所示。

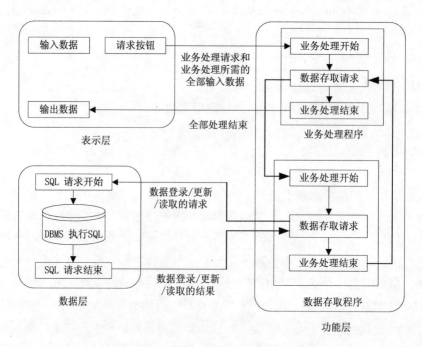

图 1-2　三层 C/S 架构的一般处理流程

在三层 C/S 架构中，中间件是最重要的构件。所谓中间件是一个用 API 定义的软件层，是具有强大通信能力和良好可扩展性的分布式软件管理框架。它的功能是在客户机和服务器或者服务器和服务器之间传送数据，实现客户机群和服务器群之间的通信。其工作流程是：当客户机里的应用程序需要驻留网络上某个服务器的数据或服务时，搜索此数据的 C/S 应用程序需访问中间件系统。该系统将查找数据源或服务，并在发送应用程序请求后重新打包响应，将其传送回应用程序。

在三层 C/S 架构中，表示层负责处理用户的输入和向客户的输出（出于效率的考虑，它可能在向上传输用户的输入前进行合法性验证）。功能层负责建立数据库的连接，根据用户的请求生成访问数据库的 SQL 语句，并将结果返回给客户端。数据层负责实际的数据库存储和检索，响应功能层的数据处理请求，并将结果返回给功能层。

B/S 架构风格就是上述三层应用结构的一种实现方式，其具体结构为：浏览器/Web 服务器/数据库服务器。B/S 架构主要是利用不断成熟的 WWW 浏览器技术，结合浏览器的多种脚本语言，用通用浏览器就实现了原来需要复杂的专用软件才能实现的强大功能，并节约了开发成本。

在 B/S 架构中，除了数据库服务器外，应用程序以网页形式存放于 Web 服务器上，用户运行某个应用程序时只需在客户端上的浏览器中输入相应的网址（URL），调用 Web 服务器上的应用程序并对数据库进行操作完成相应的数据处理工作，最后将结果通过浏览器显示给用户。可以说，在 B/S 模式的计算机应用系统中，应用（程序）在一定程度上具有集中特征。

基于 B/S 架构的软件，系统安装、修改和维护全部都在服务器端解决。用户在使用系统时，仅仅需要一个浏览器就可运行全部的模块，真正达到了"零客户端"的功能，很容易在运行时自动升级。B/S 架构还提供了异种机、异种网、异种应用服务的联机、联网、统一服务的最现实的开放性基础。

试题 1 参考答案

（5）B

试题 2（2009 年上半年试题 11）

UML 2.0 支持 14 种图，它们可以分成两大类：结构图和行为图。以下　(11)　说法不正确。

（11）A．部署图是行为图　　　　　　　　　B．顺序图是行为图

　　　 C．用例图是行为图　　　　　　　　　D．构件图是结构图

试题 2 分析

UML 是一个通用的可视化建模语言，它是面向对象分析和设计的一种标准化表示，用于对软件进行描述、可视化处理、构造和建立软件系统的文档。它记录了对所构造的系统的

决定和理解，可用于对系统的理解、设计、浏览、配置、维护和信息控制。UML 适用于各种软件开发方法、软件生命周期的各个阶段、各种应用领域以及各种开发工具，是一种总结了以往建模技术的经验并吸收当今优秀成果的标准建模方法。UML 标准包括相关概念的语义，表示法和说明，提供了静态、动态、系统环境及组织结构的模型。它可被可视化建模工具所支持，这些工具提供了代码生成器和报表生成器等。UML 标准并没有定义一种标准的开发过程，但它比较适用于迭代式的开发过程，是为支持大部分现存的面向对象开发过程而设计的。

UML 描述了系统的静态结构和动态行为，它将系统描述为一些独立的相互作用的对象，构成为外界提供一定功能的模型结构，静态结构定义了系统中重要对象的属性和服务以及这些对象之间的相互关系，动态行为定义了对象的时间特性和对象为完成目标而相互进行通信的机制。

UML 2.0 包括下列 14 种图。

（1）类图：展现了一组类、接口、协作和它们之间的关系。在面向对象系统的建模中所建立的最常见的图就是类图。类图给出系统的静态设计视图包含主动类的类图给出系统的静态进程视图。

（2）对象图：展现了一组对象以及它们之间的关系。对象图描述了在类图中所建立的事物的实例的静态快照。和类图一样，这些图给出系统的静态设计视图或静态进程视图，但它们是从真实案例或原型案例的角度建立的。

（3）构件图：展现了一个封装的类和它的接口、端口以及由内嵌的构件和连接件构成的内部结构。构件图用于表示系统的静态设计实现视图。对于由小的部件构建大的系统来说，构件图是很重要的。构件图是类图的变体。

（4）组合结构图：它可以描绘结构化类（例如构件或类）的内部结构，包括结构化类与系统其余部分的交互点。它显示联合执行包含结构化类的行为的部件配置。组合结构图用于画出结构化类的内部内容。

（5）用例图：展现了一组用例、参与者（一种特殊的类）及它们之间的关系。用例图给出系统的静态用例视图。这些图在对系统的行为进行组织和建模上是非常重要的。

（6）序列图（顺序图）和通信图：两者都是交互图。交互图展现了一种交互，它由一组对象或角色以及它们之间可能发送的消息构成。交互图专注于系统的动态视图。序列图是强调消息的时间次序的交互图；通信图也是一种交互图，它强调收发消息的对象或角色的结构组织。序列图和通信图表达了类似的基本概念，但每种图强调概念的不同视图，序列图强调时序，通信图强调消息流经的数据结构。

（7）状态图：展现了一个状态机，它由状态、转移、事件和活动组成。状态图展现了对象的动态视图。它对于接口、类或协作的行为建模尤为重要，而且它强调事件导致的对象行为，这非常有助于对反应式系统建模。

（8）活动图：将进程或其他计算的结构展示为计算机内部一步步的控制流和数据流。活动图专注于系统的动态视图。它对于系统的功能建模特别重要，并强调对象间的控制流程。

（9）部署图和制品图：展现了对运行时的处理结点以及在其中生存的构件的配置。部署图给出了体系结构的静态部署视图。通常一个结点包含一个或多个制品。制品图展现了计算机中一个系统的物理结构。制品包括文件、数据库和类似的物理比特集合。制品常与部署图一起使用。制品也展现了它们实现的类和构件。

（10）包图：展现了由模型本身分解而成的组织单元以及它们的依赖关系。

（11）定时图（时序图）：是一种交互图，它展现了消息跨越不同对象或角色的实际时间，而不仅仅是消息的相对顺序。

（12）交互概览图：是活动图和序列图的混合物。

以上图形可以分成两大类，分别是结构图和行为图。结构图表示系统的静态结构，属于静态模型，包括类图、组合结构图、构件图、部署图、制品图、对象图和包图；行为图表示系统的动态结构，属于动态模型，包括活动图、交互图、用例图和状态图，其中交互图是顺序图、通信图、交互概览图和定时图的统称。

试题 2 参考答案

（11）A

试题 3（2009 年上半年试题 65）

目前，企业信息化系统所使用的数据库管理系统的结构，大多数为 __(65)__ 。

（65）A．层次结构　　　　　　　　B．关系结构

　　　C．网状结构　　　　　　　　D．链表结构

试题 3 分析

大多数数据库系统都是基于某种数据库模型建立起来的。常见的数据库模型包括层次模型、网状模型、关系模型、对象关系模型、对象模型、多维模型等。下面，主要分析层次模型、网状模型和关系模型的特点。

层次模型是一种按照树状结构来组织数据的方式，对应数据结构中的树结构。层次模型主要用于早期大型机的数据库管理系统中和对 XML 文档数据的描述。这种模型适合描述两种数据之间存在一对多的父子关系的客观对象，例如，组织结构、产品结构、生物分类、XML 文档等数据。

网状模型是一种按照网状结构来组织数据的方式，对应数据结构中的图结构。在此结构中，每个节点都可能与其他节点之间建立关系。网状模型适合于描述具有冗余数据的数据元素之间的关系。

关系模型最早是由 E. F. Codd 于 1970 年基于关系代数理论提出的，目的是使得数据库管理系统独立于各种应用程序。关系模型的基本数据结构是用来描述实体的表，表是数据行

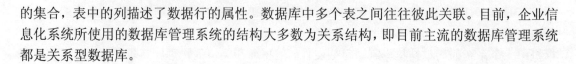

的集合，表中的列描述了数据行的属性。数据库中多个表之间往往彼此关联。目前，企业信息化系统所使用的数据库管理系统的结构大多数为关系结构，即目前主流的数据库管理系统都是关系型数据库。

试题 3 参考答案

（65）B

试题 4（2009 年上半年试题 66）

管理信息系统建设的结构化方法中，用户参与的原则是用户必须参与__(66)__。

（66）A. 系统建设中各阶段工作　　　　B. 系统分析工作

　　　C. 系统设计工作　　　　　　　　D. 系统实施工作

试题 4 分析

结构化方法是由结构化系统分析和设计组成的一种信息系统开发方法。结构化方法是目前最成熟、应用最广泛的信息系统开发方法之一。由于它假定被开发的系统是一个结构化的系统，因此，其基本思想是将系统的生命周期划分为系统调查、系统分析、系统设计、系统实施、系统维护等阶段。

结构化方法遵循系统工程原理，按照事先设计好的程序和步骤，使用一定的开发工具，完成规定的文档，在结构化和模块化的基础上进行信息系统的开发工作。结构化方法的开发过程一般是先将系统的功能看成是一个大的模块，再根据系统分析与设计的要求对其进行进一步的模块分解或组合。

结构化方法的主要原则，归纳起来有以下 4 条：

（1）用户参与的原则。管理信息系统的用户是各级各类管理者，满足他们在管理活动中的信息需求，是管理信息系统建设的直接目的。由于系统本身和系统建设工作的复杂性，用户需求的表达和系统建设的专业人员对用户需求的理解需要逐步明确、深化和细化。而且，管理信息系统是人机系统，在实现各种功能时，人与计算机的合理分工和相互密切配合至关重要。这就需要用户对系统的功能、结构和运行规律有较深入的了解，专业人员也必须充分考虑用户的特点和使用方面的习惯与要求，以协调人—机关系。总之，用户必须作为管理信息系统主要建设者的一部分在系统建设的各个阶段直接参与工作。用户与建设工作脱节，常常是系统建设工作失败的重要原因之一。管理信息系统的建设，关系到一个组织的信息处理能力和管理决策的水平，是涉及该组织的全局、与近期和长远发展密切相关的战略问题。此组织的主要领导必须十分重视，亲自领导和直接参与这一工作，特别是用户的高层领导。国内外经验表明：各级管理人员，特别是主要决策者的参与和重视，是管理信息系统建设成功的重要条件。

（2）"先逻辑，后物理"的原则。为了建立系统建设的科学秩序，保证建设工作的质量与效率，结构的方法强调在进行技术设计和实施之前，要进行充分的调查、分析、论证，进行逻辑方案的探索，弄清系统要为用户解决哪些问题，即解决"系统做什么"的问题，尽量避免过早地进入物理设计阶段。

（3）"自顶向下"的原则。在系统分析、系统设计与系统实施各阶段，结构化方法强调在工作中贯彻执行"自顶向下"的原则，先把握系统的总体目标和功能，然后逐级分解，逐步细化。系统测试也从总体功能开始，先检查有关总体问题，然后逐级向下测试这一原则使建设者在系统建设整个过程中始终把握全局，致力于总体目标与功能的实现，把以下各级作为实现总体功能与目标的保证，这有利于各部分的合理分工、协调与正确配置。"自顶向下"的原则在应用时并不完全排斥"自底向上"原则，在结构化方法中，"自顶向下"原则是主导原则，"自底向上"是辅助原则。

（4）工作成果描述标准化原则。结构化方法强调各阶段工作成果描述的标准化。每一工作阶段的成果，必须用明确的文字和标准化的图形、图表，完整、准确地进行描述，这不仅作为一个阶段工作完成的标志和管理决策的依据，并且作为系统建设必需的文件进行交流和积累存档，有的文件还是下一阶段工作的依据。工作成果描述的标准化，可以防止由于描述的随意性造成建设者之间的误解而贻误工作，便于工作交流和各阶段的交接，便于今后对系统进行检查、修改和补充。

结构化方法具有如下特点：

（1）遵循用户至上原则；

（2）严格区分工作阶段，每个阶段都有明确的任务和取得的成果；

（3）强调系统开发过程的整体性和全局性；

（4）系统开发过程工程化，文档资料标准化。

结构化方法的优点是：理论基础严密，它的指导思想是用户需求在系统建立之前就能被充分理解。由此可见，结构化方法注重开发过程的整体性和全局性。

结构化方法的缺点是：开发周期长；文档、设计说明繁琐，工作效率低；要求在开发之初全面认识系统的信息需求，充分预料各种可能发生的变化，但这并不十分现实；若用户参与系统开发的积极性没有充分调动，造成系统交接过程不平稳，系统运行与维护管理难度加大。

试题 4 参考答案

（66）A

试题 5（2009 年下半年试题 9）

常用的信息系统开发方法中，不包括 __(9)__ 。

（9）A．结构化方法　　　　　　　　B．关系方法

C．原型法　　　　　　　　　　D．面向对象方法

试题 5 分析

常用的信息系统开发方法包括结构化方法、快速原型法、企业系统规划法、战略数据规划法、信息工程法和面向对象方法。

（1）结构化方法。请参考试题 4 的分析。

（2）快速原型法。是一种根据用户需求，利用系统开发工具，快速地建立一个系统模型并展示给用户，在此基础上与用户交流，最终实现用户需求的信息系统快速开发的方法。应用快速原型法开发过程包括系统需求分析、系统初步设计、系统调试、系统检测等阶段。用户仅需在系统分析与系统初步设计阶段完成对应用系统的简单描述，开发者在获取一组基本需求定义后，利用开发工具生成应用系统原型，快速建立一个目标应用系统的最初版本，并将它提交给用户试用、评价，根据用户提出的意见和建议进行修改和补充，从而形成新的版本，再返回给用户。通过这样多次反复，使得系统不断地细化和扩充，直到生成一个用户满意的解决方案为止。快速原型法具有开发周期短、见效快、与业务人员交流方便的优点，特别适用于那些用户需求模糊，结构性比较差的信息系统的开发。

（3）企业系统规划方法。BSP（Business System Planning，企业系统规划方法）是企业战略数据规划方法和信息工程方法的基础，也就是说，后两种方法是在 BSP 方法的基础上发展起来的，BSP 方法的目标是提供一个信息系统规划，用以支持企业短期的和长期的信息需求。

（4）战略数据规划方法。战略数据规划方法是由世界级的信息系统大师詹姆斯·马丁提出的一种信息系统开发方法。这个方法认为，一个企业要建设信息系统，它的首要任务应该是在企业战略目标的指导下做好企业战略数据规划。一个好的企业战略数据规划应该是企业核心竞争力的重要构成因素，它有非常明显的异质性和专有性，好的企业战略数据规划必将成为企业在市场竞争中的制胜法宝。战略数据规划方法的要点主要有：

- 数据环境对于信息系统至关重要。企业数据环境是随着企业的发展不断变化的，也是企业发展的基础条件。信息系统建设极大影响着企业的未来发展方向，对企业的数据环境提出了更高的要求。将静态的、独立的信息资源通过战略数据规划重建企业数据环境，使其成为集成化、网络化的信息资源，对一个现代化企业来说是更为迫切的任务；

- 四种数据环境。在信息系统发展的历程中共有四类数据环境，即数据文件、应用数据库、主题数据库和信息检索系统；

- 建设主题数据库是信息系统开发的中心任务。这里的主题数据库并不是指数据库的大小，也不是指数据库的功能，而是指哪些数据库是面向企业的业务主题的，哪些不是面向业务主题的。所谓业务主题，就是指企业的核心业务和主导流程。比如，对于一个汽车制造企业来说，生产整车就是其核心竞争力，相应地，围绕核心业务建立的数据库就是企业的主题数据库；而对于一个物流企业来说，围绕着物流业务处理的数据库就是企业的主题数据库；

- 围绕主题数据库搞好应用软件开发。

（5）信息工程方法。信息工程方法与企业系统规划方法和战略数据规划方法是一种交叉关系，即信息工程方法是其他两种方法的总结和提升，而其他两种方法则是信息工程方法的基础和核心。信息工程方法与信息系统开发的其他方法相比，有一点很大的不同，就是信息工程不仅是一种方法，它还是一门工程学科。它第一次将信息系统开发过程工程化了。所谓工程化，就是指有一整套成熟的技术、标准、程序和规范，使得开发工作摆脱随意性和多变性，其目标是信息系统的开发走上智能化、程序化和自动化的道路。

（6）面向对象方法。在面向对象方法中将客观世界从概念上看成是一个由许多相互配合而协作的对象所组成的系统。面向对象的分析方法是利用面向对象的信息建模概念，如实体、关系、属性等，同时运用封装、继承、多态等机制来构造模拟现实系统的方法。传统的结构化设计方法的基本点是面向过程，系统被分解成若干个过程；而面向对象的方法是采用构造模型的观点，在系统的开发过程中，各个步骤的共同的目标是建造一个问题域的模型。在面向对象的设计中，初始元素是对象，然后将具有共同特征的对象归纳成类，组织类之间的等级关系，从而构造出类库。在应用时，就可直接在类库中选择已有的类，从而达到复用的目的。

试题 5 参考答案

（9）B

试题 6（2009 年下半年试题 10）

应用已有软件的各种资产构造新的软件，以缩减软件开发和维护的费用，称为 （10） 。

（10）A．软件继承　　　　B．软件利用　　　　C．软件复用　　　　D．软件复制

试题 6 分析

软件复用是指利用已有软件的各种有关知识构造新的软件，以缩减软件开发和维护的费用。软件复用是提高软件生产力和质量的一种重要技术。早期的软件复用主要是代码级复用，被复用的知识专指程序，后来扩大到包括领域知识、开发经验、设计决策、架构、需求、设计、代码和文档等一切有关方面。

软件复用是一种计算机软件工程方法和理论。20 世纪 60 年代的"软件危机"使程序员明白难于维护的软件的成本是极其高昂的，当软件的规模不断扩大时，这种软件的综合成本可以说是没有人能负担的，并且即使投入了高昂的资金也难以得到可靠的产品，而软件复用是解决这一问题的有效方法。

软件复用的主要思想是，将软件看成是由不同功能的"组件"所组成的有机体，每一个组件在设计编写时可以被设计成完成同类工作的通用工具，这样，如果完成各种工作的组件被建立起来以后，编写某一特定软件的工作就变成了将各种不同组件组织连接起来的简单问

题，这对于软件产品的最终质量和维护工作都有本质性的改变。

软件制品的复用，按抽象程度的高低，可以划分为如下复用级别：代码的复用、设计的复用、分析的复用、测试信息的复用等

支持软件复用是人们对面向对象方法寄托的主要希望之一，也是这种方法受到广泛重视的主要原因之一。面向对象方法之所以特别有利于软件复用，是由于它的主要概念及原则与软件复用的要求十分吻合。

面向对象的软件开发和软件复用之间的关系是相辅相成的。一方面，面向对象的方法的基本概念、原则与技术提供了实现软件复用的有利条件；另一方面，软件复用技术也对面向对象的软件开发提供了有力的支持。

试题 6 参考答案

（10）C

试题 7（2009 年下半年试题 15）

关于 UML，错误的说法是 　（15）　。

（15）A．UML 是一种可视化的程序设计语言

　　　B．UML 不是过程，也不是方法，但允许任何一种过程和方法使用

　　　C．UML 简单且可扩展

　　　D．UML 是面向对象分析与设计的一种标准表示

试题 7 分析

UML 具有如下的语言特征：

（1）不是一种可视化的程序设计语言，而是一种可视化的建模语言；

（2）是一种建模语言规范说明，是面向对象分析与设计的一种标准表示；

（3）不是过程，也不是方法，但允许任何一种过程和方法使用它；

（4）简单并且可扩展，具有扩展和专有化机制，便于扩展，无需对核心概念进行修改；

（5）为面向对象的设计与开发中涌现出的高级概念（如协作、框架、模式和组件）提供支持，强调在软件开发中，对架构、框架、模式和组件的复用；

（6）与最好的软件工程实践经验集成。

UML 最重要的目标是使 UML 成为一个通用的建模语言，可供所有建模者使用。它并非某人专有，而是建立在计算机界普遍认同的基础上，即它包括了各种主要的方法并可作为它们的建模语言。其次，UML 应能够很好地支持设计工作，像封装、划分等记录模型构造思路。此外，UML 应该能够准确表达当前软件开发中的热点问题，比如软件规模、分布、

并发、方式和团队开发等。

UML 并不试图成为一个完整的开发方法，它不包括一步一步的开发过程。UML 和使用 UML 的软件开发过程是两回事。UML 可以支持很多的，至少是目前现有的大部分软件开发过程。UML 包含了完整的概念，这些概念对于支持基于一个健壮的架构来解决用例驱动的迭代式开发过程是必要的。

UML 的最终目标是在尽可能简单的同时能够对应用系统的各个方面建模。UML 需要有足够的表达能力以便可以处理现代软件系统中出现的所有概念，如并发和分布，以及软件工程中使用的技巧，如封装和组件。它必须是一个通用语言，像任何一种通用程序设计语言一样，这就意味着 UML 必将十分庞大，它比先前的建模语言更复杂、更全面。

试题 7 参考答案

（15）A

试题 8（2009 年下半年试题 16）

在 UML 中，动态行为描述了系统随时间变化的行为，下面不属于动态行为视图的是　（16）　。

（16）A．状态机视图　　　　B．实现视图　　　　C．交互视图　　　　D．活动视图

试题 8 分析

UML 中的各种组件和概念之间没有明显的划分界限，但为方便起见，用视图来划分这些概念和组件。视图只是表达系统某一方面特征的 UML 建模组件的子集。在每一类视图中使用一种或多种特定的图来可视化地表示视图中的各种概念。

在最上一层，视图被划分成三个视图域，分别是结构、动态行为和模型管理。

结构描述了系统中的结构成员及其相互关系。模型元素包括类、用例、构件和节点。模型元素为研究系统动态行为奠定了基础。结构视图包括静态视图、用例视图和实现视图。

动态行为描述了系统随时间变化的行为。行为用从静态视图中抽取的瞬间值的变化来描述。动态行为视图包括状态机视图、活动视图和交互视图。

模型管理说明了模型的分层组织结构。包是模型的基本组织单元，特殊的包还包括模型和子系统。模型管理视图跨越了其他视图并根据系统开发和配置组织这些视图。

UML 还包括多种具有扩展能力的组件，这些扩展能力有限但很有用。这些组件包括约束、构造型和标记值，它们适用于所有的视图元素。

在 UML 中，使用各种不同的符号元素，根据需求调研的结果，再由符号画成图形以表示待建系统的结构和行为。

试题 8 参考答案

（16）B

试题 9（2009 年下半年试题 17–18）

面向对象中的 __(17)__ 机制是对现实世界中遗传现象的模拟。通过该机制，基类的属性和方法被遗传给派生类；__(18)__ 是指把数据以及操作数据的相关方法组合在同一单元中，使我们可以把类作为软件复用中的基本单元，提高内聚度，降低耦合度。

（17）A. 复用   B. 消息   C. 继承   D. 变异

（18）A. 多态   B. 封装   C. 抽象   D. 接口

试题（17）、（18）分析

面向对象的基本概念有对象、类、抽象、封装、继承、多态、接口、消息、组件、模式和复用等。

（1）对象。对象是由数据及其操作所构成的封装体，是系统中用来描述客观事物的一个封装，是构成系统的基本单位。采用计算机语言描述，对象是由一组属性和对这组属性进行操作的一组服务构成的。对象包含三个基本要素，分别是对象标识、对象状态和对象行为。每一个对象必须有一个名字以区别于其他对象，这就是对象标识；状态用来描述对象的某些特征；对象行为用来封装对象所拥有的业务操作。例如，对于希赛教育软考学院张老师而言，包含性别、年龄、职位等个人状态信息，同时还具有授课的行为特征，那么张老师就是封装后的一个典型对象。

（2）类。类是现实世界中实体的形式化描述，类将该实体的数据和函数封装在一起。类的数据也叫属性、状态或特征，它表现类静态的一面。类的函数也叫功能、操作或服务，它表现类动态的一面。张老师是一名教师，也就拥有了教师的特征，这个特征就是教师这个类所特有的，具体而言，共同的状态通过属性表现出来，共同的行为通过操作表现出来。对象是类的实际例子。如果将对象比作房子，那么类就是房子的设计图纸。例如：银行里所有储户的账户，可以抽象为账户类。账户类的对象，可以是一个个具体的储户，例如，张三工行的账户、张三建行的账户、李四工行的账户等。类和对象的关系可以总结为：

- 每一个对象都是某一个类的实例；
- 每一个类在某一时刻都有零或更多的实例；
- 类是静态的，它们的存在、语义和关系在程序执行前就已经定义好了，对象是动态的，它们在程序执行时可以被创建和删除；
- 类是生成对象的模板。

（3）抽象。 抽象是通过特定的实例抽取共同特征以后形成概念的过程。它强调主要特征，忽略次要特征。一个对象是现实世界中一个实体的抽象，一个类是一组对象的抽象，抽象是一种单一化的描述，它强调给出与应用相关的特性，抛弃不相关的特性。

（4）封装。封装是将相关的概念组成一个单元，然后通过一个名称来引用它。面向对象封装是将数据和基于数据的操作封装成一个整体对象，对数据的访问或修改只能通过对象对外提供的接口进行。对于银行账户类而言，有取款和存款的行为特征，但实现细节对于客户而言并不可见，所以在进行 ATM 提款交易的过程中，我们并不知道交易如何进行，对应账户是如何保存状态的，这就体现了对象的封装。

（5）继承。继承表示类之间的层次关系，这种关系使得某类对象可以继承另外一类对象的特征和能力，继承又可分为单重继承和多重继承，单重继承是子类只从一个父类继承，而多重继承中的子类可以从多于一个的父类继承，Java 是单重继承的语言，而 C++允许多重继承。假设类 B 继承类 A，即类 B 中的对象具有类 A 的一切特征（包括属性和操作）。类 A 称为基类或父类或超类，类 B 称为类 A 的派生类或子类，类 B 在类 A 的基础上还可以有一些扩展。

（6）多态。多态性是一种方法，这种方法使得在多个类中可以定义同一个操作或属性名，并在每个类中可以有不同的实现。多态性使得一个属性或变量在不同的时期可以表示不同类的对象。例如，Rectangle 和 Circle 都继承于 Shape，对于 Shape 而言，会有 getArea() 的操作。但显而易见，Rectangle 和 Circle 的 getArea()方法的实现是完全不一样的，这就体现了多态的特征。

（7）接口。所谓接口就是对操作规范的说明。接口只是说明操作应该做什么，但没有定义操作如何做。接口可以理解成为类的一个特例，它只规定实现此接口的类的操作方法，而把真正的实现细节交由实现该接口的类去完成。接口在面向对象分析和设计过程中起到了至关重要的桥梁作用，系统分析员通常先把有待实现的功能封装并定义成接口，而后期程序员依据此接口进行编码实现。

（8）消息。消息是指向对象发出的服务请求，它应该含有下述信息：提供服务的对象标志、消息名、输入信息和回答信息。对象与传统的数据有本质区别，它不是被动地等待外界对它施加操作，相反，它是进行处理的主体，必须发消息请求它执行它的某个操作，处理它的私有数据，而不能从外界直接对它的私有数据进行操作。消息通信也是面向对象方法学中的一条重要原则，它与对象的封装原则密不可分。封装使对象成为一些各司其职、互不干扰的独立单位；消息通信则为它们提供了唯一合法的动态联系途径，使它们的行为能够互相配合，构成一个有机的系统。

（9）组件。组件也称为构件，是软件系统可替换的、物理的组成部分，它封装了实现体（实现某个职能），并提供了一组接口的实现方法。可以认为组件是一个封装的代码模块或大粒度的运行时的模块，也可将组件理解为具有一定功能、能够独立工作或同其他组件组合起来协调工作的对象。对于组件，应当按可复用的要求进行设计、实现、打包、编写文档。组件应当是内聚的，并具有相当稳定的公开的接口。为了使组件更切合实际、更有效地被复用，组件应当具备"可变性"，以提高其通用性。组件应向复用者提供一些公共"特性"，另一方面还要提供可变的"特性"。针对不同的应用系统，只需对其可变部分进行适当的调节，复用者要根据复用的具体需要，改造组件的可变"特性"，即"客户化"。

（10）模式。模式是一条由三部分组成的规则，它表示了一个特定环境、一个问题和一个解决方案之间的关系。每一个模式描述了一个不断重复发生的问题，以及该问题的解决方案。这样就能一次又一次地使用该方案而不必做重复劳动。将设计模式引入软件设计和开发过程的目的在于充分利用已有的软件开发经验，这是因为设计模式通常是对于某一类软件设计问题的可重用的解决方案。设计模式使得人们可以更加简单和方便地去复用成功的软件设计和体系结构，从而能够帮助设计者更快更好地完成系统设计。

试题 9 参考答案

（17）C　　　　（18）B

试题 10（2010 年上半年试题 7）

与基于 C/S 架构的信息系统相比，基于 B/S 架构的信息系统 ___(7)___ 。

（7）A．具备更强的事务处理能力，易于实现复杂的业务流程

　　　B．人机界面友好，具备更加快速的用户响应速度

　　　C．更加容易部署和升级维护

　　　D．具备更高的安全性

试题 10 分析

与基于 C/S 架构的信息系统相比，基于 B/S 架构的信息系统，应用软件的升级维护均在服务器上进行，客户端是"零"维护。有关这方面的详细知识，请阅读试题 1 的分析。

试题 10 参考答案

（7）C

试题 11（2010 年上半年试题 9）

以下关于软件测试的描述，___(9)___ 是正确的。

（9）A．系统测试应尽可能在实际运行使用的环境下进行

　　　B．软件测试是编码阶段完成之后进行的一项活动

　　　C．专业测试人员通常采用白盒测试法去检查程序的功能是否符合用户需求

　　　D．软件测试工作的好坏，取决于测试发现错误的数量

试题 11 分析

测试是为评价和改进产品质量、识别产品的缺陷和问题而进行的活动。软件测试是针对

一个程序的行为，在有限测试用例集合上，动态验证是否达到预期的行为，需要选取适当的测试用例。

测试不再只是一种仅在编码阶段完成后才开始的活动。现在的软件测试被认为是一种应该包括在整个开发和维护过程中的活动，它本身是实际产品构造的一个重要部分。测试不仅是检查预防措施是否有效的主要手段，而且是识别由于某种原因预防措施无效而产生的错误的主要手段。需要注意的是，在广泛的测试活动成功完成后，软件可能仍包含错误，交付后出现的软件失效的补救措施是由软件维护达成的。

根据测试的目的、阶段的不同，可以将测试分为单元测试、集成测试、确认测试、系统测试等种类。

（1）单元测试：又称为模块测试，是针对软件设计的最小单位（程序模块）进行正确性检验的测试工作。其目的在于检查每个程序单元能否正确实现详细设计说明中的模块功能、性能、接口和设计约束等要求，发现模块内部可能存在的各种错误。

（2）集成测试：也称为组装测试、联合测试（对于子系统而言，则称为部件测试）。它主要是将已通过单元测试的模块集成在一起，主要测试模块之间的协作性。集成测试计划通常是在软件概要设计阶段完成的。

（3）确认测试：也称为有效性测试，主要是验证软件的功能、性能及其他特性是否与用户要求（需求）一致。确认测试计划通常是在需求分析阶段完成的。

（4）系统测试：如果项目不只包含软件，还有硬件和网络等，则要将软件与外部支持的硬件、外设、支持软件、数据等其他系统元素结合在一起，在实际运行环境下，对计算机系统进行的一系列集成与确认测试。一般地，系统测试的主要内容包括功能测试、健壮性测试、性能测试、用户界面测试、安全性测试、安装与反安装测试等。系统测试计划通常是在系统分析阶段（需求分析阶段）完成的。

试题 11 参考答案

（9）A

试题 12（2010 年上半年试题 11）

在软件生存周期中，将某种形式表示的软件转换成更高抽象形式表示的软件的活动属于 ___(11)___ 。

（11）A．逆向工程　　　B．代码重构　　　C．程序结构重构　　　D．数据结构重构

试题 12 分析

随着维护次数的增加，可能会造成软件结构的混乱，使软件的可维护性降低，影响到新软件的开发。同时，那些待维护的软件又常常是业务的关键，不可能废弃或重新开发。于是引出了软件再工程（Reengineering），即需要对旧的软件进行重新处理、调整，提高其可维

护性。

软件再工程是对现有软件系统的重新开发过程，包括逆向工程（Reverse Engineering，反向工程）、新需求的考虑（软件重构）和正向工程三个步骤。软件再工程不仅能从已有的程序中重新获得设计信息，而且还能使用这些信息改建或重构现有的系统，以改进它的综合质量。一般，软件人员利用软件再工程重新实现已存在的程序，同时加进新的功能或改善它的性能。软件再工程旨在对现有的大量软件系统进行挖掘、整理以得到有用的软件构件，或对已有软件构件进行维护以延长其生存期。它是一个工程过程，能够将逆向工程、重构和正向工程组合起来，将现存系统重新构造为新的形式。软件再工程的基础是系统理解，包括对运行系统、源代码、设计、分析和文档等的全面理解。但在很多情况下，由于各类文档的丢失，只能对源代码进行理解，即程序理解。

软件重构是对源代码、数据进行修改，使其易于修改和维护，以适应将来的变更。通常软件重构并不修改软件体系结构，而是关注模块的细节。

（1）代码重构。代码重构的目标是生成可提供功能相同，而质量更高的程序。由于需要重构的模块通常难以理解、测试和维护，因此，首先用重构工具分析代码，标注出需要重构的部分，然后进行重构，复审和测试重构后的代码，更新代码的内部文档。

（2）数据重构。数据重构发生在较低的抽象层次上，是一种全局的再工程活动。数据重构通常以逆向工程活动开始，理解现存的数据结构，又称数据分析，再重新设计数据，包括数据标准化、数据命名合理、文件格式转换、数据库格式转换等。

软件重构的意义在于提高软件质量和生产率，减少维护工作量，提高软件可维护性。

逆向工程是分析程序，力图在比源代码更高的抽象层次上建立程序表示的过程。逆向工程是一个设计恢复的过程，其工具可以从已有的程序中抽取数据结构、体系结构和程序设计信息。逆向工程过程及用于实现该过程的工具的抽象层次是指可从源代码中抽取出来的设计信息的精密程度。理想地，抽象层次应该尽可能高，即逆向工程过程应该能够导出过程的设计表示（一种低层的抽象）、程序和数据结构信息（稍高一点层次的抽象）、数据和控制流模型（一种相对高层的抽象），以及实体关系模型（一种高层抽象）。随着抽象层次的增高，软件工程师将获得更有助于理解程序的信息。

逆向工程过程的完整性是指在某抽象层次提供的细节程度。在大多数情况，随着抽象层次增高，完整性就降低。例如，给定源代码列表，得到一个完整的过程设计表示是相对容易的，简单的数据流表示也可被导出，但是，要得到数据流图或状态——变迁图的完整集合却困难得多。

试题 12 参考答案

（11）A

试题 13（2010 年上半年试题 17）

为了解决 C/S 模式中客户机负荷过重的问题，软件架构发展形成了 __(17)__ 模式。

（17）A．三层 C/S   B．分层   C．B/S   D．知识库

试题 13 分析

为了解决 C/S 模式中客户端负荷过重的问题，发展形成了 B/S 模式。有关这方面的详细知识，请参见试题 1 的分析。

试题 13 参考答案

（17）C

试题 14（2010 年下半年试题 8）

UML 中的用例和用例图的主要用途是描述系统的 __(8)__ 。

（8）A．功能需求   B．详细设计   C．体系结构   D．内部接口

试题 14 分析

用例（Use Case）是一种描述系统需求的方法，使用用例的方法来描述系统需求的过程就是用例建模。用例方法最早是由 Iva Jackboson 博士提出的，后来被综合到 UML 规范之中，成为一种标准化的需求表述体系。

从用户的角度来看，他们并不想了解系统的内部结构和设计，他们所关心的是系统所能提供的服务，也就是被开发出来的系统将是如何被使用的，这就是用例方法的基本思想。在用例图中，主要包括参与者、用例和通信关联三种元素，如图 1-3 所示。

图 1-3　用例图中的基本元素

（1）参与者（Actor）。参与者是指存在于被定义系统外部并与该系统发生交互的人或其他系统，他们代表系统的使用者或使用环境。

（2）用例（Use Case）。用例用于表示系统所提供的服务，它定义了系统是如何被参与者所使用的，它描述参与者为了使用系统所提供的某一完整功能而与系统之间发生的一段对话。

（3）通信关联（Communication Association）。通信关联用于表示参与者和用例之间的对应关系，它表示参与者使用了系统中的哪些服务（用例），或者说系统所提供的服务（用例）是被哪些参与者所使用的。

用例设计的主要目的如下：

（1）利用交互改进用例实现；

（2）调整对设计类的操作需求；

（3）调整对子系统和（或）它们的接口的操作需求；

（4）调整对封装体的操作需求。

一个系统的行为可以用许多方法来说明，包括协作或者交互的方法。用例设计通常使用交互（特别是序列图）来说明系统的行为。当系统或者子系统的行为主要通过同步消息传递来说明时，序列图非常有用。由于消息序列通常没有严格的定义，因此，尤其是在事件驱动系统中，异步消息传递更容易利用状态机和协作来进行说明。

用例方法完全是站在用户的角度上（从系统的外部）来描述系统的功能的。在用例方法中，我们把被定义系统看作是一个黑箱，我们并不关心系统内部是如何完成它所提供的功能的。用例方法首先描述了被定义系统有哪些外部使用者（抽象成为 Actor），这些使用者与被定义系统发生交互；针对每一参与者，用例方法又描述了系统为这些参与者提供了什么样的服务（抽象成为 Use Case），或者说系统是如何被这些参与者使用的。所以从用例图中，我们可以得到对于被定义系统的一个总体印象。

与传统的功能分解方式相比，用例方法完全是从外部来定义系统的功能，它把需求与设计完全分离开来。在面向对象的分析设计方法中，用例模型主要用于表述系统的功能性需求，系统的设计主要由对象模型来记录表述。另外，用例定义了系统功能的使用环境与上下文，每一个用例描述一个完整的系统服务。用例方法比传统的 SRS 更易于被用户所理解，它可以作为开发人员和用户之间针对系统需求进行沟通的一个有效手段。

试题 14 参考答案

（8）A

试题 15（2010 年下半年试题 11）

在几种不同类型的软件维护中，通常情况下__（11）__所占的工作量最大。

（11）A. 更正性维护   B. 适应性维护

     C. 完善性维护   D. 预防性维护

试题 15 分析

软件可维护性是指纠正软件系统出现的错误和缺陷，以及为满足新的要求进行修改、扩展和裁剪的容易程度。目前广泛用来衡量程序可维护性的因素包括可理解性、可测试性和可修改性等。

软件维护占整个软件生命周期的 60%～80%，维护的类型主要有以下 4 种：

（1）改正性维护。为了识别和纠正软件错误、改正软件性能上的缺陷、排除实施中的误使用，应当进行的诊断和改正错误的过程就叫做改正性维护；

（2）适应性维护。在使用过程中，外部环境（新的硬、软件配置）、数据环境（数据库、数据格式、数据输入/输出方式、数据存储介质）可能发生变化。为使软件适应这种变化，而去修改软件的过程就叫做适应性维护；

（3）完善性维护。在软件的使用过程中，用户往往会对软件提出新的功能与性能要求。为了满足这些要求，需要修改或再开发软件，以扩充软件功能、增强软件性能、改进加工效率、提高软件的可维护性。这种情况下进行的维护活动叫做完善性维护；

（4）预防性维护。这是指预先提高软件的可维护性、可靠性等，为以后进一步改进软件打下良好基础。通常，预防性维护可定义为"将今天的方法学用于昨天的系统以满足明天的需要"。也就是说，采用先进的软件工程方法对需要维护的软件或软件中的某一部分（重新）进行设计、编码和测试。

以上各种维护类型占整个软件维护工作量的大致比例如图 1-4 所示。

影响维护工作量的因素主要有系统大小、程序设计语言、系统年龄、数据库技术的应用和软件开发技术五个方面。

程序修改的步骤分为分析和理解程序、修改程序和重新验证程序三步。经过分析，全面、准确、迅速地理解程序是决定维护成败和质量好坏的关键。为了容易地理解程序，要求自顶向下地理解现有源程序的程序结构和数据结构，为此可采用如下方法：分析程序结构图、数据跟踪、控制跟踪、分析现有文档的合理性等。

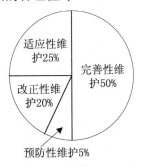

图 1-4　各种维护所占的比例

对程序的修改，必须事先做出计划，有目的地、周密地、有效地实施修改。在修改时，要防止修改程序的副作用（修改代码的副作用、修改数据的副作用、修改文档的副作用）。在将修改后的程序提交用户之前，需要进行充分的确认和测试，以保证整个修改后的程序的正确性。这种验证可分为静态确认、计算机确认和维护后的验收。

希赛教育软考学院专家提示：在软件开发过程中，错误纠正成本在逐步放大。也就是说，错误发现得越早，纠正错误所花费的成本就会越低，反之则越高。例如，如果在软件设计阶段有个错误未被发现，而在编码阶段时才发现，这时纠正这个设计错误比纠正源代码错误需要更大的成本。

试题 15 参考答案

（11）C

试题 16（2010 年下半年试题 17）

"容器是一个构件，构件不一定是容器；一个容器可以包含一个或多个构件，一个构件只能包含在一个容器中"。根据上述描述，如果用 UML 类图对容器和构件之间的关系进行面向对象分析和建模，则容器类和构件类之间存在 ＿＿（17）＿＿ 关系。

①继承　②扩展　③聚集　④包含

（17）A．①②　　　　　B．②④　　　　　C．①④　　　　　D．①③

试题 16 分析

在 UML 中，类之间的关系主要有以下 7 种：

（1）关联关系：关联关系描述了给定类的单独对象之间语义上的连接。关联提供了不同类之间的对象可以相互作用的连接。其余的关系涉及类元自身的描述，而不是它们的实例；

（2）依赖关系。有两个元素 X、Y，如果修改元素 X 的定义可能会引起对另一个元素 Y 的定义的修改，则称元素 Y 依赖于元素 X。在类中，依赖由各种原因引起，例如，一个类向另一个类发送消息；一个类是另一个类的数据成员；一个类是另一个类的某个操作参数。如果一个类的接口改变，则它发出的任何消息都可能不再合法；

（3）泛化关系。泛化关系描述了一般事物与该事物中的特殊种类之间的关系，也就是父类与子类之间的关系。继承关系是泛化关系的反关系，也就是说子类是从父类继承的，而父类则是子类的泛化；

（4）聚合关系。聚合是一种特殊形式的关联，它是传递和反对称的。聚合表示类之间的关系是整体与部分的关系。例如一辆轿车包含四个车轮、一个方向盘、一个发动机和一个底盘，就是聚合的例子；

（5）组合关系。如果聚合关系中表示部分的类的存在与否，与表示整体的类有着紧密的关系，例如公司与部门之间的关系，就应该使用组合关系来表示；

（6）实现关系。将说明和实现联系起来。接口是对行为而非实现的说明，而类中则包含了实现的结构。一个或多个类可以实现一个接口，而每个类分别实现接口中的操作；

（7）流关系。将一个对象的两个版本以连续的方式连接起来。它表示一个对象的值、状态和位置的转换。流关系可以将类元角色在一次相互作用中连接起来。流的种类包括变成

（同一个对象的不同版本）和复制（从现有对象创造出一个新的对象）两种。

希赛教育软考学院专家提示：对于聚合关系和组合关系，各种文献的说法有些区别。在这些文献中，首先定义聚集关系（整体与部分的关系），然后再将聚集关系分为两种，分别是组合聚集（相当于上述的"组合关系"）和共享聚集（相当于上述的"聚合关系"）。

试题 16 参考答案

（17）D

试题 17（2010 年下半年试题 18）

面向对象分析与设计技术中，___（18）___是类的一个实例。

（18）A．对象　　　　B．接口　　　　C．构件　　　　D．设计模式

试题 17 分析

请参考试题 9 的分析。

试题 17 参考答案

（18）A

第 2 章 信息化与系统集成技术

根据考试大纲的规定，本章主要考查以下知识点：

（1）信息化的概念：信息与信息化、国家信息化体系要素、国家信息化发展战略；

（2）电子政务：电子政务的概念和内容、电子政务建设的指导思想和原则、电子政务建设的目标和主要任务；

（3）企业信息化与电子商务：企业信息化、企业资源规划、客户关系管理、供应链管理、企业应用集成、电子商务、商业智能；

（4）典型应用集成技术：数据库与数据仓库技术、Web Service 技术、J2EE 结构、.NET 结构、软件引擎技术（流程引擎、AJAX 引擎）、软件及其在系统集成项目中的重要性、常用软件标准（COM/DCOM/COM+、CORBA 和 EJB）。

试题 1（2009 年上半年试题 2）

__(2)__ 是国家信息化体系的六大要素。

（2）A．数据库，国家信息网络，信息技术应用，信息技术教育和培训，信息化人才，信息化政策、法规和标准

   B．信息资源，国家信息网络，信息技术应用，信息技术和产业，信息化人才，信息化政策、法规和标准

   C．地理信息系统，国家信息网络，工业与信息化，软件技术与服务，信息化人才，信息化政策、法规和标准

   D．信息资源，国家信息网络，工业与信息化，信息产业与服务业，信息化人才，信息化政策、法规和标准

试题 1 分析

国家信息化体系包括信息技术应用、信息资源、信息网络、信息技术和产业、信息化人才、信息化政策、法规和标准等六个要素，这六个要素按照图 2-1 所示的关系构成了一个有机的整体。

（1）信息技术应用。信息技术应用是指将信息技术广泛应用于经济和社会各个领域。信息技术应用是信息化体系六要素中的龙头，是国家信息化建设的主阵地，集中体现了国家信息化建设的需求和效益。信息技术应用工作量大、涉及面广，直接关系到国民经济整体素

质、效益和人民生活质量的提高。信息技术应用向其他五个要素提出需求，而其他五个要素又反过来支持信息技术应用。推进国民经济信息化的进程，就是在国民经济各行各业广泛应用现代信息技术，深入开发和有效利用信息资源，提高管理水平，提高劳动效率，提高经济效益，提升产业结构和素质，推进国民经济更加迅速、健康的发展，从而加速实现国家现代化的进程。

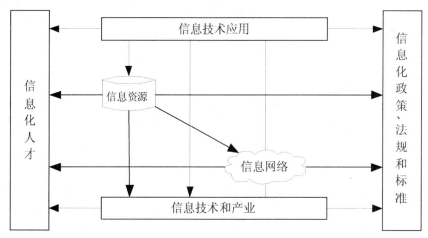

图 2-1 国家信息化体系

（2）信息资源。信息资源、材料资源和能源共同构成了国民经济和社会发展的三大战略资源。信息资源的开发利用是国家信息化的核心任务，是国家信息化建设取得实效的关键，也是我国信息化的薄弱环节。信息资源开发和利用的程度是衡量国家信息化水平的一个重要标志。信息资源在满足信息技术应用提出的需求的同时，对其他四个要素提出需求。在人类赖以生存和发展的自然界，可以开发利用的材料资源和能源资源是有限的，绝大多数又是不可再生、不可共享的。而且，对材料资源和能源资源的开发利用必然产生对环境的污染和对自然界的破坏。与此相反，信息资源是无限的、可再生的、可共享的，其开发利用不但很少产生新的污染，而且会大大减少材料和能源的消耗，从而相当于减少了污染。

（3）信息网络。信息网络是信息资源开发利用和信息技术应用的基础，是信息传输、交换和共享的必要手段。只有建设先进的信息网络，才能充分发挥信息化的整体效益。信息网络是现代化国家的重要基础设施。信息网络在满足信息技术应用和信息资源分布处理所需的传输与通信功能的同时，对其他三个要素提出需求。目前，人们通常将信息网络分为电信网、广播电视网和计算机网。这三种网络有各自的形成过程、服务对象、发展模式。三种网络的功能有所交叉，又互为补充。三种网络的发展方向是：互相融通，取长补短，逐步实现三网融合。

（4）信息技术和产业。信息技术和产业是我国进行信息化建设的基础。我国是一个大国，又是发展中国家，不可能也不应该过多依靠从国外购买信息技术和装备来实现信息化。我国的国家信息化必须立足于自主发展。为了国家的主权和安全，关键的信息技术和装备必须由我们自己研究、制造、供应。所以，必须大力发展自主的信息产业，才能满足信息技术应用、信息资源开发利用和信息网络的需求。随着我国国民经济快速持续的发展和信息化进程的不断加快，各行各业对信息基础设施、信息产品与软件产品、信息技术和信息服务的需求急剧增长，这也为信息产业的发展提供了巨大的市场空间，从而带动我国信息产业的高速发展。

（5）信息化人才。信息化人才是国家信息化成功之本，对其他各要素的发展速度和质量有着决定性的影响，是信息化建设的关键。只有尽快建立结构合理、高素质的研究、开发、生产、应用和管理队伍，才能适应国家信息化建设的需要。信息化体系各要素都需要多门类、多层次、高水平人才的支持。要充分利用学校教育、继续教育、成人教育、普及教育等多种途径，以及函授教育、电视教育、网络教育等多种手段，加快各类信息化人才的培养，增强专业人才的素质和水平。要长期坚持不懈地在广大人们群众中普及信息化知识和提高信息化意识，加强政府机构和企事业单位的信息化职业培训工作。还要重视建立精干的信息化管理队伍的工作。

（6）信息化法规政策和标准规范。信息化政策法规和标准规范用于规范和协调信息化体系各要素之间关系，是国家信息化快速、持续、有序、健康发展的根本保障。必须抓紧对现有的法律法规进行修订，适应国家信息化发展的需要；抓紧制定和出台各种法规及配套的管理条例，以形成较为完善的法规体系，通过法律手段，造成一个公平、合理、有序的竞争环境。还要加快建立健全相关的执法体系及监督体系。标准规范是技术性的法规。特别是我国加入WTO之后，标准规范对于我国自主信息产业的发展具有极其重要的作用。因此，一定要有计划地确立国家信息化标准体系和各类标准规范。

试题1参考答案

（2）B

试题2（2009年上半年试题63）

电子商务系统所涉及的四种"流"中，___（63）___是最基本的、必不可少的。

（63）A．资金流　　　　　B．信息流　　　　　C．商流　　　　　D．物流

试题2分析

商流、物流、资金流和信息流是流通过程中的四大相关部分，由这"四流"构成了一个完整的流通过程。

物流是物品从供应地到接收地的实体流动过程，根据实际需要，将运输、储存、装卸、搬运、包装、流通加工、配送、信息处理等基本功能实施有机结合。

商流是物资在由供应者向需求者转移时物资社会实体的流动，主要表现为物资与其等价物的交换运动和物资所有权的转移运动。具体的商流活动包括买卖交易活动及商情信息活动。商流活动可以创造物资的所有权效用。

资金流是指在营销渠道成员间随着商品实物及其所有权的转移而发生的资金往来流程。资金流是用户确认购买商品后，将自己的资金转移到商家账户上的过程。作为电子商务"四流"中最特殊的一种，资金流扮演着重要的角色。在电子商务中，顾客通过浏览网页的方式选购商品或服务，在选购完成后邮政在线支付。顾客支付的款项能否安全、及时、方便地到达商家，关系到交易的最后成败。因此，在线支付不论是对于顾客，还是对于商家，都具有非常重要的意义。而在线支付的关键就是资金流平台的建设。

信息流的广义定义是指人们采用各种方式来实现信息交流，从面对面的直接交谈直到采用各种现代化的传递媒介，包括信息的收集、传递、处理、储存、检索、分析等渠道和过程；信息流的狭义定义是从现代信息技术研究、发展、应用的角度看，是指信息处理过程中信息在计算机系统和通信网络中的流动。

商流是物流、资金流和信息流的起点，也可以说是后"三流"的前提，一般情况下，没有商流就不太可能发生物流、资金流和信息流。反过来，没有物流、资金流和信息流的匹配和支持，商流也不太可能达到目的。"四流"之间有时是互为因果关系。

例如，A 企业与 B 企业经过商谈，达成了一笔供货协议，确定了商品价格、品种、数量、供货时间、交货地点、运输方式并鉴订了合同，也可以说商流活动开始了。要认真履行这份合同，下一步要进入物流过程，即货物的包装、装卸搬运、保管和运输等活动。如果商流和物流都顺利进行了，接下来进入资金流的过程，即付款和结算。无论是买卖交易，还是物流和资金流，这三个过程都离不开信息的传递和交换，没有及时的信息流，就没有顺畅的商流、物流和资金流。

试题 2 参考答案

（63）B

试题 3（2009 年上半年试题 69）

Web Service 的各种核心技术包括 XML、Namespace、XML Schema、SOAP、WSDL、UDDI、WS-Inspection、WS-Security、WS-Routing 等，下列关于 Web Service 技术的叙述，错误的是　（69）　。

（69）A．XML Schema 是用于对 XML 中的数据进行定义和约束

　　　　B．在一般情况下，Web Service 的本质就是用 HTTP 发送一组 Web 上的 HTML 数据包

　　　　C．SOAP（简单对象访问协议），提供了标准的 RPC 方法来调用 Web Service，是传输数据的方式

　　　　D．SOAP 是一种轻量的、简单的、基于 XML 的协议，它被设计成在 Web 上交换结构化的和固化的信息

试题 3 分析

随着 Internet 应用逐渐成为一个 B2B 应用平台，应用集成所面临的问题也日益突出：各种构件之间的"战争"、各种编程语言之间的"战争"、防火墙的阻挡、互操作协议的不一致等。Web Services 定义了一种松散的、粗粒度的分布计算模式，使用标准的 HTTP（S）协议传送 XML 表示及封装的内容。Web Services 的典型技术包括：用于传递信息的简单对象访问协议（SOAP）、用于描述服务的 Web Services 描述语言（WSDL）、用于 Web Services 的注册的统一描述、发现及集成（UDDI）、用于数据交换的 XML。

（1）UDDI。UDDI（Universal Description Discovery and Integration，统一描述、发现和集成）提供了一种服务发布、查找和定位的方法，是服务的信息注册规范，以便被需要该服务的用户发现和使用它。UDDI 规范描述了服务的概念，同时也定义了一种编程接口。通过 UDDI 提供的标准接口，企业可以发布自己的服务供其他企业查询和调用，也可以查询特定服务的描述信息，并动态绑定到该服务上。在 UDDI 技术规范中，主要包含以下三个部分的内容：

- 数据模型。UDDI 数据模型是一个用于描述业务组织和服务的 XML Schema。
- API。UDDI API 是一组用于查找或发布 UDDI 数据的方法，UDDI API 基于 SOAP。
- 注册服务。UDDI 注册服务是 SOA 的一种基础设施，对应着服务注册中心的角色。

（2）WSDL。WSDL（Web Service Description Language，Web 服务描述语言）是对服务进行描述的语言，它有一套基于 XML 的语法定义。WSDL 描述的重点是服务，它包含服务实现定义和服务接口定义。采用抽象接口定义对于提高系统的扩展性很有帮助。服务接口定义就是一种抽象的、可重用的定义，行业标准组织可以使用这种抽象的定义来规定一些标准的服务类型，服务实现者可以根据这些标准定义来实现具体的服务。服务实现定义描述了给定服务提供者如何实现特定的服务接口。服务实现定义中包含服务和端口描述。一个服务往往会包含多个服务访问入口，而每个访问入口都会使用一个端口元素来描述，端口描述的是一个服务访问入口的部署细节，例如，通过哪个地址来访问，应当使用怎样的消息调用模式来访问等。

（3）SOAP。SOAP（Simple Object Access Protocol，简单对象访问协议）定义了服务请求者和服务提供者之间的消息传输规范。SOAP 用 XML 来格式化消息，用 HTTP 来承载消息。通过 SOAP，应用程序可以在网络中进行数据交换和远程过程调用（Remote Procedure Call，RPC）。SOAP 主要包括以下四个部分：

- 封装。SOAP 封装定义了一个整体框架，用来表示消息中包含什么内容、谁来处理这些内容，以及这些内容是可选的还是必须的。
- 编码规则。SOAP 编码规则定义了一种序列化的机制，用于交换系统所定义的数据类型的实例。
- RPC 表示。SOAP RPC 表示定义了一个用来表示远程过程调用和应答的协议。
- 绑定。SOAP 绑定定义了一个使用底层传输协议来完成在节点之间交换 SOAP 封装的约定。

SOAP 消息基本上是从发送端到接收端的单向传输，但它们常常结合起来执行类似于请求/应答的模式。所有的 SOAP 消息都使用 XML 进行编码。SOAP 消息包括以下三个部分：

- 封装（信封）。封装的元素名是 Envelope，在表示消息的 XML 文档中，封装是顶层元素，在 SOAP 消息中必须出现。

- SOAP 头。SOAP 头的元素名是 Header，提供了向 SOAP 消息中添加关于这条 SOAP 消息的某些要素的机制。SOAP 定义了少量的属性用来表明这项要素是否可选以及由谁来处理。SOAP 头在 SOAP 消息中可能出现，也可能不出现。如果出现的话，必须是 SOAP 封装元素的第一个直接子元素。

- SOAP 体。SOAP 体的元素名是 Body，是包含消息的最终接收者想要的信息的容器。SOAP 体在 SOAP 消息中必须出现且必须是 SOAP 封装元素的直接子元素。如果有头元素，则 SOAP 体必须直接跟在 SOAP 头元素之后；如果没有头元素，则 SOAP 体必须是 SOAP 封装元素的第一个直接子元素。

（4）REST。REST（Representational State Transfer，表述性状态转移）是一种只使用 HTTP 和 XML 进行基于 Web 通信的技术，可以降低开发的复杂性，提高系统的可伸缩性。它的简单性和缺少严格配置文件的特性，使它与 SOAP 很好地隔离开来，REST 从根本上来说只支持几个操作（POST、GET、PUT 和 DELETE），这些操作适用于所有的消息。REST 提出了如下一些设计概念和准则：

- 网络上的所有事物都被抽象为资源。

- 每个资源对应一个唯一的资源标识。

- 通过通用的连接件接口对资源进行操作。

- 对资源的各种操作不会改变资源标识。

- 所有的操作都是无状态的。

试题 3 参考答案

（69）B

试题 4（2009 年上半年试题 70）

工作流技术在流程管理应用中的三个阶段分别是　（70）　。

（70）A. 流程的设计、流程的实现、流程的改进和维护

　　B. 流程建模、流程仿真、流程改进或优化

　　C. 流程的计划、流程的实施、流程的维护

　　D. 流程的分析、流程的设计、流程的实施和改进

试题 4 分析

根据国际工作流管理联盟（Workflow Management Coalition，WFMC）的定义，工作流就是一类能够完全或者部分自动执行的经营过程，它根据一系列过程规则、文档、信息或任务能够在不同的执行者之间进行传递与执行。

工作流技术通过将工作活动分解成定义良好的任务、角色、规则和过程来进行执行和监控，达到提高生产组织水平和工作效率的目的。工作流技术为企业更好地实现经营目标提供了先进的手段。工作流管理系统是以规格化的流程描述作为输入的软件组件，它维护流程的运行状态，并在人和应用之间分派活动。

简单地说，工作流是经营过程的一个计算机实现，而工作流管理系统则是这一实现的软件环境。

工作流在流程管理中的应用分为三个阶段：流程建模、流程仿真（分析）和流程改进（或优化）。

（1）流程建模。根据企业中的业务过程建立流程模型（工作流模型），也就是用计算机可以处理的形式化定义来描述业务流程。流程建模是流程分析及优化的重要基础。企业中存在的业务流程是企业生产经营过程的反映，而把工作流技术应用于企业的流程管理中，就要求工作流产品具有极强的流程建模能力，而现行的工作流技术已经很成熟可以做到这点了。在此方面很多的工作流技术的研究机构对工作流模型的描述方法进行了研究和开发。比较常见的有有向图、Petri 网、对象模型的形式语言文法表示等方法。而一般情况下建立工作流模型方法的主要思想就是把企业的业务过程分解为一系列存在逻辑关系的活动，然后描述每一个活动的属性以及活动间的相互关系，以此来定义工作流模型。而要建立工作流模型首要的一点是了解企业经营过程的流程。当然这样的信息的收集需要有流程管理的思想给予指导支持。这是正确得到信息，从而使以此建立的工作流模型更加正确可靠的保证。只有最终得到比较完善的工作流模型，才可以更完整地描述企业的运营过程。

（2）流程仿真分析。企业的流程管理不是简单的用各种先进的自动化技术和信息技术来实现企业运营过程的自动化，而是要通过优化甚至改造原有流程中存在的不完美因素来提高经营过程的关键性能指标。因此分析流程、发现问题并解决是实行流程管理的重要环节。由于工作流模型比较全面地反映了经营过程的结构和动态行为，因此通过分析工作流模型的性能对企业的现有流程进行诊断是一种很有效和可靠的方法。可以通过工作流的仿真分析方法来对模型的性能指标进行仿真分析。工作流模型在仿真执行以后，系统将收集仿真的数据，以提供用户定量分析所建立的工作流模型的性能。其中仿真的数据包括活动的执行时间、资源的使用时间、活动的成本、资源的利用率等。通过对这些数据进行定量的分析就可以判断流程中，哪些活动的成本最高，运行的时间最长，哪些活动运用的资源多却带来的收益少等，进而就可以分析出哪些活动是流程中的关键的活动，哪些流程不能带来增值效应需要改进，哪些流程甚至需要再造处理了。

（3）流程改进（或优化）。在对流程的仿真结果进行分析之后就需要修改和优化工作流模型，从而达到优化企业流程的目的。一方面，运用工作流仿真执行可以用来比较多种经营过程的设计方案,从而找出最优的方案。通过修改工作流模型中的瓶颈环节,并分析对比,就可以有效地定量地评价不同的方案,从中选出最优方案。另一方面,优化企业流程可以有很多的方法,如:改变事务处理的路径、改变流程中某个或某些活动的执行时间,改变组织的结构,修改资源的数量等。做出这样的改变后再仿真执行就可以很轻易地得出该修改方案的可行性。通过多次的修改工作流模型就可以达到优化流程的目的。而优化后的工作流模型是改进企业实际业务流程的基础。

流程建模是用清晰和形式化的方法表示流程的不同抽象层次,可靠的模型是流程分析的基础,流程仿真分析是为了发现流程存在的问题以便为流程的改进提供指导。这三个阶段是不断演进的过程。它们的无缝连接是影响工作流模型性能的关键因素,也是传统流程建模和流程仿真集存在的主要问题。

从以上分析可以看出,运用工作流技术进行流程管理具有很多方面的优势。首先,工作流技术具有强大的图形语言功能来描述定义工作流。运用图形语言或者文本描述流程,使得员工在运用系统时易于理解,一目了然。可以方便地分析企业的业务流程,找出不合理之处,并且可以通过工作流定义工具,自主组织流程。其次,工作流技术可以优化原有的流程,提高企业运营效率。流程管理其中一个层面就是优化流程。工作流技术的应用可以使流程的许多步骤在后台由系统自动并行执行,大大减少了人员的劳动,并且合并删除一些冗余的流程,从而优化了流程,提高了效率。最后,工作流无需编码即可支持快速的流程开发和部署。

流程管理正是企业面对以消费者为主导的变动市场环境而产生的,这样的环境决定了企业的流程也必须不断地变动,企业只有具有快速改变的能力,才能适应市场的变化。而工作流设计无需编写代码,因此能在不影响其他流程的情况下,升级和部署业务流程。这样的优势也符合流程管理是一个循环、反复过程的特点。

试题 4 参考答案

(70)B

试题 5 (2009 年下半年试题 1)

国家信息化体系包括六个要素,这六个要素的关系如 2-2 图所示,其中①的位置应该是___(1)___。

(1)A. 信息化人才   B. 信息技术应用

  C. 信息技术和产业   D. 信息化政策法规和标准规范

试题 5 分析

请参考试题 1 的分析。

试题 5 参考答案

(1)B

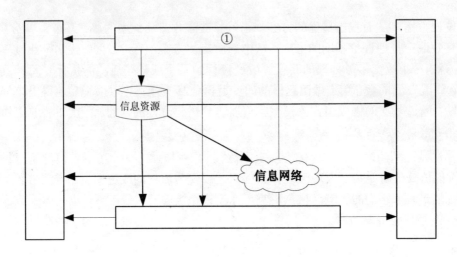

图 2-2　国家信息化体系

试题 6（2009 年下半年试题 2）

　（2）　不属于供应链系统设计的原则。

（2）A．分析市场需求和竞争环境　　　B．自顶向下和自底向上相结合

　　　C．简洁　　　　　　　　　　　　D．取长补短

试题 6 分析

供应链管理是一种集成的管理思想和方法，是在满足服务水平要求的同时，为了使系统成本达到最低而采用的将供应商、制造商、仓库和商店有效地结合成一体来生产商品，有效地控制和管理各种信息流、资金流和物流，并把正确数量的商品在正确的时间配送到正确的地点的一套管理方法。供应链系统设计的原则如下。

（1）自顶向下和自底向上相结合的设计原则。自顶向下和自底向上的方法是系统建模方法中两种最基本最常用的建模方法。自顶向下的方法是从全局走向局部的方法，自底向上的方法是一种从局部走向全局的方法；自上而下是系统分解的过程，而自下而上则是一种集成的过程。在设计一个供应链系统时，往往是先由主管高层根据市场需求和企业发展规划做出战略规划与决策，然后由下层部门实施；而战略规划与决策是根据基层第一线实际情况制定的，而且基层第一线要及时向高层反馈战略规划与决策的实施情况。

（2）简洁性原则。为了使供应链能够灵活快速地适应市场，供应链的每个节点都应是精简而具有活力的，能实现业务流程的快速组合。例如供应商的选择就应按照少而精的原则，通过和少数的供应商建立战略伙伴关系，降低采购成本，推动实施 JIT 采购法和准时生产。生产系统的设计更是应以精益思想（lean thinking）为指导，努力实现从精益制造模式到精益供应链的目标。

（3）取长补短原则。供应链各个节点的选择应遵循强强联合、优势互补、取长补短的原则，达到实现资源有效使用的目的，每个企业则集中精力致力于各自的核心业务过程中。这些小企业具有自我组织、自我优化、面向目标、动态运行和充满活力的特点，能够实现供应链业务的快速重组。

（4）动态性原则。不确定性在供应链中随处可见。要预见各种不确定因素对供应链运作的影响，减少信息传递过程中的信息延退和失真。增加透明性，减少不必要的中间环节，提高预测的精度和时效性，对降低不确定性的影响都是极为重要的。

（5）合作性原则。供应链业绩的好坏取决于供应链合作伙伴关系是否和谐，因此建立战略伙伴关系的合作企业关系模型是实现供应链最佳效能的保证。有人认为和谐描述系统是否形成了充分发挥系统成员的能动性、合作精神、创造性及系统与环境的总体协调性。只有充分合作的系统才能发挥最佳的效能。

（6）创新性原则。创新性原则是供应链系统设计的重要原则。供应链创新性设计中要注意以下几点：

- 没有创新性思维，就不可能有创新的管理模式；
- 创新必须在企业发展战略的指导下进行，并与总体目标保持一致；
- 从市场需求的角度出发，综合运用企业的资源、能力和优势；
- 充分发挥企业各类人员的创造性和集体智慧，并与其他企业共同协作，发挥供应链整体优势；
- 建立科学的供应链评价体系和组织管理体系，进行技术经济分析和可行性论证。

（7）战略性原则。供应链管理系统的建模应有战略性观点。通过战略性选择减少不确定因素的影响；充分体现供应链发展的长远规划和预见性；供应链系统的战略发展应和企业的战略规划保持一致，并在企业战略指导、帮助、支持下继续进行。

目前常见的供应链设计策略主要有：基于产品的供应链设计策略，基于成本核算的供应链设计策略，基于多代理的集成供应链设计策略。其中基于产品的供应链设计策略是最基本的，下面简要介绍基于产品的供应链设计策略和设计步骤。

（1）基于产品的供应链设计策略。菲舍尔认为，供应链的设计要以产品为中心，产品生命周期、需求预测、产品多样性、提前期和服务的市场标准等都是影响供应链设计的重要因素。必须设计出与产品特性一致的供应链。不同的产品类型对设计供应链有不同的要求，高边际利润、不稳定需求的革新性产品的供应链设计就不同于低边际利润、有稳定需求的功能性产品。必须在产品开发设计的早期就开始同时考虑供应链的设计问题，以获得最大化的潜在利益。

（2）基于产品的供应链设计步骤。产品供应链可以归纳为八个步骤：第一步是分析市场需求和竞争环境，目的在于使供应链更有效。这一步骤的输出是每一产品按重要性排列的市场特征和对于市场的不确定性的分析和评价；第二步是总结分析企业现状；第三步是针对存在的问题提出供应链设计项目，论证其必要性和可行性；第四步是根据产品的供应链设计策略提出供应链设计的目标；第五步是分析供应链的构成；第六步是分析评价供应链设计的技术可能性；第七步是设计供应链；第八步是检验供应链，如果检验发现问题，则从第四步开始重新实施第四、五、六、七、八步骤，直至确认无误。

（3）供应链的优化方法。为了适应市场的变化和供应链节点企业成员的变化，提高供应链运行的绩效，增加市场的竞争力，需要对供应链进行重构和优化。首先，应当明确重构优化的目标，比如缩短订货周期、提高服务水平等；然后进行企业的诊断和重构优化策略的研究。需要强调的是重构优化策略的选择，必须根据企业诊断的结构来选择重构优化，是跃进的还是渐进的。重构的结果都应该获得价值增值和用户满意度的显著提高。

供应链设计中需要注意的要点如下。

（1）注意供应链的整体性。供应链系统的整体功能取决于供应链中各节点企业或企业部门间的协调关系；各个企业或者部门系统一致，结构良好，那么作为一个整体的供应链系统才会具有良好的功能。另一方面，供应链系统追求供应链中节点企业整体利益最大化，此应成为包括中心企业在内的各节点企业的奋斗目标和行动准则。

（2）注意供应链具有相关性。供应链内部的各个企业或者部门之间相互影响、相互依赖，形成了特定的关系。供应链的性质和功能更多地受到组成供应链各个企业之间关系的影响。这种战略联盟关系的强弱决定了供应链的特性，表现出供应链的相关性。

（3）注意供应链的结构性和有序性。供应链是按照供需关系组成的核心企业与供应商之间、供应商的供应商之间等组成的层次分布的网络结构。供应链的结构不是杂乱无章的，它呈现出有序的特性。

（4）注意供应链的动态性。供应链内部的信息流、资金流、物流，都具有动态性；供应链的节点企业自身在动态地壮大或者缩小；此外，正如前面分析的那样，供应链的产生就是为了增强供应链中企业群体的竞争力，一旦供应链中的企业认为在这个供应链中或者这个联盟中不再具有利益或者意义的时候，他们就有可能退出，供应链就有可能重组，所以，供应链上的节点企业数目及其相互关联也在不断地变化。

（5）注意供应链具有一定的环境适应性。供应链在设计中也许会考虑十分周全，但是在应用中环境因素在变化，所以并不一定按照预想的那样起作用。因此，要用发展的变化的眼光来设计和构建一个供应链；供应链在运行中也应能自我调整，以适应外部条件的变化。

试题 6 参考答案

（2）A

试题 7（2009 年下半年试题 3）

在 ERP 系统中，不属于物流管理模块功能的是　(3)　。

（3）A. 库存控制　　　　　　　　B. 销售管理

　　C. 物料需求计划管理　　　　D. 采购管理

试题 7 分析

从计算机技术的角度来看，ERP 系统是一种软件工具，是一套复杂的信息管理系统。ERP 系统综合运用数据库、面向对象、图形用户界面（GUI）、网络通信等计算机技术，实现系统化的企业管理。企业资源包括硬资源和软资源，硬资源包括厂房、生产线、加工设备、检测设备、运输工具等；软资源则包括人力、管理、信誉、融资能力、组织结构、员工的劳动热情等。企业的运营过程就是这些资源相互作用和相互转化的过程。通过 ERP 系统管理企业资源，使得企业能够合理分配和使用企业资源，最大限度地发挥这些资源的作用，提高企业运行的效率，加强企业的竞争力。ERP 系统集成信息技术与先进的管理思想于一身，成为现代企业运营的重要基础，反映了信息时代对企业合理调配资源、最大化地创造社会财富的要求，成为企业在信息时代生存和发展的基石。

ERP 系统经过十余年的发展，一些主流品牌系统的功能已经相当完善和强大，覆盖企业生产经营管理的各个方面。典型的 ERP 系统一般包括系统管理、生产数据管理、生产计划管理、作业计划管理、车间管理、质量管理、动力管理、总账管理、应收账管理、固定资产管理、工资管理、现金管理、成本核算、采购管理、销售管理、库存管理、分销管理、设备管理、人力资源、办公自动化、领导查询、运输管理、工程管理、档案管理等基本功能模块。企业可以根据自身情况灵活地选择和集成这些模块，提高管理和运营效率。

（1）财会管理。ERP 中的财务模块与一般的财务软件不同，作为 ERP 系统中的一部分，它和系统的其他模块有相应的接口，能够相互集成，比如，它可将由生产活动、采购活动输入的信息自动计入财务模块生成总账、会计报表，取消了以往的凭证输入之类的手工操作。一般的 ERP 软件的财务部分分为会计核算与财务管理两大块。

① 会计核算。会计核算主要是记录、核算、反映和分析资金在企业经济活动中的变动过程及其结果。它由总账、应收账、应付账、现金、固定资产、多币制等部分构成。

- 总账模块。其功能是处理记账凭证输入、登记，输出日记账、一般明细账及总分类账，编制主要会计报表。它是整个会计核算的核心，应收账、应付账、固定资产核算、现金管理、工资核算、多币制等各模块都以其为中心来互相传递信息。

- 应收账模块。该模块用于处理企业应收的由于商品赊欠而产生的正常客户欠款账。它包括发票管理、客户管理、付款管理、账龄分析等功能。它和客户订单、发票处理业务相联系，同时将各项事件自动生成记账凭证，导入总账。

- 应付账模块。会计里的应付账是指企业应付购货款等账，它包括发票管理、供应商管理、支票管理、账龄分析等。它能够和采购模块、库存模块完全集成以替代过去繁琐的手工操作。

- 现金管理模块。该模块用于对现金流入流出的控制以及零用现金及银行存款的核算。它包括对硬币、纸币、支票、汇票和银行存款的管理。在 ERP 中提供了票据维护、票据打印、付款维护、银行清单打印、付款查询、银行查询和支票查询等与现金有关的功能。此外，它还和应收账、应付账、总账等模块集成，自动产生凭证，过入总账。

- 固定资产核算模块。该模块用于完成对固定资产的增减变动以及折旧、有关基金计提和分配的核算工作。它能够帮助管理者对目前固定资产的现状有所了解，并能通过该模块提供的各种方法来管理资产，以及进行相应的会计处理。它的具体功能有：登录固定资产卡片和明细账，计算折旧，编制报表，以及自动编制转账凭证并转入总账。它和应付账、成本、总账模块集成。

- 多币制模块。该模块是为了适应当今企业的国际化经营、对外币结算业务的要求增多而产生的。多币制将整个财务系统的各项功能以各种币制来表示和结算，且客户订单、库存管理及采购管理等也能使用多币制进行交易管理。多币制和应收账、应付账、总账、客户订单、采购等各模块都有接口，可自动生成所需数据。

- 工资核算模块。该模块用于自动进行企业员工的工资结算、分配、核算以及各项相关经费的计提，它能够登录工资、打印工资清单及各类汇总报表，计算计提各项与工资有关的费用，自动做出凭证，导入总账。这一模块是和总账、成本模块集成的。

- 成本模块。该模块将依据产品结构、工作中心、工序、采购等信息进行产品的各种成本的计算，以便进行成本分析和规划。还能用标准成本或平均成本法按地点维护成本。

② 财务管理。财务管理的功能主要是基于会计核算的数据，再加以分析，从而进行相应的预测、管理和控制活动，它主要包括财务计划、控制、分析和预测。其中，财务计划是根据前期财务分析做出下期的财务计划、预算等；财务分析提供查询功能和通过用户定义的差异数据的图形显示进行财务绩效评估，账户分析等；财务决策是财务管理的核心部分，中心内容是做出有关资金的决策，包括资金筹集、投放及资金管理。

（2）生产控制管理。生产控制管理功能是 ERP 系统的核心所在，它将企业的整个生产过程有机地结合在一起，使得企业能够有效地降低库存，提高效率；同时使得生产流程能够自动前后连贯地进行，而不会出现生产脱节，耽误生产交货时间。生产控制管理是一个以计划为导向的先进的生产、管理方法。首先，企业确定它的一个总生产计划，再经过系统层层细分后，下达到各部门去执行。即生产部门以此为依据进行生产，采购部门以此为依据进行采购等。

① 主生产计划。主生产计划根据生产计划、预测和客户订单的输入来安排将来各周期的工作任务，包括产品种类和数量等。它将生产计划转为产品计划，在平衡了物料和能力的需要后，精确到时间、数量的详细进度计划，是企业在一段时期内的总活动安排，是一个稳定的计划。

② 物料需求计划。在主生产计划决定生产多少最终产品后，再根据物料清单，把整个企业要生产的产品的数量转变为所需生产的零部件的数量，并对照现有的库存量，可得到还需加工多少、采购多少的最终数量。

③ 能力需求计划。它是在得出初步的物料需求计划之后，将所有工作中心的总工作负荷与工作中心的能力进行平衡后产生的详细工作计划，用以确定生成的物料需求计划是否是企业生产能力上可行的需求计划。能力需求计划是一种短期的、当前实际应用的计划。

④ 车间控制。这是随时间变化的动态作业计划，是将作业分配到具体各个车间，再进行作业排序、作业管理、作业监控。

⑤ 制造标准。在编制计划中需要许多生产基本信息，制造标准就是重要的基本信息，包括零件、产品结构、工序和工作中心，都用唯一的代码在计算机中识别。

（3）物流管理。在生产过程中，根据物质资料实体流动的规律，应用管理的基本原理和科学方法，对物流活动进行计划、组织、指挥、协调、控制和监督，使各项物流活动实现最佳的协调与配合，以降低物流成本，提高物流效率和经济效益。

① 销售管理。销售管理是从产品的销售计划开始，对其销售产品、销售地区、销售客户等各种信息的管理和统计，并可对销售数量、金额、利润、绩效、客户服务做出全面的分析。在销售管理模块中大致有三方面的功能：

- 对于客户信息的管理和服务；
- 对于销售订单的管理；
- 对于销售的统计与分析。

② 库存控制。库存控制用来控制存储物料的数量，以保证稳定的物流支持正常的生产，但又最小限度地占用资本。它是一种相关的、动态的、真实的库存控制系统。它能够精确地反映库存现状，满足相关部门的需求，随时间变化动态地调整库存。其功能涉及三方面：

- 为所有的物料建立库存，作为采购部门采购、生产部门编制生产计划的依据；
- 收到订购物料，经过质量检验入库；生产的产品也同样要经过检验入库；
- 收发料的日常业务处理工作。

③ 采购管理。确定合理的定货量、优秀的供应商和保持最佳的安全储备。能够随时提供定购、验收的信息，跟踪和催促外购或委外加工的物料，保证货物及时到达；建立供应商的档案，用最新的成本信息来调整库存的成本。

（4）人力资源管理。早期的 ERP 系统基本上都是以生产制造及销售过程（供应链）为中心的。但近年来，企业内部的人力资源，开始越来越受到企业的关注，被视为企业的资源之本；相应地，人力资源管理，作为一个独立的模块被加入到了 ERP 系统中来。这使得 ERP 系统更加充实和丰富，也使得传统方式下的人事管理发生了变革。

① 人力资源规划的辅助决策。对于企业人员、组织结构编制的多种方案，进行模拟比较和运行分析，并辅之以图形的直观评估，辅助管理者做出最终决策；制定职务模型，根据该职位要求、升迁路径、培训计划与该职位任职员工的具体情况，系统会提出相应的培训、职位变动建议或升迁建议；进行人员成本分析，并通过 ERP 集成环境，为企业成本分析提供依据。

② 招聘管理。优化招聘过程，减少招聘业务工作量；对招聘的成本进行科学管理，从而降低招聘成本； 为选择聘用人员的岗位提供辅助信息，并有效地帮助企业进行人才资源的挖掘。

③ 工资核算。能根据公司跨地区、跨部门、跨工种的不同薪资结构及处理流程，制定

与之相适应的薪资核算方法；自动根据要求调整薪资结构及数据；与工时管理集成，实现对员工的薪资核算动态化。

④ 工时管理。安排企业的运作时间以及员工作息时间表；运用远端考勤系统，可以将员工的实际出勤状况记录到主系统中，并把与员工薪资、奖金有关的时间数据导入薪资系统和成本核算中。

⑤ 差旅核算。系统能够自动控制从差旅申请、差旅批准到差旅报销的整个流程，并且通过集成环境将核算数据导进财务成本核算模块中去。

试题 7 参考答案

（3）C

试题 8（2009 年下半年试题 4）

CRM 系统是基于方法学、软件和互联网的以有组织的方式帮助企业管理客户关系的信息系统。 __(4)__ 准确地说明了 CRM 的定位。

（4）A．CRM 在注重提高客户的满意度的同时，一定要把帮助企业提高获取利润的能力作为重要指标

　　B．CRM 有一个统一的以客户为中心的数据库，以方便对客户信息进行全方位的统一管理

　　C．CRM 能够提供销售、客户服务和营销三个业务的自动化工具，具有整合各种客户联系渠道的能力

　　D．CRM 系统应该具有良好的可扩展性和可复用性，并可以把客户数据分为描述性、促销性和交易性数据三大类

试题 8 分析

CRM 系统是基于方法学、软件和互联网的以有组织的方式帮助企业管理客户关系的信息系统。CRM 是一个集成化的信息管理系统，它存储了企业现有和潜在客户的信息，并且对这些信息进行自动的处理从而产生更人性化的市场管理策略。但是，CRM 的定义绝对不仅仅是一套计算机系统那么简单，它所涵盖的要素如下：

第一，CRM 以信息技术为手段，但是 CRM 绝不仅仅是某种信息技术的应用，它更是一种以客户为中心的商业策略，CRM 注重与客户的交流，企业的经营是以客户为中心，而不是传统的以产品或以市场为中心。

第二，CRM 在注重提高客户满意度的同时，一定要把帮助企业提高获取利润的能力作为重要指标。

第三，CRM 的实施要求企业对其业务功能进行重新设计，并对工作流程进行重组，将

业务的中心转移到客户，同时要针对不同的客户群体有重点地采取不同的策略。

CRM 系统应具备以下的功能。

（1）有一个统一的以客户为中心的数据库。客户信息是企业最重要的资产之一，同时也是 CRM 系统的基础。企业对客户信息进行全方位的统一管理。

（2）具有整合各种客户联系渠道的能力。客户与企业联系的方式有很多，比如一个客户可以通过电子邮件、电话、传真、传统邮件、Internet 等诸多方式与企业获得联系；相应地，企业也正是通过这些方式多角度地获取客户信息。但是随之产生的问题就是如何对这些渠道进行整合。企业与客户接触和交互的事件称为"接触点（touch point）"，接触点是企业获得客户信息的最基本来源，但是企业必须通过某种手段来整合这些接触点的信息，同时做到无遗漏和无重复。

（3）能够提供销售、客户服务和营销三个业务的自动化工具，并且在这三者之间实现通信接口，使得其中一项业务模块的事件可以触发另外一个业务模块的响应。

（4）具备从大量数据中提取有用信息的能力，即这个系统必须实现基本的数据挖掘模块，从而使其具有一定的商业智能。目前，很多企业面临的问题是，他们收集和存储了关于客户、供应商和其他商业伙伴的宝贵数据，但是，同时缺乏发现隐含在数据中的有用信息的能力，所以他们无法将数据转化成为知识。在 CRM 的管理过程中，自动地从庞大的数据堆中找出好的预测客户购买行为的模式对企业管理人员具有很大的意义。营销人员可以通过数据挖掘模块的输出有科学依据地找出现有的和潜在的可以给企业带来高利润的客户，然后策划和实现促销活动以进一步影响客户的行为。

（5）系统应该具有良好的可扩展性和可复用性，即可以实现与其他相应的企业应用系统之间的无缝整合。

CRM 应用设计的特点如下：

（1）可伸缩性。由于 CRM 技术目前尚不成熟，对于 CRM 应用的范围至今无清晰界定。这些不确定因素决定了在搭建 CRM 应用系统的时候，一定要为其留有足够的可扩展余地，即系统的可伸缩性；

（2）可移植性。这个特点主要是针对系统组件而言的。今天，软件产品开发已实现了组件化和集成化，为了加快软件开发周期，我们需要将产品做成很多组件集成在一块的形式，其中每一个组件还可以继续被复用和移植。

试题 8 参考答案

（4）A

试题 9（2009 年下半年试题 5）

　（5）　是通过对商业信息的搜集、管理和分析，使企业的各级决策者获得知识或洞察力，促使他们做出有利决策的一种技术。

    （5）A. 客户关系管理（CRM）   B. 办公自动化（OA）

           C. 企业资源计划（ERP）   D. 商业智能（BI）

试题 9 分析

商业智能通常被理解为将组织中现有的数据转化为知识，帮助组织做出明智的业务经营决策。这里所谈的数据包括：来自组织业务系统的订单、库存、交易账目、客户和供应商等方面的数据，来自组织所处行业和竞争对手的数据以及来自组织所处的其他外部环境中的各种数据。而商业智能能够辅助组织的业务经营决策，既可以是操作层的，也可以是战术层和战略层的决策。为了将数据转化为知识，需要利用数据仓库、联机分析处理（On-Line Analytics Process，OLAP）工具和数据挖掘等技术。因此，从技术层面上讲，商业智能不是什么新技术，它只是数据仓库、OLAP 和数据挖掘等技术的综合运用。

概括地说，商业智能的实现涉及软件、硬件、咨询服务及应用，是对商业信息的搜集、管理和分析过程，目的是使企业的各级决策者获得知识或洞察力（insight），促使他们做出对企业更有利的决策。商业智能一般由数据仓库、联机分析处理、数据挖掘、数据备份和恢复等部分组成。

因此，把商业智能看成是一种解决方案应该比较恰当。商业智能的关键是从来自组织的许多不同的运作系统的数据中提取出有用的数据并进行清理，以保证数据的正确性，然后经过抽取（Extraction）、转换（Transformation）和装载（Load），即 ETL 过程，合并到一个组织级的数据仓库里，从而得到组织数据的一个全局视图，在此基础上利用合适的查询和分析工具、数据挖掘工具、OLAP 工具等对其进行分析和处理（这时信息变为辅助决策的知识），最后将知识呈现给管理者，为管理者的决策过程提供支持。

商业智能系统应具有的主要功能如下。

（1）数据仓库：高效的数据存储和访问方式。提供结构化和非结构化的数据存储，容量大，运行稳定，维护成本低，支持元数据管理，支持多种结构，例如中心式数据仓库，分布式数据仓库等。存储介质能够支持近线式和二级存储器，能够很好地支持容灾和备份方案。

（2）数据 ETL：数据 ETL 支持多平台、多数据存储格式（多数据源、多格式数据文件、多维数据库等）的数据组织，要求能自动地根据描述或者规则进行数据查找和理解。减少海量、复杂数据与全局决策数据之间的差距。帮助形成支撑决策要求的参考内容。

（3）数据统计输出（报表）：报表能快速地完成数据统计的设计和展示，其中包括统计数据表样式和统计图展示，可以很好地输出给其他应用程序或者以 Html 形式表现和保存。对于自定义设计部要提供简单易用的设计方案，支持灵活的数据填报和针对非技术人员设计的解决方案，能自动地完成输出内容的发布。

（4）分析功能：可以通过业务规则形成分析内容，并且展示样式丰富，具有一定的交互要求，例如预警或者趋势分析等。要支持多维度的 OLAP，实现维度变化、旋转、数据切片和数据钻取等，以帮助做出正确的判断和决策。

商业智能的实现有三个层次，分别是数据报表，多维数据分析，数据挖掘。

（1）数据报表。如何把数据库中存在的数据转变为业务人员需要的信息？大部分的答案是报表系统。简单说，报表系统是 BI 的低端实现。传统的报表系统技术上已经相当成熟，大家熟悉的 Excel、水晶报表、Reporting Service 等都已经被广泛使用。但是，随着数据的增多，需求的提高，传统报表系统面临的挑战也越来越多：数据太多，信息太少；难以交互分析、了解各种组合；难以挖掘出潜在的规则；难以追溯历史，形成数据孤岛。显然，随着时代的发展，传统报表系统已经不能满足日益增长的业务需求，企业期待着新的技术。数据分析和数据挖掘的时代正在来临。值得注意的是，数据分析和数据挖掘系统的目的是带给我们更多的决策支持价值，并不是取代数据报表。报表系统依然有其不可取代的优势，并且将会长期与数据分析、挖掘系统一起并存下去。

（2）多维数据分析。如果说在线事务处理（OLTP）侧重于对数据库进行增加、修改、删除等日常事务操作，在线分析处理（OLAP）则侧重于针对宏观问题全面分析数据，获得有价值的信息。为了达到 OLAP 的目的，传统的关系型数据库已经不够用了，需要一种新的技术叫做多维数据库。多维数据库的概念并不复杂。例如，我们想描述 2010 年 12 月份希赛教育软考学院在北京的销售额 10 万元时，涉及几个角度：时间、产品、地区，这些叫做维度。至于销售额，叫做度量值。当然，还有成本、利润等。除了时间、产品和地区，还可以有很多维度，例如，客户的性别、职业、销售部门、促销方式等。实际上，使用中的多维数据库可能是一个 8 维或者 15 维的立方体。虽然结构上 15 维的立方体很复杂，但是概念上非常简单。数据分析系统的总体架构可分为四个部分：源系统、数据仓库、多维数据库、客户端。

- 源系统：包括现有的所有 OLTP 系统，搭建 BI 系统并不需要更改现有系统。
- 数据仓库：数据大集中，通过数据抽取，把数据从源系统源源不断地抽取出来，可能每天一次，或者每 3 个小时一次，当然是自动的。数据仓库依然建立在关系型数据库上，往往符合星型结构模型。
- 多维数据库：数据仓库的数据经过多维建模，形成了立方体结构。每个立方体描述一个业务主题，例如，销售、库存或者财务。
- 客户端：好的客户端软件可以把多维立方体中的信息丰富多彩地展现给用户。

（3）数据挖掘。广义上说，任何从数据库中挖掘信息的过程都叫做数据挖掘。从这点看来，数据挖掘就是 BI。但从技术术语上说，数据挖掘是指：源数据经过清洗和转换成为适合于挖掘的数据集。数据挖掘在这种具有固定形式的数据集上完成知识的提炼，最后以合适的知识模式用于进一步分析决策工作。从这种狭义的观点上可以定义：数据挖掘是从特定形式的数据集中提炼知识的过程。数据挖掘往往针对特定的数据、特定的问题，选择一种或者多种挖掘算法，找到数据下面隐藏的规律，这些规律往往被用来预测、支持决策。

实施商业智能系统是一项复杂的系统工程，整个项目涉及企业管理、运作管理、信息系统、数据仓库、数据挖掘、统计分析等众多门类的知识，因此用户除了要选择合适的商业智能软件工具外还必须遵循正确的实施方法才能保证项目得以成功。商业智能项目的实施步骤可分为：

（1）需求分析。需求分析是商业智能实施的第一步，在其他活动开展之前必须明确地定义组织对商业智能的期望和需求，包括：需要分析的主题、查看各主题的角度（维度）、需要发现组织的哪些方面的规律等；

（2）数据仓库建模。通过对企业需求的分析，建立企业数据仓库的逻辑模型和物理模型，并规划好系统的应用架构，将企业各类数据按照分析主题进行组织和归类；

（3）数据抽取。数据仓库建立后必须将数据从业务系统中抽取到数据仓库中，在抽取的过程中还必须将数据进行转换、清洗，以适应分析的需要；

（4）建立商业智能分析报表。商业智能分析报表需要专业人员按照用户制订的格式进行开发，用户也可自行开发（开发方式简单、快捷）；

（5）用户培训和数据模拟测试。对于开发-使用分离型的商业智能系统，最终用户的使用是相当简单的，只需要点击操作就可针对特定的商业问题进行分析；

（6）系统改进和完善。任何系统的实施都必须是不断完善的，商业智能系统更是如此。在用户使用一段时间后可能会提出更多的、更具体的要求，这时需要再按照上述步骤对系统进行重构或完善。

试题 9 参考答案

（5）D

试题 10（2009 年下半年试题 28）

下面关于数据仓库的叙述，错误的是 （28） 。

（28）A. 在数据仓库的结构中，数据源是数据仓库系统的基础

　　　B. 数据的存储与管理是整个数据仓库系统的核心

　　　C. 数据仓库前端分析工具中包括报表工具

　　　D. 数据仓库中间层 OLAP 服务器只能采用关系型 OLAP

试题 10 分析

传统的数据库技术以单一的数据资源即数据库为中心，进行事务处理、批处理、决策分析等各种数据处理工作，主要有操作型处理和分析型处理两类。操作型处理也称事务处理，是指对联机数据库的日常操作，通常是对数据库中记录的查询和修改，主要为企业的特定应用服务，强调处理的响应时间、数据的安全性和完整性等；分析型处理则用于管理人员的决策分析，经常要访问大量的历史数据。传统数据库系统主要强调优化企业的日常事务处理工作，难以实现对数据分析处理要求，无法满足数据处理多样化的要求。操作型处理和分析型处理的分离成为必然。

数据仓库（Data Warehouse）是一个面向主题的（Subject Oriented）、集成的、相对稳定的、反映历史变化的数据集合，用于支持管理决策。可以从两个层次理解数据仓库：首先，数据仓库用于决策支持，面向分析型数据处理，不同于企业现有的操作型数据库；其次，数据仓库是对多个异构数据源（包括历史数据）的有效集成，集成后按主题重组，且存放在数据仓库中的数据一般不再修改。

与操作型数据库相比，数据仓库的主要特点如下：

（1）面向主题：操作型数据库的数据面向事务处理，各个业务系统之间各自分离，而数据仓库中的数据按主题进行组织。主题是指用户使用数据仓库进行决策时所关心的某些方面，一个主题通常与多个操作型系统相关；

（2）集成：面向事务处理的操作型数据库通常与某些特定的应用相关，数据库之间相互独立，并且往往是异构的。而数据仓库中的数据是在对原有分散的数据库数据抽取、清理的基础上经过系统加工、汇总和整理得到的，消除了源数据中的不一致性，保证数据仓库内的信息是整个企业的一致性的全局信息；

（3）相对稳定：操作型数据库中的数据通常是实时更新的，数据根据需要及时发生变化。而数据仓库的数据主要供企业决策分析之用，所涉及的数据操作主要是数据查询，只有少量的修改和删除操作，通常只需定期加载、刷新；

（4）反映历史变化：操作型数据库主要关心当前某一个时间段内的数据，而数据仓库中的数据通常包含历史信息，系统记录了企业从过去某一时刻到当前各个阶段的信息，通过这些信息，可以对企业的发展历程和未来趋势做出定量分析和预测。

企业数据仓库的建设是以现有企业业务系统和大量业务数据的积累为基础的。数据仓库不是静态的概念，只有将信息及时地提供给需要这些信息的使用者，供其做出改善自身业务经营的决策，信息才能发挥作用，信息才有意义。将信息加以整理归纳和重组，并及时地提供给相应的管理决策人员，是数据仓库的根本任务。数据仓库系统的结构通常包含四个层次，如图 2-3 所示。

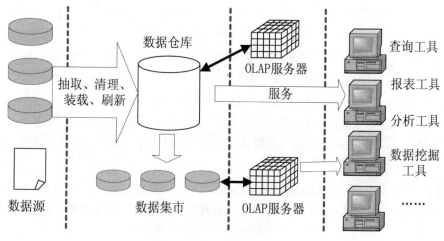

图 2-3　数据仓库系统结构

在数据仓库的结构中，数据源是数据仓库系统的基础，通常包括企业内部信息和外部信息。内部信息包括存放于数据库中的各种业务处理数据和各类文档数据；外部信息包括各类法律法规、市场信息和竞争对手的信息等。

数据的存储与管理是整个数据仓库系统的核心。数据仓库的组织管理方式决定了其对外部数据的表现形式。需要根据数据仓库的特点决定所采用的产品和技术，并针对现有各业务系统的数据，进行抽取、清理及有效集成，按主题进行组织。数据仓库按照数据的覆盖范围可以分为企业级数据仓库和部门级数据仓库（通常称为数据集市）两种。

OLAP 服务器对分析需要的数据进行有效集成，按多维模型组织，以便进行多角度、多层次的分析，并发现趋势。具体实现可以分为：ROLAP、MOLAP 和 HOLAP。ROLAP 的基本数据和聚合数据均存放在关系数据库中；MOLAP 的基本数据和聚合数据均存放在多维数据库中；HOLAP 的基本数据存放在关系数据库中，聚合数据存放在多维数据库中。

前端工具主要包括各种报表工具、查询工具、数据分析工具、数据挖掘工具以及各种基于数据仓库或数据集市的应用开发工具。其中数据分析工具主要针对 OLAP 服务器，报表工具、数据挖掘工具主要针对数据仓库。

试题 10 参考答案

（28）D

试题 11（2009 年下半年试题 29）

以下 __（29）__ 是 SOA 概念的一种实现。

（29）A．DOOM　　　　　B．J2EE　　　　　C．Web Service　　　　D．WWW

试题 11 分析

SOA 是一种在计算环境中设计、开发、部署和管理离散逻辑单元（服务）模型的方法。SOA 并不是一个新鲜事物，而只是面向对象模型的一种替代。虽然基于 SOA 的系统并不排除使用 OOD 来构建单个服务，但是其整体设计却是面向服务的。由于 SOA 考虑到了系统内的对象，所以虽然 SOA 是基于对象的，但是作为一个整体，它却不是面向对象的。

SOA 系统原型的一个典型例子是 CORBA，它已经出现了很长时间，其定义的概念与 SOA 相似。SOA 建立在 XML 等新技术的基础上，通过使用基于 XML 的语言来描述接口，服务已经转到更动态且更灵活的接口系统中，而 CORBA 中的 IDL 无法与之相比。图 2-4 描述了一个完整的 SOA 模型。

在 SOA 模型中，所有的功能都定义为独立的服务。服务之间通过交互和协调完成业务的整体逻辑。所有的服务通过服务总线或流程管理器来连接。这种松散耦合的架构使得各服务在交互过程中无需考虑双方的内部实现细节，以及部署在什么平台上。

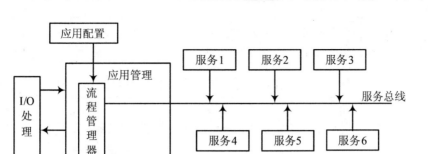

图 2-4 SOA 模型示例

SOA 只是一种概念和思想，需要借助于具体的技术和方法来实现。从本质上来看，SOA 是用本地计算模型来实现一个分布式的计算应用，也有人称这种方法为"本地化设计，分布式工作"模型。CORBA、DCOM 和 EJB 等都属于这种解决方式，也就是说，SOA 最终可以基于这些标准来实现。从逻辑上和高层抽象来看，目前，实现 SOA 的方法也比较多，其中主流方式有 Web Service、企业服务总线和服务注册表。

试题 11 参考答案

（29）C

试题 12（2009 年下半年试题 30）

在.NET 架构中，___(30)___ 给开发人员提供了一个统一的、面向对象的、层次化的、可扩展的编程接口。

（30）A．通用语言规范   B．基础类库

        C．通用语言运行环境   D．ADO.NET

试题 12 分析

微软的.NET 是基于一组开放的互联网协议而推出的一系列的产品、技术和服务。.NET 开发框架在通用语言运行环境基础上，给开发人员提供了完善的基础类库、数据库访问技术及网络开发技术，开发者可以使用多种语言快速构建网络应用。.NET 开发框架如图 2-5 所示。

通用语言运行环境（Common Language Runtime）处于.NET 开发框架的最低层，是该框架的基础，它为多种语言提供了统一的运行环境、统一的编程模型，大大简化了应用程序的发布和升级、多种语言之间的交互、内存和资源的自动管理，等等。

基础类库（Base Class Library）给开发人员提供了一个统一的、面向对象的、层次化的、可扩展的编程接口，使开发人员能够高效、快速地构建基于下一代互联网的网络应用。

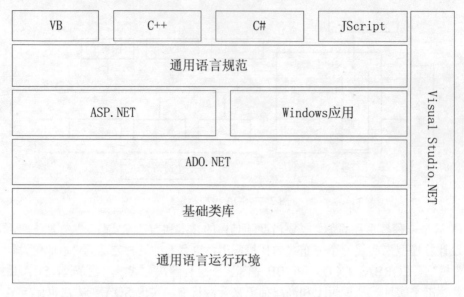

图 2-5　.NET 开发框架

ADO.NET 技术用于访问数据库，提供了一组用来连接到数据库、运行命令、返回记录集的类库。ADO.NET 提供了对 XML 的强大支持，为 XML 成为.NET 中数据交换的统一格式提供了基础。同时，ADO.NET 引入了 DataSet 的概念，在内存数据缓冲区中提供数据的关系视图，使得不论数据来自于关系数据库，还是来自于一个 XML 文档，都可以用一个统一的编程模型来创建和使用，提高了程序的交互性和可扩展性，尤其适合于分布式的应用场合。

ASP.NET 是.NET 中的网络编程结构，可以方便、高效地构建、运行和发布网络应用。ASP.NET 网络表单使开发人员能够非常容易地创建网络表单，它将快速开发模型引入到网络开发中来，从而大大简化了网络应用的开发。ASP.NET 中还引入服务器端控件，该控件是可扩展的，开发人员可以构建自己的服务器端控件。ASP.NET 还支持 Web 服务（Web Services）。在.NET 中，ASP.NET 应用不再是解释脚本，而采用编译运行，再加上灵活的缓冲技术，从根本上提高了性能。

传统的基于 Windows 的应用（Win Forms），仍然是.NET 中不可或缺的一部分。在.NET 中开发传统的基于 Windows 的应用程序时，除了可以利用现有的技术（如 ActiveX 控件以及丰富的 Windows 接口）外，还可以基于通用语言运行环境开发，可以使用 ADO.NET、Web 服务等。

.NET 支持使用多种语言进行开发，目前已经支持 VB、C++、C#和 JScript 等语言以及它们之间的深层次交互。.NET 还支持第三方的.NET 编译器和开发工具，这意味着几乎所有市场上的编程语言都有可能应用于微软的.NET 开发框架。

Visual Studio .NET 作为微软的下一代开发工具，和.NET 开发框架紧密结合，提供了一个统一的集成开发环境和工具，可以极大地提高开发效率。

J2EE 与.NET 都可以用来设计、开发企业级应用。J2EE 平台是业界标准，有超过 50 家厂商实现了这些标准（工具、应用服务器等）。.NET 是微软自己的产品系列，而非业界标准。这使两者在实现技术及应用等各方面有很多不同之处。

试题 12 参考答案

（30）B

试题 13（2010 年上半年试题 5）

与制造资源计划 MRP Ⅱ 相比，企业资源计划 ERP 最大的特点是在制定计划时将　(5)　考虑在一起，延伸管理范围。

（5）A．经销商　　　　B．整个供应链　　　　C．终端用户　　　　D．竞争对手

试题 13 分析

ERP 系统特点如下。

（1）ERP 是统一的集成系统。ERP 系统作为整个企业的信息系统，必须统一企业的各种数据和信息。ERP 系统的统一性突出地表现在系统使用一个集中的数据库、数据仓库，每个子系统都在这个中心数据库上运行。通过数据的集中统一，使得各部门的信息可以有效地共享和传递。

（2）ERP 是面向业务流程的系统。ERP 系统和企业的业务流程紧密相关。企业实施 ERP 系统，不是简单地通过计算机技术将企业现行业务流程固化，而是要按照建成现代化企业的目标将企业现行业务流程优化重组，并且让 ERP 系统支持优化重组了的业务流程，从而达到提高管理水平和运营效率的目的，这就要求 ERP 必须面向企业的业务流程，可以实现先进的 ERP 技术与业务流程优化重组之间的互动。

（3）ERP 是模块化可配置的。系统企业具有不同的规模、不同的部门设置和不同的业务流程。企业之间千差万别，但又同时具有一些相同的基本业务。ERP 厂商通常的做法是：开发一些通用的基本模块以支持诸多企业大致相同的基本业务；再分别开发针对企业的不同需求的个性化定制软件模块，然后根据企业的实际需求，将所选择的通用模块和定制模块进行组合，构造适合本企业需要的 ERP 系统。

（4）ERP 是开放的系统。任何一个企业都不是孤立存在的，企业的运营必然与供应商、客户和合作伙伴发生联系。ERP 系统也不能仅仅局限于一个企业的高墙之内，必须将企业的外部相关信息，较为突出的是供应链管理和电子商务等方面的信息，纳入 ERP 系统的处理范围。

下面，主要从 5 个方面将 ERP 与 MRP Ⅱ 进行对比。

（1）管理范围向整个供应链延伸。在资源管理范围方面，MRP Ⅱ 主要侧重对本企业内部人、财、物等资源的管理，ERP 系统在 MRP Ⅱ 的基础上扩展了管理范围，它把客户需求和企业内部的制造活动以及供应商的制造资源整合在一起，形成一个完整的供应链并对供应

链上所有环节如订单、采购、库存、计划、生产制造、质量控制、运输、分销、服务与维护、财务管理、人事管理、实验室管理、项目管理、配方管理等进行有效管理。

（2）可同期管理企业的多种生产方式。在生产方式管理方面，MRPⅡ系统把企业归类为几种典型的生产方式进行管理，对每一种类型都有一套管理标准。在20世纪80年代末、90年代初期，为了紧跟市场的变化，多品种、小批量生产以及看板式生产等则是企业主要采用的生产方式，由单一的生产方式向混合型生产发展，ERP则能很好地支持和管理混合型制造环境，满足了企业的这种多角化经营需求。

（3）在多方面扩充了管理功能。在管理功能方面，ERP除了MRPⅡ系统的制造、分销、财务管理功能外，还增加了支持整个供应链上物料流通体系中供、产、需各个环节之间的运输管理和仓库管理；支持生产保障体系的质量管理、实验室管理、设备维修和备品备件管理；支持对工作流（业务处理流程）的管理。

（4）支持在线分析处理。在事务处理控制方面，MRPⅡ的生产过程控制的实时性较差，一般只能实现事中控制。而ERP系统支持OLAP，强调企业的事前控制能力，它可以将设计、制造、运输、销售等通过集成来并行地进行各种相关的作业，为企业提供了对质量、应变、客户满意度、绩效等关键问题的实时分析能力。

（5）财务计划和价值控制。在MRPⅡ中，财务系统的功能是将供、产、销中的数量信息转变为价值信息，是物流的价值反映，而ERP系统则将财务计划和价值控制功能集成到了整个供应链上。现代企业内部各个组织单元之间、企业与外部的业务单元之间的协调变得越来越多和越来越重要，ERP系统应用完整的组织架构，从而可以支持跨国经营的多国家地区、多工厂、多语种、多币制应用需求。

试题 13 参考答案

（5）B

试题 14（2010 年上半年试题 6）

小张在某电子商务网站建立一家经营工业品的个人网络商铺，向网民提供自己手工制作的工艺品。这种电子商务模式为 __(6)__ 。

（6）A. B2B   B. B2C   C. C2C   D. G2C

试题 14 分析

电子商务是指使用基于互联网的现代信息技术工具和在线支付方式进行商务活动。可以认为EDI（电子数据交换）是连接原始电子商务和现代电子商务的纽带。现代电子商务包括如下要点：

（1）以基于互联网的现代信息技术、工具为操作平台；

（2）商务活动参与方增多。要实现完整的电子商务，除了买家、卖家外，还要有银行或金融机构、政府机构、认证机构、配送中心等机构的加入。相应地，有安全认证体系、信用体系、在线支付体系、现代物流体系及相关法律法规标准规范体系相配套；

（3）商务活动范围扩大。活动内容包括货物贸易、服务贸易和知识产权贸易等，活动形态包括网上营销、网上客户服务以及网上做广告、网上调查等。

电子商务按照交易对象，可以分为企业与企业之间的电子商务（B2B）、商业企业与消费者之间的电子商务（B2C）、消费者与消费者之间的电子商务（C2C），以及政府部门与企业之间的电子商务（G2B）四种。如果对电子商务做进一步的细分，有的人把企业内部的电子商务也归入电子商务的一种类型，即企业内部不同部门之间的电子商务，通过企业内部网（Intranet）的方式处理与交换商贸信息。目前，企业与企业之间的电子商务（B2B）是交易量最大的一种电子商务形式，约占到电子商务交易额的 90%左右，但是随着信息终端的不断的普及，其他形式的电子商务也迅速增长，尤其是企业与消费者之间（B2C）、消费者与消费者之间（C2C）的电子商务发展迅速。

试题 14 参考答案

（6）C

试题 15（2010 年上半年试题 8）

中间件是位于硬件、操作系统等平台和应用之间的通用服务。__（8）__ 位于客户和服务器之间，负责负载均衡、失效恢复等任务，以提高系统的整体性能。

（8）A. 数据库访问中间件　　　　　　B. 面向消息中间件

　　　C. 分布式对象中间件　　　　　　D. 事务中间件

试题 15 分析

为了解决分布系统异构数据一致性的问题，人们提出了中间件的概念，中间件是位于硬件、操作系统等平台和应用之间的通用服务，这些服务具有标准的程序接口和协议。中间件是一种独立的系统软件或服务程序，可以帮助分布式应用软件在不同的技术之间共享资源，它位于客户机/服务器的操作系统之上，管理计算资源和网络通信。

中间件是位于硬件、操作系统等平台和应用之间的通用服务，这些服务具有标准的程序接口和协议。不同的硬件及操作系统平台，可以有符合接口和协议规范的多种实现。中间件是一种独立的系统软件或服务程序，可以帮助分布式应用软件在不同的技术之间共享资源，它位于客户机/服务器的操作系统之上，管理计算机资源和网络通信。其主要目的是实现应用与平台的无关性。满足大量应用的需要、运行于多种硬件和操作系统平台、支持分布计算、提供跨网络/硬件/操作系统平台的应用或服务的透明交互、支持标准的协议、支持标准的接口，这些都是任何一类中间件所具备的特点。

中间件能够屏蔽操作系统和网络协议的差异，为应用程序提供多种通信机制满足不同领域的应用需要。因此，中间件为应用程序提供了一个相对稳定的高层应用环境。但是，中间件服务所应遵循的原则离实际还有很大距离。多数流行的中间件使用专有的 API 和专有的协议，使应用只能构建在单一厂家的产品之上，来自不同厂家的实现很难互操作。有些中间件只提供某些平台的实现，限制了应用在异构系统之间的移植。开发人员在这些中间件之上建立自己的应用还要承担相当大的风险，往往要面临许多设计选择，同时随着技术的发展还可能需要重写系统。

中间件包括的范围十分广泛，针对不同的应用需求有各种不同的中间件产品。从不同的角度对中间件的分类也会有所不同。通常将中间件分为数据库访问中间件、远程过程调用中间件、面向消息中间件、事务中间件、分布式对象中间件等几类。

（1）数据库访问中间件。数据库访问中间件通过一个抽象层访问数据库，从而允许使用相同或相似的代码访问不同的数据库资源。典型的技术如 Windows 平台的 ODBC 和 Java 平台的 JDBC 等。

（2）远程过程调用。远程过程调用（RPC）是一种广泛使用的分布式应用程序处理方法。一个应用程序使用 RPC 来"远程"执行一个位于不同地址空间内的过程，从效果上看和执行本地调用相同。事实上，一个 RPC 应用分为两个部分：服务器和客户。服务器提供一个或多个远程过程；客户向服务器发出远程调用。服务器和客户可以位于同一台计算机，也可以位于不同的计算机，甚至可以运行在不同的操作系统之上。客户和服务器之间的网络通信和数据转换通过代理程序（stub 与 skeleton）完成，从而屏蔽了不同的操作系统和网络协议。RPC 为客户/服务器的分布计算提供了有力的支持。但是，RPC 所提供的是基于过程的服务访问，客户与服务器进行直接连接，没有中间机构来处理请求，因此也具有一定的局限性。

（3）面向消息中间件。面向消息中间件（MOM）利用高效可靠的消息传递机制进行与平台无关的数据交流，并可基于数据通信进行分布系统的集成。通过提供消息传递和消息排队模型，可在分布环境下扩展进程间的通信，并支持多种通信协议、语言、应用程序、硬件和软件平台。典型的产品有 IBM 的 MQSeries 等。通过使用 MOM，通信双方的程序（称其为消息客户程序）可以在不同的时间运行，程序不在网络上直接通话，而是间接地将消息放入 MOM 服务器的消息机制中。因为程序间没有直接的联系，所以它们不必同时运行；消息放入适当的队列时，目标程序不需要正在运行；即使目标程序在运行，也不意味着要立即处理该消息。消息客户程序之间通过将消息放入消息队列或从消息队列中取出消息来进行通信。客户程序不直接与其他程序通信，避免了网络通信的复杂性。消息队列和网络通信的维护工作由 MOM 完成。

（4）分布式对象中间件。随着对象技术与分布式计算技术的发展，两者相互结合形成了分布式对象技术，并发展成为当今软件技术的主流方向。典型的产品如 OMG 的 CORBA、Sun 的 RMI/EJB、Microsoft 的 DCOM 等。OMG 提出的对象请求代理（Object Request Broker，ORB）模型提供了一个通信框架，可以在异构分布计算环境中透明地传递对象请求。ORB 是一种对象总线，定义了异构环境下对象透明地发送请求和接收响应的基本机制，是建立对象之间客户/服务器关系的中间件。ORB 使得对象可以透明地向其他对象发出请求或接受其他对象的响应，这些对象可以位于本地机器也可以位于远程机器。ORB 拦截请求调用，并负责找到可以实现请求的对象、传送参数、调用相应的方法、返回结果等。客户对象并不知道同服务器对象通信、激活或存储服务器对象的机制，也不必知道服务器对象位于何处、是用何种语言实现的、使用什么操作系统或其他不属于对象接口的系统组成部分。

（5）事务中间件。也称事务处理监控器（Transaction Processing Monitor，TPM）最早出现在大型机上，为其提供支持大规模事务处理的可靠运行环境。随着分布计算技术的发展，分布应用系统对大规模的事务处理也提出了需求。事务处理监控程序位于客户和服务器之间，完成事务管理与协调、负载平衡、失效恢复等任务，以提高系统的整体性能。典型产品有 BEA 的 Tuxedo 等。随着对象技术与事务技术的结合，近年还出现了一类新产品，即对象事务监控器（OTM），可以保证分布式对象的事务完整性，支持 EJB 的 J2EE 应用服务器就属于该类产品。事务处理监控器在操作系统之上提供了一组服务，可以对客户请求进行管理并为其分配相应的服务进程，使服务器在有限的系统资源下能够高效地为大量客户提供服务。

试题 15 参考答案

（8）D

试题 16（2010 年上半年试题 18）

小王在公司局域网中用 Delphi 编写了客户端应用程序，其后台数据库使用 MSNT4+SQL Server，应用程序通过 ODBC 连接到后台数据库。此处 ODBC 是　(18)　。

（18）A．中间件　　　　　　　　B．Web Service

　　　　C．COM 构件　　　　　　D．Web 容器

试题 16 分析

有关这方面的详细知识，请阅读试题 15 的分析。

试题 16 参考答案

（18）A

试题 17（2010 年上半年试题 28）

Web Service 技术适用于　(28)　应用。

①跨越防火墙　②单机系统集成　③应用程序　④B2B 应用　⑤软件复用　⑥局域网的同构应用程序

（28）A. ③④⑤⑥　　　B. ②④⑤⑥　　　C. ①③④⑥　　　D. ①②④⑤

试题 17 分析

Web Services 的主要目标是跨平台的互操作性，适合使用 Web Services 的情况如下：

（1）跨越防火墙：对于成千上万且分布在世界各地的用户来讲，应用程序的客户端和服务器之间的通信是一个棘手的问题。客户端和服务器之间通常都会有防火墙或者代理服务器。用户通过 Web Services 访问服务器端逻辑和数据可以规避防火墙的阻挡；

（2）应用程序集成：企业需要将不同语言编写的在不同平台上运行的各种程序集成起来时，Web Services 可以用标准的方法提供功能和数据，供其他应用程序使用；

（3）B2B 集成：在跨公司业务集成（B2B 集成）中，通过 Web Services 可以将关键的商务应用提供给指定的合作伙伴和客户。用 Web Services 实现 B2B 集成可以很容易地解决互操作问题；

（4）软件复用：Web Services 允许在复用代码的同时，复用代码后面的数据。通过直接调用远端的 Web Services，可以动态地获得当前的数据信息。用 Web Services 集成各种应用中的功能，为用户提供一个统一的界面，是另一种软件复用方式。

在某些情况下，Web Services 也可能会降低应用程序的性能。不适合使用 Web Services 的情况如下：

（1）单机应用程序：只与运行在本地机器上的其他程序进行通信的桌面应用程序最好不使用 Web Services，只用本地的 API 即可；

（2）局域网上的同构应用程序：使用同一种语言开发的在相同平台的同一个局域网中运行的应用程序直接通过 TCP 等协议调用，会更有效。

试题 17 分析

有关这方面的详细知识，请阅读试题 15 的分析。

试题 17 参考答案

（28）D

试题 18（2010 年上半年试题 29）

以下关于 J2EE 应用服务器运行环境的叙述中，　（29）　是正确的。

（29）A. 容器是构件的运行环境

　　　B. 构件是应用服务器提供的各种功能接口

　　　C. 构件可以与系统资源进行交互

　　　D. 服务是表示应用逻辑的代码

试题 18 分析

J2EE（Java 2 Platform Enterprise Edition）应用将开发工作分成两类：业务逻辑开发和表示逻辑开发，其余的系统资源则由应用服务器自动处理，不必为中间层的资源和运行管理进行编码。这样就可以将更多的开发精力集中在应用程序的业务逻辑和表示逻辑上，从而缩短企业应用开发周期、有效地保护企业的投资。

完整的 J2EE 技术规范由如下四个部分组成：

（1）J2EE 平台：运行 J2EE 应用的环境标准，由一组 J2EE 规范组成；

（2）J2EE 应用编程模型：用于开发多层瘦客户应用程序的标准设计模型，由 Sun 提供应用蓝图（BluePrints）；

（3）J2EE 兼容测试套件：用来检测产品是否同 J2EE 平台兼容；

（4）J2EE 参考实现：与平台规范同时提供的、实现 J2EE 平台基本功能的 J2EE 服务器运行环境。

J2EE 应用服务器运行环境包括构件（Component）、容器（Container）及服务（Services）三部分。构件表示应用逻辑的代码；容器是构件的运行环境；服务则是应用服务器提供的各种功能接口，可以与系统资源进行交互。

J2EE 规范包含一系列构件及服务技术规范：

（1）JNDI：Java 命名和目录服务，提供了统一、无缝的标准化名字服务；

（2）Servlet：Java Servlet 是运行在服务器上的一个小程序，用于提供以构件为基础、独立于平台的 Web 应用；

（3）JSP：Java Servlet 的一种扩展，使创建静态模板和动态内容相结合的 HTML 和 XML 页面更加容易；

（4）EJB：实现应用中关键的业务逻辑，创建基于构件的企业级应用程序。EJB 在应用服务器的 EJB 容器内运行，由容器提供所有基本的中间层服务，如事务管理、安全、远程客户连接、生命周期管理和数据库连接缓冲等；

（5）JCA：J2EE 连接器架构，提供一种连接不同企业信息平台的标准接口；

（6）JDBC：Java 数据库连接技术，提供访问数据库的标准接口；

（7）JMS：Java 消息服务，提供企业级消息服务的标准接口；

（8）JTA：Java 事务编程接口，提供分布事务的高级管理规范；

（9）JavaMail：提供与邮件系统的接口；

（10）RMI-IIOP：提供应用程序的通信接口。

试题 18 参考答案

（29）A

试题 19（2010 年上半年试题 30）

以下关于数据仓库与数据库的叙述中，___(30)___ 是正确的。

(30) A. 数据仓库的数据高度结构化、复杂、适合操作计算；而数据库的数据结构比较简单，适合分析

    B. 数据仓库的数据是历史的、归档的、处理过的数据；数据库的数据反映当前的数据

    C. 数据仓库中的数据使用频率较高；数据库中的数据使用频率较低

    D. 数据仓库中的数据是动态变化的，可以直接更新；数据库中的数据是静态的，不能直接更新

试题 19 分析

传统的数据库技术以单一的数据资源即数据库为中心，进行事务处理、批处理、决策分析等各种数据处理工作。同时传统数据库主要强调优化企业的日常事务处理工作，难以实现对数据分析处理的要求，无法满足数据处理多样化的要求。数据仓库是一个面向主题的，集成的、相对稳定的、反映历史变化的数据集合，主用于支持管理决策。首先数据仓库是用于决策支持，面向分析型数据处理，其次数据仓库是对多个异构数据源的有效集成，集成后按主题重组且存储在数据仓库中的数据一般不再修改。

试题 19 参考答案

(30) B

试题 20（2010 年下半年试题 24）

企业资源规划是由 MRP 逐步演变并结合计算机技术的快速发展而产生的，大致经历了 MRP、闭环 MRP、MRP II 和 ERP 这四个阶段，以下关于企业资源规划论述，不正确的是___(24)___。

(24) A. MRP 是指物料需求计划，根据生产计划、物料清单、库存信息制定出相关的物资需求

    B. MRP II 是指制造资源计划，侧重于对本企业内部人、财、物等资源的管理

    C. 闭环 MRP 充分考虑现有生产能力约束，要求根据物料需求计划扩充生产能力

    D. ERP 系统在 MRP II 的基础上扩展了管理范围，把客户需求与企业内部的制造活动以及供应商的制造资源整合在一起，形成一个完整的供应链管理

试题 20 分析

ERP 概念由美国 Gartner Group 公司于 20 世纪 90 年代提出，它是由 MRP 逐步演变并结合计算机技术的快速发展而产生的，大致经历了基本 MRP、闭环 MRP 、MRPⅡ和 ERP 四个阶段。

基本 MRP（Materials Requirement Planning，物料需求计划）是由美国生产与库存管理协会（APICS）于 20 世纪 60 年代初提出的。基本 MRP 聚焦于相关物资需求问题，根据主生产计划、物料清单和库存信息，制定出相关物资的需求时间表，从而即时采购所需物资，降低库存。MRP 借助先进的计算机技术和管理软件进行物料需求量的计算，与传统的手工方式相比，计算的时间大大缩短，计算的准确度也相应地得到大幅度的提高。

20 世纪 60 年代的 MRP 能根据有关数据计算出相关物料需求的准确时间与数量，但其缺陷是没有考虑到生产企业现有的生产能力和采购的有关条件约束，也缺乏根据计划实施情况的反馈信息对计划进行调整的功能。为此，MRP 系统在 20 世纪 70 年代发展为闭环 MRP 系统。闭环 MRP 系统除了编制资源需求计划外，还要编制能力需求计划（Capacity Requirement Planning，CRP），并将生产能力需求计划、车间作业计划和采购作业计划与物料需求计划一起纳入 MRP。MRP 系统的正常运行，需要有一个现实可行的主生产计划。它除了要反映市场需求和合同订单以外，还必须满足企业的生产能力约束条件。为了保证实现计划，MRP 使用派工单来控制加工的优先级，用采购单来控制采购的优先级。这样，基本 MRP 系统进一步发展，把能力需求计划和计划的执行及控制功能也包括进来，形成一个环形回路，称为闭环 MRP。闭环 MRP 的基本目标是满足客户和市场的需求。能力需求计划的运算过程就是把物料需求计划定单换算成能力需求数量，生成能力需求报表。当然，在计划时段中也有可能出现能力需求超过负荷或低于负荷的情况。闭环 MRP 能力计划通常是通过报表的形式（直方图是常用工具）向计划人员报告，但是尚不能进行能力负荷的自动平衡，这个工作由计划人员人工完成。接下来，闭环 MRP 将客观生产活动进行的状况及时反馈到系统中，以便根据实际情况进行调整与控制，以使各种资源既能合理利用又能按期完成各项订单任务。闭环 MRP 在基本 MRP 的基础上，增加了生产能力计划、车间作业计划和采购作业计划，将整个生产管理过程纳入计划；并且在计划执行中根据反馈信息平衡和调整计划，使得生产的各个方面协调统一。

20 世纪 70 年代闭环 MRP 系统的出现，使生产活动方面的各种子系统得到了统一。但这显然还不够，因为在企业的管理中，生产管理只是一个方面，它所涉及的仅仅是物流，而与物流密切相关的还有资金流。这在许多企业中是由财会人员另行管理的，这就造成了数据的重复录入与存储，甚至造成数据的不一致性。于是，在 20 世纪 80 年代，人们把生产、财务、销售、工程技术、采购等各个子系统集成为一个一体化的系统，称为制造资源计划系统。由于制造资源计划（Manufacturing Resource Planning）的英文缩写还是 MRP，为了与表示物料需求计划的 MRP（Materials Requirement Planning）相区别，而记为 MRPⅡ。MRPⅡ的基本思想就是把企业作为一个有机整体，从整体最优的角度出发，通过运用科学方法对企业各种制造资源和产、供、销、财各个环节进行有效组织、管理和控制，从而使各个部门充分发挥作用，整体协调发展。MRPⅡ的逻辑流程图如图 2-6 所示。

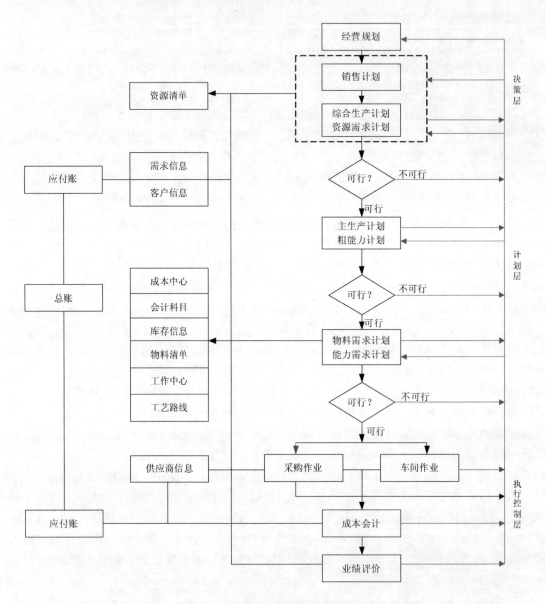

图 2-6　MRPII 的逻辑流程图

图 2-6 的右侧是计划与控制的流程，它包括了决策层、计划层和执行控制层，可以理解为经营计划管理的流程；中间是基础数据，存储在计算机系统的数据库中，并且反复调用。这些数据信息的集成，把企业各个部门的业务沟通起来，可以理解为计算机数据库系统；左侧是主要的财务系统，这里只列出应收账、总账和应付账。各个连线表明信息的流向及相互之间的集成关系。

MRPⅡ的特点可以从以下几个方面来说明，每一项特点都含有管理模式的变革和人员素质或行为变革两方面，这些特点是相辅相成的。

（1）计划的一致性和可行性。MRPⅡ是一种计划主导型管理模式，但始终保证与企业经营战略目标一致。MRPⅡ把通常的计划决策、计划制定和计划执行这三级计划管理统一起来，从宏观到微观、从战略到技术、由粗到细逐层优化，计划下达前反复验证和平衡生产能力，车间班组只能执行计划、调度和反馈信息，计划制定层和计划决策层根据反馈信息及时调整，处理好供需矛盾，从而保证计划的一致性和可执行性。

（2）管理的系统性。MRPⅡ是一项系统工程，它把企业所有与生产经营直接相关部门的工作联结成一个整体，各部门都从系统整体出发做好本职工作，每个员工都知道自己的工作质量同其他职能部门的关系，改变了条块分割、各行其是的局面，团队精神得到发扬。

（3）数据共享性。MRPⅡ是一种制造企业管理信息系统，企业各部门都依据统一数据信息进行管理，任何一种数据变动都能及时地反映给所有部门，做到数据共享。在统一的数据库支持下，按照规范化的处理程序进行管理和决策，改变了过去经常出现的那种信息不通、情况不明、盲目决策、相互矛盾的状况。

（4）动态应变性。MRPⅡ是一个闭环系统，它要求跟踪、控制和反馈瞬息万变的实际情况，管理人员可随时根据企业内外环境条件的变化迅速做出响应，及时应对，保证生产正常进行。

（5）模拟预见性。MRPⅡ具有模拟功能。它可以解决"如果怎样……将会怎样"的问题，可以预见在相当长的计划期内可能发生的问题，事先采取措施消除隐患，而不是等问题已经发生了再花几倍的精力去处理。

（6）物流、资金流的统一。MRPⅡ包含了成本会计和财务功能，可以由生产活动直接产生财务数据，把实物形态的物料流动直接转换为价值形态的资金流动，保证生产和财务数据一致。财务部门及时得到资金信息用于控制成本，通过资金流动状况反映物料和经营情况，随时分析企业的经济效益，为企业经营管理层指导和控制经营生产活动提供有价值的决策参考。

以上几个方面的特点表明，MRPⅡ是一个比较完整的生产经营管理计划体系，是实现制造业企业整体效益的有效管理模式。

试题 20 参考答案

（24）C

试题 21（2010 年下半年试题 25）

客户关系管理系统（CRM）的基本功能应包括　(25)　。

（25）A．自动化的销售、客户服务和市场营销

　　　B．电子商务和自动化的客户信息管理

　　　C．电子商务、自动化的销售和市场营销

　　　D．自动化的市场营销和售后服务

试题 21 分析

CRM 中的客户是指企业产品或者服务所面对的对象，既包括去商场购物而最终获取企业产品的常规意义上的那类顾客，也包括了很多企业级的客户、分销商、相关事业单位等。客户按照不同的标准可以划分成为不同的类型。

（1）按照客户与企业的关系，可以把客户划分成为现有客户和潜在客户两种。现有客户主要包括过去曾经或者现在正在购买企业产品或者服务的群体；而潜在客户的范围异常广大，包括目前还没有购买，但是很有可能在今后购买企业产品和服务的个人或者组织。

（2）按照客户与企业合作时间的长短，可以把客户分为新客户和老客户。前者可能刚刚开始接触到这个企业的产品、服务以及企业文化等；而后者则已经与该企业建立起了长期的合作关系，对企业的产品线和服务特征深有了解。

CRM 的核心是企业必须清楚地认识到目前所拥有的客户群体中，哪一种个人或者组织最有可能为本企业带来利润，这部分是最有希望的客户；同时还必须清楚地认识到哪些客户很有可能流失而成为竞争对手的客户。在分清楚客户群体的不同之后，本企业可以对他们采取不同的关系管理手段，以达到最好的管理效果。总地来说，获得一个新客户比留住一个老客户需要更高的成本；客户离开以后希望通过某种手段将他们再度吸引过来比一开始就留给他们一个好印象需要更多的成本；将企业的新产品推销给新的客户比推销给老的客户需要更多的成本。从这些事实可以看出，有些客户对本企业而言是利益攸关的，有些则不然。为了使得企业能够降低市场营销费用、减少由于客户离去和无效的营销策略而产生的浪费，从而获得最大利润，科学的客户关系管理方法显得迫在眉睫。为实现客户关系管理，客户信息成了首要条件。

关系是指两个个体之间，或者组织之间，或者组织与个体之间的某种性质的联系，包括一方对另外一方的感觉以及一方行为对另外一方所产生的影响。在 CRM 中，关系专门针对企业和客户之间的联系，包括企业行为对客户产生的影响以及客户对企业的满意度和信任度等。图 2-7 很清楚地展示了 CRM 中的关系。

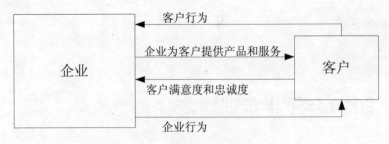

图 2-7　CRM 中的关系

关系在 CRM 中扮演着核心的角色。如果一个企业可以使自己的客户对自己具有比较高的满意度和忠诚度，那么无疑会触发相应的购买行为；而一旦一个企业成功地与某些客户群体建立起良好的客户关系之后，新客户将转变成为老客户，同时还可以通过他们引入更多的客户群体。反之，如果一个企业使得某些客户群体对自己的企业行为不满，那么所导致的后果是直接或者间接的客户流失。值得注意的是，企业与客户之间的关系是两个方向的，无论是企业对客户的态度还是客户对企业的态度都同等重要。但是，在很多情况下，我们说到客户关系的时候，是针对企业和其现有客户之间的关系；企业与没有购买行为的客户（即便是潜在客户）之间的关系一般不作为企业发展规划中的重点。

管理是指对资源的有效控制和分配，以实现最优的资源配置和最高的团队工作效率。在CRM 中，管理的对象是客户与企业之间的双向关系，使得这种关系可以最大程度地帮助企业实现他所确定的经营目标。在企业对其客户关系进行管理的过程中，必须注意以下几点。

首先，这种双向关系的建立有一个自己的生命周期，即一个关系要经历建立、发展和维系的时间跨度。企业在试图与客户拉近关系的同时，一定要有充分的耐心对其进行培养。

其次，关系维系的重要性甚至高于关系的建立和发展。任何企业都希望有自己固定的客户群体，因为去重新建立和发展一个新的客户所需要付出的成本往往要大大高出去维系一个已经存在的客户关系的成本；与此同时，与老客户建立长期合作关系也是吸引新客户的一个有效手段。

最后，企业在 CRM 管理中所扮演的角色永远都应该是积极的而不是消极的。因为目前的市场经济很可能导致很多企业和机构同时去竞争同一个很有吸引力的消费群体，那么这个客户很有可能同时面对来自多方面的青睐，如果这个时候企业不能主动地去建立、发展和维护这个客户关系，那么客户流失将成为必然。

从目前的市场状况来看，CRM 应用系统的实现还没有一个统一的标准，但是，合格的CRM 系统至少需要包括以下几个比较基本的功能模块。

（1）自动化的销售。销售的自动化，顾名思义，即把销售人员以及销售管理人员每天所从事的各种销售活动尽可能地"信息化"和"标准化"，提高销售环节的工作效率和业绩。销售自动化主要面向的对象是销售人员和销售管理人员，其需要覆盖的业务操作功能包括：客户账户管理、联系人管理、销售机会管理、销售活动管理、销售预测管理以及报表管理等。除此之外，一个自动化的销售模块还需要集成一些信息源以供销售人员使用，比如产品的价格和目录、购买记录、服务记录、存活情况、促销文本资料以及信用记录等。同时，一个完善的客户友好的销售自动化模块还应该集成一些相关的应用，以便为使用者提供一个方便的全面的视图，使得他们不必为了使用某项具体功能而再去重新打开某些相关的窗口。这些应用往往包括电子邮件客户端、传真、常用办公软件、促销管理模块、浏览器、客户联络中心等。

（2）自动化的市场营销。人们很容易混淆市场营销的概念与销售的概念，但实际上，市场营销是一个企业获取利润的"发动机"，它主要把企业的营销信息以合适的渠道（比如广告、促销活动等）向合适的社会群体传递的方式来扩大企业的影响力、提高企业形象、扩大企业的客户群体，从而达到获取最大的市场份额的目的。从这个意义上讲，市场营销模块还要建立在智能分析模块的基础之上。市场营销模块面向的对象主要是市场营销人员，这些人员主要包括参与电话直销、邮件直销、各种促销活动策划和实施的工作和管理人员。主要的业务操作功能涵盖了促销项目管理、促销活动管理、促销评估管理、潜在客户管理、活动开支管理等。同样地，该模块也需要集成一些基本的信息，比如相关商业智能信息、客户信息、产品信息等。另外，正像前面所提到的，为了给使用者建立一个良好的接口，该模块需要集成一些相关的应用，比如报告软件集成、商业智能应用集成等。

（3）自动化的客户服务。在市场经济为主导、市场竞争日益加剧的今天，在企业经营已经由以产品为中心转变为以客户为中心的今天，一个企业立足的根本前提是最大程度地拥有稳定的客户群体。同时值得注意的是，在高科技迅猛发展、物质急剧膨胀的今天，企业之间生产技术水平之间的差异趋于缩小，企业若想比竞争对手更有竞争力以获得更多的客户，必须要在客户服务上面下功夫。客户服务主要包括售前服务、现场服务和售后服务。

- 售前服务。售前服务主要涵盖了前期的企业宣传、广告、市场调研等，该模块主要面向的对象是企业广告宣传策划人员等，前面提到的市场营销模块可以被认为是售前服务模块的子模块。

- 现场服务。现场服务是 CRM 客户服务功能的重要组成部分，它面向的主要用户是设备技术人员、工程师以及服务经理等。现场服务主要的业务功能包括资产管理、服务合同管理、预防维护管理、维修管理、活动管理、订单和发票管理、技术人员管理、产品质量管理等。另外，从使用者的角度来说，该模块还应该集成客户信息、联系人信息、客户购买历史信息等。

- 售后服务。售后服务是 CRM 客户管理中另外一个关键环节，是留住已有客户群体的重要手段。售后服务涵盖的方面很多，包括客户信息管理、客户回馈信息管理、客户抱怨管理等。

试题 21 参考答案

（25）A

试题 22（2010 年下半年试题 26）

某体育设备厂商已经建立覆盖全国的分销体系。为进一步拓展产品销售渠道，压缩销售各环节的成本，拟建立电子商务网站接受体育爱好者的直接订单，这种电子商务属于 __(26)__ 模式。

（26）A. B2B   B. B2C   C. C2C   D. B2G

试题 22 分析

显然，"某体育设备厂商"属于企业，而"体育爱好者"属于消费者，因此，这种电子商务模式属于 B2C。

试题 22 参考答案

（26）B

试题 23（2010 年下半年试题 27）

2005 年，我国发布《国务院办公厅关于加快电子商务发展的若干意见》（国办发[2005]2号），提出我国促进电子商务发展的系列举措。其中，提出的加快建立我国电子商务支撑体系的五方面内容是指___(27)___。

(27) A. 电子商务网站、信用、共享交换、支付、现代物流

　　 B. 信用、认证、支付、现代物流、标准

　　 C. 电子商务网站、信用、认证、现代物流、标准

　　 D. 信用、支付、共享交换、现代物流、标准

试题 23 分析

《国务院办公厅关于加快电子商务发展的若干意见》（国办发[2005]2 号）全文如下：

电子商务是国民经济和社会信息化的重要组成部分。发展电子商务是以信息化带动工业化，转变经济增长方式，提高国民经济运行质量和效率，走新型工业化道路的重大举措，对实现全面建设小康社会的宏伟目标具有十分重要的意义。近年来，随着信息技术的发展和普及，我国电子商务快速发展，应用初见成效，促进了国民经济信息化的发展。但是，与发达国家相比，我国电子商务仍处在起步阶段，还存在着应用范围不广、水平不高等问题，促进电子商务发展的政策环境急需完善。为贯彻落实党的十六大提出的信息化发展战略和十六届三中全会关于加快发展电子商务的要求，经国务院同意，现就加快我国电子商务发展有关问题提出以下意见：

一、充分认识电子商务对国民经济和社会发展的重要作用

（一）推进电子商务是贯彻科学发展观的客观要求，有利于促进我国产业结构调整，推动经济增长方式由粗放型向集约型转变，提高国民经济运行质量和效率，形成国民经济发展的新动力，实现经济社会的全面协调可持续发展。

（二）加快电子商务发展是应对经济全球化挑战、把握发展主动权、提高国际竞争力的必然选择，有利于提高我国在全球范围内配置资源的能力，提升我国经济的国际地位。

（三）推广电子商务应用是完善我国社会主义市场经济体制的有效措施，将有力地促进商品和各种要素的流动，消除妨碍公平竞争的制约因素，降低交易成本，推动全国统一市场的形成与完善，更好地实现市场对资源的基础性配置作用。

二、加快电子商务发展的指导思想和基本原则

（四）加快电子商务发展的指导思想。按照科学发展观的要求，紧紧围绕转变经济增长方式、提高综合竞争力的中心任务，实行体制创新，着力营造电子商务发展的良好环境，积极推进企业信息化建设，推广电子商务应用，加速国民经济和社会信息化进程，实施跨越式发展战略，走中国特色的电子商务发展道路。

（五）加快电子商务发展的基本原则。

政府推动与企业主导相结合。完善管理体制，优化政策环境，加强基础设施建设，提高服务质量，充分发挥企业在开展电子商务应用中的主体作用，建立政府与企业的良性互动机制，促进电子商务与电子政务协调发展。

营造环境与推广应用相结合。加强政策法规、信用服务、安全认证、标准规范、在线支付、现代物流等支撑体系建设，营造电子商务发展的良好环境，推广电子商务在国民经济各个领域的应用，以环境建设促进应用发展，以应用带动环境建设。

网络经济与实体经济相结合。把电子商务作为网络经济与实体经济相结合的实现形式，以技术创新推动管理创新和体制创新，改造传统业务流程，促进生产经营方式由粗放型向集约型转变。

重点推进与协调发展相结合。围绕电子商务发展的关键问题和关键环节，积极开展电子商务试点，推进国民经济重点领域的电子商务应用，探索多层次、多模式的中国特色电子商务发展道路，促进各类电子商务应用的协调发展。

加快发展与加强管理相结合。抓住电子商务发展的战略机遇，在大力推进电子商务应用的同时，建立有利于电子商务健康发展的管理体制，加强网络环境下的市场监管，规范在线交易行为，保障信息安全，维护电子商务活动的正常秩序。

三、完善政策法规环境，规范电子商务发展

（六）加强统筹规划和协调配合。加紧编制电子商务发展规划，明确电子商务发展的目标、任务和工作重点。建立健全相互协调、紧密配合的组织保障体系和工作机制。

（七）推动电子商务法律法规建设。认真贯彻实施《中华人民共和国电子签名法》，抓紧研究电子交易、信用管理、安全认证、在线支付、税收、市场准入、隐私权保护、信息资源管理等方面的法律法规问题，尽快提出制订相关法律法规的意见；根据电子商务健康有序发展的要求，抓紧研究并及时修订相关法律法规；加快制订在网上开展相关业务的管理办法；推动网络仲裁、网络公证等法律服务与保障体系建设；打击电子商务领域的非法经营以及危害国家安全、损害人民群众切身利益的违法犯罪活动，保障电子商务的正常秩序。

（八）研究制定鼓励电子商务发展的财税政策。有关部门应本着积极稳妥推进的原则，加快研究制定电子商务税费优惠政策，加强电子商务税费管理；加大对电子商务基础性和关键性领域研究开发的支持力度；采取积极措施，支持企业面向国际市场在线销售和采购，鼓励企业参与国际市场竞争。政府采购要积极应用电子商务。

（九）完善电子商务投融资机制。建立健全适应电子商务发展的多元化、多渠道投融资机制，研究制定促进金融业与电子商务相关企业互相支持、协同发展的相关政策。加强政府投入对企业和社会投入的带动作用，进一步强化企业在电子商务投资中的主体地位。

四、加快信用、认证、标准、支付和现代物流建设，形成有利于电子商务发展的支撑体系

（十）加快信用体系建设。加强政府监管、行业自律及部门间的协调与联合，鼓励企业积极参与，按照完善法规、特许经营、商业运作、专业服务的方向，建立科学、合理、权威、公正的信用服务机构；建立健全相关部门间信用信息资源的共享机制，建设在线信用信息服

务平台，实现信用数据的动态采集、处理、交换；严格信用监督和失信惩戒机制，逐步形成既符合我国国情又与国际接轨的信用服务体系。

（十一）建立健全安全认证体系。按照有关法律规定，制订电子商务安全认证管理办法，进一步规范密钥、证书、认证机构的管理，注重责任体系建设，发展和采用具有自主知识产权的加密和认证技术；整合现有资源，完善安全认证基础设施，建立布局合理的安全认证体系，实现行业、地方等安全认证机构的交叉认证，为社会提供可靠的电子商务安全认证服务。

（十二）建立并完善电子商务国家标准体系。提高标准化意识，充分调动各方面积极性，抓紧完善电子商务的国家标准体系；鼓励以企业为主体，联合高校和科研机构研究制订电子商务关键技术标准和规范，参与国际标准的制订和修正，积极推进电子商务标准化进程。

（十三）推进在线支付体系建设。加紧制订在线支付业务规范和技术标准，研究风险防范措施，加强业务监督和风险控制；积极研究第三方支付服务的相关法规，引导商业银行、中国银联等机构建设安全、快捷、方便的在线支付平台，大力推广使用银行卡、网上银行等在线支付工具；进一步完善在线资金清算体系，推动在线支付业务规范化、标准化并与国际接轨。

（十四）发展现代物流体系。充分利用铁道、交通、民航、邮政、仓储、商业网点等现有物流资源，完善物流基础设施建设；广泛采用先进的物流技术与装备，优化业务流程，提升物流业信息化水平，提高现代物流基础设施与装备的使用效率和经济效益；发挥电子商务与现代物流的整合优势，大力发展第三方物流，有效支撑电子商务的广泛应用。

五、发挥企业的主体作用，大力推进电子商务应用

（十五）继续推进企业信息化建设。企业信息化是电子商务的基础，要不断提升企业信息化水平，促进业务流程和组织结构的重组与优化，实现资源的优化配置和高效应用，增强产、供、销协同运作能力，提高企业的市场反应能力、科学决策水平和经济效益。

（十六）重点推进骨干企业电子商务应用。要充分发挥骨干企业在采购、销售等方面的带动作用，以产业链为基础，以供应链管理为重点，整合上下游关联企业相关资源，实现企业间业务流程的融合和信息系统的互联互通，推进企业间的电子商务，提高企业群体的市场反应能力和综合竞争力。

（十七）推动行业电子商务应用。紧密结合行业特点，研究制订行业电子商务规范，切实做好重点行业电子商务试点示范，推广具有行业特点的电子商务经验，探索行业电子商务发展模式；建立行业信息资源共享和交换机制，促进行业内有序竞争与合作，提高行业的信息化及电子商务应用水平。

（十八）支持中小企业电子商务应用。提高中小企业对电子商务重要性的认识，扶持服务中小企业的第三方电子商务服务平台建设，解决中小企业在投资、人才等方面存在的问题，促进中小企业应用电子商务提高商务效率，降低交易成本，推进中小企业信息化。

（十九）促进面向消费者的电子商务应用。发展面向消费者的新型电子商务模式，创新服务内容，建立并完善企业、消费者在线交易的信用机制，扩大企业与消费者、消费者与消费者之间电子商务的应用规模。高度重视并积极推进移动电子商务的应用与发展。

六、提升电子商务技术和服务水平，推动相关产业发展

（二十）发展电子商务相关技术装备和软件。积极引进、消化、吸收国外先进适用的电子商务应用技术，鼓励技术创新，加快具有自主知识产权的电子商务硬件和软件产业化进程，提高电子商务平台软件、应用软件、终端设备等关键产品的自主开发能力和装备能力。

（二十一）推动电子商务服务体系建设。充分利用现有资源，发挥中介机构的作用，加强网络化、系统化、社会化的服务体系建设，开展电子商务工程技术研究、成果转化、咨询服务、工程监理等服务工作，逐步建立和完善电子商务统计和评价体系，推动电子商务服务业健康发展。

七、加强宣传教育工作，提高企业和公民的电子商务应用意识

（二十二）加大电子商务宣传力度。充分利用各种媒体，采用多种形式，加强电子商务的宣传、知识普及和安全教育工作，强化守法、诚信、自律观念的引导和宣传教育，提高社会各界对发展电子商务重要性的认识，增强企业和公民对电子商务的应用意识、信息安全意识。

（二十三）加强电子商务的教育培训和理论研究。高等院校要进一步完善电子商务相关学科建设，培养适应电子商务发展需要的各类专业技术人才和复合型人才，加强电子商务理论研究；改造和完善现有教育培训机构，多渠道强化电子商务继续教育和在职培训，提高各行业不同层次人员的电子商务应用能力。

八、加强交流合作，参与国际竞争

（二十四）加强国际交流与合作。积极参加有关电子商务的国际组织，参与国际电子商务重要规则、条约与示范法的研究和制定工作。密切跟踪研究国际电子商务发展的动态和趋势，加强技术合作，推动市场融合，不断提高我国电子商务的整体水平。

（二十五）积极参与国际竞争。企业要强化国际竞争意识，积极应用电子商务开拓国际市场，提高国际竞争能力。有关部门要提高服务意识和服务水平，发挥信息资源优势，为企业走向国际市场提供及时准确的信息和优质的服务。

发展电子商务是党中央、国务院作出的完善社会主义市场经济体制、加速国民经济和社会信息化进程、提高国民经济运行质量和效率的战略决策，各地区、各部门要充分认识发展电子商务的重要性和紧迫性，积极发挥职能作用，密切协同配合，制定并不断完善加快电子商务发展的具体政策措施，推进我国电子商务健康发展。

试题 23 参考答案

（27）B

试题 24（2010 年下半年试题 28）

Web 服务（Web Service）定义了一种松散的、粗粒度的分布式计算模式。Web 服务的提

供者利用①描述 Web 服务，Web 服务的使用者通过②来发现服务，两者之间的通信采用③协议。以上①②③处依次应是　(28)　。

(28) A. ①SOAP　②UDDI　③WSDL　　　　B. ①UML　②UDDI　③SMTP

　　　C. ①WSDL　②UDDI　③SOAP　　　　D. ①UML　②UDDI　③WSDL

试题 24 分析

请参考试题 3 的分析。

试题 24 参考答案

(28) C

试题 25（2010 年下半年试题 29）

以下关于.NET 架构和 J2EE 架构的叙述中，　(29)　是正确的。

(29) A. .NET 只适用于 Windows 操作系统平台上的软件开发

　　　B. J2EE 只适用于非 Windows 操作系统平台上的软件开发

　　　C. .NET 不支持 Java 语言编程

　　　D. J2EE 中的 ASP. NET 采用编译方式运行

试题 25 分析

.NET 除适用于 Windows 操作系统平台上的软件开发外，早在 2004 年 5 月 6 日，Novell 便发布了开源软件计划"Mono"的测试版，这个软件能够在 Linux 和 UNIX 平台上重新创建微软的.Net 框架。因此，选项 A 是错误的。

J2EE 是一个跨平台的开发架构，不管是 Windows 操作系统平台，还是非 Windows 操作系统平台，都适用。因此，选项 B 是错误的。

虽然.NET 支持第三方的.NET 编译器和开发工具，这意味着几乎所有市场上的编程语言都有可能应用于.NET 开发框架。但是，到目前为止，.NET 还不支持 Java 语言编程。因此，选项 C 是正确的。

ASP. NET 是. NET 中的语言，而不是 J2EE 中的语言，J2EE 只支持 Java 语言。因此，选项 D 是错误的。

试题 25 参考答案

(26) C

试题 26（2010 年下半年试题 30）

工作流（workflow）需要依靠 __(30)__ 互来实现，其主要功能是定义、执行和管理工作流，协调工作流执行过程中工作之间以及群体成员之间的信息交互。

(30) A. 工作流管理系统　　　　　　　B. 工作流引擎

C. 任务管理工具　　　　　　　　D. 流程监控工具

试题 26 分析

工作流是对工作流程及其各操作步骤之间业务规则的抽象、概括、描述。工作流建模是将工作流程中的工作如何前后组织在一起的逻辑和规则在计算机中以恰当的模型进行表示并对其实施计算。工作流要解决的主要问题是：为实现某个业务目标，在多个参与者之间，利用计算机，按某种预定规则自动传递文档、信息或者任务。

工作流是业务流程的全部或部分自动化，在此过程中，文档、信息或任务按照一定的过程规则流转，实现组织成员间的协同工作，以达到业务的整体目标。工作流要完成的核心功能有流程设计、流程执行、流程和线程的调度、任务的分派与通知，集成已有信息系统。工作流包括以下 4 个要素。

（1）实体：是工作流的主体，是需要随着工作流一起流动的物件，在一个采购申请批准流程中实体就是采购申请单，在公文审批流程中实体就是公文。

（2）参与者：是各个处理步骤中的责任人，可能是人也可能是某个职能部门，还可能是某个自动化的设备。

（3）流程定义：是预定义的工作步骤，它规定了实体流动的路线。它可能是完全定义的，即对每种可能的情况都能完全确定下一个参与者，也可能是不完全定义的，需要参与者根据情况决定下一个参与者。

（4）工作流引擎：是驱动实体按流程定义从一个参与者流向下一个参与者的子系统。

工作流管理系统的主要功能是通过计算机技术的支持去定义、执行和管理工作流，协调工作流执行过程中工作之间以及群体成员之间的信息交互。工作流需要依靠工作流管理系统来实现。所有的工作流管理系统都提供了 3 个功能：

①建立阶段的功能：主要考虑工作流过程和相关活动的定义和建模功能；

②运行阶段的控制功能：执行工作流过程，并完成每个过程中活动的调控功能；

③运行阶段的人机交互功能：实现各种活动执行过程中用户与 IT 应用工具之间的交互。

试题 26 参考答案

(30) A

第3章 计算机网络与信息安全

根据考试大纲，本章主要考查以下知识点。

（1）计算机网络知识：网络技术标准与协议、Internet 技术及应用、网络分类；网络管理、网络服务器；网络交换技术、网络存储技术；无线网络技术、光网络技术、网络接入技术；综合布线、机房工程；网络规划、设计与实施。

（2）信息安全管理：信息安全含义及目标、信息安全管理的内容。

（3）信息系统安全：信息系统安全概念、信息系统安全属性、信息系统安全管理体系（组织机构体系、管理体系、技术体系）。

（4）物理安全管理：计算机机房与设施安全（计算机机房、电源、计算机设备、通信线路）；技术控制（检查监控系统、人员入/出机房和操作权限控制范围）；环境与人身安全；电磁泄漏（计算机设备防电磁泄漏、计算机设备的电磁辐射标准和电磁兼容标准）。

（5）人员安全管理：安全整治、岗位安全考核与培训、离岗人员安全管理、软件安全检测与验收。

（6）应用系统安全管理：应用系统安全概念（应用系统的可靠性、应用系统的安全问题、应用系统安全管理的实施）；应用软件开发的质量保证；应用系统运行中的安全管理（系统运行安全审核目标、系统运行安全与保密的层次构成、系统运行安全检查与记录、系统运行管理制度）应用软件维护安全管理（应用软件维护活动的类别、应用软件维护的安全管理目标、应用软件维护的工作项、应用软件维护执行步骤）。

试题 1（2009 年上半年试题 10）

__(10)__ 不是虚拟局域网 VLAN 的优点。

（10）A．有效地共享网络资源

B．简化网络管理

C．链路聚合

D．简化网络结构、保护网络投资、提高网络安全性

试题 1 分析

VLAN（Virtual Local Area Network，虚拟局域网）是指在交换局域网的基础上，采用网络管理软件构建的可跨越不同网段、不同网络的端到端的逻辑网络。一个 VLAN 组成一个

逻辑子网，即一个逻辑广播域，它可以覆盖多个网络设备，允许处于不同地理位置的网络用户加入到一个逻辑子网中。 使用 VLAN 具有以下优点。

（1）控制广播风暴，提高网络性能。一个 VLAN 就是一个逻辑广播域，划分很多 VLAN 从而减少整个网络范围内广播包的传输，因为广播信息是不会跨过 VLAN 的，可以将广播限制在各个虚拟网的范围内，用术语讲就是缩小了广播域，提高了网络的传输效率，从而控制广播风暴的产生，提高网络性能。

（2）提高网络整体安全性。通过路由访问列表和 MAC 地址分配等 VLAN 划分原则，可以控制用户访问权限和逻辑网段大小，将不同用户群划分在不同 VLAN，从而提高交换式网络的整体性能和安全性。

（3）网络管理简单、直观。对于交换式以太网，如果对某些用户重新进行网段分配，需要网络管理员对网络系统的物理结构重新进行调整，甚至需要追加网络设备，增大网络管理的工作量。而对于采用 VLAN 技术的网络来说，一个 VLAN 可以根据部门职能、对象组或者应用将不同地理位置的网络用户划分为一个逻辑网段。在不改动网络物理连接的情况下可以任意地将工作站在工作组或子网之间移动。利用虚拟网络技术，大大减轻了网络管理和维护工作的负担，降低了网络维护费用。在一个交换网络中，VLAN 提供了网段和机构的弹性组合机制。

试题 1 参考答案

（10）C

试题 2（2009 年上半年试题 12）

以太网 100BASE-TX 标准规定的传输介质是　（12）　。

（12）A．3 类 UTP   B．5 类 UTP

      C．单模光纤   D．多模光纤

试题 2 分析

100Base-T4、100Base-TX 和 100Base-FX 均为常用的快速以太网标准。

100Base-TX 使用两对抗阻为 100Ω 的 5 类非屏蔽双绞线 UTP 或 STP，最大传输距离是 100m。其中一对用于发送数据，另一对用于接收数据。

试题 2 参考答案

（12）B

（13）A．水平子系统   B．建筑群子系统

      C．工作区子系统   D．设备间子系统

试题 3（2009 年上半年试题 13-15）

根据布线标准 ANSI/TIA/EIA-568A，综合布线系统分为如图 3-1 所示的 6 个子系统。其中的①为＿＿(13)＿＿子系统、②为＿＿(14)＿＿子系统、③为＿＿(15)＿＿子系统。

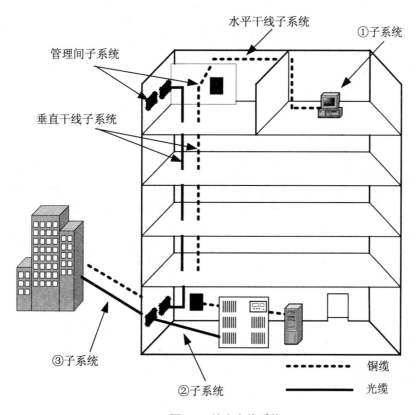

图 3-1　综合布线系统

（14）A．水平子系统 　　　　　　　　　B．建筑群子系统

　　　　C．工作区子系统 　　　　　　　　D．设备间子系统

（15）A．水平子系统 　　　　　　　　　B．建筑群子系统

　　　　C．工作区子系统 　　　　　　　　D．设备间子系统

试题 3 分析

目前各国生产的综合布线系统的产品较多，其产品的设计、制造、安装和维护中所遵循的基本标准主要有两种，一种是美国标准 ANSI/EIA/TIA-568A（B）《商用建筑通信布线标准》；另一种是国际标准化组织/国际电工委员会标准 ISO/IEC IS 11801《信息技术—用户综合布线》。上述两种标准有极为明显的差别，如从综合布线系统的组成来看，美国标准将综合布线系统划分为：建筑群子系统、干线（垂直）子系统、配线（水平）子系统、设备间子

系统、管理子系统和工作区子系统六个独立的子系统，如图 3-2 所示。国际标准则将其划分为建筑群主干布线子系统、建筑物主干布线子系统和水平布线子系统三部分，并规定工作区布线为非永久性部分，工程设计和施工也不涉及为用户使用时临时连接的部分。

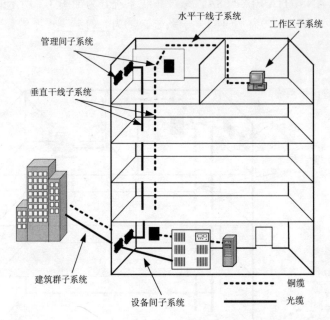

图 3-2　ANSI/EIA/TIA 568A 标准中综合布线系统的组成结构

（1）工作区子系统。工作区子系统，它由终端设备连接到信息插座的连线组成，它包括连接器和适配器。在进行终端设备和 I/O 连接时，可能需要某种传输电子装置，但这种装置并不是工作区子系统的一部分。例如调制解调器，它能为终端与其他设备之间的兼容性和传输距离的延长提供所需的转换信号，但不能说是工作区子系统的一部分。工作区子系统中所使用的连接器必须具备国际 ISDN 标准的 8 位接口，这种接口能接受楼宇自动化系统所有低压信号及高速数据网络信息和数码声频信号。

（2）水平干线子系统。水平干线子系统也称为配线子系统。水平干线子系统是整个布线系统的一部分，实现信息插座和管理子系统（跳线架）间的连接。结构一般为星型结构，它与垂直干线子系统的区别在于：水平干线子系统总是在一个楼层上，仅与信息插座、管理间连接。在综合布线系统中，水平干线子系统由 4 对 UTP（非屏蔽双绞线）组成，能支持大多数现代化通信设备，如果有磁场干扰或信息保密时可用屏蔽双绞线。在高宽带应用时，可以采用光缆。

（3）管理间子系统。管理间子系统由交连、互连配线架组成。管理点为连接其他子系统提供连接手段。交连和互连允许将通信线路定位或重定位到建筑物的不同部分，以便能更容易地管理通信线路，在移动终端设备时能方便地进行插拔。管理间为连接其他子系统提供手段，它是连接垂直干线子系统和水平干线子系统的设备，其主要设备是配线架、HUB 和机柜、电源。交连和互连允许将通信线路在建筑物的不同部分定位或重定位，以便能更容易地管理通信线路。I/O 位于用户工作区和其他房间或办公室，在移动终端设备时能够方便地进行插拔。在使用跨接线或插入线时，交叉连接允许将端接在单元一端的电缆上的通信线路连接到端接在单元另一端的电缆上的线路。跨接线是一根很短的单根导线，可将交叉连接处的二根导线端点连接起来；插入线包含几根导线，而且每根导线末端均有一个连接器。插入线为重新安排线路提供了一种简易的方法。互连与交叉连接的目的相同，但它不使用跨接线或插入线，只使用带插头的导线、插座、适配器。互连和交叉连接也适用于光纤。

（4）垂直干线子系统。垂直干线子系统，是整个建筑物综合布线系统的一部分。它提供建筑物的干线电缆，负责连接管理间子系统到设备间子系统的子系统，一般使用光缆或选用大对数的非屏蔽双绞线。它也提供了建筑物垂直干线电缆的路由。该子系统通常是在两个单元之间，特别是在位于中央节点的公共系统设备处提供多个线路设施。该子系统由所有的布线电缆组成，或由导线和光缆及将此光缆连到其他地方的相关支撑硬件组合而成。传输介质可能包括一幢多层建筑物的楼层之间垂直布线的内部电缆，或从主要单元如计算机房或设备间和其他干线接线间来的电缆。为了与建筑群的其他建筑物进行通信，干线子系统将中继线交叉连接点和网络接口（由电话局提供的网络设施的一部分）连接起来。网络接口通常放在设备相邻的房间。

（5）建筑群（楼宇）子系统。建筑群（楼宇）子系统，实现建筑物之间的相互连接，常用的通信介质是光缆，主干线和建筑群间使用光缆。

（6）设备间子系统。设备间子系统也称设备子系统。设备子系统由设备间中的电缆、连接器和相关支撑硬件组成，它将公共系统设备的各种不同设备互连起来。该子系统将中继线交叉连接处和布线交叉处与公共系统设备（如 PBX）连接起来。

试题 3 参考答案

（13）C　　　　　（14）D　　　　　（15）B

试题 4（2009 年上半年试题 16）

通过局域网接入因特网，图 3-3 中箭头所指的两个设备是　(16)　。

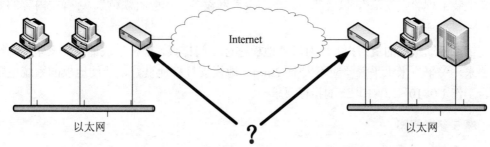

图 3-3　通过局域网接入因特网

（16）A．二层交换机　　　B．路由器　　　C．网桥　　　D．集线器

试题 4 分析

交换机用于将一些计算机连接起来组成一个局域网，工作在链路层。

路由器工作在网络层，是用于网络之间互联的设备，它主要用在不同网络之间存储转发数据分组。与网桥不同之处在于路由器主要用于广域网。路由器提供了各种各样、各种速率的链路或子网接口，是一个主动的、智能的网络节点，它参与了网络管理，提供对资源的动态控制，支持工程和维护活动，主要功能有连接 WAN、数据处理（数据包过滤、转发、优先选择、复用、加密和压缩等）、管理设施（配置管理、容错管理和性能管理）。路由器用于包含数以百计、数以千计的大型网络环境，由于它处于 ISO/OSI 模型的网络层，可将网络划分为多个子网，并在这些子网中引导信息流向。

网桥工作在数据链路层，能连接不同传输介质的网络。采用不同高层协议的网络不能通过网桥互相通信。

集线器的作用可以简单地理解为将一些计算机连接起来组成一个局域网。集线器采用的是共享带宽的工作方式，而交换机是独享带宽。

试题 4 参考答案

（16）B

试题 5（2009 年上半年试题 17）

在铺设活动地板的设备间内，应对活动地板进行专门检查，地板板块铺设严密坚固，符合安装要求，每平米水平误差应不大于 ___(17)___ 。

（17）A. 1mm   B. 2mm   C. 3mm   D. 4mm

试题 5 分析

根据中华人民共和国通信行业标准《通信设备工程验收规范》中第一部分"程控电话交换设备安装工程验收规范"，以及第四部分"接入网设备工程验收规范"，对有关内容的要求如下：

在铺设活动地板的机房内，应对活动地板进行专门检查，地板板块铺设严密坚固，符合安装要求，每平方米水平误差应不大于 2mm，地板支柱接地良好，活动地板的系统电阻值应符合工作 $1.0 \times 10^5 \sim 1.0 \times 10^{10} \Omega$ 的指标要求。

试题 5 参考答案

（17）B

试题 6（2009 年上半年试题 21）

信息系统的安全属性包括 　(21)　 和不可抵赖性。

(21) A. 保密性、完整性、可用性　　　　　B. 符合性、完整性、可用性

　　　C. 保密性、完整性、可靠性　　　　　D. 保密性、可用性、可维护性

试题 6 分析

信息系统安全定义为：确保以电磁信号为主要形式的，在信息网络系统进行通信、处理和使用的信息内容，在各个物理位置、逻辑区域、存储和传输介质中，处于动态和静态过程中的保密性、完整性、可用性和不可抵赖性，以及与网络、环境有关的技术安全、结构安全和管理安全的总和。其中保密性、完整性、可用性和不可抵赖性是信息系统安全的基本属性。

(1) 保密性。保密性是应用系统的信息不被泄露给非授权的用户、实体或过程，或供其利用的特性。即防止信息泄漏给非授权个人或实体，信息只为授权用户使用的特性。保密性是在可用性基础之上保障应用系统信息安全的重要手段。应用系统常用的保密技术包括：

① 最小授权原则：对信息的访问权限仅授权给需要从事业务的用户使用；

② 防暴露：防止有用信息以各种途径泄露或传播出去；

③ 信息加密：用加密算法对信息进行加密处理，非法用户无法对信息进行解密而无法读懂有效信息；

④ 物理保密：利用各种物理方法，如限制、隔离、掩蔽、控制等措施，保护信息不被泄露。

(2) 完整性。完整性是信息未经授权不能进行改变的特性。即应用系统的信息在存储或传输过程中保持不被偶然或蓄意地删除、修改、伪造、乱序、重放、插入等破坏和丢失的特性。完整性是一种面向信息的安全性，它要求保持信息的原样，即信息的正确生成和正确存储和传输。完整性与保密性不同，保密性要求信息不被泄露给未授权的人，而完整性则要求信息不致受到各种原因的破坏。影响信息完整性的主要因素有：设备故障、误码（传输、处理和存储过程中产生的误码，定时的稳定度和精度降低造成的误码，各种干扰源造成的误码）、人为攻击、计算机病毒等。保障应用系统完整性的主要方法有：

① 协议：通过各种安全协议可以有效地检测出被复制的信息、被删除的字段、失效的字段和被修改的字段；

② 纠错编码方法：由此完成检错和纠错功能。最简单和常用的纠错编码方法是奇偶校验法；

③ 密码校验和方法：它是抗篡改和传输失败的重要手段；

④ 数字签名：保障信息的真实性；

⑤ 公证：请求系统管理或中介机构证明信息的真实性。

（3）可用性。可用性是应用系统信息可被授权实体访问并按需求使用的特性。即信息服务在需要时，允许授权用户或实体使用的特性，或者是网络部分受损或需要降级使用时，仍能为授权用户提供有效服务的特性。可用性是应用系统面向用户的安全性能。应用系统最基本的功能是向用户提供服务，而用户的需求是随机的、多方面的、有时还有时间要求。可用性一般用系统正常使用时间和整个工作时间之比来度量。可用性还应该满足以下要求：身份识别与确认、访问控制（对用户的权限进行控制，只能访问相应权限的资源，防止或限制经隐蔽通道的非法访问。包括自主访问控制和强制访问控制）、业务流控制（利用均分负荷方法，防止业务流量过度集中而引起网络阻塞）、路由选择控制（选择那些稳定可靠的子网、中继线或链路等）、审计跟踪（把应用系统中发生的所有安全事件情况存储在安全审计跟踪之中，以便分析原因，分清责任，及时采取相应的措施。审计跟踪的信息主要包括：事件类型、被管信息等级、事件时间、事件信息、事件回答以及事件统计等方面的信息）。

（4）不可抵赖性。不可抵赖性也称为不可否认性，在应用系统的信息交互过程中，确信参与者的真实同一性。即所有参与者都不可能否认或抵赖曾经完成的操作和承诺。利用信息源证据可以防止发信方不真实地否认已发送信息，利用递交接收证据可以防止收信方事后否认已经接收的信息。

要实现具有这么多安全属性、并达到相互之间平衡的信息系统几乎是不可能的任务，以至于后来的通用评估准则（CC，ISO/IEC 15408，GB/T 18336）和风险管理准则（BS7799，ISO/IEC 27001）都直接以安全对象所面临的风险为出发点来分别研究信息安全产品和信息系统安全，针对每一风险来采取措施，其终极安全目标是要保护信息资产的安全，保障业务系统的连续运行。

试题 6 参考答案

（21）A

试题 7（2009 年上半年试题 64）

使用网上银行卡支付系统付款与使用传统信用卡支付系统付款，两者的付款授权方式是不同的，下列论述正确的是　(64)　。

（64）A. 前者使用数字签名进行远程授权，后者在购物现场使用手写签名的方式授权商家扣款

B. 前者在购物现场使用手写签名的方式授权商家扣款，后者使用数字签名进行远程授权

C. 两者都使用数字签名进行远程授权

D. 两者都在购物现场使用手写签名的方式授权商家扣款

试题 7 分析

网上银行卡支付系统与传统信用卡支付系统的差别主要如下。

（1）使用的信息传递通道不同。网上银行卡使用专用网，因此较安全。

（2）付款地点不同。传统信用卡必须在商场使用商场的 POS 机进行付款，网上银行卡可以在家庭或办公室使用自己的个人计算机进行购物和付款。

（3）身份认证方式不同。传统信用卡在购物现场使用身份证或其他身份证明验证持卡人的身份，网上银行卡在计算机网络上使用 CA 中心提供的数字证书验证持卡人身份、商家、支付网关以及银行的身份。

（4）付款授权方式不同。传统信用卡在购物现场用手写签名的方式授权商家扣款，网上银行卡使用数字签名进行远程授权。

（5）商品和支付信息采集方式不同。传统信用卡使用商场的 POS 机、条形码扫描仪和读卡设备采集商品和信用卡信息；网上银行卡直接使用自己的计算机，通过鼠标和键盘输入商品和信用卡信息。

由上述的比较可知，使用网上银行卡支付系统付款使用数字签名进行远程授权，而使用传统信用卡支付系统付款则在购物现场使用手写签名的方式授权商家扣款。

试题 7 参考答案

（64）A

试题 8（2009 年下半年试题 19）

在进行网络规划时，要遵循统一的通信协议标准。网络架构和通信协议应该选择广泛使用的国际标准和事实上的工业标准，这属于网络规划的　(19)　。

（19）A. 实用性原则　　　　　　　　B. 开放性原则

　　　　C. 先进性原则　　　　　　　　D. 可扩展性原则

试题 8 分析

网络规划与设计服装、设计房屋不同，要构造一个最终建设完成的网络，网络规划是要给网络建设和使用者做一个心中有数的设计结果。网络规划率先考虑的三个原则是：实用性原则、开放性原则和先进性原则。

（1）实用性原则。网络建设应当作工程项目来完成，而不是当作研究或实验课题。网络应用和服务在整个网络建设中应置于非常重要的地位，这是因为只有应用才是网络建设的最终目的，网络基础设施是为最终应用服务的。因此，实用原则强调设计目标和设计结果能满足需求并且行之有效。

（2）开放性原则。网络应具有良好的开放性。这种开放性靠标准化实现，使用符合这些标准的计算机系统很容易进行网络互联。为此，必须制订全网统一的网络架构，并遵循统一的通信协议标准。网络架构和通信协议应选择广泛使用的国际工业标准，使得网络成为一个完全开放的网络计算环境。开放性原则包括采用开放标准、开放技术、开放结构、开放系统组件、开放用户接口。

（3）先进性原则。建设网络，尽可能采用成熟先进的技术，使用具有时代先进水平的计算机系统和网络设备，这些设备应该在相当长的时间内保证其先进性。开发或选购的各种网络应用软件也尽可能先进，并有相当长时间的可用性。先进性原则包括设计思想先进、软硬件设备先进、网络结构先进、开发工具先进。

在方案设计实施过程中必须考虑的原则是：

（1）可靠性原则。网络的运行是稳固的；

（2）安全性原则。包括选用安全的操作系统、设置网络防火墙、网络防杀病毒、数据加密和信息工作制度的保密；

（3）高效性原则。性能指标高，软硬件性能充分发挥。

（4）可扩展性原则。能够在规模和性能两个方向上进行扩展。

试题 8 参考答案

（19）B

试题 9（2009 年下半年试题 20）

DNS 服务器的功能是将域名转换为 __(20)__ 。

（20）A．IP 地址　　　B．传输地址　　　C．子网地址　　　D．MAC 地址

试题 9 分析

DNS（Domain Name System，域名系统）是由解析器和域名服务器组成的。域名服务器是指保存有该网络中所有主机的域名和对应 IP 地址，并具有将域名转换为 IP 地址功能的服务器。其中域名必须对应一个 IP 地址，而 IP 地址不一定有域名。域名系统采用类似目录树的等级结构。域名服务器为客户机/服务器模式中的服务器方，它主要有两种形式：主服务器和转发服务器。将域名映射为 IP 地址的过程就称为域名解析。在 Internet 上域名与 IP 地址之间是一对一（或者多对一）的，域名虽然便于人们记忆，但机器之间只能互相认识 IP 地址，它们之间的转换工作称为域名解析，域名解析需要由专门的域名解析服务器来完成，DNS 就是进行域名解析的服务器。DNS 命名用于 Internet 等 TCP/IP 网络中，通过用户友好的名称查找计算机和服务。当用户在应用程序中输入 DNS 名称时，DNS 服务可以将此名称解析为与之相关的其他信息，如 IP 地址。因为，用户在上网时输入的网址，是通过域名解析系统解析找到了相对应的 IP 地址，这样才能上网。其实，域名的最终指向是 IP 地址。

试题 9 参考答案

（20）A

试题 10（2009 年下半年试题 21）

目前，综合布线领域广泛遵循的标准是　（21）　。

（21）A．GB/T 50311-2000　　　　　B．TIA/ETA 568 D

　　　C．TIA/EIA 568 A　　　　　　D．TIA/EIA 570

试题 10 分析

目前，在综合布线领域被广泛遵循的标准是 TIA/EIA 568A。有关这方面的详细知识，请阅读试题 3 的分析。

试题 10 参考答案

（21）C

试题 11（2009 年下半年试题 22）

以下关于接入 Internet 的叙述，　（22）　是不正确的。

（22）A．以终端的方式入网，需要一个动态的 IP 地址

　　　B．通过 PPP 拨号方式接入，可以有一个动态的 IP 地址

　　　C．通过 LAN 接入，可以有固定的 IP 地址，也可以用动态分配的 IP 地址

　　　D．通过代理服务器接入，多个主机可以共享 1 个 IP 地址

试题 11 分析

接入 Internet 时有终端方式和局域网方式，两者都可以使用固定的 IP 地址，也可以使用动态的 IP 地址。

代理服务器（Proxy Server）可以代理网络用户去获取网络信息。在人们上网的过程中，一般是使用浏览器直接连接 Internet 站点获取网络信息。而代理服务器则是介于浏览器和 Web 服务器之间的一台服务器。使用代理服务器之后，浏览器不是直接到 Web 服务器去获取网页信息，而是先访问代理服务器，然后由代理服务器获取所需要的信息并传送给浏览器。

代理服务器按用途分类有 HTTP 代理、SSL 代理、HTTP CONNECT 代理、FTP 代理、POP3 代理、Telnet 代理、Socks 代理等。虽然分类很多，但是当前任何一种代理服务器都是集多种代理功能于一身，是多功能的代理服务器。

另外还有一种代理服务器，称为网络代理服务器。网络代理服务器与局域网中的代理服务器不同，它是代理访问，而且一般代理服务器地址也是不固定的，由于具有非长期性的特点，所以使用代理服务器，必须随时搜索更新自己的代理服务器。

代理服务器主要用于沟通两个不同的 TCP/IP 网络，多数情况下是针对因特网的访问，但代理服务器的应用绝不仅仅是这些。代理服务器沟通的两个网络可能都是企业的内部网、也可能都是因特网。

试题 11 参考答案

（22）A

试题 12（2009 年下半年试题 23）

　　（23）　　是将存储设备与服务器直接连接的存储模式。

（23）A. DAS　　　　　　B. NAS　　　　　　C. SAN　　　　　　D. SCSI

试题 12 分析

直接连接存储（Direct Attached Storage，DAS）、网络连接存储（Network Attached Storage，NAS）、存储区域网络（Storage Area Network，SAN）是现有存储的三大模式。

（1）DAS。DAS 是存储器与服务器的直接连接，一般通过标准接口，如小型机算计系统接口（Small Computer System Interface，SCSI）等。DAS 产品主要包括各种磁盘、磁带库和光存储等产品。

（2）NAS。NAS 是将存储设备通过标准的网络拓扑结构（如以太网）连接到一系列计算机上。NAS 是一种既有强大存储能力又有相当灵活性的存储结构，它的重点在于帮助工作组和部门级机构解决迅速增加存储容量的需求。NAS 产品包括存储器件（如磁盘阵列、磁带库等）和集成在一起的简易服务器，可用于实现涉及文件存取及管理的所有功能。NAS 产品是真正即插即用的，NAS 设备一般支持多计算机平台，用户通过网络支持协议可进入相同的文档，因而 NAS 设备无须改造即可用于混合 UNIX/Windows NT 局域网内。NAS 设备的物理位置也是相当灵活的，可放置在工作组内，靠近数据中心的应用服务器，也可放在其他地点，通过物理链路与网络连接起来。无需应用服务器的干预，NAS 设备允许用户在网络上存取数据，这样既可减小 CPU 的开销，也能显著改善网络的性能。

（3）SAN。SAN 是采用高速光纤通道作为传输介质的网络存储技术。它将存储系统网络化，实现了高速共享存储以及块级数据访问的目的。作为独立于服务器网络系统之外，它几乎拥有无限的存储扩展能力。业界提倡的 Open SAN 克服了早先光纤通道仲裁环所带来的互操作和可靠性问题，提供了开放式、灵活多变的多种配置方案。总地来说，SAN 拥有极度的可扩展性、简化的存储管理、优化的资源和服务共享以及高度可用性。

试题 12 参考答案

（23）A

试题 13（2009 年下半年试题 24）

电子商务安全要求的四个方面是 __(24)__ 。

（24）A. 传输的高效性、数据的完整性、交易各方的身份认证和交易的不可抵赖性

　　　B. 存储的安全性、传输的高效性、数据的完整性和交易各方的身份认证

　　　C. 传输的安全性、数据的完整性、交易各方的身份认证和交易的不可抵赖性

　　　D. 存储的安全性、传输的高效性、数据的完整性和交易的不可抵赖性

试题 13 分析

现代电子商务是指使用基于因特网的现代信息技术工具和在线支付方式进行商务活动。电子商务安全要求包括 4 个方面：

（1）数据传输的安全性。对数据传输的安全性要求在网络传送的数据不被第三方窃取；

（2）数据的完整性。对数据的完整性要求是指数据在传输过程中不被篡改；

（3）身份验证。确认双方的账户信息是否真实有效；

（4）交易的不可抵赖性。保证交易发生纠纷时有所对证。

试题 13 参考答案

（24）C

试题 14（2009 年下半年试题 25）

应用数据完整性机制可以防止 __(25)__ 。

（25）A. 假冒源地址或用户地址的欺骗攻击　　　B. 抵赖做过信息的递交行为

　　　C. 数据中途被攻击者窃听获取　　　D. 数据在途中被攻击者篡改或破坏

试题 14 分析

请参考试题 13 的分析。

试题 14 参考答案

（25）D

试题 15（2009 年下半年试题 26）

应用系统运行中涉及的安全和保密层次包括四层，这四个层次按粒度从粗到细的排列顺序是__(26)__。

(26) A. 数据域安全、功能性安全、资源访问安全、系统级安全

B. 数据域安全、资源访问安全、功能性安全、系统级安全

C. 系统级安全、资源访问安全、功能性安全、数据域安全

D. 系统级安全、功能性安全、资源访问安全、数据域安全

试题 15 分析

应用系统运行中涉及的安全和保密层次包括系统级安全、资源访问安全、功能性安全和数据域安全。这四个层次的安全，按粒度从粗到细的排序是：系统级安全、资源访问安全、功能性安全、数据域安全。程序资源访问控制安全的粒度大小界于系统级安全和功能性安全两者之间，是最常见的应用系统安全问题，几乎所有的应用系统都会涉及这个安全问题。

（1）系统级安全。企业应用系统越来越复杂，因此制订得力的系统级安全策略才是从根本上解决问题的基础。应通过对现行系统安全技术的分析，制定系统级安全策略，策略包括敏感系统的隔离、访问 IP 地址段的限制、登录时间段的限制、会话时间的限制、连接数的限制、特定时间段内登录次数的限制和远程访问控制等，系统级安全是应用系统第一道防护大门。

（2）资源访问安全。对程序资源的访问进行安全控制，在客户端上，为用户提供和其权限相关的用户界面，仅出现和其权限相符的菜单和操作按钮；在服务端则对 URL 程序资源和业务服务类方法的调用进行访问控制。

（3）功能性安全。功能性安全会对程序流程产生影响，如用户在操作业务记录时，是否需要审核，上传附件不能超过指定大小等。这些安全限制已经不是入口级的限制，而是程序流程内的限制，在一定程度上影响程序流程的运行。

（4）数据域安全。数据域安全包括两个层次，其一是行级数据域安全，即用户可以访问哪些业务记录，一般以用户所在单位为条件进行过滤；其二是字段级数据域安全，即用户可以访问业务记录的哪些字段。不同的应用系统数据域安全的需求存在很大的差别，业务相关性比较高。对于行级的数据域安全，大致可以分为以下几种情况：

① 应用组织机构模型允许用户访问其所在单位及下级管辖单位的数据；

② 通过数据域配置表配置用户有权访问同级单位及其他行政分支下的单位的数据；

③ 按用户进行数据安全控制，只允许用户访问自己录入或参与协办的业务数据；

④ 除进行按单位过滤之外，比较数据行安全级别和用户级别，只有用户的级别大于等于行级安全级别，才能访问到该行数据。

试题 15 参考答案

（26）C

试题 16（2009 年下半年试题 27）

为了确保系统运行的安全，针对用户管理，下列做法不妥当的是___(27)___。

（27）A．建立用户身份识别与验证机制，防止非法用户进入应用系统

　　　 B．用户权限的分配应遵循"最小特权"原则

　　　 C．用户密码应严格保密，并定时更新

　　　 D．为了防止重要密码丢失，把密码记录在纸质介质上

试题 16 分析

制订有关的政策、制度、程序或采用适当的硬件手段、软件程序和技术工具，保证信息系统不被未经授权进入和使用、修改、盗窃，造成损害的各种措施。

（1）系统安全等级管理。根据应用系统所处理数据的秘密性和重要性确定安全等级，并据此采用有关规范和制定相应的管理制度。安全等级可分为保密等级和可靠性等级两种，系统的保密等级与可靠性等级可以不同。保密等级应按有关规定划分为绝密、机密、秘密。可靠性等级可分为三级，对可靠性要求最高的为 A 级，系统运行所要求的最低限度可靠性为 C 级，介于中间的为 B 级。安全等级管理就是根据信息的保密性及可靠性要求采取相应的控制措施，以保证应用系统及数据在既定的约束条件下的合理合法的使用。

（2）系统运行监视管理。在重要应用系统投入运行前，可请公安机关的计算机监察部门进行安全检查。根据应用系统的重要程度，设立监视系统，分别监视设备的运行情况或工作人员及用户的操作情况，或安装自动录像等记录装置。

（3）系统运行文件管理制度。制定严格的技术文件管理制度，应用系统的技术文件如说明书、手册等应妥善保存，要有严格的借阅手续，不得损坏及丢失。系统运行维护时备有应用系统操作手册规定的文件。应用系统出现故障时可查询替代措施和恢复顺序所规定的文件。

（4）系统运行操作规程。通过制定规范的系统操作程序，用户严格按照操作规程使用应用系统。应用系统操作人员应为专职，关键操作步骤要有两名操作人员在场，必要时需对操作的结果进行检查和复核。 对系统开发人员和系统操作人员要进行职责分离。制订系统运行记录编写制度，系统运行记录包括系统名称、姓名、操作时间、处理业务名称、故障记录及处理情况等。

（5）用户管理制度。建立用户身份识别与验证机制，防止非授权用户进入应用系统。对用户及其权限的设定应进行严格管理，用户权限的分配必须遵循"最小特权"原则。用户密码应严格保密，并及时更新。重要用户密码应密封交安全管理员保管，人员调离时应及时

修改相关密码和口令。

（6）系统运行维护制度。必须制定有关电源设备、空调设备，防水防盗消防等防范设备的管理规章制度，确定专人负责设备维护和制度实施。对系统进行维护时，应采取数据保护措施。如：数据转贮、抹除、卸下磁盘磁带，维护时安全人员必须在场等。远程维护时，应事先通知。对系统进行预防维护或故障维护时，必须记录故障原因、维护对象、维护内容和维护前后状况等。

（7）系统运行灾备制度。系统重要的信息和数据应定期备份，针对系统运行过程中可能发生的故障和灾难，制订恢复运行的措施、方法，并成立应急计划实施小组，负责应急计划的实施和管理。在保证系统正常运行的前提下，对可模拟的故障和灾难每年至少进行一次实施应急计划的演习。应急计划的实施必须按规定由有关领导批准，实施后，有关部门必须认真分析和总结事故原因，制订相应的补救和整改措施。

（8）系统运行审计制度。定期对应用系统的安全审计跟踪记录及应用系统的日志进行检查和审计，检查非授权访问及应用系统的异常处理日志。根据系统的配置信息和运行状况，分析系统可能存在的安全隐患和漏洞，对发现的隐患和漏洞要及时研究补救措施，并报相关部门领导审批后实施。

试题 16 参考答案

（27）D

试题 17（2010 年上半年试题 19）

　(19)　制定了无线局域网访问控制方法与物理层规范。

(19) A. IEEE 802.3 　　　　　　　B. IEEE 802.11

　　　C. IEEE 802.15 　　　　　　D. IEEE 802.16

试题 17 分析

IEEE 802.3 通常指以太网，是一种描述物理层和数据链路层的 MAC 子层的实现方法，在多种物理媒体上以多种速率采用 CSMA/CD 访问方式，对于快速以太网该标准说明的实现方法有所扩展。

IEEE 802.11 制定了无线局域网访问控制方法与物理层规范，可分为以下各个子规范。

- IEEE 802.11a，1999 年，物理层补充（54Mbit/s，工作在 5.2GHz）。

- IEEE 802.11b，1999 年，物理层补充（11Mbit/s 工作在 2.4GHz）。

- IEEE 802.11c，符合 802.1D 的媒体接入控制层桥接（MAC Layer Bridging）。

- IEEE 802.11d，根据各国无线电规定做的调整。

- IEEE 802.11e，对服务等级（Quality of Service, QoS）的支持。

- IEEE 802.11f，基站的互连性（Inter-Access Point Protocol，IAPP），2006 年 2 月被 IEEE 批准撤销。

- IEEE 802.11g，2003 年，物理层补充（54Mbit/s，工作在 2.4GHz）。

- IEEE 802.11h，2004 年，无线覆盖半径的调整，室内（indoor）和室外（outdoor）信道（5.2GHz 频段）。

- IEEE 802.11i，2004 年，无线网络安全方面的补充。

- IEEE 802.11j，2004 年，根据日本规定做的升级。

- IEEE 802.11l，预留及准备不使用。

- IEEE 802.11m，维护标准；互斥及极限。

- IEEE 802.11n，更高传输速率的改善，支持多输入多输出技术（Multi-Input Multi-Output，MIMO）。 提供标准速度 300M，最高速度 600M 的连接速度。

- IEEE 802.11k，该协议规范规定了无线局域网络频谱测量规范。该规范的制订体现了无线局域网络对频谱资源智能化使用的需求。

除了上面的 IEEE 标准，另外还有一个被称为 IEEE 802.11b+的技术，通过 PBCC 技术（Packet Binary Convolutional Code）在 IEEE 802.11b（2.4GHz 频段）基础上提供 22Mbit/s 的数据传输速率。但这事实上并不是一个 IEEE 的公开标准，而是一项产权私有的技术，产权属于美国德州仪器公司。

IEEE 802.15 是由 IEEE 制定的一种蓝牙无线通信规范标准，应用于无线个人区域网（WPAN）。IEEE 802.15 具有短程、低能量、低成本、小型网络及通信设备等特征，适用于个人操作空间。这是基于蓝牙的个域网（personal area networks）标准。IEEE 802.15 工作组内有四个任务组，分别制定适合不同应用的标准。

（1）802.15.1。本质上只是蓝牙低层协议的一个正式标准化版本，大多数标准制定工作仍由蓝牙特别兴趣组（SIG）在做，其成果将由 IEEE 批准。原始的 802.15.1 标准基于蓝牙 1.1，在目前大多数蓝牙器件中都采用这一版本。新的版本 802.15.1 a 将对应于蓝牙 1.2，它包括某些 QoS 增强功能，完全后向兼容。蓝牙是第一个面向低速率应用的标准，但是它的市场情况不太理想，其原因之一是受 WiFi（802.11b） 的冲击，WiFi 产品的价格大幅度下降在某些应用方面抑制了蓝牙的优势。另一个原因是蓝牙为了覆盖更多的应用和提供 QoS 使其偏离了原来设计简单的目标，复杂使蓝牙变得昂贵，不再适合那些要求低功率、低成本的简单应用。另外它还存在可扩展性方面的问题。

（2）802.15.2。802.15.2 是对蓝牙和 802.15.1 的一些改变，其目的是减轻与 802.11b 和 802.11g 网络的干扰。这些网络都使用 2.4GHz 频段，如果想同时使用蓝牙和 WiFi 的话，就需要使用 802.15.2 或其他专有方案。

（3）802.15.3。也称为 WiMedia，旨在实现高速率。最初它瞄准消费类器件，如电视机和数码照相机等。其原始版本规定的速率高达 55Mbit/s，使用基于 802.11 但不兼容的物理层。后来多数厂商倾向于使用 802.15.3a，它使用超宽带（UWB）的多频段 OFDM 联盟（MBOA）的物理层，速率高达 480Mbit/s。打算生产 802.15.3 a 产品的厂商成立了 WiMedia 联盟，其任务是对设备进行测试和贴牌，以保证标准的一致性。

（4）802.15.4。也称为 ZigBee，属于低速率短距离的无线个人域网。它的设计目标是低功耗（长电池寿命）、低成本和低速率。速率可以低至 9.6Kbit/s，不支持话音。

IEEE 802 委员会于 1999 年成立了 802.16 工作组来专门开发宽带无线接入标准。IEEE 802.16 负责为宽带无线接入的无线接口及其相关功能制定标准，它由三个小工作组组成，每个小工作组分别负责不同的方面：

- IEEE 802.16.1 负责制定频率为 10～60GHz 的无线接口标准；
- IEEE 802.16.2 负责制定宽带无线接入系统共存方面的标准；
- IEEE 802.16.3 负责制定频率范围在 2～10GHz 间获得频率使用许可应用的无线接口标准。

IEEE 802.16 标准所关心的是用户的收发机同基站收发机之间的无线接口，包括 PHY MAC 的规范。

试题 17 参考答案

（19）B

试题 18（2010 年上半年试题 20）

可以实现在 Internet 上任意二台计算机之间传输文件的协议是 （20） 。

（20）A．FTP 　　　　B．HTTP 　　　　C．SMTP 　　　　D．SNMP

试题 18 分析

FTP 是网络上两台计算机传送文件的协议，是通过 Internet 将文件从客户机复制到服务器上的一种途径。TFTP 是用来在客户机与服务器之间进行简单文件传输的协议，提供不复杂、开销不大的文件传输服务。TFTP 协议设计的时候是进行小文件传输的，因此它不具备通常 FTP 的许多功能，它只能从文件服务器上获得或写入文件，不能列出目录，也不进行认证。

HTTP 是用于从 WWW 服务器传输超文本到本地浏览器的传送协议。它可以使浏览器更加高效，使网络传输减少。它不仅保证计算机正确快速地传输超文本文档，还确定传输文档中的哪一部分，以及哪部分内容首先显示等。

SMTP 是一种提供可靠且有效的电子邮件传输的协议。SMTP 是建模在 FTP 文件传输服务上的一种邮件服务，主要用于传输系统之间的邮件信息并提供与来信有关的通知。

SNMP 是为了解决 Internet 上的路由器管理问题而提出的，是指一系列网络管理规范的集合，包括协议本身、数据结构的定义和一些相关概念。目前 SNMP 已成为网络管理领域中事实上的工业标准，并被广泛支持和应用，大多数网络管理系统和平台都是基于 SNMP

的。

试题 18 参考答案

（20）A

试题 19（2010 年上半年试题 21）

我国颁布的《大楼通信综合布线系统 TD/T926》标准的适用范围跨度距离不超过 （21） 米，办公总面积不超过 100 万平方米的布线区域。

（21）A．500　　　　B．1000　　　　C．2000　　　　D．3000

试题 19 分析

根据《大楼通信综合布线系统 YD/T926》标准的适用范围跨度距离不超过 3000 米、建筑总面积不超过 100 万平方米的布线区域。

试题 19 参考答案

（21）D

试题 20（2010 年上半年试题 22）

根据《信息系统机房设计规范》， （22） 的叙述是错误的。

（22）A．某机房内面积为 125 平房米，共设置了三个安全出口

　　　　B．机房内所有设备的金属外壳、各类金属管道、金属线槽、建筑物金属结构等必须进行等电位联结并接地

　　　　C．机房内照明线路宜穿钢管暗腐或在吊顶内穿钢管明腐

　　　　D．为了保证通风，A 级电子信息系统机房应设置外窗

试题 20 分析

根据《电子信息系统机房设计规范（GB50147-2008）》的规定，电子信息系统机房应划分为 A、B、C 三级。设计时应根据机房的使用性质、管理要求及其在经济和社会中的重要性确定所属级别。

符合下列情况之一的电子信息系统机房应为 A 级：

- 电子信息系统运行中断将造成重大的经济损失；
- 电子信息系统运行中断将造成公共场所秩序严重混乱。

符合下列情况之一的电子信息系统机房应为 B 级：

- 电子信息系统运行中断将造成较大的经济损失；
- 电子信息系统运行中断将造成公共场所秩序混乱。

不属于 A 级或 B 级的电子信息系统机房为 C 级。在异地建立的备份机房，设计时应与原有机房等级相同。同一个机房内的不同部分可以根据实际需求，按照不同的标准进行设计。

A 级电子信息系统机房内的场地设施应按容错系统配置，在电子信息系统运行期间，场地设施不应因操作失误、设备故障、外电源中断、维护和检修而导致电子信息系统运行中断。

B 级电子信息系统机房内的场地设施应按冗余要求配置，在系统运行期间，场地设施在冗余能力范围内，不应因设备故障而导致电子信息系统运行中断。

C 级电子信息系统机房内的场地设施应按基本需求配置，在场地设施正常运行情况下，应保证电子信息系统运行不中断。

A 级和 B 级的电子信息系统的主机房不宜设置外窗；面积大于 100 平方米的主机房，安全出口不得少于 2 个。

试题 20 参考答案

（22）D

试题 21（2010 年上半年试题 23）

SAN 存储技术的特点包括___（23）___。

① 高度可扩展性 ② 复杂但体系化的储存管理方式 ③优化的资源和服务共享 ④高度的可用性

（23）A. ①③④   B. ①②④   C. ①②③   D. ②③④

试题 21 分析

SAN 是通过专用交换机将磁盘阵列与服务器连接起来的高速专用子网。它没有采用文件共享存取方式，而是采用块（block）级别存储。SAN 是通过专用高速网将一个或多个网络存储设备和服务器连接起来的专用存储系统，其最大特点是将存储设备从传统的以太网中分离了出来，成为独立的存储区域网络 SAN 的系统结构如图 3-4 所示。

根据数据传输过程采用的协议，其技术划分为 FC SAN 和 IP SAN。另外，还有一种新兴的 IB SAN 技术。

（1）FC SAN。FC（Fiber Channel，光纤通道）和 SCSI 接口一样，最初也不是为硬盘设计开发的接口技术，而是专门为网络系统设计的，随着存储系统对速度的需求，才逐渐应用到硬盘系统中。光纤通道的主要特性有：热插拔性、高速带宽、远程连接、连接设备数量大等。它是当今最昂贵和复杂的存储架构，需要在硬件、软件和人员培训方面进行大量投资。

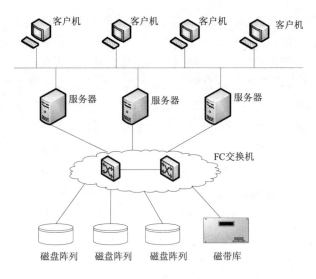

图 3-4　SAN 存储系统的结构

FC SAN 由三个基本的组件构成，分别是接口（SCSI、FC）、连接设备（交换机、路由器）和协议（IP、SCSI）。这三个组件再加上附加的存储设备和服务器就构成一个 SAN 系统。它是专用、高速、高可靠的网络，允许独立、动态地增加存储设备，使得管理和集中控制更加简化。

FC SAN 有两个较大的缺陷，分别是成本和复杂性，其原因就是因为使用了 FC。在光纤通道上部署 SAN，需要在每个服务器上都要有 FC 适配器、专用的 FC 交换机和独立的布线基础架构。这些设施使成本大幅增加，更不用说精通 FC 协议的人员培训成本。

（2）IP SAN。IP SAN 是基于 IP 网络实现数据块级别存储方式的存储网络。由于设备成本低，配置技术简单，可共享和使用大容量的存储空间，因而逐渐获得广泛的应用。

在具体应用上，IP 存储主要是指 iSCSI（Internet SCSI）。作为一种新兴的存储技术，iSCSI 基于 IP 网络实现 SAN 架构，既具备了 IP 网络配置和管理简单的优势，又提供了 SAN 架构所拥有的强大功能和扩展性。iSCSI 是连接到一个 TCP/IP 网络的直接寻址的存储库，通过使用 TCP/IP 协议对 SCSI 指令进行封装，可以使指令能够通过 IP 网络进行传输，而过程完全不依赖于地点。

iSCSI 优势的主要表现在于，首先，建立在 SCSI、TCP/IP 这些稳定和熟悉的标准上，因此安装成本和维护费用都很低；其次，iSCSI 支持一般的以太网交换机而不是特殊的光纤通道交换机，从而减少了异构网络和电缆；最后，ISCSI 通过 IP 传输存储命令，因此可以在整个 Internet 上传输，没有距离限制。

iSCSI 的缺点在于，存储和网络是同一个物理接口，同时协议本身的开销较大，协议本身需要频繁地将 SCSI 命令封装到 IP 包中以及从 IP 包中将 SCSI 命令解析出来，这两个因素都造成了带宽的占用和主处理器的负担。但是，随着专门处理 ISCSI 指令的芯片的开发（解决主处理器的负担问题），以及 10G 以太网的普及（解决带宽问题），iSCSI 将有着更好的发展。

（3）IB SAN。IB（InfiniBand，无限带宽）是一种交换结构I/O技术，其设计思路是通过一套中心机构（IB交换机）在远程存储器、网络以及服务器等设备之间建立一个单一的连接链路，并由IB交换机来指挥流量。这种结构设计得非常紧密，大大提高了系统的性能、可靠性和有效性，能缓解各硬件设备之间的数据流量拥塞。而这是许多共享总线式技术没有解决的问题，因为在共享总线环境中，设备之间的连接都必须通过指定的端口建立单独的链路。

IB主要支持两种环境：模块对模块的计算机系统（支持I/O模块附加插槽）；在数据中心环境中的机箱对机箱的互连系统、外部存储系统和外部局域网/广域网访问设备。IB支持的带宽比现在主流的I/O载体（例如，SCSI、FC等）还要高，另外，由于使用IPv6的报头，IB还支持与传统Internet/Intranet设施的有效连接。用IB技术替代总线结构所带来的最重要的变化就是建立了一个灵活、高效的数据中心，省去了服务器复杂的I/O部分。

IB SAN采用层次结构，将系统的构成与接入设备的功能定义分开，不同的主机可通过HCA（Host Channel Adapter，主机通道适配器）、RAID等网络存储设备利用TCA（Target Channel Adapter，目标通道适配器）接入IB SAN。

IB SAN主要具有如下特性：可伸缩的Switched Fabric互连结构；由硬件实现的传输层互连高效、可靠；支持多个虚信道；硬件实现自动的路径变换；高带宽，总带宽随IB Switch规模成倍增长；支持SCSI远程DMA（Direct Memory Access，直接内存存取）协议；具有较高的容错性和抗毁性，支持热插拔。

总地来说，SAN拥有极度的可扩展性、简化的存储管理、优化的资源和服务共享及高度可用性。

试题21 参考答案

（23）A

试题22（2010年上半年试题24）

某机房部署了多级UPS和线路稳压器，这是出于机房供电的__(24)__需要。

（24）A．分开供电和稳压供电   B．稳压供电和电源保护

        C．紧急供电和稳压供电   D．不间断供电和安全供电

试题22 分析

根据对机房安全保护的不同要求，机房供、配电分为如下几种。

（1）分开供电：机房供电系统应将计算机系统供电与其他供电分开，并配备应急照明装置。

（2）紧急供电：配置制抗电压不足的基本设备、改进设备或更强设备，如基本UPS、改进的UPS、多级UPS和应急电源等。

（3）稳压供电：采用线路稳压器，防止电压波动对计算机系统的影响。

（4）电源保护：设置电源保护装置，如金属氧化物可变电阻、二极管、电压调整变压器和浪涌滤波器等。

（5）不间断供电：采用不间断供电电源，防止电压波动、电器干扰和断电等计算机系统的不良影响。

机房部署多级 UPS 和线路稳压器，这是由于机房供电的紧急供电和稳压供电的需要。

试题 22 参考答案

（24）C

试题 23（2010 年上半年试题 25）

以下关于计算机机房与设施安全管理的要求，　(25)　是不正确的。

(25) A. 计算机系统的设备和部件应有明显的标记，并应便于去除或重新标记

　　　B. 机房中应定期使用静电消除，以减少静电的产生

　　　C. 进入机房的工作人员，应更换不易产生静电的服装

　　　D. 禁止携带个人计算机等电子设备进入机房

试题 23 分析

根据对机房安全保护的不同要求，机房防静电分为以下几个方面。

（1）接地与屏蔽：采用必要的措施，使计算机系统有一套合理的防静电接地与屏蔽系统。

（2）服装防静电：人员服装采用不易产生静电的衣料，工作鞋采用低阻值材料制作。

（3）温、湿度防静电：控制机房温湿度，使其保持在不易产生静电的范围内。

（4）地板防静电：机房地板从表面到接地系统的阻值，应在不易产生静电的范围。

（5）材料防静电：机房中使用的各种家具，工作台、柜等，应选择产生静电小的材料。

（6）维修 MOS 电路保护：在硬件维修时，应采用金属板台面的专用维修台，以保护 MOS 电路。

（7）静电消除要求：在机房中使用静电消除剂和静电消除剂等，以进一步减少静电的产生。

计算机设备的安全保护包括设备的防盗和防毁以及确保设备的安全可用。

（1）设备的防盗和防毁。根据对设备安全的不同要求，设备的防盗和防毁分为：

① 设备标记要求：计算机系统的设备和部件应有明显的无法去除的标记，以防更换和方便查找赃物；

② 计算中心防盗：计算中心应安装防盗报警装置，防止夜间从门窗进入的盗窃行为；计算中心应利用光、电、无源红外等技术设置机房报警系统，并由专人值守，防止夜间从门窗进入的盗窃行为；利用闭路电视系统对计算中心的各重要部位进行监视，并有专人值守，防止夜间从门窗进入的盗窃行为；

③ 机房外部设备防盗：机房外部的设备，应采取加固防护等措施，必要时安排专人看管，以防止盗窃和破坏。

（2）设备的安全可用。根据对设备安全的不同要求，设备的安全可用分为：

① 基本运行支持：信息系统的所有设备应提供基本的运行支持，并有必要的容错和故障恢复能力；

② 设备安全可用：支持信息系统运行的所有设备，包括计算机主机、外部设备、网络设备及其他辅助设备等均应安全可用；

③ 设备不间断运行：提供可靠的运行支持，并通过容错和故障恢复等措施，支持信息系统实现不间断运行。

试题 23 参考答案

（25）A

试题 24（2010 年上半年试题 26）

某企业应用系统为保证运行安全，只允许操作人员在规定的工作时间段内登录该系统进行业务操作，这种安全策略属于 __（26）__ 层次

（26）A. 数据域安全　　　　　　　　　　B. 功能性安全

　　　C. 资源访问安全　　　　　　　　　D. 系统级安全

试题 24 分析

请参考试题 15 的分析。

试题 24 参考答案

（26）D

试题 25（2010 年上半年试题 27）

基于用户名和口令的用户入网访问控制可分为 __（27）__ 三个步骤。

（27）A. 用户名识别与验证、用户口令的识别与验证、用户账户的默认限制检查

B．用户名识别与验证、用户口令的识别与验证、用户权限的识别与控制

C．用户身份识别与验证、用户口令的识别与验证、用户权限的识别与控制

D．用户账号的默认限制检查、用户口令的识别与验证、用户权限的识别与控制

试题 25 分析

入网访问控制为网络访问提供了第一层访问控制。用户的入网访问控制可分为三个步骤：用户名的识别与验证、用户口令的识别与验证、用户账号的缺省限制检查。三道关卡中只要任何一关未过，该用户便不能进入该网络。

对网络用户的用户名和口令进行验证是防止非法访问的第一道防线。如果验证合法，才继续验证用户输入的口令。用户的口令是用户入网的关键所在，为保证口令的安全性，用户口令不能显示在显示屏上。口令长度应不少于 6 个字符，口令字符最好是数字、字母和其他字符的混合。用户口令必须经过加密，加密的方法很多。经过上述方法加密的口令，即使是系统管理员也难以得到它。用户还可采用一次性用户口令，也可用便携式验证器（如智能卡）来验证用户的身份。

网络管理员应该可以控制和限制普通用户的账号使用、访问网络的时间、方式。用户名或用户账号是所有计算机系统中最基本的安全形式。用户账号应只有系统管理员才能建立。用户口令应是用户访问网络所必须提交的"证件"。用户可以修改自己的口令，但系统管理员应该可以控制口令的以下几个方面：最小口令长度、强制修改口令的时间间隔、口令的唯一性、口令过期失效后允许入网的宽限次数。

用户名和口令验证有效之后，再进一步履行用户账号的默认限制检查。网络应能控制用户登录入网的站点、限制用户入网的时间、限制用户入网的工作站数量。当用户对交费网络的"资费"用尽时，网络还应能对用户的账号加以限制，用户此时应无法进入网络访问网络资源。网络应对所有用户的访问进行审计。如果多次输入口令不正确，则认为是非法用户的入侵，应给出报警信息。

试题 25 参考答案

（27）A

试题 26（2010 年下半年试题 19）

在没有路由的本地局域网中，以 Windows 操作系统为工作平台的主机可以同时安装 （19） 协议，其中前者是至今应用最广的网络协议，后者有较快速的性能，适用于只有单个网络或桥接起来的网络。

（19）A．TCP/IP 和 SAP   B．TCP/IP 和 IPX/SPX

       C．IPX/SPX 和 NETBEUI   D．TCP/IP 和 NETBEUI

试题 26 分析

当今局域网中最常见的三个协议是微软的 NETBEUI、NOVELL 的 IPX/SPX 和跨平台 TCP/IP。

（1）NETBEUI。NETBEUI 是为 IBM 开发的非路由协议，用于携带 NETBIOS 通信。NETBEUI 缺乏路由和网络层寻址功能，既是其最大的优点，也是其最大的缺点。因为它不需要附加的网络地址和网络层头尾，所以很快并很有效且适用于只有单个网络或整个环境都桥接起来的小工作组环境。因为不支持路由，所以 NETBEUI 永远不会成为企业网络的主要协议。NETBEUI 帧中唯一的地址是数据链路层介质访问控制（MAC）地址，该地址标识了网卡但没有标识网络。路由器靠网络地址将帧转发到最终目的地，而 NETBEUI 帧完全缺乏该信息。

（2）IPX/SPX。IPX 是 NOVELL 用于 NETWARE 客户端/服务器的协议群组，避免了 NETBEUI 的缺陷，但也带来了新的问题。IPX 具有完全的路由能力，可用于大型企业网。它包括 32 位网络地址，在单个环境中允许有许多路由网络。IPX 的可扩展性受到其高层广播通信和高开销的限制。服务广告协议（Service Advertising Protocol，SAP）将路由网络中的主机数限制为几千。尽管 SAP 的局限性已经被智能路由器和服务器配置所克服，但是，大规模 IPX 网络的管理仍是非常困难的工作。

（3）TCP/IP。TCP/IP 允许与 Internet 完全的连接。TCP/IP 同时具备了可扩展性和可靠性的需求；但其牺牲了速度和效率。Internet 的普遍使用是 TCP/IP 至今广泛使用的原因。该网络协议在全球应用最广。

试题 26 参考答案

（19）D

试题 27（2010 年下半年试题 20）

Internet 上的域名解析服务（DNS）完成域名与 IP 地址之间的翻译。执行域名服务的服务器被称为 DNS 服务器。小张在 Internet 的某主机上用 nslookup 命令查询希赛教育软考学院的网站域名，所用的查询命令和得到的结果如下：

>nslookup www.csairk.com

    Server: xd-cache-l.bjtelecom.net

    Address: 219.141.136.10

    Non-authoritative answer:

    Name：www.csairk.com

    Address：59.151.5.241

根据上述查询结果，以下叙述中不正确的是 （20） 。

（20）A．域名为"www.csairk.com"的主机 IP 地址为 59.151.5.241

　　　B．域名为"xd-cache-l.bjtelecom.net"的服务器为上述查询提供域名服务

　　　C．域名为"xd-cache-l.bjtelecom.net"的 DNS 服务器的 IP 地址为 219.141.136.10

　　　D．首选 DNS 服务器地址为 219.141.136.10，候选 DNS 服务器地址为 59.151.5.241

试题 27 分析

nslookup 是一个命令行工具，用于监测网络中 DNS 服务器是否能正确实现域名的解析。例如，试题中的命令是查询 www.csairk.com 的域名解析情况，其结果表示，正在为 www.csairk.com 解析域名的 DNS 服务器的主机名为 xd-cache-l.bjtelecom.net，该 DNS 服务器的 IP 地址是 219.141.136.10，而域名 www.csairk.com 所对应的 IP 地址为 59.151.5.241。

试题 27 参考答案

（20）D

试题 28（2010 年下半年试题 21）

关于单栋建筑中的综合布线，下列叙述中　(21)　是不正确的。

（21）A．单栋建筑中的综合布线系统工程范围是指在整栋建筑内敷设的通信线路

　　　B．单栋建筑中的综合布线包括建筑物内敷设的管路、槽道系统、通信线缆、接续设备以及其他辅助设施

　　　C．终端设备及其连接软线和插头等在使用前随时可以连接安装，一般不需要设计和施工

　　　D．综合布线系统的工程设计和安装施工是可以分别进行的

试题 28 分析

综合布线系统的范围应根据建筑工程项目范围来定，主要有单幢建筑和建筑群体两种范围。

单幢建筑中的综合布线系统工程范围，一般是指在整幢建筑内部敷设的通信线路，还应包括引出建筑物的通信线路，例如，建筑物内敷设的管路、槽道系统、通信缆线、接续设备以及其他辅助设施（如电缆竖井和专用的房间等）。此外，各种终端设备（如电话机、传真机等）及其连接软线和插头等，在使用前随时可以连接安装，一般不须要设计和施工。综合布线系统的工程设计和安装施工是单独进行的，所以，这两部分工作应该与建筑工程中的有关环节密切联系和互相配合。

建筑群体因建筑幢数不一而规模不同，但综合布线系统的工程范围除包括每幢建筑内的通信线路外，还需包括各幢建筑之间相互连接的通信线路。我国颁布的通信行业标准《大楼通信综合布线系统》D/T926)的适用范围是跨越距离不超过 3000 米、建筑总面积不超过 100 万平方米的布线区域，区域内的人员为 50 人至 5 万人。如布线区域超出上述范围时可参考

使用 D 标准中的大楼，是指各种商务、办公和综合性大楼等，但不包括普通住宅楼。

上述范围是从基本建设和工程管理的要求考虑的，与今后的业务管理和维护职责等的划分范围可能不同。因此，综合布线系统的具体范围应根据网络结构、设备布置和维护办法等因素来划分。为了适应信息社会的需要，综合布线系统应能满足传输语音、资料和图像以及其他信息的要求，尤其是当今出现的智能化建筑和先进技术装备的建筑群体更是如此。

试题 28 参考答案

（21）A

试题 29（2010 年下半年试题 22）

某单位依据《电子信息系统机房设计规范 GB 50174-2008》设计该单位的机房，在该单位采取的下述方案中，__(22)__是不符合该规范的。

（22）A．整个机房由主机房、辅助区、支持区和行政管理区等四个功能区组成

    B．主机房内计划放置 15 台设备，设计使用面积 65 平方米

    C．除主机房外，还设置了辅助区，辅助区面积是主机房面积的 10%

    D．主机房设置了设备搬运通道、设备之间的出口通道、设备的测试和维修通道

试题 29 分析

根据《电子信息系统机房设计规范 GB 50174-2008》，辅助区的面积宜为主机房面积的 0.2～1 倍。

试题 29 参考答案

（22）C

试题 30（2010 年下半年试题 23）

某工作站的使用者在工作时突然发现该工作站不能连接网络，为了诊断网络故障，最恰当的做法是首先__(23)__。

（23）A．查看该工作站网络接口硬件工作指示是否正常，例如查看网卡指示灯是否正常

    B．测试该工作站网络软件配置是否正常，例如测试工作站到自身的网络连通性

    C．测试本工作站到相邻网络设备的连通性，例如测试工作站到网关的连通性

    D．查看操作系统和网络配置软件的工作状态

试题 30 分析

"某工作站的使用者在工作时突然发现该工作站不能连接网络"说明此前网络是正常的，因此可以排除本机操作系统和网络配置等软件的设置问题，首先应该查看该工作站网络接口硬件工作指示是否正常，即检查网卡是否有问题，然后再检查本工作站到相邻网络设备的连通性。

试题 30 参考答案

（23）A

试题 31（2010 年下半年试题 31）

我国颁布的《大楼通信综合布线系统 D/T926）》的适用范围是跨度不超过 3000 米、建筑面积不超过　（31）　万平方米的布线区域。

（31）A.50　　　　　B. 200　　　　　C. 150　　　　　D. 100

试题 31 分析

请参考试题 19 的分析。

试题 31 参考答案

（19）D

试题 32（2010 年下半年试题 32）

关于计算机机房安全保护方案的设计，以下说法错误的是　（32）　。

（32）A. 某机房在设计供电系统时将计算机供电系统与机房照明设备供电系统分开

　　　　B. 某机房通过各种手段保障计算机系统的供电，使得该机房的设备长期处于 7×24 小时连续运转状态

　　　　C. 某公司在设计计算机机房防盗系统时，在机房布置了封闭装置，当潜入者触动装置时，机房可以从内部自动封闭，使盗贼无法逃脱

　　　　D. 某机房采用焊接的方式设置安全防护地和屏蔽地

试题 32 分析

机房供电系统应将计算机系统供电与其他供电分开，并配备应急照明装置。应采用不间断供电电源，防止电压波动、电器干扰、断电等对计算机系统的影响。

机房应设置安全防护地与屏蔽地，采用阻抗尽可能小的良导体的粗线，以减少各种地之

间的电位差；应采用焊接方法，并经常检查接地的良好，检测接地电阻，确保人身、设备和运行的安全。

机房应安装防盗报警装置，防止夜间从门窗进入的盗窃行为；应利用光、电、无源红外等技术设置机房报警系统，并由专人值守，防止夜间从门窗进入的盗窃行为；利用闭路电视系统对机房的各重要部位进行监视，并有专人值守，防止夜间从门窗进入的盗窃行为；机房外部的设备应采取加固防护等措施，必要时安排专人看管，以防止盗窃和破坏。

试题 32 参考答案

（32）C

试题 33（2010 年下半年试题 33）

应用系统运行中涉及的安全和保密层次包括系统级安全、资源访问安全、功能性安全和数据域安全。以下关于这四个层次安全的，错误的是 __(33)__ 。

（33）A. 按粒度从粗到细排序为系统级安全、资源访问安全、功能性安全、数据域安全

　　　B. 系统级安全是应用系统的第一道防线

　　　C. 所有的应用系统都会涉及资源访问安全问题

　　　D. 数据域安全可以细分为记录级数据域安全和字段级数据域安全

试题 33 分析

请参考试题 15 的分析。

试题 33 参考答案

（33）C

试题 34（2010 年下半年试题 34）

某公司接到通知，上级领导要在下午对该公司机房进行安全检查，为此公司做了如下安排：

①了解检查组人员数量及姓名，为其准备访客证件；

②安排专人陪同检查人员对机房安全进行检查；

③为了体现检查的公正，下午为领导安排了一个小时的自由查看时间；

④根据检查要求，在机房内临时设置一处吸烟区，明确规定检查期间机房内其他区域严禁烟火。

上述安排符合《GB/T 20269-2006 信息安全技术信息系统安全管理要求》的做法是___（34）___。

（34）A. ③④　　　　B. ②③　　　　C. ①②　　　　D. ②④

试题 34 分析

应建立门禁控制手段，任何进出机房的人员应经过门禁设施的监控和记录，应有防止绕过门禁设施的手段；门禁系统的电子记录应妥善保存以备查；进入机房的人员应佩戴相应证件；未经批准，禁止任何物理访问；未经批准，禁止任何人移动计算机相关设备或带离机房。

机房所在地应有专职警卫，通道和入口处应设置视频监控点，24 小时值班监视；所有来访人员的登记记录、门禁系统的电子记录以及监视录像记录应妥善保存以备查；禁止携带移动电话、电子记事本等具有移动互联功能的个人物品进入机房。

应明确机房安全管理的责任人，机房出入应有指定人员负责，未经允许的人员不准进入机房；获准进入机房的来访人员，其活动范围应受限制，并有接待人员陪同；机房钥匙由专人管理，未经批准，不准任何人私自复制机房钥匙或服务器开机钥匙；没有指定管理人员的明确准许，任何记录介质、文件材料及各种被保护品均不准带出机房，与工作无关的物品均不准带入机房；机房内严禁吸烟及带入火种和水源。

试题 34 参考答案

（34）C

第4章　标准化与知识产权

根据考试大纲，本章主要考查以下知识点。

（1）标准化和知识产权基础知识。

（2）基础标准：软件工程术语 GB/T 11457-1995；信息处理　数据流程图、程序流程图、系统流程图、程序网络和系统资源图的文件编辑符号及约定 GB 1526-1989；信息处理系统　计算机系统配置图符号及约定 GB/T 14085-1993。

（3）开发标准：信息技术　软件生存周期过程 GB/T 8566-2001；软件支持环境 GB/T 15853-1995；软件维护指南 GB/T 14079-1993。

（4）文档标准：软件文档管理指南 GB/T 16680-1996；计算机软件产品开发文件编制指南 GB/T 8567-1988；计算机软件需求说明编制指南 GB/T9385-1988。

（5）管理标准：计算机软件配置管理计划规范 GB/T 12505-1990；信息技术　软件产品评价　质量特性及其使用指南 GB/T 16260-2002；计算机软件质量保证计划规范 GB/T 12504-1990；计算机软件可靠性和可维护性管理 GB/T 14394-1993。

试题1（2010年下半年试题14）

关于知识产权，以下说法不正确的是　(14)　。

（14）A．知识产权具有一定的有效期限，超过法定期限后，就成为社会共同财富

　　　B．著作权、专利权、商标权皆属于知识产权范畴

　　　C．知识产权具有跨地域性，一旦在某国取得产权承认和保护，那么在域外将具有同等效力

　　　D．发明、文学和艺术作品等智力创造，都可被认为是知识产权

试题1分析

根据我国民法通则的规定，知识产权是指公民、法人、非法人单位对自己的创造性智力成果和其他科技成果依法享有的民事权。还有一种目前普遍使用的解释，它认为知识产权是智力成果的创造人依法所享有的权利和在生产经营活动中标记所有人依法所享有的权利的总称，包括著作权、专利权、商标权及商业秘密权、植物新品种权、集成电路布图设计权和地理标志权等。信息系统项目建设的相关各方干系人需依法保护自己的知识产权、同时避免侵犯别人的知识产权，这就需要对知识产权进行有效管理。

知识产权国际条约主要规定了知识产权保护的基本原则、范围以及最低保护标准等内容。其中关于基本原则的规定是知识产权保护国际公约中最基本、最重要的内容。

（1）国民待遇原则。这是在保护工业产权巴黎公约中首先提出的，在世界贸易组织（WTO）的《与贸易有关的知识产权协议》中再次强调，是各个知识产权国际公约的成员都必须共同遵守的基本原则。该原则的含义是：在知识产权的保护上，成员法律必须给予其他成员的国民以本国或地区国民享有的同样待遇。如果是非成员的国民，在符合一定条件后也可享受国民待遇。如在著作权保护方面，某公民的作品只要在某成员国首先发表，就可在该成员国享受国民待遇。

（2）最惠国待遇原则。早期适用于国际有形商品贸易，后被《与贸易有关的知识产权协议》延伸到知识产权保护领域。其含义是：缔约方在知识产权保护方面给予某缔约方或非缔约方的利益、优待、特权或豁免，应立即无条件地给予其他缔约方。国民待遇原则是解决本国人和外国人之间的平等保护问题，而最惠国待遇原则则是解决外国人彼此之间的平等保护问题，其共同点是禁止在知识产权保护方面实行歧视或差别待遇。

（3）透明度原则。各成员方一切影响贸易活动的政策和措施都必须及时公开，以便于各成员方政府和企业了解和熟悉。世贸组织把透明度原则作为其基本原则之一，要求各成员方未经公布的贸易政策不得实施，从而在公平、公正的基础上发展相互之间的经济贸易关系，组织和从事有关贸易活动。

（4）独立保护原则。某成员国民就同一智力成果在其他缔约国（或地区）所获得的法律保护是互相独立的。知识产权在某成员产生、被宣告无效或终止，并不必然导致该知识产权在其他成员也产生、被宣告无效或终止。独立保护是指外国人在另一个国家所受到的保护只能适用该国的法律，按照该国法律规定的标准实施。

（5）自动保护原则。这是伯尔尼公约规定的一个基本原则，其内容是作者在其他成员国享有和行使该国国民所享有的著作权，不需要履行任何额外的手续。

（6）优先权原则。优先权是保护工业产权巴黎公约授予缔约国国民最重要的权利之一，《与贸易有关的知识产权协议》予以了肯定，解决了外国人在申请专利权、商标权方面因各种原因产生的不公平竞争问题。其含义是指，在一个缔约成员提出发明专利、实用新型、外观设计或商标注册申请的申请人，又在规定期限内就同样的注册申请再向其他成员国提出同样内容的申请的，可以享有申请日期优先的权利。即可以把向某成员国第一次申请的日期，视为向其他成员国实际申请的日期。享有优先权的期限限制视不同的工业产权而定，发明和实用新型专利为向某成员国第一次申请之日起 12 个月，外观设计和商标为 6 个月。这是巴黎公约特别规定的基本原则之一，它给予申请人时间上的优惠。内容为：在某一个成员国提出的专利或商标注册的申请在一年内（商标为半年）给予保留。在此期间再向其他成员国提出同样内容的第二次申请就被视为第一次申请那一天提出的。享有这种优先利益的人为优先权人。

知识产权作为法律所确认的知识产品所有人依法享有的民事权利，在管理时具有以下几个要项：

（1）权利客体是一种无体财产。知识产权的客体不是有形物，而是知识、信息等抽象物；

（2）权利具有地域性。知识产权的地域性是指，按照一国法律获得承认和保护的知识产权，只能在该国发生法律效力，而不具有域外效力。知识产权域外效力的取得，对著作权而言，依赖于国际公约或者双边协定即可；专利权、商标权则必须由他国行政主管机关的确认，方可产生法律效力；

（3）权利具有时间性。知识产权有一定的有效期限，无法永远存续。在法律规定的有效期限内知识产权受到保护，超过法定期间，相关的智力成果就不再是受保护客体，而成为社会的共同财富，为人们自由使用。

试题1参考答案

（14）C

试题2（2009年上半年试题7）

按照规范的文档管理机制，程序流程图必须在___(7)___两个阶段内完成。

（7）A．需求分析、概要设计   B．概要设计、详细设计

      C．详细设计、实现阶段   D．实现阶段、测试阶段

试题2分析

程序流程图是详细设计中用来表示程序中操作顺序的图形，根据《计算机软件产品开发文件编制指南》（GB 8567-1988）的规定，详细设计说明书应在设计阶段（包括概要设计、详细设计）完成。

试题2参考答案

（7）B

试题3（2009年上半年试题8）

信息系统的软件需求说明书是需求分析阶段最后的成果之一，___(8)___不是软件需求说明书应包含的内容。

（8）A．数据描述   B．功能描述

      C．系统结构描述   D．性能描述

试题 3 分析

软件需求分析与定义过程了解客户需求和用户的业务,为客户、用户和开发者之间建立一个对于待开发的软件产品的共同理解,并把软件需求分析结果写到软件需求说明书中。需求分析的任务是准确地定义未来系统的目标,确定为了满足用户的需求待建系统必须做什么,并用需求规格说明书以规范的形式准确地表达用户的需求。让用户和开发者共同明确待建的是一个什么样的系统,关注待建的系统要做什么、应具备什么功能和性能。

一个典型的、传统的结构化的需求分析过程形成的软件需求说明书包括如下内容:

(1)前言:包括目的、范围、定义、缩写词、缩略语和参考资料;

(2)软件项目概述:包括软件产品描述、软件产品功能概述、用户特点、一般约束、假设和依据;

(3)具体需求:包括功能需求、性能需求、设计约束、属性和其他需求(数据库、操作和场合适应性)。

使用面向对象的分析方法得到的软件需求说明书内容如下:

(1)引言;

(2)信息描述;

(3)类、对象、类图、对象图、用例概览;

(4)功能描述及用例模型;

(5)行为描述及对象行为模型;

(6)质量保证;

(7)接口描述;

(8)其他描述。

试题 3 参考答案

(8)C

试题 4(2009 年上半年试题 9)

在《计算机软件可靠性和可维护性管理》(GB/T14393-2008)标准中,___(9)___不是详细设计评审的内容。

(9)A. 各单元可靠性和可维护性目标　　B. 可靠性和可维护性设计

　　C. 测试文件、软件开发工具　　　　D. 测试原理、要求、文件和工具

试题 4 分析

在《计算机软件可靠性和可维护性管理》(GB/T14393-2008)中,详细设计评审的内容

分别为：

（1）各单位可靠性和可维护性目标；

（2）可靠性和可维护性设计（如容错）；

（3）测试文件；

（4）软件开发工具。

试题 4 参考答案

（9）D

试题 5（2009 年上半年试题 68）

根据《软件文档管理指南》（GB/T16680-1996），___(68)___ 不属于基本的产品文档。

（68）A．参考手册和用户指南　　　　B．支持手册

　　　　C．需求规格说明　　　　　　　D．产品手册

试题 5 分析

软件文档可归入三种类别：开发文档（描述开发过程本身）、产品文档（描述开发过程的产物）、管理文档（记录项目管理的信息）。

开发文档是描述软件开发过程，包括软件需求、软件设计、软件测试、保证软件质量的一类文档，开发文档也包括软件的详细技术描述（程序逻辑、程序间相互关系、数据格式和存储等）。开发文档起到如下五种作用：

（1）它们是软件开发过程中包含的所有阶段之间的通信工具，它们记录生成软件需求、设计、编码和测试的详细规定和说明；

（2）它们描述开发小组的职责。通过规定软件、主题事项、文档编制、质量保证人员以及包含在开发过程中任何其他事项的角色来定义做什么、如何做和何时做；

（3）它们用作检验点而允许管理者评定开发进度。如果开发文档丢失、不完整或过时，管理者将失去跟踪和控制软件项目的一个重要工具；

（4）它们形成了维护人员所要求的基本软件文档，而这些支持文档可作为产品文档的一部分；

（5）它们记录软件开发的历史。

基本的开发文档有可行性研究和项目任务书；需求规格说明；功能规格说明；设计规格说明，包括程序和数据规格说明；开发计划；软件集成和测试计划；质量保证计划、标准、进度；安全和测试信息。

产品文档规定关于软件产品的使用、维护、增强、转换和传输的信息。产品文档起到如

下三种作用：

（1）为使用和运行软件产品的任何人规定培训和参考信息。

（2）使得那些未参加本软件开发的程序员维护它。

（3）促进软件产品的市场流通或提高可接受性。

产品文档用于下列类型的读者：

（1）用户。他们利用软件输入数据、检索信息和解决问题。

（2）运行者。他们在计算机系统上运行软件。

（3）维护人员。他们维护、增强或变更软件。

产品文档包括如下内容：

（1）用于管理者的指南和资料，他们监督软件的使用。

（2）宣传资料。通告软件产品的可用性并详细说明它的功能、运行环境等。

（3）一般信息。对任何有兴趣的人描述软件产品。

基本的产品文档有培训手册；参考手册和用户指南；软件支持手册；产品手册和信息广告。

管理文档建立在项目信息的基础上，诸如：

（1）开发过程的每个阶段的进度和进度变更的记录。

（2）软件变更情况的记录。

（3）相对于开发的判定记录。

（4）职责定义。

这种文档从管理的角度规定涉及软件生存的信息。相关文档的详细规定和编写格式见 GB8567。

试题 5 参考答案

（68）C

试题 6（2009 年下半年试题 12）

在我国的标准化代号中，属于推荐性国家标准代号的是　(12)　。

（12）A. GB　　　　B. GB/T　　　　C. GB/Z　　　　D. GJB

试题 6 分析

强制性国家标准代号为 GB，推荐性国家标准代号为 GB/T，国家标准指导性技术文件代号为 GB/Z，国军标代号为 GJB。

标准名称由几个尽可能短的独立要素，即引导要素、主体要素、补充要素、4 位数的年代等四个要素构成。

（1）引导要素（肩标题）：表示标准隶属的专业技术领域或类别，即标准化对象所属的技术领域范围。

（2）主体要素（主标题）：表示在特定的专业技术领域内所讨论的主题，即标准化的对象。

（3）补充要素（副标题）：表示标准化对象具体的技术特征。

（4）年代：4 位数表示该标准发布的年代。

构成标准名称的四要素，是按从一般到具体（或者说是从宏观到微观）排列的。各要素间既相互独立和补充，而内容又不重复和交叉。例如：GB/T 17451-1998 技术制图 图样画法 视图，其中"GB/T 17451"为标准代号，"技术制图"为引导要素（肩标题），"图样画法"为主体要素（主标题），"视图"为补充要素（副标题），1998 为发布的年代。

每个标准必须有主体要素，即标准的主标题不能省略。

试题 6 参考答案

（12）B

试题 7（2009 年下半年试题 13）

下列关于《软件文档管理指南》（GB/T 16680-1996）的描述，正确的是 （13） 。

（13）A. 该标准规定了软件文档分为：开发文档、产品文档和管理文档

　　　 B. 该标准给出了软件项目开发过程中编制软件需求说明书的详细指导

　　　 C. 该标准规定了在制定软件质量保证计划时应遵循的统一的基本要求

　　　 D. 该标准给出了软件完整生存周期中所涉及的各个过程的一个完整集合

试题 7 分析

GB/T 16680-1996 规定了软件文档分为开发文档、产品文档和管理文档。

GB/T 9385-1988 给出了软件项目开发过程中编制软件需求说明书的详细指导。

GB/T 12504-1990 规定了在制定软件质量保证计划时应该遵循的统一的基本要求。

GB/T 8566-2001 给出了软件完整生存周期中所涉及的各个过程的一个完整集合。

试题 7 参考答案

（13）A

试题 8（2010 年上半年试题 10）

软件的质量是指 ___(10)___ 。

（10）A．软件的功能性、可靠性、易用性、效率、可维护性、可移植性

　　　B．软件的功能和性能

　　　C．用户需求的满意度

　　　D．软件特性的综合，以及满足规定和潜在用户需求的能力

试题 8 分析

GB/T 11457-2006 中对质量的定义为"产品或服务的全部性质和特征，能表明产品满足给定的要求"。GB/T 12504-1990 对软件质量的定义为"软件产品中能满足给定需求的各种特性的总和。这些特性称为质量特性，它包括功能度、可靠性、时间经济性、资源经济性、可维护性和移植性等"。

试题 8 参考答案

（10）D

试题 9（2010 年上半年试题 12）

根据《软件文档管理指南》（GB/T 16680-1996），以下关于文档评审的叙述，___(12)___ 是不正确的。

（12）A．需求评审进一步确认开发者和设计者已了解用户需要什么，以及用户从开发者一方了解某些限制和约束

　　　B．在概要设计评审过程中主要详细评审每个系统组成部分的基本设计方法和测试计划，系统规格说明应根据概要设计评审的结果加以修改

　　　C．设计评审产生的最终文档规定系统和程序将如何设计开发和测试，以满足一致、统一的需求规格说明书

　　　D．详细设计评审主要评审计算机程序、程序单元测试计划和集成测试计划

试题 9 分析

为了提高软件产品的质量，一个有效的方法就是在软件开发的每个阶段，对该阶段所形成的文档进行严格评审，这样可尽早发现问题，并及时采取措施予以解决，从而确保文档内容的正确性，避免或减少大的返工，同时为进入下一阶段的工作做好组织上和技术上的准备。

无论项目大小或项目管理的正规化程度，需求评审和设计评审是必不可少的。需求评审

进一步确认开发者和设计者已了解用户要求什么，及用户从开发者一方了解某些限制和约束。需求评审（可能需要一次以上）产生一个被认可的需求规格说明。基于对系统要做些什么的共同理解，才能着手详细设计。用户代表必须积极参与开发和需求评审，参与对需求文档的认可。

设计评审通常安排两个主要的设计评审：概要设计评审和详细设计评审。在概要设计评审过程中，主要详细评审每个系统组成部分的基本设计方法和测试计划。系统规格说明应根据概要设计评审的结果加以修改。详细设计评审主要评审计算机程序和程序单元测试计划。设计评审产生的最终文档规定系统和程序将如何设计、开发和测试，以满足一致同意的需求。

产品文档的计划应包括对下述内容的评审和认可：编排方式；技术准确度；复盖范围的完整性；对读者的适合程度；图表设计思想及最终图表（也应接受关于技术准确度、适合程度和完整性的单独评审）；在语法、标点及其他行文技巧方面的正确性；对格式和别的标准的遵守程度。

评审一般采用评审会的方式进行，由软件开发单位负责人、用户代表、开发小组成员、科技管理人员和标准化人员等组成评审小组，必要时还可邀请外单位的专家参加。

试题 9 参考答案

（12）D

试题 10（2010 年上半年试题 13）

根据《软件文档管理指南》（GB/T 16680-1996），以下关于软件文档归类的叙述，__(13)__ 是不正确的。

（13）A．开发文档描述开发过程本身　　　B．产品文档描述开发过程的产物

　　　C．管理文档记录项目管理的信息　　D．过程文档描述项目实施的信息

试题 10 分析

请参考试题 5 的分析。

试题 10 参考答案

（13）D

试题 11（2010 年上半年试题 14）

根据《软件工程产品质量第 1 部分：质量模型》（GB/T 16260.1-2006）定义的质量模型，不属于功能性的质量特性是 __(14)__ 。

（14）A．适应性　　　B．适合性　　　　C．安全保密性　　　D．互操作性

试题 11 分析

GB/T16260.1-2006 定义了 6 个质量特性和 21 个质量子特性，它们以最小的重叠描述了软件质量。质量特性和质量子特性如表 4-1 所示。

表 4-1　质量特性和质量子特性

质量特性	质量子特性	含义
功能性：与功能及其指定的性质有关的一组软件属性	适合性	规定任务提供一组功能的能力及这组功能的适宜程度
	准确性	系统满足需求规格说明和用户目标的程度，即在预定环境下能正确地完成预期功能的程度
	互操作性	与其他指定系统的协同工作能力
	依从性	软件服从有关标准、约定、法规及类似规定的程度
	安全保密性	避免对程序及数据的非授权故意或意外访问的能力
可靠性：与软件在规定的一段时间内和规定的条件下维持其性能水平有关的一组软件属性	成熟性	由软件故障引起失效的频度
	容错性	在软件错误或违反指定接口情况下维持指定性能水平的能力
	可恢复性	在故障发生后重新建立其性能水平、恢复直接受影响数据的能力，以及为达到此目的所需的时间与工作量
可用性：与使用的难易程度及规定或隐含用户对使用方式所做的评价有关的软件属性	可理解性	用户理解该软件系统的难易程度
	易学性	用户学习使用该软件系统的难易程度
	可操作性	用户操作该软件系统的难易程度
效率：与在规定条件下软件的性能水平与所用资源量之间的关系有关的一组软件属性	时间特性	响应和处理时间及软件执行其功能时的吞吐量
	资源特性	软件执行其功能时，所使用的资源量及使用资源的持续时间
可维护性：与软件维护的难易程度有关的一组软件属性	可分析性	诊断缺陷或失效原因、判定待修改程序的难易程度
	可修改性	修改、排错或适应环境变化的难易程度
	稳定性	修改造成难以预料的后果的风险程度
	可测试性	测试已修改软件的难易程度
可移植性：与软件可从某一环境转移到另一环境的能力有关的一组软件属性	适应性	软件无需采用特殊处理就能适应不同规定环境的程度
	易安装性	在指定环境下安装软件的难易程度
	一致性	软件服从与可移植性有关的标准或约定的程度
	可替换性	软件在特定软件环境中用来替代指定的其他软件的可能性和难易程度

GB/T16260.1-2006 定义的特性适用于每一类软件，包括固件中的计算机程序和数据。这些特性为确定软件的质量需求和权衡软件产品的能力提供了一个框架。 GB/T16260.1-2006 可供软件产品的开发者、需求方、质量保证人员和独立评价者，特别是对确定和评价软件产品质量负责的人员使用。

试题 11 参考答案

（14）A

试题 12（2010 年上半年试题 64）

以下关于文档管理的描述中，___(64)___ 是正确的。

(64) A. 程序源代码清单不属于文档

　　 B. 文档按项目周期角度可以分为开发文档和管理文档两大类

　　 C. 文档按重要性和质量要求可以分为正式文档和非正式文档

　　 D.《软件文档管理指南》明确了软件项目文档的具体分类

试题 12 分析

文档是指一种数据媒体和其上所记录的数据。它具有永久性并可以由人或机器阅读，通常仅用于描述人工可读的内容，例如，技术文件、设计文件、版本说明文件、程序源代码等。

《软件文档管理指南》（GB/T 16680-1996）将文档分为开发文档、产品文档和管理文档；根据文档的质量要求，将文档分为等级。文档等级是指所需文档的一个说明，它指出文档的范围、内容、格式及质量，可以根据项目、费用、预期用途、作用范围或其他因素选择文档等级。每个文档的质量必须在文档计划期间就有明确的规定，文档的质量可以按文档的形式和列出的要求划分为四级。

（1）最底限度文档（1 级文档）：适合开发工作量低于 1 人月的开发者自用程序。该文档应包含程序清单、开发记录、测试数据和程序简介。

（2）内部文档（2 级文档）：可用于在精心研究后被认为似乎没有与其他用户共享资源的专用程序。除 1 级文档提供的信息外，2 级文档还包括程序清单内足够的注释以帮助用户安装和使用程序。

（3）工作文档（3 级文档）：适合于由同一单位内若干人联合开发的程序，或可被其他单位使用的程序。

（4）正式文档（4 级文档）：适合那些要正式发行供普遍使用的软件产品。关键性程序或具有重复管理应用性质（如工资计算）的程序需要 4 级文档。4 级文档应遵守 GB8567 的有关规定。

试题 12 参考答案

(64) D

试题 13（2010 年下半年试题 12）

根据《软件工程产品质量第 1 部分：质量模型》（GB/T 16260.1-2006），软件产品的使用质量是基于用户观点的软件产品用于指定的环境和使用环境时的质量，其中___(12)___不是软件产品使用质量的质量属性。

（12）A．有效性　　　　B．可信性　　　　C．安全性　　　　D．生产率

试题 13 分析

为满足软件质量要求而进行的软件产品评价是软件开发生存周期中的一个过程。软件产品质量可以通过测量内部属性（典型地是对中间产品的静态测度），也可以通过测量外部属性（典型地是通过测量代码执行时的行为），或者通过测量使用质量的属性来评价。目标就是使产品在指定的使用环境下具有所需的效用。过程质量有助于提高产品质量，而产品质量又有助于提高使用质量。

内部度量可用于开发阶段的非执行软件产品（例如标书、需求定义、设计规格说明或源代码等）。内部度量为用户提供了测量中间可交付项的质量的能力，从而可以预测最终产品的质量。这样就可以使用户尽可能在开发生存周期的早期察觉质量问题，并采取纠正措施。

外部度量可以通过测量该软件产品作为其一部分的系统行为来测量软件产品的质量。外部度量只能在生存周期过程中的测试阶段和任何运行阶段使用。在所属系统环境下运行该软件产品即可获得这样的测量。

使用质量的度量是测量产品在特定的使用环境下，满足特定用户达到特定目标所要求的有效性、生产率、安全性和满意度的程度。这只能在真实的系统环境下获得。

用户的质量要求可用使用质量的度量、外部度量甚至是内部度量的质量需求来规定，这些由度量规定的需求宜作为产品评价时的准则。

建议尽可能采用与目标外部度量有密切关系的内部度量，以便能用这些内部度量来预测外部度量的值。然而，往往很难设计出一个能够在内部和外部度量间提供密切关系的严格的理论模型。因此，假设模型可能是模糊的，所以在使用度量时，外部度量和内部度量关系密切程度模型应该使用统计建模的方法。

试题 13 参考答案

（12）B

试题 14（2010 年下半年试题 13）

根据《计算机软件需求说明编制指南》（GB/T 9385-1988），关于软件需求规格说明的编制，__(13)__ 是不正确的做法。

（13）A．软件需求规格说明由开发者和客户双方共同起草

　　　B．软件需求规格说明必须描述软件的功能、性能、强加于实现的设计限制、属性和外部接口

　　　C．软件需求规格说明中必须包含软件开发的成本、开发方法和验收过程等重要外部约束条件

　　　D．在软件需求规格说明中避免嵌入软件的设计信息，如把软件划分成若干模块、

给每一个模块分配功能、描述模块间信息流和数据流及选择数据结构等

试题 14 分析

软件需求说明书（SRS）是对要完成一定功能、性能的软件产品、程序或一组程序的说明，SRS 将完成下列目标。

（1）在软件产品完成目标方面为客户和开发者之间建立共同协议创立一个基础。对要实现的软件功能做全面描述，帮助客户判断所规定的软件是否符合他们的要求，或者怎样修改这种软件才能适合他们的要求。

（2）提高开发效率。编制 SRS 的过程将使客户在设计开始之前周密地思考全部需求，从而减少事后重新设计、重新编码和重新测试的返工活动。在 SRS 中对各种需求仔细地进行复查，还可以在开发早期发现若干遗漏、错误的理解和不一致性，以便及时加以纠正。

（3）为成本计价和编制计划进度提供基础。SRS 提供的对被开发软件产品的描述，是计算机软件产品成本核算的基础，并且可以为各方的要价和付费提供依据。SRS 对软件的清晰描述，有助于估计所必需的资源，并用作编制进度的依据。

（4）为确认和验证提供一个基准。任何组织将更有效地编制他们的确认和验证计划。作为开发合同的一部分，SRS 还可以提供一个可以度量和遵循的基准（然而，反之则不成立，即任何一个有关软件的合同都不能作为 SRS。因为这种文件几乎不包括详尽的需求说明，并且通常是不完全的）。

（5）便于移植。有了 SRS 就便于移值软件产品，以适应新的用户或新的机种。客户也易于移植其软件到其他部门，而开发者同样也易于把软件移植到新的客户。

（6）作为不断提高的基础。由于 SRS 所讨论的是软件产品，而不是开发这个产品的设计。因此 SRS 是软件产品继续提高的基础。虽然 SRS 也可能要改变，但原来的 SRS 还是软件产品改进的可靠基础。

软件开发的过程是由开发者和客户双方同意开发什么样的软件协议开始的。这种协议要使用 SRS 的形式，应该由双方联合起草。这是因为客户通常对软件设计和开发过程了解较少，而不能写出可用的 SRS；开发者通常对于客户的问题和意图了解较少，从而不可能写出一个令人满意的系统需求。

试题 14 参考答案

（13）C

第5章　信息系统服务管理

根据考试大纲的规定，本章主要考查以下知识点。

（1）信息系统服务业：信息系统服务的内容、信息系统集成（概念、类型和发展）、信息系统工程监理（必要性、概念、内容和发展）。

（2）信息系统服务管理体系。

（3）信息系统集成资质管理：信息系统集成资质管理的必要性和意义、信息系统集成资质管理办法（原则、管理办法和工作流程）、信息系统集成资质等级条件、信息系统项目管理专业技术人员资质管理。

（4）信息系统工程监理资质管理：信息系统工程监理资质管理的必要性、意义和主要内容；信息系统工程监理资质管理办法、信息系统工程监理资质等级条件、信息系统工程监理人员资质管理。

试题 1（2009 年上半年试题 1）

所谓信息系统集成是指　__(1)__　。

（1）A. 计算机网络系统的安装调试

　　　B. 计算机应用系统的部署和实施

　　　C. 计算机信息系统的设计、研发、实施和服务

　　　D. 计算机应用系统工程和网络系统工程的总体策划、设计、开发、实施、服务及保障

试题 1 分析

计算机信息系统集成是指从事计算机应用系统工程和网络系统工程的总体策划、设计、开发、实施、服务及保障；计算机信息系统集成的资质是指从事计算机信息系统集成的综合能力，包括技术水平、管理水平、服务水平、质量保证能力、技术装备、系统建设质量、人员构成与素质、经营业绩、资产状况等要素。计算机信息系统集成的显著特点如下。

（1）信息系统集成要以满足用户需求为根本出发点。

（2）信息系统集成不只是设备选择和供应，更重要的是具有高技术含量的工程过程，要面向用户需求提供解决方案，其核心是软件。

（3）系统集成的最终交付物是一个完整的系统而不是一个分立的产品。

（4）系统集成包括技术、管理和商务等各项工作，是一项综合性的系统过程，技术是系统的核心，管理和商务活动是系统集成项目成功实施的保障。

试题1参考答案

（1）D

试题2（2009年上半年试题2）

以下关于计算机信息系统集成企业资质的说法正确的是___(3)___。

（3）A．计算机信息系统集成企业资质共分四个级别，其中第四级为最高级

    B．该资质由授权的认证机构进行评审和批准

    C．目前，计算机信息系统集成企业资质证书有效期为3年

    D．申报二级资质的企业，其具有项目经理资质的人员数目应不少于20名

试题2分析

计算机信息系统集成资质等级分一、二、三、四级，各等级所对应的承担工程的能力如下。

（1）一级：具有独立承担国家级、省（部）级、行业级、地（市）级（及其以下），以及大、中、小型企业级等各类计算机信息系统建设的能力。

（2）二级：具有独立承担省（部）级、行业级、地（市）级（及其以下），以及大、中、小型企业级或合作承担国家级的计算机信息系统建设的能力。

（3）三级：具有独立承担中、小型企业级或合作承担大型企业级（或相当规模）的计算机信息系统建设的能力。

（4）四级：具有独立承担小型企业级或合作承担中型企业级（或相当规模）的计算机信息系统建设的能力。

申请资质认证的单位应具备的条件。

（1）具有独立法人地位。

（2）独立或合作从事计算机信息系统集成业务两年以上（含两年）。

（3）具有从事计算机信息系统集成的能力，并完成过三个以上（含三个）计算机信息系统集成项目。

（4）具有胜任计算机信息系统集成的专职人员队伍和组织管理体系。

（5）具有固定的工作场所和先进的信息系统开发、集成的设备环境。

申请一、二级资质的单位，由工业和信息化部资质认证工作办公室负责评审。申请三、四级资质的单位，由各省（市、自治区）信息产业主管部门所属的资质认证机构组织资质评

审后，将评审结果报部资质认证工作办公室。

资质监督管理是指对获证单位资质保持的监督检查和资质变更的管理。资质证书有效期为四年。获证单位应每年进行一次自查，并将自查结果报资质认证工作办公室备案；资质认证工作办公室对获证单位每两年进行一次年检，每四年进行一次换证检查和必要的非例行监督检查。

获证单位发生分立、合并后，原有资质证书应交由资质认证工作办公室重新审查。获证单位变更名称、地址、法人及技术负责人等，应在变更内容发生后的一个月内，向资质认证工作办公室报告变更情况，资质认证工作办公室根据实际情况决定是否重新审核其资质。

（1）一级资质的评定条件如下。

① 综合条件

- 企业变革发展历程清晰，从事系统集成四年以上，原则上应取得计算机信息系统集成二级资质一年以上。
- 企业主业是系统集成，系统集成收入是企业收入的主要来源。
- 企业产权关系明确，注册资金2000万元以上。
- 企业经济状况良好，近三年系统集成年平均收入超过亿元，财务数据真实可信，并须经国家认可的会计师事务所审计。
- 企业有良好的资信和公众形象，近三年没有触犯知识产权保护等国家有关法律法规的行为。

② 业绩

- 近三年内完成的、超过200万元的系统集成项目总值3亿元以上，工程按合同要求质量合格，已通过验收并投入实际应用。
- 近三年内完成至少两项3000万元以上系统集成项目或所完成1500万元以上项目总值超过6500万元，这些项目有较高的技术含量且至少应部分使用了有企业自主知识产权的软件。
- 近三年内完成的超过200万元系统集成项目中软件费用（含系统设计、软件开发、系统集成和技术服务费用，但不含外购或委托他人开发的软件费用、建筑工程费用等）应占工程总值30%以上（至少不低于9000万元），或自主开发的软件费用不低于5000万元。
- 近三年内未出现过验收未获通过的项目或者应由企业承担责任的用户重大投诉。
- 主要业务领域的典型项目在技术水平、经济效益和社会效益等方面居国内同行业的领先水平。

③ 管理能力

- 已建立完备的企业质量管理体系，通过国家认可的第三方认证机构认证并有效运行一年以上。
- 已建立完备的客户服务体系，配置专门的机构和人员，能及时、有效地为客户提供优质服务。

- 已建成完善的企业信息管理系统并能有效运行。
- 企业的主要负责人应具有 5 年以上从事电子信息技术领域企业管理经历，主要技术负责人应获得电子信息类高级职称且从事系统集成技术工作不少于 5 年，财务负责人应具有财务系列中级以上职称。

④ 技术实力

- 有明确的系统集成业务领域，在主要业务领域内技术实力、市场占有率等居国内前列。
- 对主要业务领域的业务流程有深入研究，有自主知识产权的基础业务软件平台或其他先进的开发平台，有自主开发的软件产品和工具，且在已完成的系统集成项目中加以应用。
- 有专门从事软件或系统集成技术开发的高级研发人员及与之相适应的开发场地、设备等，并建立完善的软件开发与测试体系。
- 用于研发的经费年均投入在 300 万元以上。

⑤ 人才实力

- 从事软件开发与系统集成相关工作的人员不少于 150 人，且其中大学本科以上学历人员所占比例不低于 80%。
- 具有计算机信息系统集成项目经理人数不少于 25 名，其中高级项目经理人数不少于 8 名。
- 培训体系健全，具有系统地对员工进行新知识、新技术以及职业道德培训的计划并能有效组织实施与考核。
- 建立合理的人力资源管理与绩效考核制度并能有效实施。

（2）二级资质的评定条件如下。

① 综合条件

- 企业变革发展历程清晰，从事系统集成三年以上，原则上应取得计算机信息系统集成三级资质一年以上。
- 企业主业是系统集成，系统集成收入是企业收入的主要来源。
- 企业产权关系明确，注册资金 1000 万元以上。
- 企业经济状况良好，近三年系统集成年平均收入超过 5000 万元，财务数据真实可信，并须经国家认可的会计师事务所审计。
- 企业有良好的资信和公众形象，近三年没有触犯知识产权保护等国家有关法律法规行为。

② 业绩

- 近三年内完成的、超过 80 万元的系统集成项目总值 1.5 亿元以上，工程按合同要求质量合格，已通过验收并投入实际应用。

- 近三年内完成至少两项 1500 万元以上系统集成项目或所完成的 800 万元以上项目总值超过 4000 万元，这些项目有较高的技术含量且至少应部分使用了有企业自主知识产权的软件。
- 近三年内完成超过 80 万元的系统集成项目中软件费用（含系统设计、软件开发、系统集成和技术服务费用，但不含外购或委托他人开发的软件费用、建筑工程费用等）应占工程总值 30% 以上（至少不低于 4500 万元），或自主开发的软件费用不低于 2500 万元；
- 近三年内未出现过验收未获通过的项目或者应由企业承担责任的用户重大投诉。
- 主要业务领域的典型项目有较高的技术水平，经济效益和社会效益良好。

③ 管理能力

- 已建立完备的企业质量管理体系，通过国家认可的第三方认证机构认证并有效运行一年以上。
- 已建成完备的客户服务体系，配置专门的机构和人员，能及时、有效地为客户提供优质服务。
- 已建成完善的企业信息管理系统并能有效运行。
- 企业的主要负责人应具有 4 年以上从事电子信息技术领域企业管理经历，主要技术负责人应获得电子信息类高级职称且从事系统集成技术工作不少于 4 年，财务负责人应具有财务系列中级以上职称。

④ 技术实力

- 有明确的系统集成业务领域，在主要业务领域内技术实力、市场占有率等在国内具有一定的优势。
- 熟悉主要业务领域的业务流程，有自主开发的软件产品和工具，且在已完成的系统集成项目中加以应用。
- 有专门从事软件或系统集成技术开发的高级研发人员及与之相适应的开发场地、设备等，并建立基本的软件开发与测试体系。
- 用于研发的经费年均投入在 150 万元以上。

⑤ 人才实力

- 从事软件开发与系统集成相关工作的人员不少于 100 人，且其中大学本科以上学历人员所占比例不低于 80%。
- 具有计算机信息系统集成项目经理人数不少于 15 名，其中高级项目经理人数不少于 3 名。
- 培训体系健全，具有系统地对员工进行新知识、新技术以及职业道德培训的计划并能有效组织实施与考核。

- 建立合理的人力资源管理与绩效考核制度并能有效实施。

（3）三级资质的评定条件如下。

① 综合条件

- 企业变革发展历程清晰，从事系统集成两年以上。
- 企业主业是系统集成，系统集成收入是企业收入的主要来源。
- 企业产权关系明确，注册资本200万元以上。
- 企业经济状况良好，近三年系统集成年平均收入1500万元以上，财务数据真实可信，并须经会计师事务所核实。
- 企业有良好的资信，近三年没有触犯知识产权保护等国家有关法律法规的行为。

② 业绩

- 近三年内完成的系统集成项目总值4500万元以上，工程按合同要求质量合格，已通过验收并投入实际应用。
- 近三年内完成至少一项500万元以上的项目。
- 近三年内完成的系统集成项目中软件费用（含系统设计、软件开发、系统集成和技术服务费用，但不含外购或委托他人开发的软件费用、建筑工程费用等）应占工程总值30%以上（至少不低于1350万元），或自主开发的软件费用不低于750万元。
- 近三年内未出现过验收未获通过的项目或者应由企业承担责任的用户重大投诉。
- 主要业务领域的典型项目具有较先进的技术水平，经济效益和社会效益良好。

③ 技术和管理能力

- 已建立企业质量管理体系，通过国家认可的第三方认证机构认证并能有效运行。
- 具有完备的客户服务体系，配置专门的机构和人员。
- 企业的主要负责人应具有3年以上从事电子信息技术领域企业管理经历，主要技术负责人应具备电子信息类专业硕士以上学位或电子信息类中级以上职称、且从事系统集成技术工作不少于3年，财务负责人应具有财务系列初级以上职称。
- 在主要业务领域具有较强的技术实力。
- 有专门从事软件或系统集成技术开发的研发人员及与之相适应的开发场地、设备等，有自主开发的软件产品和工具且用于已完成的系统集成项目中。
- 用于研发的经费年均投入在50万元以上。

④ 人才实力

- 从事软件开发与系统集成相关工作的人员不少于50人，且其中大学本科以上学历人员所占比例不低于80%。
- 具有计算机信息系统集成项目经理人数不少于6名，其中高级项目经理人数不少于1名。

- 具有系统地对员工进行新知识、新技术以及职业道德培训的计划，并能有效地组织实施与考核。

（4）四级资质

- 企业变革发展历程清晰，从事系统集成两年以上。

- 企业主业是系统集成，系统集成收入是企业收入的主要来源。

- 企业产权关系明确，注册资本 30 万元以上，近三年经济状况良好。

- 企业有良好的资信，近三年没有触犯知识产权保护等国家有关法律法规的行为。

- 近三年完成的系统集成项目总值 1000 万元以上，其中软件费用（含系统设计、软件开发、系统集成和技术服务费用，但不含外购或委托他人开发的软件费用、建筑工程费用等）应占工程总值 30%以上（至少不低于 300 万元），工程按合同要求质量合格，已通过验收并投入实际应用。

- 近三年内未出现过验收未获通过的项目或者应由企业承担责任的用户重大投诉。

- 已建立企业质量管理体系，并能有效实施。

- 建立客户服务体系，配备专门人员。

- 具有系统地对员工进行新知识、新技术以及职业道德培训的计划，并能有效地组织实施与考核。

- 企业的主要负责人应具有 2 年以上从事电子信息技术领域企业管理经历，主要技术负责人应具备电子信息类专业硕士以上学位或电子信息类中级以上职称、且从事系统集成技术工作不少于 2 年，财务负责人应具有财务系列初级以上职称。

- 具有与所承担项目相适应的软件及系统开发环境，具有一定的技术开发能力，有自主开发的软件产品且用于已完成的系统集成项目中。

- 从事软件与系统集成相关工作的人员不少于 15 人，且其中大学本科以上学历人员所占比例不低于 80%，计算机信息系统集成项目经理人数不少于 3 名。

试题 2 参考答案

（3）C

试题 3（2009 年上半年试题 4）

信息系统工程监理活动的主要内容被概括为"四控、三管、一协调"，其中"三管"是指　(4)　。

　　(4) A．整体管理、范围管理和安全管理　　　B．范围管理、进度管理和合同管理

　　　　 B．进度管理、合同管理和信息管理　　　D．合同管理、信息管理和安全管理

试题 3 分析

信息系统工程是指信息化工程建设中的信息网络系统、信息资源系统、信息应用系统的新建、升级、改造工程。

信息网络系统是指以信息技术为主要手段建立的信息处理、传输、交换和分发的计算机网络系统。

信息资源系统是指以信息技术为主要手段建立的信息资源采集、存储、处理的资源系统。

信息应用系统是指以信息技术为主要手段建立的各类业务管理的应用系统。

信息系统工程监理是指在政府工商管理部门注册的且具有信息系统工程监理资质的单位，受建设单位委托，依据国家有关法律法规、技术标准和信息系统工程监理合同，对信息系统工程项目实施的监督管理。

广义地说，从事信息系统工程监理业务的单位称为信息系统工程监理单位。从行业管理的角度讲，信息系统工程监理单位是指具有独立企业法人资格，并具备规定数量的监理工程师和注册资金、必要的软硬件设备、完善的管理制度和质量保证体系、固定的工作场所和相关的监理工作业绩，取得原信息产业部颁发的《信息系统工程监理资质证书》，从事信息系统工程监理业务的单位。本书所称监理单位一般是指持有监理资质证书的单位。

为区别信息系统工程监理单位在实力、能力、条件、业绩等方面的差异以适应信息系统工程由于级别、规模、复杂度、难度、应用范围等方面的区别而产生的不同需求，信息系统工程监理单位分为甲、乙、丙三级。

从事信息系统工程监理业务的人员称为信息系统工程监理人员。

信息系统工程监理资格证书是信息系统工程监理从业的必要条件，而拥有相应数量的、持有信息系统工程监理资格证书的从业人员又是一个企业单位取得信息系统工程监理资质的必要条件。

信息系统工程监理资格证书包括：高级监理工程师、监理工程师、监理员，等等。

监理活动的主要内容被概括为"四控、三管、一协调"。

四控：信息系统工程质量控制、信息系统工程进度控制、信息系统工程投资控制、信息系统工程变更控制。

三管：信息系统工程合同管理、信息系统工程信息管理、信息系统工程安全管理。

一协调：在信息系统工程实施过程中协调有关单位及人员间的工作关系。

试题 3 参考答案

（4）D

试题 4（2009 年上半年试题 55）

监理机构应要求承建单位在事故发生后立即采取措施，尽可能控制其影响范围，并及时签发停工令，报　（55）　。

　　（55）A．监理单位技术负责人　　　　B．项目总监理工程师

　　　　　C．承建单位负责人　　　　　　D．业主单位

试题 4 分析

　　根据监理工作对停工及复工的管理规定，总监理工程师根据工程进展出现的问题，如出现必须停工的情况，应提前向本监理公司领导汇报、请示。待公司领导同意后，报知业主单位，并以监理报告的方式陈述理由，给出停工范围、部署和预估的结果，征求建设单位的同意并签字。

　　在发生事故后，监理机构可以根据以下程序来处理。

　　（1）监理机构应要求承建单位在事故发生后立即采取措施，尽可能控制其影响范围，并及时签发停工令，报业主单位；

　　（2）监理机构应在接到事故申报后立即组织相关人员检查事故状况、分析原因、与业主单位和承建单位共同确定事故处理方案；

　　（3）监理机构监督承建单位采取措施，查清事故原因，审核承建单位提出的事故解决方案及预防措施，提出监理意见，提交业主单位确认；

　　（4）监理机构若发现工程实施过程存在重大质量隐患，应及时向承建单位签发停工令，并报业主单位，监督承建单位进行整改。整改完毕后，及时处理承建单位的复工申请。

试题 4 参考答案

　　（55）D

试题 5（2009 年上半年试题 56）

　　对于　（56）　应实行旁站监理。

　　（56）A．工程薄弱环节　　　　　　　B．首道工序

　　　　　C．隐蔽工程　　　　　　　　　D．上、下道工序交接环节

试题 5 分析

　　旁站监理是监理单位控制工程质量的重要手段。旁站监理是指在关键部位或关键工序施工过程中，由监理人员在现场进行的监督活动。对于信息系统工程，旁站监理主要在网络综合布线、设备开箱检验和机房建设等过程中实施。

　　根据对隐蔽工程的监理要求，应该对隐蔽工程实行旁站监理，以加强对项目实施过程的监督。旁站监理可以把问题消灭在过程之中，以避免后期返工造成的重大经济损失和时间延误。

试题 5 参考答案

（56）C

试题 6（2009 年下半年试题 7）

以质量为中心的信息系统工程控制管理工作是由三方分工合作实施的，这三方不包括 __（7）__ 。

（7）A. 主建方　　　　B. 承建方　　　　C. 评测单位　　　　D. 监理单位

试题 6 分析

以质量为中心的信息系统工程控制管理工作是由三方——建设单位（主建方、业主方）、集成单位（承建单位）和监理单位——分工合作实施的。这三方的能力和水平都直接影响到信息系统工程的质量、进度、成本等方面。三方的最终目标是一致的，那就是高质量地完成项目，因此，质量控制任务也应该由建设单位、承建单位和监理单位共同完成，三方都应该建立各自的质量保证体系，而整个项目的质量控制过程也就包括建设单位的质量控制过程、承建单位的质量控制过程和监理的质量控制过程。

系统集成承建单位是工程建设的实施方，因此承建单位的质量控制体系能否有效运行是整个项目质量保障的关键；建设单位作为工程建设的投资方和用户方，应该建立较完整的工程项目管理体系，这是项目成功的关键因素之一；工程监理单位是工程项目的监督管理协调方，既要按照自己的质量控制体系从事监理活动，还要对承建单位的质量控制体系以及建设单位的工程管理体系进行监督和指导，使之能够在工程建设过程中得到有效的实施，因此，三方协同的质量控制体系是信息工程项目成功的重要因素。

系统工程监理与系统集成是性质不同的两类业务，所以，系统工程监理资质管理与系统集成资质管理有很大差别。

试题 6 参考答案

（7）C

试题 7（2009 年下半年试题 14）

有关信息系统集成的说法错误的是 __（14）__ 。

（14）A. 信息系统集成项目要以满足客户和用户的需求为根本出发点

　　　 B. 信息系统集成包括设备系统集成和管理系统集成

　　　 C. 信息系统集成包括技术、管理和商务等各项工作，是一项综合性的系统工程

D. 系统集成是指将计算机软件、硬件、网络通信等技术和产品集成为能够满足用户特定需求的信息系统

试题 7 分析

系统集成主要包括设备系统集成和应用系统集成。

（1）设备系统集成。也称为硬件系统集成，在大多数场合简称为系统集成，或称为弱电系统集成，以区分于机电设备安装类的强电集成。设备系统集成也可分为智能建筑系统集成、计算机网络系统集成、安防系统集成等。

①智能建筑系统集成：指以搭建建筑主体内的建筑智能化管理系统为目的，利用综合布线技术、楼宇自控技术、通信技术、网络互联技术、多媒体应用技术、安全防范技术等将相关设备、软件进行集成设计、界面定制开发、安装调试和应用支持。智能建筑系统集成实施的子系统包括综合布线、楼宇自控、电话交换机、机房工程、监控系统、防盗报警、公共广播、门禁系统、楼宇对讲、一卡通、停车管理、消防系统、多媒体显示系统、远程会议系统等。对于功能近似、统一管理的多幢住宅楼的智能建筑系统集成，又称为智能小区系统集成。

②计算机网络系统集成：指通过结构化的综合布线系统和计算机网络技术，将各个分离的设备（如个人电脑等）、功能和信息等集成到相互关联、统一协调的系统之中，使资源达到充分共享，实现集中、高效、便利的管理。系统集成应采用功能集成、网络集成、软件集成等多种集成技术，其实现的关键在于解决系统之间的互连和互操作问题，通常采用多厂商、多协议和面向各种应用的架构，需要解决各类设备、子系统间的接口、协议、系统平台、应用软件等与子系统、建筑环境、施工配合、组织管理和人员配备相关的一切面向集成的问题。

③安防系统集成：以搭建组织机构内的安全防范管理平台为目的。安防系统集成实施的子系统包括门禁系统、楼宇对讲系统、监控系统、防盗报警、一卡通、停车管理、消防系统、多媒体显示系统、远程会议系统。安防系统集成既可作为一个独立的系统集成项目，也可作为一个子系统包含在智能建筑系统集成中。

（2）应用系统集成。从系统的高度提供符合客户需求的应用系统模式并实现该系统模式的具体技术解决方案和运维方案，即为用户提供一个全面的系统解决方案。应用系统集成又称为行业信息化解决方案集成，已经深入到用户的具体业务和应用层面。应用系统集成可以说是系统集成的高级阶段，独立的应用软件供应商成为其中的核心。

试题 7 参考答案

（14）B

试题 8（2010 年上半年试题 1）

以下对信息系统集成的描述，正确的是___(1)___。

（1）A. 信息系统集成的根本出发点是实现各个分立子系统的整合

B. 信息系统集成的最终交付物是若干分立的产品

C. 信息系统集成的核心是软件

D. 先进技术是信息系统集成项目成功实施的保障

试题 8 分析

请参考试题 7 的分析。

试题 8 参考答案

（1）C

试题 9（2010 年上半年试题 2）

有四家系统集成企业计划于 2010 年 5 月申请计算机信息系统集成资质，其中：

甲公司计划申请一级资质，注册资本 3000 万元，具有项目经理 20 名，高级项目经理 8 名，2010 年 1 月通过 ISO9001 质量管理体系认证；

乙公司计划申请一级资质，注册资本 2000 万元，具有项目经理 20 名，高级项目经理 8 名，2009 年 4 月通过 ISO9001 质量管理体系认证；

丙公司计划申请四级资质，注册资本 500 万元，具有项目经理 5 名，高级项目经理 1 名，2010 年 2 月通过 ISO9001 质量管理体系认证；

丁公司计划申请四级资质，注册资本 500 万元，具有项目经理 5 名，高级项目经理 1 名，没有通过 ISO9001 质量管理体系认证；

根据上述状况，公司___(2)___不符合基本的申报条件

（2）A. 甲   B. 乙   C. 丙   D. 丁

试题 9 分析

请参考试题 2 的分析。

试题 9 参考答案

（2）A

试题 10（2010 年上半年试题 3）

下面关于计算机信息系统集成资质的论述，___(3)___是不正确的。

（3）A. 工业和信息化部对计算机信息系统集成认证工作进行行业管理

B. 申请三、四级资质的单位应向经政府信息产业主管部门批准的资质认证机构提出认证申请

C. 申请一、二级资质的单位应直接向工业和信息化部资质管理办公室提出认证申请

D. 通过资质认证审批的各单位将获得工业和信息化部统一印制的资质证书

试题 10 分析

请参考试题 2 的分析。

试题 10 参考答案

（3）C

试题 11（2010 年上半年试题 4）

省市信息产业主管部门负责对　(4)　信息系统集成资质进行审批和管理。

（4）A. 一、二级　　　　　　　　　　　B. 三、四级

　　　C. 本行政区域内的一、二级　　　D. 本行政区域内的三、四级

试题 11 分析

省、自治区、直辖市信息产业建设单位管理部门负责本行政区域内信息系统集成的行业管理工作，审批及管理本行政区域内三、四级信息系统集成单位资质，初审本行政区域内一、二级信息系统集成单位。

试题 11 参考答案

（4）D

试题 12（2010 年下半年试题 1）

以下　(1)　不属于系统集成项目。

（1）A. 不包含网络设备供货的局域网综合布线项目

　　　B. 某信息管理应用系统升级项目

　　　C. 某软件测试实验室为客户提供的测试服务项目

　　　D. 某省通信骨干网的优化设计项目

试题 12 分析

请参考试题 7 的分析。

试题 12 参考答案

（1）C

试题 13（2010 年下半年试题 2）

关于计算机信息系统集成企业资质，下列说法错误的是 __(2)__ 。

（2）A. 计算机信息系统集成的资质是指从事计算机信息系统集成的综合能力，包括技术水平、管理水平、服务水平、质量保证能力、技术装备、系统建设质量、人员构成与素质、经营业绩、资产状况等要素

B. 工业和信息化部负责计算机信息系统集成企业资质认证管理工作，包括指定和管理资质认证机构、发布管理办法和标准、审批和发布资质认证结果

C. 企业已获得的系统集成企业资质证书在有效期满后默认延续

D. 在国外注册的企业目前不能取得系统集成企业资质证书

试题 13 分析

请参考试题 2 的分析。

试题 13 参考答案

（2）C

试题 14（2010 年下半年试题 3）

某计算机系统集成二级企业注册资金 2500 万元，从事软件开发与系统集成相关工作的人员共计 100 人，其中项目经理 15 名，高级项目经理 10 名。该企业计划明年申请计算机信息系统集成一级企业资质，为了符合评定条件，该企业在注册资金、质量管理体系或人员方面必须完成的工作是 __(3)__ 。

（3）A. 注册资金增资　　　　　　　B. 增加从事软件开发与系统集成相关工作的人员数

C. 增加高级项目经理人数　　D. 今年通过 CMMI 4 级评估

试题 14 分析

请参考试题 2 的分析。

试题 14 参考答案

（3）B

试题 15（2010 年下半年试题 4）

计算机信息系统集成企业资质的三、四级证书应__(4)__。

（4）A. 由工业和信息化部印制，由各省市系统集成企业资质主管部门颁发

　　　B. 由各省市系统集成企业资质主管部门印制，由工业和信息化部颁发

　　　C. 由工业和信息化部认定的部级资质评审机构印制和颁发

　　　D. 由工业和信息化部认定的地方资质评审机构印制和颁发

试题 15 分析

请参考试题 2 的分析。

试题 15 参考答案

（4）A

试题 16（2010 年下半年试题 5）

信息系统工程监理要遵循"四控，三管，一协调"进行项目监理，下列__(5)__活动属于"三管"范畴。

（5）A. 监理单位对系统性能进行测试验证

　　　B. 监理单位定期检查、记录工程的实际进度情况

　　　C. 监理单位应妥善保存开工令、停工令

　　　D. 监理单位主持的有建设单位与承建单位参加的监理例会、专题会议

试题 16 分析

信息系统工程监理中的"三管"是指合同管理、信息管理和安全管理。选项 A 属于质量控制，选项 B 属于进度控制，选项 C 属于信息管理，选项 D 属于协调范畴。

试题 16 参考答案

（5）C

试题 17（2010 年下半年试题 6）

为了保证信息系统工程项目投资、质量、进度及效果各方面处于良好的可控状态，我国在信息系统项目管理探索过程中逐步形成了自己的信息系统服务管理体系，目前该体系中不

包括___(6)___。

(6) A. 信息系统工程监理单位资质管理　　　B. IT 基础设施库资质管理

C. 信息系统项目经理资格管理　　　D. 计算机信息系统集成单位资质管理

试题 17 分析

为了保证信息系统工程项目投资、质量、进度及效果各方面处于良好的可控状态，在针对出现的问题不断采取相应措施的探索过程中，逐步形成了我们的信息系统服务管理体系。当前我国信息系统服务管理的主要内容有：

(1) 计算机信息系统集成单位资质管理；

(2) 信息系统项目经理资格管理；

(3) 信息系统工程监理单位资质管理；

(4) 信息系统工程监理人员资格管理。

在市场经济条件下，政府主管部门的作用是加强"引导、规范、监管、服务"，而信息系统工程的突出特点是投资和风险都很巨大，因此政府主管部门对其进行合理规范与监管显得尤为重要。但是，我们清醒地认识到这些制度需要与时俱进，同时也要考虑发挥市场经济中市场的力量，因此，研究与探讨国际上 IT 治理与管理的先进经验，建立有中国特色的相对完善的信息系统工程监审制度，规范信息化建设市场的秩序，保证信息系统工程的质量，降低风险，提高信息系统工程的效率与效益，培育高素质的中介服务机构和从业人员，是加快推进我国信息化建设步伐的一项重要工作。政府主管部门也在不断探索，逐步引入和推行如 IT 服务管理体系认证、信息安全管理体系认证、IT 审计、IT 治理等制度。

试题 17 参考答案

(6) B

第6章 项目管理一般知识

根据考试大纲，本章主要考查以下知识点。

（1）项目管理的理论基础与体系：项目与项目管理的概念、系统集成项目的特点、项目干系人、项目管理知识体系的构成、项目管理专业领域关注点。

（2）项目的组织：组织的体系、文化与风格、组织结构。

（3）项目的生命周期：项目生命周期的特征、项目阶段的特征、项目生命周期与产品生命周期的关系。

（4）典型的信息系统项目的生命周期模型：瀑布模型、V 模型、原型化模型、螺旋模型、迭代模型。

（5）单个项目的管理过程：项目过程、项目管理过程组、过程的交互。

试题 1（2009 年上半年试题 18）

在 __(18)__ 中，项目经理的权力最小。

（18）A．强矩阵型组织   B．平衡矩阵组织

      C．弱矩阵型组织   D．项目型组织

试题 1 分析

项目通常是某个比项目更大的组织的一部分，比如公司、政府机构、国际机构、专业协会等。即便是内部项目、合资项目、或合伙项目，也仍然会受到发起项目的一个或多个组织的影响。组织在项目管理系统、文化、风格、组织结构和项目管理办公室等方面的成熟程度也会对项目产生影响。实施项目的组织结构对能否获得项目所需资源和以何种条件获取资源起着制约作用。

（1）职能型组织。职能型组织被分为一个一个的职能部门，每个部门还可进一步分为更小的组或部门，这种层级结构中每个职员都有一个明确的上级，员工按照其专业分成职能部门。

职能型组织的优点是：具有强大的技术支持，便于知识、技能和经验的交流；清晰的职业生涯晋升路线；直线沟通、简单、责任和权限很清晰；有利于以重复性工作为主的过程管理。

职能型组织也存在着一些缺点：职能利益优先于项目，具有狭隘性；组织横向之间的联

系薄弱、部门间协调难度大；项目经理极少或缺少权利、权威；项目管理发展方向不明，缺少项目基准等。

（2）项目型组织。在项目型组织中，一个组织被分为一个一个的项目部。一般项目团队成员直接隶属于某个项目而不是某个部门。绝大部分的组织资源直接配置到项目工作中，并且项目经理拥有相当大的独立性和权限。项目型组织通常也有部门，但这些部门或是直接向项目经理汇报工作，或是为不同项目提供支持服务。

项目型组织的优点是：结构单一、责权分明、利于统一指挥，目标明确单一，沟通简洁、方便，决策快。项目型组织的缺点是：管理成本过高、如项目的工作量不足则资源配置效率低；项目环境比较封闭、不利于沟通、技术知识等共享；员工缺乏事业上的连续型和保障等。

（3）矩阵型组织。矩阵型组织的结构主要有3种，分别是弱矩阵、中矩阵（均衡矩阵）和强矩阵。在矩阵型组织内，项目团队的成员来自相关部门，同时接受部门经理和项目经理的领导，矩阵型组织兼有职能型和项目型的特征，依据项目经理对资源包括人力资源影响程度，矩阵型组织可分为弱矩阵型组织、平衡矩阵型组织和强矩阵型组织。弱矩阵型组织保持着很多职能型组织的特征，弱矩阵型组织内项目经理对资源的影响力弱于部门经理，项目经理的角色与其说是管理者，更不如说是协调人和发布人。平衡矩阵型组织内项目经理要与职能经理平等地分享权力。同理，强矩阵型组织保持着很多项目型组织的特征，具有拥有很大职权的专职项目经理和专职项目行政管理人员。

矩阵型组织的优点体现在：项目经理负责制、有明确的项目目标；改善了项目经理对整体资源的控制；及时响应；获得职能组织更多的支持；最大限度地利用公司的稀缺资源；改善了跨职能部门间的协调合作；使质量、成本、时间等制约因素得到更好的平衡；团队成员有归属感，士气高，问题少。

矩阵型组织的缺点有：管理成本增加；多头领导；难以监测和控制；资源分配与项目优先的问题产生冲突；权利难以保持平衡等。

试题 1 参考答案

（1）C

试题 2（2009 年上半年试题 19）

矩阵型组织的缺点不包括__(19)__。

（19）A. 管理成本增加　　　　　　　B. 员工缺乏事业上的连续性和保障

　　　C. 多头领导　　　　　　　　　D. 资源分配与项目优先的问题产生冲突

试题 2 分析

请参考试题 1 的分析。

试题 2 参考答案

（19）B

试题 3（2009 年上半年试题 20）

定义清晰的项目目标将最有利于 __（20）__ 。

（20）A．提供一个开放的工作环境　　　　B．及时解决问题

　　　　C．提供项目数据以利决策　　　　　D．提供定义项目成功与否的标准

试题 3 分析

项目目标包括成果性目标和约束性目标。项目的约束性目标也叫管理性目标，有时也把项目的成果性目标简称为项目目标。项目成果性目标是指通过项目开发出的满足客户要求的产品、系统、服务或成果。

定义项目目标时应符合 SMART 原则，即项目的目标要 Specific（具体）、Measurable（可测量）、Agree to（需相关方的一致同意）、Realistic（现实）、Time-oriented（有一定的时限）。这是因为清晰定义的项目目标将最有利于提供定义项目成功与否的标准，也有助于降低项目风险。具体来说，项目目标具有如下特性。

（1）项目的目标有不同的优先级。项目是一个多目标的系统，不同目标可能在项目管理不同阶段根据不同需要，其重要性也不一样。例如，在项目的启动阶段，技术性能可能给予过多关注，在实施阶段成本将会成为重点，而时间进度往往是在验收时给予高度的重视。而对于不同的项目，关注的重点也不一样，如单纯的软件研发项目，将更多地关注技术指标和软件质量。

当项目管理性目标中的三个基本目标之间发生冲突的时候，成功的项目管理者会采取适当的措施来进行权衡，进行优选，可能为了保证进度需要减少对质量和成本的关注。其实项目目标的冲突不仅限于三个基本目标，有时项目的总目标体系之间也会难以协调。此时，都需要项目管理者根据目标的优先级进行权衡和选择。

（2）项目目标具有层次性。项目目标的层次性是指对项目目标的描述需要有一个从抽象到具体的层次结构。即，一个项目目标既有最高层的战略目标，又有较低层次的具体目标。通常是把明确定义的项目目标按其意义和内容表示为一个层次结构，而且越较低层次的目标应该描述得越清晰具体。实际当中，往往清晰界定的某一层次目标，就有可能直接作为初步的项目范围基准，为进一步范围划分提供最直接有效的依据。

项目目标的描述应是一项非常重要的工作，其描述一般包含在项目建议书中。项目目标一般由项目的客户（或具体投资方）或项目的发起人来确定，有时需要潜在承包商来参与确定。

项目目标的确定需要一个过程，而且确认的项目目标需要被项目团队各层次的管理人员

所了解。特别是项目经理，应该对项目目标的定义有正确的理解。原因很简单——项目经理不但是项目的管理者，还是项目的领导者，直接把握和控制项目的发展方向。

试题 3 参考答案

（20）D

试题 4（2009 年下半年试题 6）

某一 MIS 系统项目的实施过程如下：需求分析、概要设计、详细设计、编码、单元测试、集成测试、系统测试、验收测试。那么该项目最有可能采用的是 __(6)__ 。

（6）A．瀑布模型　　　　B．迭代模型　　　　C．V 模型　　　　D．螺旋模型

试题 4 分析

瀑布模型是一种最朴素的开发模型，它严格遵循软件生命周期各阶段的固定顺序：计划、分析、设计、编程、测试和维护，上一阶段完成后才能进入到下一阶段，整个模型就像一个飞流直下的瀑布，如图 6-1 所示。

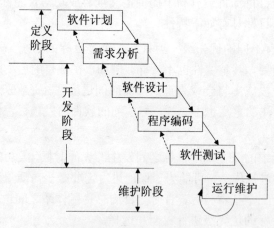

图 6-1　瀑布模型示意图

瀑布模型过于理想化，而且缺乏灵活性，无法在开发过程中逐渐明确用户难以确切表达或一时难以想到的需求，直到软件开发完成之后才发现与用户需求有很大距离，此时必须付出高额的代价才能纠正这一偏差。

V 模型是瀑布模型的变形，与传统瀑布模型相比，该模型更加强调测试过程应如何与分析、设计等过程相关联。如图 6-2 所示，V 模型中顶点左侧和右侧之间的连线表示如果在测试和确认过程中发现了问题，那么左侧的过程要重新执行，换句话说，V 模型显现了瀑布模型中隐含的一些迭代过程。

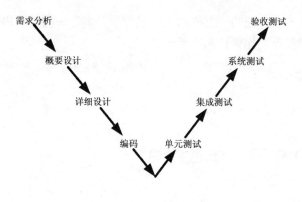

图 6-2　V 模型

对于复杂的大型软件，开发一个满足要求的原型往往非常困难。螺旋模型综合了瀑布模型和演化模型的优点，还增加了风险分析，弥补了两者的不足，如图 6-3 所示。螺旋模型包含了四个方面的活动：制订计划、风险分析、实施工程、客户评估。这四项活动恰好可以放在一个直角坐标系的四个象限，而开发过程恰好像一条螺旋线。

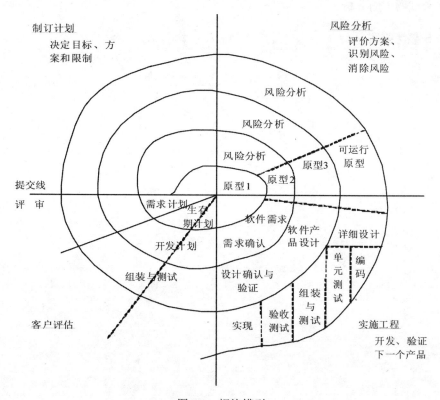

图 6-3　螺旋模型

在大多数传统的生命周期中，阶段是以其中的主要活动命名的：需求分析、设计、编码、测试。传统的软件开发工作大部分强调过程的串行执行，也就是一个活动需要在前一个活动完成后才开始，从而形成一个过程串，该过程串就组成了软件项目的生命周期。在迭代模型中，每个阶段都执行一次传统的、完整的串行过程串，执行一次过程串就是一次迭代。每次迭代涉及的过程都包括不同比例的所有活动。

试题 4 参考答案

（6）C

试题 5（2009 年下半年试题 31）

在 __(31)__ 中，项目经理权限最大。

（31）A. 职能型组织　　　　　　　　　B. 弱矩阵型组织

　　　C. 强矩阵型组织　　　　　　　　D. 项目型组织

试题（31）分析

请参考试题 1 的分析。

试题 5 参考答案

（31）D

第7章　项目立项管理

根据考试大纲，本章主要考查以下知识点。

（1）立项管理内容：需求分析（需求分析的概念、需求分析的方法）；项目建议书（项目建议书的内容、项目建议书的编制方法）；项目可行性研究报告（项目可行性研究报告的内容、项目可行性研究报告的编制方法）；招投标（招投标的主要过程、招投标的关键产物）。

（2）建设方的立项管理：立项申请书（项目建议书）的编写、提交和获得批准；项目的可行性研究（初步可行性研究、详细可行性研究的方法、项目论证评估的过程和方法、项目可行性研究报告的编写、项目可行性研究报告的提交和获得批准）；项目招标（招标文件的内容和编制方法、招标评分标准的制定、评标的过程、选定项目承建方的过程和方法）。

（3）承建方的立项管理：项目识别；项目论证（承建方技术能力可行性分析的方法、承建方人力及其他资源配置能力可行性的方法、项目财务可行性分析的过程和方法、项目风险分析的方法、对可能的其他投标者的相关情况分析）；投标（组建投标小组、投标文件的内容和编制方法、投标活动的过程、投标关注要点）。

（4）签订合同：投标方与候选供应方谈判的要点；建设方与承建方签订合同的过程和要点。

试题 1（2009 年上半年试题 59）

建设方在进行项目评估的时候，根据项目的类型不同，所采用的评估方法也不同。如果使用总量评估法，其难点是　（59）　。

（59）A．如何准确确定新增投入资金的经济效果

　　　B．确定原有固定资产重估值

　　　C．评价追加投资的经济效果

　　　D．确定原有固定资产对项目的影响

试题 1 分析

项目评估是指在项目可行性研究的基础上，由第三方（国家、银行或有关机构）据国家颁布的政策、法规、方法、参数和条例等，从项目（或企业）、国民经济、社会角度出发，对拟建项目建设的必要性、建设条件、生产条件、产品市场需求、工程技术、经济效益和社会效益等进行评价、分析和论证，进而判断其是否可行的一个评估过程。

根据项目的类型不同，采用的评估方法也不同。

（1）项目评估法和全局评估法。项目评估法（局部评估法）以具体的技术改造项目为评估对象。费用、效益的计量范围仅限于项目本身。适用于关系简单，费用、效益容易分离的技术改造项目。例如，投入一笔资金将高耗能设备更换为低能耗设备，只要比较投资和节能导致的费用节约额便能计算出节能的经济效果。企业评估法（全局评估法）从企业全局出发，通过比较一个企业改造和不改造两个不同方案经济效益变化来评估项目的经济效益。该法既考虑了项目自身的效益，又考虑了给企业其他部分带来的相关效益。适用于生产系统复杂，效益、费用不好分离的技术改造项目。

（2）总量评估法和增量评估法。总量评估法的费用、效益测算采用总量数据和指标，确定原有固定资产重估值是估算总投资的难点。该法简单，易被人门接受，侧重经济效果的整体评估，但无法准确回答新增投入资金的经济效果。例如，针对一个小炼钢厂，需要做出是进一步进行技术改造还是关、停、并、转的决策。该项目需要从整体上把握经济效益的变化和能够达到的经济效益指标。此时，应该采用总量法。

增量法采用增量数据和指标并满足可比性原则。这种方法实际上是把"改造"和"不改造"两个方案转化为一个方案进行比较，利用方案之间的差额数据来评价追加投资的经济效果。它虽不涉及原有固定资产重估问题，但却充分考虑了原有固定资产对项目的影响。增量法又分为前后法和有无法。两者的区别是：前后法使用项目改造后各年的费用和效益减去某一年的费用和效益的增量数据来评估项目改造的经济效益。有无法强调"有项目"和"无项目"两个方案在完全可比的条件下进行全面对比，对两个方案的未来费用、效益均要进行预测并计算改造带来的增量效益。实质上，前后法是有无法的一个特例：即，假定该项目如果不改造，在未来若干年内经营状况保持不变。这实际上是不可能的，一个企业的经济效益总是在变化的，不是上升，就是下降。因此，一般技术改造项目（包括扩能）评价都应采用有无法。

（3）费用效益分析法。费用效益分析法主要是比较为项目所支出的社会费用（即国家和社会为项目所付出的代价）和项目对社会所提供的效益，评估项目建成后将对社会做出的贡献程度。最重要的原则是项目的总收入必须超过总费用，即效益与费用之比必须大于1。

（4）成本效用分析法。效用包括效能、质量、使用价值、受益等，这些标准常常无法用数量衡评，且不具可比性，因此，评价效用的标准很难用绝对值表示。通常采用移动率、利用率、保养率和可靠程度等相对值来表示。成本效用分析法主要是分析效用的单位成本，即为获得一定的效用而必需耗费的成本，以及节约的成本，即分析净效益。若有功能或效益相同的多项方案，自然应选用单位成本最低者。成本效用分析有三种情况：

- 当成本相同时，应选择效用高的方案；
- 当效用相同时，应选择成本低的方案；
- 当效用提高而成本也加大时，应选择增效的单位追加成本低的方案。

（5）多目标系统分析法。如果项目具有多种用途，很难将其按用途分解单独分析，这种情况下应采用多目标系统分析法，即从整体角度分析项目的效用与成本，效益与费用，计算出净收益和成本效用比。

试题 1 参考答案

（59）B

试题 2（2009 年上半年试题 60）

项目论证是指对拟实施项目技术上的先进性、适用性，经济上的合理性、盈利性，实施上的可能性、风险可控性进行全面科学的综合分析，为项目决策提供客观依据的一种技术经济研究活动。以下关于项目论证的叙述，错误的是__（60）__。

（60）A．项目论证的作用之一是作为筹措资金、向银行贷款的依据

B．项目论证的内容之一是国民经济评价，通常运用影子价格、影子汇率、影子工资等工具或参数

C．数据资料是项目论证的支柱

D．项目财务评价是从项目的宏观角度判断项目或不同方案在财务上的可行性的技术经济活动

试题 2 分析

项目论证是指对拟实施项目技术上的先进性、适用性，经济上的合理性、盈利性，实施上的可能性、风险可控性进行全面科学的综合分析，为项目决策提供客观依据的一种技术经济研究活动。

项目论证通过对实施方案的工艺技术、产品、原料、未来的市场需求与供应情况以及项目的投资与收益情况的分析，从而得出各种方案的优劣以及在实施技术上是否可行，经济上是否合算等信息供决策参考。项目论证的作用主要体现在以下几个方面：

（1）确定项目是否实施的依据；

（2）筹措资金、向银行贷款的依据；

（3）编制计划、设计、采购、施工以及机构设置、资源配置的依据；

（4）项目论证是防范风险、提高项目效率的重要保证。

项目论证的内容包括项目运行环境评价、项目技术评价、项目财务评价、项目国民经济评价、项目环境评价、项目社会影响评价、项目不确定性和风险评价、项目综合评价等，在此仅介绍比较重要的几个论证内容。

（1）项目财务评价。财务评价是项目经济评价的主要内容之一，它是从项目的微观角度，在国家现行财税制度和价格体系的条件下，从财务角度分析、计算项目的财务盈利能力和清偿能力以及外汇平衡等财务指标，据以判断项目或不同方案在财务上的可行性的技术经济活动。

（2）项目国民经济评价。又称项目的社会经济评价，它通常运用影子价格、影子汇率、社会贴现率、影子工资等工具或通用参数，计算和分析项目为国民经济带来的净效益，以使有限的社会资源可以得到合理的配置，实现国民经济的可持续发展。

（3）项目环境影响评价。环境影响评价是指对可能影响环境的重大工程建设、区域开发建设及区域经济发展规划或其他一切可能影响环境的活动，在事前进行调查研究的基础上，预测和评定项目可能对环境造成的影响，为防止和减少这种影响，制订最佳行动方案。另外，项目的环境影响评价不仅要考虑项目对环境的近期影响，还要考虑项目对环境的长期影响，甚至要考虑、研究项目结束几年、几十年后对环境的影响，所以还要考虑环境变化带来的成本与效益的时间价值。

（4）项目社会影响评价。通常，项目的社会评价中实际上包括了三个方面的内容，社会经济、环境与可持续发展和社会影响。但传统的工业化、现代化发展道路所产生的一些负面后果，使人们开始关注投资项目对社会的影响以及社会条件在项目实施中的作用，在"以人为中心的发展观念"指导下，人们开始尝试从社会学、人类学的角度分析项目对实现国家或地方各项社会发展目标所做的贡献和影响，以及项目与当地社会环境的相互影响，一个真正意义上的社会评价开始独立出来。从美国的社会影响评价、英国社会分析和世界银行社会评价中，我们可以看到许多共同之处，即集中分析项目与当地的社会、人文环境之间的相互作用，预测项目实施对人民生活、社区结构、人口、收入分配、福利、健康、安全、教育、文化、娱乐、风俗习惯及社区凝聚力等方面有可能产生的影响及社会问题。

试题 2 参考答案

（60）D

试题 3（2009 年上半年试题 61）

_（61）_ 是承建方项目立项的第一步，其目的在于选择投资机会、鉴别投资方向。

（61）A．项目论证　　　B．项目评估　　　C．项目识别　　　D．项目可行性分析

试题 3 分析

承建方的立项管理主要包括项目识别、项目论证和投标等步骤。项目识别是承建方项目立项的第一步，其目的在于选择投资机会、鉴别投资方向。在国外一般是从市场和技术两方面寻找项目机会，但在国内还需考虑到国家有关政策和产业导向。

（1）从政策导向中寻找项目机会。项目机会研究的政策导向依据主要包括国家、行业和地方的科技发展和经济社会发展的长期规划与阶段性规划，这些规划一般由国务院、各部委、地方政府及主管厅局发布。主要包括国家和地方政府的每 5 年一次发布的新的五年国民经济发展计划、国家科技攻关计划、国家高技术研究发展计划（如 863 计划）、国家高新技术产业化计划、电子信息产业发展基金等。

（2）从市场需求中寻找项目机会。除基础性研究项目、公益性项目，以及涉及国防和国家安全的项目外，绝大多数项目都要从市场中取得，比如通过投标来获得项目。市场需求是决定投资方向的主要依据，投资者应从市场分析中选择项目机会。市场分析是一项非常复杂的工作，不仅应客观地分析市场现状（是属于供不应求、还是供过于求），还应科学地预测未来市场的发展趋势（是高速成长、平稳发展、还是逐渐衰退）。更重要的是，必须清楚地了解主要竞争对手的产品是什么、市场份额占有率，以及他们正在做什么、下一步打算做什么。市场分析还必须考虑到潜在的市场风险，应该考虑到最坏的可能，以及出现这种最坏可能的概率是多少、可采用什么办法规避风险。但我们也要意识到，没有任何风险的项目是不存在的，风险中往往蕴藏着机会，风险大的项目可能的盈利也要大一些。我们应根据自身的经营策略与资金情况，决定可以接受的风险程度。

（3）从技术发展中寻找项目机会。信息技术发展迅速、日新月异，新技术也会给我们带来新的项目机会。目前网络技术、移动通信技术、中间件技术、信息安全技术、电子支付技术、嵌入式技术、新一代因特网技术发展较快，这些新技术的应用提供了越来越多的信息系统项目机会。

试题 3 参考答案

（61）C

试题 4（2009 年下半年试题 32）

下列选项中，不属于项目建议书核心内容的是　(32)　。

（32）A．项目的必要性　　　　　　　　　B．项目的市场预测

　　　C．产品方案或服务的市场预测　　　D．风险因素及对策

试题 4 分析

项目建议书也称为立项申请，是项目建设单位向上级主管部门提交项目申请时所必须的文件。是该项目建设筹建单位或项目法人，根据国民经济的发展、国家和地方中长期规划、产业政策、生产力布局、国内外市场、所在地的内外部条件、本单位的发展战略等提出的某一具体项目的建议文件，是对拟建项目提出的框架性的总体设想。项目建议书是项目发展周期的初始阶段，是国家或上级主管部门选择项目的依据，也是可行性研究的依据，涉及利用外资的项目，在项目建议书批准后，方可开展对外工作。有些企业单位根据自身发展需要自行决定建设的项目，也参照这一模式首先编制项目建议书。

项目建议书应该包括的核心内容如下。

（1）项目的必要性。

（2）项目的市场预测。

（3）产品方案或服务的市场预测。

（4）项目建设必需的条件。

试题 4 参考答案

（32）D

第8章 项目整合管理

根据考试大纲，本章主要考查以下知识点。

（1）项目整合管理的含义、作用和过程。

（2）项目启动：项目启动所包括的内容；制定项目章程（项目章程的作用和内容、项目章程制定的依据、项目章程制定所采用的工具与技术、项目章程制定的成果）；选择项目经理。

（3）项目计划管理：项目计划的含义和作用；项目计划的内容（项目计划的主体内容、项目计划的辅助内容）；项目计划编制（项目计划编制过程所遵循的基本原则、项目计划编制过程、项目计划编制过程所采用的工具与技术、项目计划编制过程的输入和输出）；项目计划实施（实施项目计划所要求的必备素质、项目计划实施所采用的主要工具与技术、可交付成果的定义和可能的表现形式、项目计划实施过程的输入和输出）；项目计划实施的监控（项目计划实施监控的含义、项目计划实施监控的主要内容、项目计划实施监控所采取的工具与技术、项目计划实施监控的输入和输出）。

（4）项目整体变更管理：项目变更的基本概念（项目变更的含义、项目变更的分类、项目变更产生的原因）；变更管理的基本原则；变更管理的组织机构（项目管理委员会与变更控制委员会、项目三方各有专人负责变更管理）；变更管理的工作程序（提出与接受变更申请、对变更的初审、变更方案论证、项目管理委员会或变更控制委员会审查、发出变更通知并开始实施、变更实施的监控、变更效果的评估、判断发生变更后的项目是否已经纳入正常轨道）；变更管理工作内容（严格控制项目变更审核的提交，对进度、成本、质量和合同变更的控制与协调）；变更管理所采用的工具与技术；变更管理的输入和输出；变更管理与配置管理之间的关系。

（5）项目收尾管理：项目收尾的内容（项目验收、项目总结、项目评估与审计）；项目收尾所采用的工具与技术；项目收尾的输入、输出；对信息系统后续工作的支持；项目团队人员转移。

试题 1（2009 年上半年试题 22）

___(22)___ 反映了信息系统集成项目的技术过程和管理过程的正确顺序。

（22）A. 制定业务发展计划、实施项目、项目需求分析

B. 制定业务发展计划、项目需求分析、制定项目管理计划

C. 制定业务发展计划、制定项目管理计划、项目需求分析

D. 制定项目管理计划、项目需求分析、制定业务发展计划

试题 1 分析

一个组织在制订战略规划并根据该战略发展自己的业务时，首先根据制定战略规划制订具体业务发展计划、构思支持业务发展的产品，通过需求分析明确定义未来信息系统（即信息系统项目的产品）的目标，确定为了满足用户的需求待建系统必须做什么，明确待建的系统要做什么、应具备什么功能和性能，然后才能制订详细的项目管理计划。

试题 1 参考答案

（22）B

试题 2（2009 年上半年试题 32）

项目绩效评审的主要目标是 __(32)__ 。

（32）A. 根据项目的基准计划来决定完成该项目需要多少资源

B. 根据过去的绩效调整进度和成本基准

C. 得到客户对项目绩效认同

D. 决定项目是否应该进入下一个阶段

试题 2 分析

为了方便管理，项目经理或其所在的组织会将项目分成几个阶段来管理，以加强对项目的管理控制并建立起项目与组织的持续运营工作之间的联系。

在完成本阶段所做的工作和可交付物的技术和设计评审后，项目绩效评审的主要目标是评价项目的绩效、请客户决定是否接受阶段成果，以及是否还要做额外的工作，最后决定是否要结束这个阶段。

在获得授权的情况下，阶段末的评审可以结束当前阶段并启动后续阶段。有些时候一次评审就可以取得这两项授权。这样的阶段末评审通常被称为阶段出口、阶段验收或终止点。

试题 2 参考答案

（32）D

试题 3（2009 年上半年试题 48）

项目绩效审计不包括 __（48）__ 。

（48）A. 决算审计   B. 经济审计   C. 效率审计   D. 效果审计

试题 3 分析

绩效审计是经济审计、效率审计和效果审计的合称，因为三者的第一个英文字母均为 E，故称三 E 审计。它是指由独立的审计机构或人员，依据有关法规和标准，运用审计程序和方法，对被审单位或项目的经济活动的合理性、经济性、有效性进行监督、评估和鉴证，提出改进建议，促进其管理、提高效益的一种独立性的监督活动。

绩效审计按审计时间分类可以分为事前绩效审计、事中绩效审计和事后绩效审计。

事前绩效审计包括计划、预算、建设项目的可行性研究、成本预测等在内容。通过事前审计可以防患于未然，对于计划、预算以及投资项目实施可能出现的问题和不利因素，能在事前及时纠正和剔除，避免因预测不准或计划不周而造成经济损失或效益不高。

事中审计是把项目实施情况与实施前的预测、预算、计划和标准等进行分析比较，从中找出差距和存在的问题，及时采取有效措施加以纠正，并根据实际情况的变化，调整和修改计划、预算，使之更加符合客观实际，更加合理。它是一种动态审计。

事后审计是一种总结性审计，主要是对已完成的活动的经济效益、效果、效率进行分析与评估，找出问题的原因，发掘进一步提高的途径。

绩效评估以授权或委托的形式让独立的机构或个人来进行就是绩效审计。所以，项目或企业的绩效自评估可以授权内部审计人员进行，外部评估可以由政府审计部门或由中介机构进行。

试题 3 参考答案

（48）A

试题 4（2009 年上半年试题 49）

在项目结束阶段，大量的行政管理问题必须得到解决。一个重要问题是评估项目有效性。完成这项评估的方法之一是 __（49）__ 。

（49）A. 制作绩效报告   B. 进行考察

       C. 举行绩效评估会议   D. 进行采购审计

试题 4 分析

所谓项目绩效评估，是指运用数理统计、运筹学原理和特定指标体系，对照统一的标准，按照一定的程序，通过定量定性对比分析，对项目一定经营期间内的经营效益和经营者业绩做出客观、公正和准确的综合评判。

项目绩效评估一般是指通过项目组之外的组织或者个人对项目进行的评估，通常是指在项目的前期和项目完工之后的评估。项目前期的评估主要是指对项目的可行性的评估；项目完工后的项目绩效评估是指在信息化项目结束后，依据相关的法规、信息化规划报告和合同等，借助科学的措施或手段对信息化项目的水平、效果和影响，投资使用的合同相符性、目标相关性和经济合理性所进行的评估。

举行绩效评估会议是完成项目评估的最常用方法之一。制作绩效报告是绩效报告过程的任务，而单纯地"进行考察"不属于项目评估的方法，进行采购审计是合同收尾时使用的方法。

试题 4 参考答案

（49）C

试题 5（2009 年上半年试题 54）

某系统集成商现正致力于过程改进，打算为过去的项目建立历史档案，现阶段完成该工作的最好方法是 (54) 。

（54）A．建立项目计划　　　　　　　　B．总结经验教训

　　　　C．绘制网络图　　　　　　　　　D．制定项目状态报告

试题 5 分析

总结经验教训可以避免未来的错误，并借用过去项目的好经验，从而可以促进未来项目的改进和进步。建立项目计划过程是为本次项目的未来实施阶段提供指南。而绘制网络图则是制订项目计划进度分计划的前提条件，制定项目状态报告是报告项目绩效的一种方法。

试题 5 参考答案

（54）B

试题 6（2009 年上半年试题 62）

在项目计划阶段，项目计划方法论是用来指导项目团队制定项目计划的一种结构化方法。 (62) 属于方法论的一部分。

（62）A．标准格式和模板　　　　　　　B．上层管理者的介入

　　　　C．职能工作的授权　　　　　　　D．项目干系人的技能

试题 6 分析

在项目计划阶段，项目管理方法论帮助项目管理团队制定项目管理计划和控制项目管理计划的变更，例如，组织过程资产中的历史项目信息、标准指导方针、模板、工作指南等对本次项目管理计划的制定有直接的帮助。标准格式和模板属于项目管理方法论的重要组成部分。

试题 6 参考答案

（62）A

试题 7（2009 年下半年试题 57）

　（57）　　是正式批准一个项目的文档，或者是批准现行项目是否进入下一阶段的文档。

（57）A．项目章程　　　　　　　　　B．项目合同

　　　　C．项目启动文档　　　　　　D．项目工作说明书

试题 7 分析

项目章程是正式批准的一个项目的文档，或者是批准现行项目是否进入下一阶段的文档。项目章程应当由项目组织以外的项目发起人发布，若项目为本组织开发也可由投资人发布。发布人其在组织内的级别应能批准项目，并有相应的为项目提供所需资金的权力。项目章程为项目经理使用组织资源进行项目活动提供了授权。尽可能在项目早期确定和任命项目经理，应该在开始项目计划前就任命项目经理，在项目启动时任命会更合适。

建立项目章程将使项目与执行组织的日常运营联系起来。在一些组织中，项目只有在需求调研、可行性研究或初步试探完成后才被正式批准和启动。项目章程的编制过程主要关注记录建设方的商业需求、项目立项的理由与背景、对客户需求的现有理解和满足这些需求的新产品、服务或结果。

项目章程应当包括以下直接列入的内容或援引自其他文件的内容。

（1）基于项目干系人的需求和期望提出的要求。

（2）项目必须满足的业务要求或产品需求。

（3）项目的目的或项目立项的理由。

（4）委派的项目经理及项目经理的权限级别。

（5）概要的里程碑进度计划。

（6）项目干系人的影响。

（7）职能组织及其参与。

（8）组织的、环境的和外部的假设。

（9）组织的、环境的和外部的约束。

（10）论证项目的业务方案，包括投资回报率。

（11）概要预算。

试题7参考答案

（57）A

试题8（2009年下半年试题58）

经项目各有关干系人同意的 　(58)　 就是项目的基准，为项目的执行、监控和变更提供了基础。

（58）A．项目合同书 　　　　　　　B．项目管理计划

　　　 C．项目章程 　　　　　　　　D．项目范围说明书

试题8分析

制定项目管理计划过程定义、准备、集成和协调所有的分计划，以形成项目管理计划。项目管理计划也称为项目整体管理计划、整体计划或项目计划，项目管理计划的内容将依据应用领域和项目复杂性的不同而不同。作为这个过程结果的项目管理计划通过整体变更控制过程进行更新和修订。项目管理计划明确了如何执行、监督和控制，以及如何收尾项目。项目管理计划可以通过批准的变更而改变，项目管理计划记述了如下内容。

（1）项目背景如项目名称、客户名称、项目的商业目的等。

（2）项目经理、项目经理的主管领导、客户方联系人、客户方的主管领导，项目领导小组（即项目管理团队）和项目实施小组人员。

（3）项目的总体技术解决方案。

（4）对用于完成这些过程的工具和技术的描述。

（5）选择的项目的生命周期和相关的项目阶段。

（6）项目最终目标和阶段性目标。

（7）进度计划。

（8）项目预算。

（9）变更流程和变更控制委员会。

（10）沟通管理计划。

（11）对于内容、范围和时间的关键管理评审，以便于确定悬留问题和未决决策。

除上述的进度计划和项目预算之外，项目管理计划可以是概要的或详细的，并且还可以

包含一个或多个分计划。这些分计划包括但不限于：

（1）范围管理计划；

（2）质量管理计划；

（3）过程改进计划；

（4）人力资源管理计划；

（5）沟通管理计划；

（6）风险管理计划；

（7）采购管理计划。

如果需要并且能够达到特定项目的细节要求，上述计划均可包括在项目管理计划内。

经项目各有关干系人同意的项目管理计划就是项目的基准，为项目的执行、监控和变更提供了基础。

试题 8 参考答案

（58）B

试题 9（2009 年下半年试题 60）

项目经理小王事后得知项目团队的一个成员已做了一个纠正措施，但是没有记录，小王接下来应该　（60）　。

（60）A．就该情况通知该成员的部门经理　　　　B．撤销纠正措施

　　　　C．将该纠正行为记入文档　　　　　　　　D．询问实施该纠正措施的理由

试题 9 分析

监督和控制项目过程（简称监控过程）是全面地追踪、评审和调节项目的进展，以满足在项目管理计划中确定的绩效目标的过程。监控是贯穿整个项目始终的项目管理的一个方面。　监控过程包括全面地收集、测量和分发绩效信息并且通过评估结果和过程以实现过程改进。连续监控可以使项目管理团队洞察项目的状况是否正常，并且找出要求特别注意的任何方面。

监督和控制项目过程主要关注以下问题。

（1）依项目管理计划为基准，比较实际的项目绩效（包括完成了哪些交付物、实际的进度、实际的成本、实际的质量等项目绩效）。

（2）评估绩效，以确定是否需要改正或者预防性的行动，必要时推荐这些行动。

（3）单项的改正或者预防性的行动如进度控制中"建议的纠正措施"在执行之前，应评估对其他方面（如成本、质量等）的影响。项目经理需要了解这个纠正措施的内容，然后

评估后决定该纠正措施是否可以执行。项目的监控过程协调这些纠正措施对其他方面的影响，也协调一方干系人的改正或者预防性的行动对其他干系人的影响。

（4）分析、追踪和监控项目风险，以确保风险被识别、它们的状态被报告，而适当的风险应对计划被执行。

（5）维持一个项目产品和它们相关的文档的一个准确和及时的信息库，并保持到项目完成。

（6）提供信息，以支持状态报告和绩效报告。绩效报告包括到报告日期为止，项目计划完成情况与实际完成情况的对照、差距分析，打算采取的改正或者预防性的行动，该行动影响的方面和人员，项目的现状与预测，需要的协调与支持等。影响的各方面是综合和整体性的，不局限于范围、进度、成本、质量等各单个方面，影响的人员也不限于甲方、或乙方而是相关的各方。

（7）提供预测以更新当前的成本和当前的进度信息。

（8）当变更发生时，监控已批准的变更的执行。

试题 9 参考答案

（60）D

试题 10（2009 年下半年试题 63）

变更是项目干系人常常由于项目环境或者是其他各种原因要求对项目的范围基准等进行修改。如某项目由于行业标准变化导致变更，这属于 __(63)__ 。

（63）A．项目实施组织本身发生变化

　　　B．客户对项目、项目产品或服务的要求发生变化

　　　C．项目外部环境发生变化

　　　D．项目范围的计划编制不周密详细

试题 10 分析

项目经理必须对变更进行控制，造成项目范围变更的主要原因如下。

（1）项目外部环境发生变化，例如，政府政策变化、行业标准变化等。

（2）项目范围的计划编制不周密详细，有一定的错误或遗漏。

（3）市场上出现了或是设计人员提出了新技术、新手段或新方案。

（4）项目实施组织本身发生变化。

（5）客户对项目、项目产品或服务的要求发生变化。

试题 10 参考答案

（63）C

试题 11（2009 年下半年试题 64）

　　整体变更控制过程实际上是对 ___(64)___ 的变更进行标识、文档化、批准或拒绝，并控制的过程。

　　（64）A．详细的 WBS 计划　　　　　　　B．项目基准

　　　　　C．项目预算　　　　　　　　　　D．明确的项目组织结构

试题 11 分析

　　变更是指对计划的改变，由于极少有项目能完全按照原来的项目计划安排运行，因而变更不可避免。同时对变更也要加以管理，因此变更控制就必不可少。

　　整体变更控制过程贯穿于整个项目过程的始终。对项目范围说明书、项目管理计划和其他项目可交付物必须进行变更管理（或是拒绝变更或是批准变更），被批准的变更将被并入一个修订后的项目基准（基线也叫基准。整体变更控制过程基于项目的执行情况在不同层次上包含以下的变更管理活动。

　　（1）识别可能发生的变更。

　　（2）管理每个已识别的变更。

　　（3）维持所有基线的完整性。

　　（4）根据已批准的变更，更新范围、成本、预算、进度和质量要求，协调整体项目内的变更。例如：一个被提出的进度变更通常会影响成本、风险、质量和人员配置。

　　（5）基于质量报告，控制项目质量使其符合标准。

　　（6）维护一个及时、精确的关于项目产品及其相关文档的信息库，直至项目结束。

　　每个记录下来的变更申请，都可能被项目管理团队之内或者一个外部组织的责任者批准或者拒绝，例如变更控制委员会 CCB 就是这样的一种责任者。变更控制委员会的角色和责任在配置管理和变更控制过程之内被清楚地定义，并且被所有项目干系人认可。　许多大型的组织提供一个多层结构、层与层之间分工明确的变更控制委员会。　如果项目是基于合同开展的，那么有关每个合同的变更将需要该合同客户的批准。

　　被批准的变更申请需要修改后的、或新的成本估算、进度计划、资源需求、或风险应对措施。这些变更需要调整项目管理计划或者其他项目计划/文档。　变更控制的实施程度依赖于本次变更本身、项目所在的领域、具体的项目的复杂程度、合同要求，以及项目执行的背景和环境。

试题 11 参考答案

（64）B

试题 12（2009 年下半年试题 65）

项目变更贯穿于整个项目过程的始终，项目经理应让项目干系人（特别是业主）认识到 （65） 。

（65）A．在项目策划阶段，变更成本较高   B．在项目执行阶段，变更成本较低

      C．在项目编码开始前，变更成本较低   D．在项目策划阶段，变更成本较低

试题 12 分析

根据软件工程的知识，变更越早，成本越低。

试题 12 参考答案

（65）D

试题 13（2009 年下半年试题 66）

项目规模小并且与其他项目的关联度小时，变更的提出与处理过程可在操作上力求简便和高效。关于小项目变更，不正确的说法是 （66） 。

（66）A．对变更产生的因素施加影响以防止不必要的变更并减少无谓的评估

      B．应明确变更的组织与分工合作

      C．变更流程也要规范化

      D．对变更的申请和确认，既可以是书面的也可以是口头的，以简化程序

试题 13 分析

项目规模小、与其他项目的关联度小时，变更的提出与处理过程可在操作上力求简便、高效，但仍应注意以下几点。

（1）对变更产生的因素施加影响：防止不必要的变更，减少无谓的评估，提高必要变更的通过效率。

（2）对变更的确认应当正式化。

（3）变更的操作过程应当规范化。

由于变更的真实原因和提出背景复杂，如不经评估而快速实施则可能涉及的项目影响难以预料，而变更申请是变更管理流程的起点，故应严格控制变更申请的提交。变更控制的前

提是项目基准健全，对变更处理的流程事先达成共识。

应严格控制项目变更申请的提交，严格控制是指变更管理体系能确保项目基准能反映项目的实施情况。

变更申请的提交，首先应当确保覆盖所有变更操作，这意味着如果变更申请操作可以被绕过，则此处的严格便毫无意义；但应根据变更的影响和代价提高变更流程的效率。并在某些情况下使用进度管理中的快速跟进等方法。如委托方和实施方高层管理者已对变更请求达成共识，则在实施过程中应提高变更执行的效率。

试题 13 参考答案

（66）D

试题 14（2010 年上半年试题 31）

发布项目章程，标志着项目的正式启动。以下围绕项目章程的叙述中，__(31)__ 是不正确的。

（31）A．制定项目章程的工具和技术包括专家的判断

B．项目章程要为项目经理提供授权，方便其使用组织资源进行项目活动

C．项目章程应当由项目发起人发布

D．项目经理应在制定项目章程后再任命

试题 14 分析

制定项目章程的工具与技术有以下几种。

（1）项目管理方法：项目管理方法定义了一系列项目管理过程组，他们相关的过程和控制功能被整合成一个有机的整体。

（2）项目管理信息系统：它是一套标准化的自动工具集。

（3）专家判断：通常用于评估制订项目章程的输入，这些专家意见由任何具有专门知识或受过专门培训团体或个人提供。

项目章程应由项目组织以外的项目发起人发布，若项目为本组织开发也可由投资人发布。项目章程为项目经理使用组织资源进行项目活动提供了授权。尽可能在项目早期确定和任命项目经理。应该总在开始项目计划前就任命项目经理，在项目启动时任命会更合适。

试题 14 参考答案

（31）D

试题 15（2010 年上半年试题 32）

在编制项目管理计划时，项目经理应遵循编制原则和要求，使用项目计划符合项目实际管理的需求。以下关于项目管理计划的叙述中，__(32)__ 是不正确的。

(32) A. 应由项目经理独立进行编制   B. 可以是概括的

        C. 项目管理计划可以逐步精确   D. 让干系人参与项目计划的编制

试题 15 分析

编制项目计划所遵循的基本原则有：全局性原则、全过程原则、人员与资源的统一组织与管理原则、技术工作与管理工作协调的原则。除此之外，更具体的编制项目计划所遵循的原则如下。

（1）目标的统一管理。项目的各方干系人通常有不同的、甚至是互相冲突的要求，在编制项目计划时要做出权衡，统一管理他们的要求，使项目目标被所有的干系人赞同、接受或至少他们不会强烈反对。这就是干系人要求的统一管理。多数项目客户对项目目标不一定有整体的理解。在编制项目计划时要为客户进行全目标的统一管理，以实现客户的要求。项目进度、成本和质量三个目标既互相关联，又互相制约。编制项目计划时需要统一管理三者的关系。项目经理在管理项目时，很难做到面面俱到地照顾到所有的项目目标，因此需要对项目目标进行优先级排队，以确保重要的目标。

（2）方案的统一管理。不同的技术和管理方案，对不同的项目干系人和不同的项目目标会有不同的影响，例如方案甲对干系人张某更为有利，而对干系人李某却略有不利，对质量目标更为有利，而对实现进度要求略显不利；而方案乙则反之。这种情况下，编制项目计划时就要对各种方案加以的统一管理，权衡各方面的利弊找出可接受的方案，或取长补短找出折中方案，尽可能地满足各方干系人的需求。

（3）过程的统一管理。项目整体管理的任务之一是对项目全生命周期进行管理。各个管理过程与项目生命期的各个阶段有紧密的联系，各个管理过程在每个阶段中至少发生一次，必要时会循环多次。项目阶段的统一管理首先需要通过制定统一的项目计划来实现。然后通过积极执行这个项目计划来实施项目，在项目的实施过程还要对任何变更进行统一管理，直至项目收尾。

（4）技术工作与管理工作的统一协调。依时间的先后顺序，统一地、协调地、综合地协调技术工作与管理工作。总之，依时间轴为依据，协调管理技术工作与管理工作。

（5）计划的统一管理。项目计划作为整体计划，将范围、进度、预算、质量等分计划纳入项目计划统一管理，以做到整体计划与分计划的协调与统一。

（6）人员资源的统一管理。除上述的原则之外，在制定项目计划时，还需要遵循对人员与资源的统一组织与管理等原则。

（7）各干系人的参与。各干系人尤其是后续实施人员参与项目计划的制定过程，不仅让他们了解了计划的来龙去脉，提高了他们在项目的实施过程中对计划的把握和理解。更重要的是，因为他们的参与包含了他们对项目计划的承诺，从而提高了他们执行项目计划的自觉性。

（8）逐步精确。项目计划的制定过程，也反映了项目的渐进明细特点，也就是近期的计划制定得详细些，远期的计划制定得概要一些，随着时间的推移，项目计划在不断地细化。

试题 15 参考答案

（32）A

试题 16（2010 年上半年试题 35）

一项新的国家标准出台，某项目经理意识到新标准中的某些规定将导致其目前负责一个项目必须重新设定一项技术指标，该项目经理首先应该 （35） 。

（35）A．撰写一份书面的变更请求

B．召开一次变更控制委员会会议，讨论所面临的问题

C．通知受到影响的项目干系人将采取新的项目计划

D．修改项目计划和 WBS，以保证该项目产品符合新标准

试题 16 分析

规范的变更控制流程如下。

（1）提出与接受变更申请。变更提出应当及时以正式方式进行，并留下书面记录。变更的提出可以是各种形式，但在评估前应以书面形式提出。

（2）对变更的初审。变更初审的目的有：

● 对变更提出方施加影响，确认变更的必要性，确保变更是有价值的；

● 格式校验，完整性较验，确保评估所需信息准备充分；

● 在干系人间就提出供评估的变更信息达成共识。

变更初审的常见方式为变更申请文档的审核流转。

（3）变更方案论证。变更方案的主要作用，首先是对变更请求是否可实现进行论证，如果可能实现，则将变更请求由技术要求转化为资源需求，以供 CCB 决策。常见的方案内容包括技术评估和经济评估，前者评估需求如何转化为成果，后者评估价值和风险。

（4）项目变更控制委员会审查。审查过程，是项目所有者据变更申请及评估方案，决定是否批准变更。评审过程应有客户、相关领域的专业人士参与。审查通常是文档会签形式，重大的变更审查可以包括正式会议形式。审查过程应注意分工，项目投资人虽有最终的决策权，但通常在专业技术上并非强项。所以应当在评审过程中将专业评审、经济评审分开，对涉及项目目标和交付成果的变更，客户的意见应放在核心位置。

（5）发出变更通知并开始实施。评审通过，意味着项目基准的调整，同时确保变更方案中的资源需求及时到位。项目基准的调整，包括项目目标的确认，最终成果、工作内容和资源、进度计划的调整。需要强调的是，变更通知后，不只是包括实施项目基准的调整，更要明确项目的交付日期、成果对相关干系人的影响。如变更造成交付期的调整，应在变更确认时发布，而非在交付前公布。

（6）变更实施的监控。要监控的，除了调整过的项目基准中所涉及变更的内容外，还应当对项目的整体基准是否反映项目实施情况负责。通过监控行动，确保项目的整体实施工作是受控的。变更实施的过程监控，通常由项目经理负责项目基准的监控。管理委员会监控变更明确的主要成果、进度里程碑等，可以委托监理单位承担监控职责。

（7）变更效果的评估。变更评估可以从以下几个方面进行评估：

- 首要的评估依据，是项目基准；

- 还需结合变更的初衷来看，变更所要达到的目的是否已达成；

- 评估变更方案中的技术论证、经济论证内容与实施过程的差距并推进解决。

（8）判断发生变更后的项目是否已纳入正常轨道。项目基准调整后，需要确认的是相应的资源配置和人员是否及时到位，更需多加关注。之后对项目的整体监控应按新的项目基准进行。涉及变更的项目范围及进度，在变更后的紧邻监控中，应更多地关注，当确认新的项目基准已经生效则按正常的项目实施流程进行。

试题 16 参考答案

（35）A

试题 17（2010 年下半年试题 64）

希赛公司承担了某市政府门户网站建设项目，与该市信息中心签订了合同。在设计页面的过程中，经过多轮讨论和修改，页面在两周前终于得到了信息中心的认可，项目进入开发实施阶段。然而，信息中心本周提出，分管市领导看到页面设计后不是很满意，要求重新设计页面。但是，如果重新设计页面，可能会影响项目工期，无法保证网站按时上线。在这种情况下，项目经理最恰当的做法是___（64）___。

（64）A. 坚持原设计方案，因为原页面已得到客户认可

B. 让设计师加班加点，抓紧时间修改页面

C. 向领导争取网站延期上线，重新设计页面

D. 评估潜在的工期风险，再决定采取何种应对措施

试题 17 分析

在项目实施过程中，由于各种原因，变更是难免的。在本题的背景下，项目经理首先应

该评估潜在的工期风险，再决定采取何种应对措施。

试题 17 参考答案

（64）D

试题 18（2010 年下半年试题 65）

某公司最近承接了一个大型信息系统项目，项目整体压力较大，对这个项目中的变更，可以使用__（65）__等方式提高效率。

①分优先级处理   ②规范处理   ③整批处理   ④分批处理

（65）A．①②③   B．①②④   C．②③④   D．①③④

试题 18 分析

由于变更的实际情况千差万别，可能简单，也可能相当复杂。越是大型的项目，调整项目基准的边际成本越高，随意的调整可能带来的麻烦也越大越多，包括基准失效、项目干系人冲突、资源浪费、项目执行情况混乱等。

在项目整体压力较大的情况下，更需强调变更的提出、处理应当规范化，可以使用分批处理、分优先级等方式提高效率，如同繁忙的交通道口，如果红绿灯变化频繁，其结果不是灵活高效，而是整体通过能力的降低。

试题 18 参考答案

（65）B

试题 19（2010 年下半年试题 66）

合同变更控制系统规定合同修改的过程，包括__（66）__。

①文书工作   ②跟踪系统   ③争议解决程序   ④合同索赔处理

（66）A．①②③   B．②③④   C．①②④   D．①③④

试题 19 分析

在大量的工程实践中，由于合同双方现实环境和相关条件的变化，往往会出现合同变更，而这些变更必须根据合同的相关条款适当地加以处理。如果某一方不理解合同条款、或不严格执行合同条款，那么该方会发生额外的代价以完成额外的工作任务。

合同变更的处理由合同变更控制系统来完成。合同变更控制系统包括文书记录工作、跟踪系统、争议解决程序和授权变更所需的批准级别。合同变更控制系统是项目整体变更控制的一部分。任何合同的变更都是以一定的法律事实为依据来改变合同内容的法律行为。

有多种因素会导致合同变更，例如范围变更、成本变更、进度变更、质量要求的变更甚至人员变更都可能会引起合同的变更，乃至重新修订。按照合同签约各方的约定，合同变更控制系统的一般处理程序如下。

（1）变更的提出。合同签约各方都可以向监理单位（或变更管理委员会）提出书面的合同变更请求。

（2）变更请求的审查。合同签约各方提出的合同变更要求和建议，必须首先交由监理单位（或变更管理委员会）审查后，提出合同变更请求的审查意见，并报业主。

（3）变更的批准。监理单位（或变更管理委员会）批准或拒绝变更。

（4）变更的实施。在组织业主与承包人就合同变更及其他有关问题协商达成一致意见后，由监理单位（或变更管理委员会）正式下达合同变更指令，承包人组织实施。

"公平合理"是合同变更的处理原则，变更合同价款按下列方法进行：

（1）首先确定合同变更量清单，然后确定变更价款；

（2）合同中已有适用于项目变更的价格，按合同已有的价格变更合同价款；

（3）合同中只有类似于项目变更的价格，可以参照类似价格变更合同价款；

（4）合同中没有适用或类似项目变更的价格，由承包人提出适当的变更价格，经监理工程师和业主确认后执行。

试题 19 参考答案

（66）A

第9章 项目范围管理

根据考试大纲，本章主要考查以下知识点。

（1）项目范围和项目范围管理：项目范围的定义；项目范围管理的作用、项目范围管理的主要过程。

（2）范围计划编制和范围说明书：范围计划过程所用的工具与技术；范围计划过程的输入、输出。

（3）定义范围和工作分解结构：定义范围（定义范围的内容和作用、定义范围的输入与输出）；范围说明书（项目论证、系统描述、项目可交付成果的描述、项目成功要素的描述）；工作分解结构（WBS 的作用和意义、WBS 包含的内容）；创建 WBS 所采用的方法（使用指导方针、类比法、自顶向下法、自底向上法）；WBS 创建工作的输入、输出。

（4）核实范围：核实范围的工作要点（制定并执行确认程序、项目干系人对项目范围的正式承认、让系统的使用者有效参与、项目各阶段的确认与项目最终验收的确认）；核实范围所采用的方法；核实范围的输入、输出。

（5）控制范围：控制范围涉及的主要内容；控制范围与项目整体变更管理的联系；控制范围与用户需求变更的联系；控制范围所用的工具与技术；控制范围的输入、输出。

试题 1（2009 年上半年试题 23）

制定项目计划时，首先应关注的是项目___(23)___。

（23）A. 范围说明书　　　　　　　　B. 工作分解结构

　　　　C. 风险管理计划　　　　　　　D. 质量计划

试题 1 分析

项目范围说明书详细描述了项目的可交付物以及产生这些可交付物所必须做的项目工作。项目范围说明书在所有项目干系人之间建立了一个对项目范围的共同理解，描述了项目的主要目标，使项目团队能进行更详细的计划，指导项目团队在项目实施期间的工作，并为评估是否为客户需求进行变更或者附加的工作是否在项目范围之内提供基准。

范围说明书是整个项目管理工作的基础，在制定项目计划的其他分计划之前，首先要有一个范围说明书，首先应关注项目范围说明书。

试题 1 参考答案

（23）A

试题 2（2009 年上半年试题 29）

范围管理计划中一般不会描述　　（29）　　。

（29）A．如何定义项目范围　　　　　　　　B．制定详细的范围说明书

　　　　C．需求说明书的编制方法和要求　　　D．确认和控制范围

试题 2 分析

编制项目范围管理计划过程的成果是项目范围管理计划，项目范围管理计划简称为项目范围计划或范围计划。作为编制项目范围管理计划过程的交付物，项目范围管理计划是项目管理团队确定、记录、核实或确认、管理和控制项目范围的指南。项目范围管理计划的内容如下。

（1）根据初步的项目范围说明书编制一个详细的项目范围说明书的方法。

（2）从详细的项目范围说明书创建 WBS 的方法。

（3）关于正式确认和认可已完成可交付物方法的详细说明。

（4）有关控制需求变更如何落实到详细的项目范围说明书中的方法。需求变更常常触发整体变更控制过程。

根据具体项目的实际情况，项目范围管理计划可以是正式的或非正式的、详细的或粗略的。一个范围管理计划可以包括在项目管理计划中、或者是项目管理计划的一个分计划。项目管理计划是项目其他知识域中的相关分计划的集合。

试题 2 参考答案

（29）C

试题 3（2009 年上半年试题 30）

以下关于工作包的描述，正确的是　　（30）　　。

（30）A．可以在此层面上对其成本和进度进行可靠的估算

　　　　B．工作包是项目范围管理计划关注的内容之一

　　　　C．工作包是 WBS 的中间层

　　　　D．不能支持未来的项目活动定义

试题 3 分析

创建工作分解结构是一个把项目可交付物和项目工作逐步分层分解为更小的、更易于管理的项目单元的过程，它组织并定义了整个项目范围。工作分解结构（WBS）是管理项目范围的基础，详细描述了项目所要完成的工作。WBS 的组成元素有助于项目干系人检查项目的最终产品。WBS 的最低层元素是能够被评估的、可以安排进度的和被追踪的。

WBS 最底层的工作单元被称为工作包，它是定义工作范围、定义项目组织、设定项目产品的质量和规格、估算和控制费用、估算时间周期和安排进度的基础。

如果准确无误地分解出 WBS、并且这样的 WBS 得到了客户等项目干系人的认可，那么凡是出现在 WBS 中的工作都应该属于项目的范围，都是应该完成的。凡是没有出现在 WBS 中的工作，则不属于项目的范围，要想完成这样的工作，要遵循变更控制流程并须经过变更控制委员会批准。

试题 3 参考答案

（30）A

试题 4（2009 年上半年试题 31）

小王正在负责管理一个产品开发项目。开始时产品被定义为"最先进的个人数码产品"，后来被描述为"先进个人通信工具"。在市场人员的努力下该产品与某市交通局签订了采购意向书，随后与用户、市场人员和研发工程师进行了充分的讨论，被描述为"成本在 1000 元以下，能通话、播放 MP3、能运行 Win CE 的个人掌上电脑"。这表明产品的特征正在不断改进，但是小王还需将　（31）　与其相协调。

（31）A．项目范围定义　　　　　　　　B．项目干系人利益

　　　　C．范围变更控制系统　　　　　　D．用户的战略计划

试题 4 分析

产品范围描述了项目承诺交付的产品、服务或结果的特征。这种描述会随着项目的开展，其产品的特征逐渐细化。但是，产品特征的细化必须在适当的范围定义下进行，特别是对于基于合同开展的项目。项目的范围一旦定义、得到项目相关干系人确认后，就不能随意改变，即使产品特征在逐渐地细化，也要在相关干系人定义、确认后的项目范围内进行。

试题 4 参考答案

（31）A

试题 5（2009 年上半年试题 50）

项目将要完成时，客户要求对工作范围进行较大的变更，项目经理应＿＿(50)＿＿。

（50）A．执行变更　　　　　　　　　　B．将变更能造成的影响通知客户

　　　C．拒绝变更　　　　　　　　　　D．将变更作为新项目来执行

试题 5 分析

要进行范围变更控制，基本步骤如下：

（1）要事前定义或引用范围变更的有关流程。它包括必要的书面文件（如变更申请单）、纠正行动、跟踪系统和授权变更的批准等级。变更控制系统与其他系统相结合，如配置管理系统来控制项目范围当项目受合同约束时，变更控制系统应当符合所有相关的合同条款；

（2）当有人提出变更时，应以书面的形式提出并按事前定义的范围变更有关流程处理。

根据上述步骤和变更处理的原则，尤其是项目将要完成时，如果客户要求对工作范围进行较大的变更，项目经理不应首先执行变更、拒绝变更或将变更作为新项目来执行，而是依据范围变更的有关流程先"将变更能造成的影响通知客户"。

试题 5 参考答案

（50）B

试题 6（2009 年上半年试题 52）

某公司正在为某省公安部门开发一套边防出入境管理系统，该系统包括 15 个业务模块，计划开发周期为 9 个月，即在今年 10 月底之前交付。开发团队一共有 15 名工程师。今年 7 月份，中央政府决定开放某省个人到香港旅游，并在 8 月 15 日开始实施。为此客户要求公司在新系统中实现新的业务功能，该功能实现预计有 5 个模块，并要求在 8 月 15 日前交付实施。但公司无法立刻为项目组提供新的人力资源。面对客户的变更需求，以下＿＿(52)＿＿处理方法最合适。

（52）A．拒绝客户的变更需求，要求签订一个新合同，通过一个新项目来完成

　　　B．接受客户的变更需求，并争取如期交付，建立公司的声誉

　　　C．采用多次发布的策略，将 20 个模块重新排定优先次序，并在 8 月 15 日之前发布一个包含到香港旅游业务功能的版本，其余延后交付

　　　D．在客户同意增加项目预算的条件下，接受客户的变更需求，并如期交付项目成果。

试题 6 分析

因该项目的范围变更来自于中央政府开放某省个人到香港旅游的决定，因此不能拒绝。

那么是否可以"接受客户的变更需求，并争取如期交付，建立公司的声誉"呢？或者"在客户同意增加项目预算的条件下，接受客户的变更需求，并如期交付项目成果"？答案是不可以，因为题干中已指出："公司无法立刻为项目组提供新的人力资源"。

综合题干的介绍，面了对这个变更，合适的处理方法只有"采用多次发布的策略，将20 个模块重新排定优先次序，并在 8 月 15 日之前发布一个包含到香港旅游业务功能的版本，其余延后交付"了。

试题 6 参考答案

（52）C

试题 7（2009 年上半年试题 53）

范围变更控制系统　（53）　。

（53）A．是用以确定正式修改项目文件所必须遵循步骤的正式存档程序

　　　B．是用于在技术与管理方面监督指导有关报告内容，以及控制变更的确定与记录工作并确保其符合要求的存档程序

　　　C．是一套用于对项目范围做出变更的程序，包括文书工作、跟踪系统以及授权变更所需的认可

　　　D．可强制用于各项目工作以确保项目范围管理计划在未经事先审查与签字的情况下不得做出变更

试题 7 分析

范围变更控制的方法是定义范围变更的有关流程。该流程由范围变更控制系统实现，包括必要的书面文件（如变更申请单）、纠正行动、跟踪系统和授权变更的批准等级。变更控制系统与其他系统相结合，如配置管理系统来控制项目范围。当项目受合同约束时，变更控制系统应当符合所有相关合同条款。由变更控制委员会负责批准或者拒绝变更申请。

试题 7 参考答案

（53）C

试题 8（2009 年下半年试题 8）

典型的信息系统项目开发的过程为：需求分析、概要设计、详细设计、程序设计、调试与测试、系统安装与部署。　（8）　阶段拟定了系统的目标、范围和要求。

（8）A. 概要设计　　　　　B. 需求分析　　　　　C. 详细设计　　　　　D. 程序设计

试题 8 分析

需求分析阶段要确定对系统的综合要求、功能要求和性能要求等。而概要设计、详细设计均是对系统的具体设计方案的分析。程序设计即为编码过程。

试题 8 参考答案

（8）B

试题 9（2009 年下半年试题 11）

在软件生命周期中，能准确地确定软件系统必须做什么和必须具备哪些功能的阶段是　（11）　。

（11）A. 概要设计　　　B. 详细设计　　　C. 可行性分析　　　D. 需求分析

试题 9 分析

软件生命周期可分为可行性分析、需求分析、概要设计、详细设计、编码和单元测试、综合测试、软件维护等阶段。其中在需求分析阶段要确定为解决该问题，目标系统要具备哪些功能；可行性分析阶段要确定问题有无可行的解决方案，是否值得解决；概要设计阶段制定出实现该系统的详细计划；详细设计阶段就是把问题的求解具体化，设计出程序的详细规格说明。

试题 9 参考答案

（11）D

试题 10（2009 年下半年试题 42）

下面关于 WBS 的描述，错误的是　（42）　。

（42）A. WBS 是管理项目范围的基础，详细描述了项目所要完成的工作

　　　B. WBS 最底层的工作单元称为功能模块

　　　C. 树型结构图的 WBS 层次清晰、直观、结构性强

　　　D. 比较大的、复杂的项目一般采用列表形式的 WBS 表示

试题 10 分析

工作分解结构 WBS 一般用图形或列表形式表示。WBS 包含了项目的全部工作，包括项

目的管理工作以及实现最终产品或服务所必须进行的技术工作，也是制订进度、分配人员、分配预算的基础。

当前较常用的工作分解结构表示形式主要有以下两种：

（1）分级的树型结构，类似于组织结构图。树型结构图的 WBS 层次清晰，非常直观，结构性很强，但不是很容易修改，对于大的、复杂的项目也很难表示出项目的全景。由于其直观性，一般在一些中小型的应用项目中用得较多。大型的项目要分解为多个子项目进行统一管理，大型项目的 WBS 要首先分解为子项目，然后各子项目进一步分解出自己的 WBS；

（2）列表形式，类似于书籍的分级目录，最好是直观的缩进格式。表格能够反应出项目所有的工作要素，可是直观性较差，在一些大的、复杂的项目中，因为有些项目分解后，内容分类较多、容量较大，用缩进图表的形式表示比较方便，也可以装订成册。在项目管理工具软件中，也会采用列表形式的 WBS。

试题 10 参考答案

（42）B

试题 11（2009 年下半年试题 43）

　　（43）　是客户等项目干系人正式验收并接受已完成的项目可交付物的过程。

（43）A. 范围确认　　　　　B. 范围控制　　　　　C. 范围基准　　　　　D. 里程碑清单

试题 11 分析

范围确认（核实范围）是客户等项目干系人正式验收并接受已完成的项目可交付物的过程。核实范围包括与客户或发起人一起审查可交付成果，确保可交付成果已圆满完成，并获得客户或发起人的正式验收。核实范围与质量控制的不同之处在于，核实范围主要关注对可交付成果的验收，而质量控制则主要关注可交付成果是否正确以及是否满足质量要求。质量控制通常在核实范围之前进行，但两者也可同时进行。

在信息系统中，核实范围并不是容易的事情，它的不容易主要体现在与用户的沟通上，特别是对定制系统更是如此：项目团队倾向于让用户确认范围以尽快开始下面的工作，而用户则可能认为自己什么也没有看到，怎么可以确认呢？项目团队必须有足够的能力与用户沟通，让用户意识到，虽然核实项目范围是正式的，但这并不意味着该项目的范围就是铁板一块，不能再修改了，只是，无论是现在更改范围，还是以后更改范围，都会引起项目的时间、进度和资源上的变化。

核实范围应该贯穿项目的始终。如果是在项目的各个阶段对项目的范围进行核实工作，则还要考虑如何通过项目协调来降低项目范围改变的频率，以保证项目范围的改变是有效率和适时的。核实范围的一般步骤如下：

（1）确定需要进行范围核实的时间；

（2）识别范围核实需要哪些投入；

（3）确定范围正式被接受的标准和要素；

（4）确定范围核实会议的组织步骤；

（5）组织范围核实会议。

通常情况下，在核实范围前，项目团队需要先进行质量控制工作，例如，在核实软件项目的范围之前，需要进行系统测试等工作，以确保核实工作的顺利完成。

在每个阶段中，有必要说明最重要的活动，但没有必要过于涉及细节。除非项目干系人特别提到，而且要有详细讨论每个细节的准备。项目干系人进行核实范围时，一般需要检查以下几个方面的问题。

（1）可交付成果是否是确实的、可核实的。

（2）每个交付成果是否有明确的里程碑，里程碑是否有明确的、可辨别的事件，例如，客户的书面认可等。

（3）是否有明确的质量标准，也就是说，可交付成果的交付不但要有明确的标准标志，而且要有是否按照要求完成的标准，可交付成果和其标准之间是否有明确的联系。

（4）审核和承诺是否有清晰的表达。项目投资人必须正式地同意项目的边界，项目完成的产品或者服务，以及项目相关的可交付成果。项目团队必须清楚地了解可交付成果是什么。所有的这些表达必须清晰，并取得一致的同意。

（5）项目范围是否覆盖了需要完成的产品或者服务进行的所有活动，有没有遗漏或者错误。

（6）项目范围的风险是否太高，管理层是否能够降低可预见的风险发生时对项目的冲击。

试题 11 参考答案

（43）A

试题 12（2010 年上半年试题 41）

希赛公司最近在一家大型企业 OA 项目招标中胜出，小张被指定为该项目的项目经理。公司发布了项目章程，小张依据该章程等项目资料编制了由项目目标、可交付成果、项目边界及成本和质量测量指标等内容组成的 __(41)__ 。

（41）A．项目工作说明书   B．范围管理计划

       C．范围说明书   D．WBS

试题 12 分析

项目范围说明书（详细）应包括如下的内容。

（1）项目的目标。

（2）产品范围描述：描述了项目承诺交付的产品、服务或结果的特征，这种描述会随着项目的开展，其产品特征会逐渐细化。

（3）项目的可交付物：可交付物包括项目的产品、成果或服务，以及附属产出物例如项目管理报告和文档等。

（4）项目的边界。

（5）产品的验收标准：该标准明确界定了验收可交物的过程和原则。

（6）项目的约束条件：客户或组织发布的预算或任何强加的日期都应被包括在内。当一个项目按合同执行，合同条款通常是约束条件。

（7）项目的假定：描述并且列出了特定的与项目范围相关的假设，以及当这些假设不成立时对项目潜在的影响。

试题 12 参考答案

（41）C

试题 13（2010 年上半年试题 42）

下面关于项目范围确认描述，___（42）___ 是正确的。

（42）A. 范围确认是一项对项目范围说明书进行评审的活动

　　　　B. 范围确认活动是通常由项目组和质量管理员参与执行即可

　　　　C. 范围确认过程中可能会产生变更申请

　　　　D. 范围确认属于一项质量控制活动

试题 13 分析

项目范围确认应该贯穿项目的始终。范围确认与质量控制不同，范围确认是有关工作结果的接受问题，而质量控制是有关工作结果正确与否，质量控制一般在范围确认之前完成，当然也可以并行进行。

范围确认的输出有：

（1）可接受的项目可交付物和工作；

（2）变更申请：范围确认过程中产生的变更申请，一般包括对缺陷的修复要求。变更申请要经过整体变更控制过程来加以控制；

（3）更新的 WBS 和 WBS 字典。

试题 13 参考答案

（42）C

试题 14（2010 年下半年试题 7）

在软件需求规格说明书中，有一个需求项的描述为："探针应以最快的速度响应气压值的变化"。该需求项存在的主要问题是不具有 ___（7）___ 。

（7）A．可验证性   B．可信性   C．兼容性   D．一致性

试题 14 分析

"探针应以最快的速度响应气压值的变化"不具有可验证性，因为"最快"究竟是多快需要根据场合和环境而定。

试题 14 参考答案

（7）A

试题 15（2010 年下半年试题 41）

围绕创建工作分解结构，关于下表的判断正确的是 ___（41）___ 。

编号	任务名称
1.	项目范围规划
1.1	确定项目范围
1.2	获得项目所需资金
1.3	定义预备资源
1.4	获得核心资源
1.5	项目范围规划完成
2.	分析软件需求

（41）A．该表只是一个文件的目录，不能作为 WBS 的表示形式

  B．该表如果再往下继续分解才能作为 WBS

  C．该表是一个列表形式的 WBS

  D．该表是一个树形的 OBS

试题 15 分析

显然，这是一个列表形式的 WBS。

试题 15 参考答案

（41）C

试题 16（2010 年下半年试题 42）

在项目验收时，建设方代表要对项目范围进行确认。下列围绕范围确认的叙述正确的是___（42）___。

（42）A．范围确认是确定交付物是否齐全，确认齐全后再进行质量验收

　　　　B．范围确认时，承建方要向建设方提交项目成果文件如竣工图纸等

　　　　C．范围确认只能在系统终验时进行

　　　　D．范围确认和检查不同，不会用到诸如审查、产品评审、审计和走查等方法

试题 16 分析

范围确认的主要工具是检查。检查包括诸如测量、测试和验证以确定工作和可交付物是否满足要求和产品的验收标准。检查有时被称为审查、产品评审、审计和走查。在一些应用领域中，这些不同的条款有其具体的、特定的含意。

确认项目范围时，项目管理团队必须向客户方出示能够明确说明项目（或项目阶段）成果的文件，如项目管理文件（计划、控制、沟通等）、需求说明书、技术文件、竣工图纸等。当然，提交的验收文件应该是客户已经认可了的这个项目产品或某个阶段的文件，他们必须为完成这项工作准备条件、做出努力。

范围确认完成时，同时应当对确认中调整的 WBS 及 WBS 字典进行更新。

试题 16 参考答案

（42）B

试题 17（2010 年下半年试题 43）

在项目结项后的项目审计中，审计人员要求项目经理提交___（43）___作为该项目的范围确认证据。

（43）A．系统的终验报告　　　　　　　B．该项目的第三方测试报告

　　　　C．项目的监理报告　　　　　　　D．该项目的项目总结报告

试题 17 分析

符合验收标准的可交付成果应该由客户或发起人正式签字批准。应该从客户或发起人那里获得正式文件，证明干系人对项目可交付成果的正式验收。这些文件将提交给结束项目或阶段过程。在项目结项后的项目审计中，审计人员要求项目经理提交系统的终验报告作为该项目的范围确认证据。

试题 17 参考答案

（43）A

第 10 章　项目时间管理

根据考试大纲，本章主要考查以下知识点。

（1）项目时间管理的相关概念：项目时间管理的含义和作用、项目时间管理的主要活动和过程。

（2）定义活动：定义活动与工作分解结构的关系；里程碑；定义活动所采用的工具与技术；定义活动的输入/输出。

（3）排列活动顺序：排列活动顺序采用的技术个工具；排列活动顺序的输入/输出。

（4）估算活动资源：估算活动资源所遵循的基本原则；估算活动资源所采用的主要方法和技术（专家判断、按活动自底向上的估算）；估算活动资源所采用的工具；估算活动资源的输入/输出。

（5）估算活动持续时间：估算活动持续时间的内涵；估算活动持续时间所采用的主要工具与技术（专家判断、类比估算、基于定量的持续时间、持续时间的三点估算、最大活动持续时间）估算活动持续时间的输入/输出。

（6）制定进度计划：制定进度计划工作所包括的主要内容；制定进度计划工作的主要约束条件；进度计划编制所采用的主要工具与技术（关键路法、计划评审技术、持续时间压缩技术）；进度编制计划的输入/输出。

（7）控制项目进度：控制项目进度的概念、主要活动和步骤；控制项目进度的工具与技术；控制项目进度的输入/输出。

试题 1（2009 年上半年试题 24）

在项目某阶段的实施过程中，A 活动需要 2 天 2 人完成，B 活动需要 2 天 2 人完成，C 活动需要 5 天 4 人完成，D 活动需要 3 天 2 人完成，E 活动需要 1 天 1 人完成，该阶段的时标网络图如图 10-1 所示。该项目组共有 8 人，而负责 A、E 活动的人因另有安排，无法帮助其他人完成相应工作，且项目整个工期刻不容缓。以下　(24)　安排是恰当的，能够使实施任务顺利完成。

（24）A．B 活动提前两天开始　　　　　　　B．B 活动推迟两天开始

　　　　C．D 活动提前两天开始　　　　　　　D．D 活动推迟两天开始

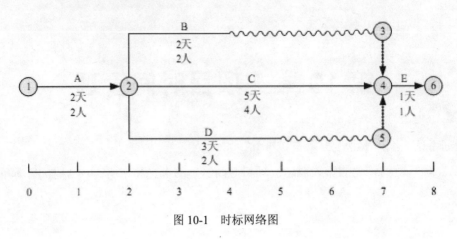

图 10-1 时标网络图

试题 1 分析

假定负责 A 活动的 2 人，其中有 1 个人可以实施 E 活动。这 2 个人另有安排，无法帮助其他人完成相应工作，且项目整个工期刻不容缓。那么项目组还剩下 6 个人，B 活动有 3 天的浮动时间，D 活动有 2 天的浮动时间，C 活动为关键路径没有浮动时间，人力资源也不能释放。因此，D 活动推迟 2 天开始，等 B 活动在项目的第 3 天、第 4 天完成，释放出 2 人之后，D 活动利用该 2 人完成。或者 B 活动推迟 3 天开始，等 D 活动完成，释放出 2 人之后，活动 B 利用该 2 人完成。

试题 1 参考答案

（24）D

试题 2（2009 年上半年试题 25）

德尔菲法区别于其他专家预测法的明显特点是 __（25）__ 。

（25）A. 引入了权重参数　　　　　　　　　B. 多次有控制的反馈

　　　 C. 专家之间互相取长补短　　　　　　D. 至少经过 4 轮预测

试题 2 分析

德尔菲法是专家们就某一主题（例如，资源估算、时间估算、风险识别）达成一致意见的一种方法。该法需要确定项目风险专家，但是他们匿名参加会议。协调员使用问卷征求重要项目风险方面的意见。然后将意见结果反馈给每一位专家，以便进行进一步的讨论。这个过程经过几个回合，就可以在主要的项目风险上达成一致意见。

此方法的缺点是专家无法利用其他参加者的估算值来调整自己的估算值。宽带德尔菲法技术克服了这个缺点。在专家正式将估算值填入表格之前，由组织者召集小组会议，专家们与组织者一起对估算问题进行讨论，然后专家们进行无记名填表。组织者对各位专家在表中填写的估算值进行综合和分类后，再召集会议，请专家们对其估算值有很大变动之处进行讨论，请专家们重新无记名填表。这样适当重复几次，得到比较准确的估计值。由于增加了协商的机会，集思广益，使得估算值更趋于合理。

总地来说，德尔菲法的不足之处是易受专家主观意识和思维局限影响，而且在技术上，征询表的设计对预测结果的影响较大。但德尔菲法对减少数据中人为的偏见、防止任何人对结果不适当地产生过大的影响尤其有用。

试题 2 参考答案

（25）B

试题 3（2009 年上半年试题 26）

某项目计划从 2008 年 12 月 5 日开始进行首批交付的产品测试工作,估算工作量为 8（人）×10（天），误差为 2 天，则以下　(26)　理解正确（天指工作日）。

（26）A．表示活动至少需要 8 人天，最多不超过 10 人天

　　　B．表示活动至少需要 8 天，最多不超过 12 天

　　　C．表示活动至少需要 64 人天，最多不超过 112 人天

　　　D．表示活动至少需要 64 天，最多不超过 112 天

试题 3 分析

该产品测试工作需要的工作量为：8 人工作 10 天，为 80 人天。产品测试工作的持续时间为 10 加、减 2 天。因此该产品测试工作的持续时间在 8~12 天之内。

试题 3 参考答案

（26）B

试题 4（2009 年上半年试题 27）

某项目完成估计需要 12 个月。在进一步分析后认为最少将花 8 个月，最糟糕的情况下将花 28 个月。那么，这个估计的 PERT 值是　(27)　个月。

（27）A．9　　　　　　B．11　　　　　　C．13　　　　　　D．14

试题 4 分析

根据公式：PERT 估算的活动持续时间均值 ＝(悲观估计值+4×最可能估计值+乐观估计值)/6

估计该项目完成的时间为(8+4×12+28)/6=14个月。

试题 4 参考答案

（27）D

试题 5（2009 年上半年试题 28）

在项目进度控制中，__(28)__ 不适合用于缩短活动工期。

（28）A．准确确定项目进度的当前状态　　　　B．投入更多的资源

　　　　C．改进技术　　　　　　　　　　　　D．缩减活动范围

试题 5 分析

项目进度控制是监控项目的状态以便采取相应措施以及管理进度变更的过程。当项目的实际进度滞后于计划进度时，首先发现问题、分析问题根源并找出妥善的解决办法。通常可用以下一些方法缩短话动的工期：

（1）投入更多的资源以加速活动进程；

（2）指派经验更丰富的人去完成或帮助完成项目工作；

（3）减小活动范围或降低活动要求；

（4）通过改进方法或技术提高生产效率。

而准确确定项目进度的当前状态是项目进度控制关注的内容之一，不适合用于缩短活动工期。

试题 5 参考答案

（28）A

试题 6（2009 年上半年试题 36）

如果项目受资源限制，往往需要项目经理进行资源平衡。但当 __(36)__ 时，不宜进行资源平衡。

（36）A．项目在时间上有一定的灵活性　　　　B．项目团队成员一专多能

　　　　C．项目在成本上有一定的灵活性　　　　D．项目团队处理应急风险

试题 6 分析

资源平衡是制定进度计划时，科学利用资源的一种方法。

例如通过利用活动的浮动时间等进行科学的进度安排，以尽量使用一个稳定的团队来完成所有的项目任务，尽量使人力资源的工作负载安排在合理的、均衡的范围内。

如果项目在成本上有一定的灵活性，或者项目团队成员一专多能，都会有助于资源平衡。

对未预计到的风险，首先使用权变措施来应急，此时首要的任务是处理应急风险而不是资源平衡。

试题 6 参考答案

（36）D

试题 7（2009 年下半年试题 35）

不属于活动资源估算输出的是　(35)　。

（35）A．活动属性　　　　B．资源分解结构　　　C．请求的变更　　　　D．活动清单

试题 7 分析

活动资源估算的输出包括活动资源要求、活动属性、资源分解结构、资源日历和请求的变更。活动清单属于活动资源估算的输入。

试题 7 参考答案

（35）D

试题 8（2009 年下半年试题 36）

某项目中有两个活动单元：活动一和活动二，其中活动一开始后活动二才能开始。能正确表示这两个活动之间依赖关系的前导图是　(36)　。

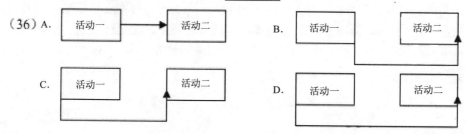

试题 8 分析

前导图法（Precedence Diagramming Method，PDM）也称为单代号网络图法（Active on the Node，AON），即一种用方格或矩形（节点）表示活动，并用表示依赖关系的箭线将节点连接起来的一种项目网络图的绘制法。在 PDM 中，每项活动有唯一的活动号，每项活动

都注明了预计工期。每个节点的活动有最早开始时间（ES）、最迟开始时间（LS）、最早结束时间（EF）和最迟结束时间（LF）。

PDM包括四种依赖关系或先后关系。

（1）完成对开始（FS）：后一活动的开始要等到前一活动的完成。

（2）完成对完成（FF）：后一活动的完成要等到前一活动的完成。

（3）开始对开始（SS）：后一活动的开始要等到前一活动的开始。

（4）开始对完成（SF）：后一活动的完成要等到前一活动的开始。

以上4种关系的表示如图10-2所示。

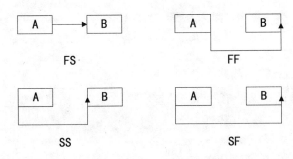

图10-2 活动依赖关系图

在PDM图中，FS是最常用的逻辑关系类型。SF关系很少用，通常仅有专门制订进度的工程师才使用。

试题8参考答案

（36）C

试题9（2009年下半年试题37~38）

A公司的某项目即将开始，项目经理估计该项目10天即可完成，如果出现问题耽搁了也不会超过20天完成，最快6天即可完成。根据项目持续时间估计中的三点估算法，你认为该项目的持续时间为___（37）___，该项目持续时间的估算方差为___（38）___。

（37）A. 10天　　　　B. 11天　　　　C. 12天　　　　D. 13天

（38）A. 2.1天　　　　B. 2.2天　　　　C. 2.3天　　　　D. 2.4天

试题9分析

三点估算法如下：

活动的持续时间 =（最乐观持续时间+4×最可能持续时间+最悲观持续时间）/6 =（6+10×4+20)/6 = 66/6 = 11。

活动持续时间方差 ＝（最悲观持续时间-最乐观持续时间）/6 ＝(20-6)/6 ＝ 2.3。

试题 9 参考答案

（37）B　　　（38）C

试题 10（2009 年下半年试题 56）

对 10-3 所示的箭线图，理解正确的是 ___（56）___ 。

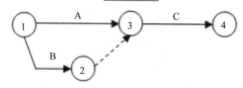

图 10-3　箭线图

（56）A．活动 A 和 B 可以同时进行；只有活动 A 和 B 都完成后，活动 C 才开始

　　　B．活动 A 先于活动 B 进行；只有活动 A 和 B 都完成后，活动 C 才开始

　　　C．活动 A 和 B 可以同时进行；A 完成后 C 即可开始

　　　D．活动 A 先于活动 B 进行；A 完成后 C 即可开始

试题 10 分析

箭线图法是用箭线表示活动、节点表示事件的一种网络图绘制方法，它有 3 个基本原则：

（1）网络图中每个事件必须有唯一的代号；

（2）任两项活动的紧前事件和紧随事件代号至少有一个不相同，节点代号沿箭线方向越来越大；

（3）流入（流出）同一节点的活动，均有共同的后继活动（或前序活动）。

为了绘图的方便，人们引入了一种额外、特殊的活动，即虚活动。它不消耗时间，在网络图中由一个虚箭线表示，如图 10-3 中的虚线。

在图 10-3 中，活动 A 和 B 可以同时进行；只有活动 A 和 B 都完成后，活动 C 才能开始。

试题 10 参考答案

（56）A

试题 11（2009 年下半年试题 59）

某软件项目已经到了测试阶段，但是由于用户订购的硬件设备没有到货而不能实施测试。这种测试活动与硬件之间的依赖关系属于__(59)__。

(59) A. 强制性依赖关系　　　　　　　B. 直接依赖关系

　　　C. 内部依赖关系　　　　　　　　D. 外部依赖关系

试题 11 分析

活动之间的先后顺序称为依赖关系，依赖关系包括工艺关系和组织关系。在项目时间管理中，通常使用3种依赖关系来进行排列活动顺序，分别是强制性依赖关系、可自由处理的依赖关系和外部依赖关系。

（1）强制性依赖关系。也称为硬逻辑关系、工艺关系。这是活动固有的依赖关系，这种关系是活动之间本身存在的、无法改变的逻辑关系。

（2）可自由处理的依赖关系。也称为软逻辑关系、组织关系、首选逻辑关系、优先逻辑关系。这是人为组织确定的一种先后关系，例如，可以是项目管理团队确定的一种关系。

（3）外部依赖关系。这种关系涉及项目与非项目活动之间的关系。例如，软件项目测试活动的进度可能取决于来自外部的硬件是否到货。

试题 11 参考答案

（59）D

试题 12（2010 年上半年试题 33）

在项目实施过程中，项目经理通过项目周报中的项目进度分析图表发现机房施工进度有延期风险。项目经理立即组织相关人员进行分析，下达了关于改进措施的书面指令。该指令属于__(33)__。

(33) A. 检查措施　　　　　　　　　B. 缺陷补救措施

　　　C. 预防措施　　　　　　　　　D. 纠正措施

试题 12 分析

"项目经理通过项目周报中的项目进度分析图表发现机房施工进度有延期风险"，这说明进度延期还未成为事实，项目经理此时组织相关人员进行分析，这属于预防措施。

试题 12 参考答案

（33）C

试题 13（2010 年上半年试题 34）

在项目管理中，采取__(34)__方法，对项目进度计划实施进行全过程监督和控制是经济和合理的。

　　（34）A．会议评审和 MONTE CARLO 分析　　　B．项目月报和旁站

　　　　　　C．进度报告和旁站　　　　　　　　　D．挣值管理和会议评审

试题 13 分析

　　在项目管理中，采取挣值管理和会议评审方法，对项目进度计划实施进行全过程监督和控制是经济和合理的。

　　旁站是信息系统工程监理的一种方法，MONTE CARLO（蒙特卡洛）分析是风险分析的一种方法。

试题 13 参考答案

　　（34）D

试题 14（2010 年上半年试题 36）

　　项目经理对某软件需求分析活动持续时间估算的结果是：该活动用时 2 周（假定每周工作时间是 5 天）。随后对其进行后备分析，确定的增加时间是 2 天。以下针对该项目后备分析结果的叙述中，___（36）___是不正确的。

　　（36）A．增加软件需求分析的应急时间 2 天

　　　　　　B．增加软件需求分析的缓冲时间是该活动持续时间的 20%

　　　　　　C．增加软件需求分析的时间储备是 20%

　　　　　　D．增加软件需求分析持续时间标准差是 2 天

试题 14 分析

　　项目团队可以在总的项目进度表中以应急时间、时间储备或缓冲时间为名称增加一些时间，这种做法是承认进度风险的表现。应急时间可取活动持续时间估算值的某一百分比，或某一固定长短的时间，或根据定量风险分析的结果确定。应急时间可能全部用完，也可能只使用一部分，还可能随着项目更准确的信息增加和积累而到后来减少或取消。这样的应急时间应当连同其他有关的数据和假设一起形成文件。

试题 14 参考答案

　　（36）D

试题 15（2010 年上半年试题 37）

　　在工程网络计划中，工作 M 的最早开始时间为第 16 天，其持续时间为 5 天。该工作有

三项紧后工作，它们的最早开始时间分别为第 25 天、第 27 天和第 30 天，最迟开始时间分别为第 28 天、第 29 天和第 30 天。则工作 M 的总时差为 __(37)__ 天。

(37) A. 5   B. 6   C. 7   D. 9

试题 15 分析

一般来说，不在关键路径上的活动时间的缩短，不能缩短整个工期。而不在关键路径上的活动时间的延长，可能导致关键路径的变化，因此可能影响整个工期。

活动的总时差是指在不延误总工期的前提下，该活动的机动时间。活动的总时差等于该活动最迟完成时间与最早完成时间之差，或该活动最迟开始时间与最早开始时间之差。

活动的自由时差是指在不影响紧后活动的最早开始时间前提下，该活动的机动时间。活动自由时差的计算应按以下两种情况分别考虑：

（1）对于有紧后活动的活动，其自由时差等于所有紧后活动最早开始时间减本活动最早完成时间所得之差的最小值。例如，假设活动 A 的最早完成时间为 4，活动 A 有 2 项紧后活动，其最早开始时间分别为 5 和 7，则 A 的自由时差为 1；

（2）对于没有紧后活动的活动，也就是以网络计划终点节点为完成节点的活动，其自由时差等于计划工期与本活动最早完成时间之差。

需要指出的是，对于网络计划中以终点节点为完成节点的活动，其自由时差与总时差相等。此外，由于活动的自由时差是其总时差的构成部分，所以，当活动的总时差为零时，其自由时差必然为零，可不必进行专门计算。

在本题中，M 的最早完成时间 EF=21；然后关键在于求 M 的 LF；注意 M 有三项紧后工作，那么 M 的最迟完成时间 LF=MIN（紧后工作的 LS）=28，从而 M 的总时差 =LF=EF=28-21=7 天。

试题 15 参考答案

(37) C

试题 16（2010 年上半年试题 38）

以下关于关键路径的叙述，__(38)__ 是不正确的。

(38) A. 如果关键路径中的一个活动延迟，将会影响整个项目计划

     B. 关键路径包括所有项目进度控制点

     C. 如果有两个或两个以上的路径长度一样，就有可能存在多个关键路径

     D. 关键路径可随项目的进展而改变

试题 16 分析

关键路径法是在制定进度计划时使用的一种进度网络分析技术。关键路径法沿着项目进度网络图的路线进行正向和反向分析，从而计算出所有计划活动理论上的最早开始与完成时间、最迟开始与完成时间，不考虑任何资源限制。由此计算出来的最早开始与完成时间、最晚开始与完成时间不一定是最终的项目进度计划，它们仅仅指明计划活动在给定的活动持续时间、逻辑关系、时间提前与滞后量，以及其他已知约束条件下应当安排时间段的长短。

关键路径不会随项目的进展而改变，除非改变关键活动的持续时间或其他条件。

试题 16 参考答案

（38）D

试题 17（2010 年上半年试题 39）

在软件开发项目实施过程中，由于进度需要，有时要采取快速跟进措施。　(39)　属于快速跟进范畴。

（39）A．压缩需求分析工作周期

　　　B．设计图纸全部完成前就开始现场施工准备工作

　　　C．使用最好的工程师，加班加点尽快完成需求分析说明书编制工作

　　　D．同其他项目协调好关系以减少行政管理的摩擦

试题 17 分析

所谓进度压缩，是指在不改变项目范围的条件下缩短项目进度的途径。常用的进度压缩的技术有赶工、快速跟进等。进度压缩的方法有加强控制、资源优化（增加资源数量）、提高资源利用率（提高资源质量）、改变工艺或流程、加强沟通、加班、外包、缩小范围等。

赶工是一种通过分配更多的资源，达到以成本的最低增加进行最大限度的进度压缩的目的，赶工不改变活动之间的顺序；快速跟进也称为快速追踪，是指并行或重叠执行原来计划串行执行的活动。快速跟进会改变工作网络图原来的顺序。

在软件工程项目中必须处理好进度与质量之间的关系。在软件开发实践中常常会遇到这样的事情，当任务未能按计划完成时，只好设法加快进度赶上去。但事实证明，在进度压力下赶任务，其成果往往是以牺牲产品质量为代价的。因此，当某一开发项目的进度有可能延期时，应该分析延期原因，加以补救；不应该盲目地投入新的人员或推迟预定完成日期，增加资源有可能导致产生额外的问题并且降低效率。Brooks 曾指出：为延期的软件项目增加人员将可能使其进度更慢。

试题 17 参考答案

（39）B

试题 18（2010 年上半年试题 40）

某软件开发项目的实际进度已经大幅滞后于计划进度，__（40）__能够较为有效地缩短活动工期。

（40）A. 请经验丰富的老程序员进行技术指导或协助完成工作

　　　 B. 要求项目组成员每天加班 2～3 个小时进行赶工

　　　 C. 招聘一批新的程序员到项目组中

　　　 D. 购买最新版本的软件开发工具

试题 18 分析

进度已大幅滞后于计划进度，这时最好的方式之一就是增派经验丰富的老程序员进行技术指导或协助完成工作，选项 B 不能有效缩短工期，即使每天加班 2～3 个小时进行赶工，仍有可能效率不高，增加了工作时间反而有可能导致工作效率低下。对于选项 C 新加程序员，需要一段时间适应，短期内也很难有效地缩短活动工期，而且可能导致其他问题的产生。例如，管理成本上升、沟通问题等。选项 D "购买最新版本的软件开发工具"显然不正确。

试题 18 参考答案

（33）A

试题 19（2010 年下半年试题 35-36）

某工程建设项目中各工序持续时间如表 10-1 所示，则本项目最快完成时间为__（35）__周。同时，通过__（36）__可以缩短项目工期。

表 10-1　某工程建设项目各工序持续时间

工序名称	紧前工序	持续时间（周）
A	—	1
B	A	2
C	A	3
D	B	2
E	B	2
F	C、D	4

（续表）

工序名称	紧前工序	持续时间（周）
G	E	4
H	B	5
I	G、H	4
J	F	3

（35）A．7　　　　　　　B．9　　　　　　　C．12　　　　　　D．13

①压缩 B 工序时间　　②压缩 H 工序时间　　③同时开展 H 工序与 A 工序

④压缩 F 工序时间　　⑤压缩 G 工序时间

（36）A．①⑤　　　　B．①③　　　　C．②⑤　　　　D．③④

试题 19 分析

根据表 10-1 绘制的时标网络图如图 10-4 所示。

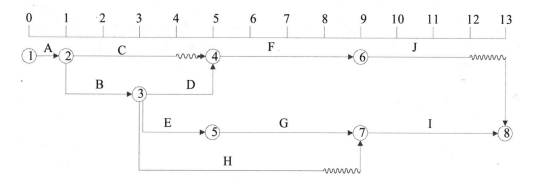

图 10-4　表 10-1 对应的时标网络图

由图 10-4 可知，本项目最快完成时间为 13 周。关键路径为 ABEGI，因此压缩 B、G 工序可以缩短项目工期。

试题 19 参考答案

（35）D　　　　　（36）A

试题 20（2010 年下半年试题 37）

某项目有五个独立的子项目，小张和小李各自独立完成项目所需的时间如表 10-2 所示。

表 10-1　项目所需的时间表（单位：天）

	小张	小李
甲	6	5
乙	4	8
丙	—	7
丁	4	2
戊	3	2

则如下四种安排中 ___(37)___ 的工期最短。

（37）A．小张做甲和乙，小李做丙、丁和戊　　B．小张做乙，小李做甲、丙、丁和戊

　　　　C．小张做乙、丁和戊，小李做甲和丙　　D．小张做甲、乙和丁，小李做丙和戊

试题 20 分析

既然是五个独立的子项目，就说明这五个子项目之间不存在时序先后关系，因此，只要计算最短的时间即可。

选项 A：小张做甲和乙需要 10 天，小李做丙、丁和戊需要 11 天，整个工期为 11 天。

选项 B：小张做乙需要 4 天，小李做甲、丙、丁和戊需要 16 天，整个工期为 16 天。

选项 C：小张做乙、丁和戊需要 11 天，小李做甲和丙需要 12 天，整个工期为 12 天。

选项 D：小张做甲、乙和丁需要 14 天，小李做丙和戊需要 9 天，整个工期为 14 天。

试题 20 参考答案

（37）A

试题 21（2010 年下半年试题 38）

某项目经理在对项目持续时间进行估算时，认为正常情况下完成项目需要 42 天，同时也分析了影响项目工期的因素，认为最快可以在 35 天内完成工作，而在最不利的条件下则需要 55 天完成任务。采用三点估算得到的工期是 ___(38)___ 天。

（38）A．42　　　　　B．43　　　　　C．44　　　　　D．55

试题 21 分析

根据三点估算法，(35+4×42+55)/6=43 天。

试题 21 参考答案

（38）B

试题 22（2010 年下半年试题 40）

　　某公司接到一栋大楼的布线任务，经过分析决定将大楼的四层布线任务分别交给甲、乙、丙、丁四个项目经理，每人负责一层布线任务，每层面积为 10000 平方米。布线任务由同一个施工队施工，该工程队有 5 个施工组。甲经过测算，预计每个施工组每天可以铺设完成 200 平方米，于是估计任务完成时间为 10 天，甲带领施工队最终经过 14 天完成任务；乙在施工前咨询了工程队中有经验的成员，经过分析之后估算时间为 12 天，乙带领施工队最终经过 13 天完成；丙参考了甲、乙施工时的情况，估算施工时间为 15 天，丙最终用了 21 天完成任务；丁将前三个施工队的工期代入三点估算公式计算得到估计值为 15 天，最终丁带领施工队用了 15 天完成任务。以下说法正确的是　(40)　。

　　(40) A. 甲采用的是参数估算法，参数估计不准确导致实际工期与预期有较大偏差

　　　　　B. 乙采用的是专家判断法，实际工期偏差只有 1 天与专家的经验有很大关系

　　　　　C. 丙采用的是类比估算法，由于此类工程不适合采用该方法，因此偏差最大

　　　　　D. 丁采用的是三点估算法，工期零偏差是因为该方法是估算工期的最佳方法

试题 22 分析

　　参数估算用欲完成工作的数量乘以生产率作为估算活动持续时间的量化依据。例如，将图纸数量乘以每张图纸所需的人时数估算设计项目中的生产率；将电缆的长度（米）乘以安装每米电缆所需的人时数得到电缆安装项目的生产率。用计划的资源数目乘以每班次需要的工时或生产能力再除以可投入的资源数目即可确定各工作班次的持续时间。例如，每班次的持续时间为 5 天，计划投入的资源为 4 人，而可以投入的资源为 2 人，则每班次的持续时间为 10 天（4*5/2=10）。

　　由于影响活动持续时间的因素太多，如资源的水平或生产率，所以常常难以估算。只要有可能，就可以利用以历史信息为根据的专家判断。各位项目团队成员也可以提供持续时间估算的信息，或根据以前的类似项目提出有关最长持续时间的建议。如果无法请到这种专家，则持续时间估计中的不确定性和风险就会增加。

　　类比估算就是以从前类似计划活动的实际持续时间为根据，估算将来的计划活动的持续时间。当有关项目的详细信息数量有限时，如在项目的早期阶段就经常使用这种办法估算项目的持续时间。类比估算利用历史信息和专家判断。 当以前的活动事实上而不仅仅是表面上类似，而且准备这种估算的项目团队成员具备必要的专业知识时，类比估算最可靠。

　　考虑原有估算中风险的大小，可以提高活动持续时间估算的准确性。三点估算就是在确定三种估算的基础上做出的。活动持续时间估算可以通过三个估算的平均值来确定，该平均估算值是比单一点的、最可能的估算值更为准确的活动持续时间估算值。

试题 22 参考答案

　　(40) B

第 11 章　项目成本管理

根据考试大纲，本章主要考查以下知识点。

（1）项目成本管理概念及相关术语：成本与成本管理的主要概念（项目成本概念及其构成、项目成本管理的概念、项目成本管理概念的作用、项目成本管理概念的意义、项目成本失控的原因、项目成本管理的过程）；相关术语（全生命周期成本、可变成本、固定成本、直接成本、间接成本、管理储备、成本基准）；制定项目成本管理计划。

（2）估算项目成本：估算项目成本的主要相关因素；估算项目成本的主要步骤（识别并分析项目成本的构成科目，估算每一成本科目的成本大小，分析估算成本结果，协调各种成本之间的比例关系）；估算项目成本所采用的工具与技术（类比估算法、自项向下估算法、自底向上估算法、参数模型法）；估算项目成本的输入/输出。

（3）制定项目成本预算：制定项目成本预算及作用；制定项目成本预算的步骤（将项目总成本分摊到项目工作分解结构的各个工作包、将各个工作包成本再分配到该工作包所包含的各项活动上、确定各项成本预算支出的时间计划及制定项目成本预算计划）；制定项目成本预算的工具与技术（类比估算法、自顶向下估算法、自底向上估算法、参数模型法）；制定项目成本预算的输入/输出。

（4）控制项目成本：控制项目成本的主要内容；控制项目成本所采用的技术和工具；挣值管理（挣值管理的概念、挣值管理的计算方法、利用挣值计算结果进行整体控制）；控制项目成本的输入/输出。

试题 1（2009 年上半年试题 51）

在项目实施中间的某次周例会上，项目经理小王用表 11-1 向大家通报了目前的进度。根据这个表格，目前项目的进度___(51)___。

表 11-1　项目表格

活动	计划值	完成百分比	实际成本
基础设计	20,000 元	90%	10,000 元
详细设计	50,000 元	90%	60,000 元
测试	30,000 元	100%	40,000 元

（51）A. 提前于计划 7%　　　　　　　B. 落后于计划 18%

　　　 C. 落后于计划 7%　　　　　　　D. 落后于计划 7.5%

试题 1 分析

挣值分析的原理适用于任何行业的任何项目，它针对每个工作包和控制账户，计算并监测以下 3 个关键指标。

（1）计划价值。计划价值（Planned Value，PV）是为某活动（或 WBS 组成部分）的预定工作进度而分配且经批准的预算。计划价值应该与经批准的特定工作内容相对应，是项目生命周期中按时段分配的这部分工作的预算。PV 的总和有时被称为绩效测量基准（Performance Measurement Baseline，PMB）。项目的总计划价值又被称为完工预算（Budget At Completion，BAC）。

（2）挣值。挣值（Earned Value，EV）是项目活动（或 WBS 组成部分）的已完成工作的价值，用分配给该工作的预算来表示。挣值应该与已完成的工作内容相对应，是该部分已完成工作的经批准的预算。EV 的计算必须与 PMB 相对应，且所得的 EV 值不得大于相应活动（或 WBS 组成部分）的 PV 预算值。EV 这个词常用来描述项目的完工百分比。项目管理团队应该为每个 WBS 的组成部分制定进展测量准则，用于考核正在实施的工作。既要监测 EV 的增量，以判断当前的状态；又要监测 EV 的累计值，以判断长期的绩效趋势。

（3）实际成本。实际成本（Actual Cost，AC）是为完成活动（或 WBS 组成部分）的工作，而实际发生并记录在案的总成本。它是为完成与 EV 相对应的工作而发生的总成本。AC 的计算口径必须与 PV 和 EV 的计算口径保持一致（例如，都只计算直接工时数，或者都只计算直接成本，或都计算包含间接成本在内的全部成本）。AC 没有上限，为实现 EV 所花费的任何成本都要计算进去。

在以上 3 个指标值计算出来后，还需要监测实际绩效与基准之间的偏差，这种偏差主要体现在进度和成本上。

（1）进度偏差。进度偏差（Schedule Variance，SV）是项目进度绩效的一种指标，计算方法是 SV=EV−PV。SV 可用来表明项目是否落后于基准进度。当 SV>0 时，表示进度提前；当 SV<0 时，表示进度延误；当 SV=0 时，表示实际进度与计划进度一致。由于当项目完工时，全部的计划价值都将实现（即成为挣值），所以 SV 最终将等于零。

（2）成本偏差。成本偏差（Cost Variance，CV）是项目成本绩效的一种指标，计算方法是 CV=EV−AC。项目结束时的 CV，就是 BAC 与实际总成本之间的差值。由于 CV 指明了实际绩效与成本支出之间的关系，所以非常重要。当 CV<0 时，表示成本超支；当 CV>0 时，表示成本结余；当 CV=0 时，表示实际消耗成本等于预算值。

还可以将 SV 和 CV 转化为效率指标，以便将项目的成本和进度绩效与任何其他项目做比较，或在同一项目组合内的各项目之间进行比较。偏差和指数都能说明项目的状态，并为预测项目成本与进度结果提供依据。

（1）进度绩效指数。进度绩效指数（Schedule Performance Index，SPI）是比较项目已完成进度与计划进度的一种指标，计算方法是 SPI = EV/PV。当 SPI<1.0 时，说明已完成的工作量未达到计划要求；当 SPI >1.0 时，则说明已完成的工作量超过计划。由于 SPI 测量的是项目总工作量，所以还需要对关键路径上的绩效进行单独分析，以确认项目是否将比计划完成日期提早或延迟完工。

（2）成本绩效指数。成本绩效指数（Cost Performance Index，CPI）是比较已完成工作的价值与实际成本的一种指标，计算方法是 CPI = EV/AC。当 CPI<1.0 时，说明已完成工作的成本超支；当 CPI>1.0 时，则说明到目前为止成本有结余。

在本题中，项目的挣值 EV、PV 及 SPI 计算如下：

EV = 20000×90%+50000×90%+30000×100% = 93000 元。

PV = 20000+50000+30000 = 100000 元。

SPI = EV/PV = 93000/100000 = 93%。

落后于进度计划：1-93% = 7%。

试题 1 参考答案

（51）C

试题 2（2009 年下半年试题 44）

某项目经理正在负责某政府的一个大项目，采用自下而上的估算方法进行成本估算，一般而言，项目经理首先应该 ___(44)___ 。

（44）A．确定一种计算机化的工具，帮助其实现这个过程

　　　 B．利用以前的项目成本估算来帮助其实现

　　　 C．识别并估算每一个工作包或细节最详细的活动成本

　　　 D．向这个方向的专家咨询，并将他们的建议作为估算基础

试题 2 分析

编制项目成本估算需要进行三个主要步骤。

（1）识别并分析成本的构成科目。该部分的主要工作就是确定完成项目活动需要物质资源（人、设备、材料）的种类。制作项目成本构成科目后，会形成资源需求和会计科目表，说明工作分解结构中各组成部分需要资源的类型和所需的数量。这些资源将通过企业内部分派或采购得到。会计科目表对项目成本（如人工、日常用品、材料）进行监控的任何编码系统。项目会计科目表通常基于所在组织的会计科目表。项目会计科目表的分类有可能在项目团队以外（财务或会计部门）完成。

（2）根据已识别的项目成本构成科目，估算每一科目的成本大小。根据上面形成的资源需求，考虑项目需要的所有资源的成本。估算可以用货币单位表示，也可用工时、人月、人天、人年等其他单位表示。有时候，同样技能的资源来源不同，其对项目成本的影响也不同。例如：建筑项目队伍需要熟悉当地的建筑法规。这类知识通常可以通过使用当地人而基本不付任何代价来获取。然而，如果当地缺乏特殊的或具有专门施工技术和经验的人力资源，

则支付报酬聘请一位咨询人员可能是了解当地建筑法规最有效的方式。估算时还需要考虑通货膨胀以及货币的时间效应等。

（3）分析成本估算结果，找出各种可以相互替代的成本，协调各种成本之间的比例关系。计划的最终作用是要优化管理，所以在通过对每一成本科目进行估算而形成的总成本上，应对各种成本进行比例协调，找出可行的低成本的替代方案，尽可能地降低项目估算的总成本。例如原拟租赁设备使用时间较长且可以用于其他项目团队时，可以通过公司固定资产采购并将折旧分摊到多个项目团队来降低本项目团队的成本；非关键岗位上，可以用技能级别较低的人员来替代技能级别较高的人员，从而降低人员成本。在这个步骤通常和项目优化结合起来考虑，常见的优化方法有：工期优化、费用优化和资源优化三种。工期优化参见本书第 10 章项目时间管理部分。资源优化可参见本书第 13 章项目人力资源管理。无论如何降低项目的成本估算值，项目的应急储备和管理储备都不应被裁减。

试题 2 参考答案

（44）C

试题 3（2009 年下半年试题 45）

企业的保安费用对于项目而言属于　（45）　。

（45）A．可变成本　　　B．固定成本　　　C．间接成本　　　D．直接成本

试题 3 分析

项目成本管理的基本概念主要有全生命周期成本、成本的类型、管理储备、成本基准和学习曲线理论等。

产品的全生命周期成本就是在产品或系统的整个使用生命期内，在获得阶段（设计、生产、安装和测试等活动，即项目持续期间）、运营与维护及生命周期结束时对产品的处置所发生的全部成本。要求在项目过程中不只关心完成项目活动所需资源的成本，也应该考虑项目决策对项目最终产品使用和维护成本的影响。对于一个项目而言，产品的全生命期成本考虑的是权益总成本，即开发成本加上维护成本。例如，一个公司可能在一到两年内完成一个项目，该项目是要建立和实现新的客户服务系统。但是新系统可以使用 10 年，项目经理应当估计整个生命期内（上面例子中即 10 年）的成本和收益。在项目净现值分析时要参考整个 10 年的成本和收益，高级管理人员和项目经理在进行财务决策时，需要考虑产品整个生命期的成本。

成本的类型的主要类型如下。

（1）可变成本：随着生产量、工作量或时间而变的成本为可变成本。可变成本又称变动成本。

（2）固定成本：不随生产量、工作量或时间的变化而变化的非重复成本为固定成本。

（3）直接成本：直接可以归属于项目工作的成本为直接成本。如项目团队差旅费、工资、项目使用的物料及设备使用费等。

（4）间接成本：来自一般管理费用科目或几个项目共同担负的项目成本所分摊给本项目的费用，就形成了项目的间接成本，如税金、额外福利和保卫费用等。

管理储备是一个单列的计划出来的成本，以备未来不可预见的事件发生时使用。管理储备包含成本或进度储备，以降低偏离成本或进度目标的风险，管理储备的使用需要对项目基线进行变更。

成本基准是经批准的按时间安排的成本支出计划，并随时反映了经批准的项目成本变更（所增加或减少的资金数目），被用于度量和监督项目的实际执行成本。

学习曲线理论指出，当重复生产许多产品时，那些产品的单位成本随着数量的增多呈规律性递减。例如，假设手持测量助理器项目可能批量生产达 1000 个装置，这些装置能够运行新的软件并经过卫星访问信息。第 1 个装置的成本一定远远高于第 1000 个装置的成本。学习曲线理论用来估计生产大量产品的项目的成本。

试题 3 参考答案

（45）C

试题 4（2009 年下半年试题 46）

在某项目进行的第三个月，累计计划费用是 25 万元人民币，而实际支出为 28 万元，以下关于这个项目进展的叙述，正确的是　(46)　。

（46）A. 提供的信息不全，无法评估　　　　B. 由于成本超支，项目面临困难

　　　 C. 项目将在原预算内完成　　　　　　D. 项目计划提前

试题 4 分析

累计计划费用是 25 万元人民币，而实际支出为 28 万元，在这种情况下，成本是否超支需要看实际完成的工作量。因此，本题所给参数不全，无法判断是否超出预算。

试题 4 参考答案

（46）A

试题 5（2010 年上半年试题 46）

图 11-1 是一项布线工程计划和实际完成的示意图，2009 年 3 月 23 日的 PV、EV、AC 分别是　(46)　。

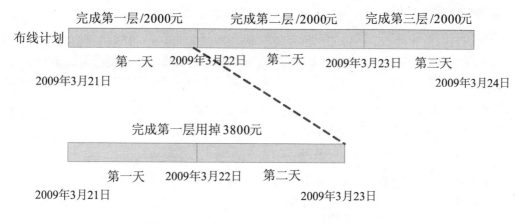

图 11-1　布线工程计划和实际完成的示意图

（46）A. PV=4000 元、EV=2000 元、AC=3800 元

　　　B. PV=4000 元、EV=3800 元、AC=2000 元

　　　C. PV=3800 元、EV=4000 元、AC=2000 元

　　　D. PV=3800 元、EV=3800 元、AC=2000 元

试题 5 分析

本题的 PV 具体是指在 2009 年 3 月 23 日前完成第一层和完成第二层的预算成本是 2000+2000=4000 元。

根据实际完成的示意图可知,到 2009 年 3 月 23 日前实际完成工作仅仅只完成了第一层,那么对应计划的预算成本是"完成第一层 2000 元"。从而挣值 EV 为 2000 元。

根据实际完成的示意图可知"完成第一层用掉 3800 元",也就是说,AC 为 3800 元。

试题 5 参考答案

（46）A

试题 6（2010 年下半年试题 39）

甲公司生产急需 5000 个零件,承包给乙工厂进行加工,每个零件的加工费预算为 20 元,计划 2 周（每周工作 5 天）完成。甲公司负责人在开工后第 9 个工作日的早上到乙工厂检查进度,发现已完成加工 3600 个零件,支付款项 81000 元。经计算, __（39）__ 。

（39）A. 该项目的费用偏差为-18000 元　　　B. 该项目的进度偏差为-18000 元

　　　C. 该项目的 CPI 为 0.80　　　　　　　　D. 该项目的 SPI 为 0.90

试题 6 分析

根据试题的条件可知，项目的总预算为 5000×20=100000 元，计划工期为 2×5=10 天，平均每天加工 500 个零件，花费 10000 元。到第 9 天早上检查时，发现已完成加工 3600 个零件，支付款项 81000 元。则前面 8 天的 PV=80000 元，AC=81000 元，EV=3600×20=72000 元。因此：

SV = EV-PV = 72000-80000 = -8000 元。

CV = EV-AC = 72000-81000 = -9000 元。

SPI = EV/PV = 72000/80000 = 0.90。

CPI = EV/AC = 72000/81000 = 0.89。

试题 6 参考答案

（39）D

试题 7（2010 年下半年试题 44）

__（44）__ 不是系统集成项目的直接成本。

（44）A. 进口设备报关费   B. 第三方测试费用

     C. 差旅费   D. 员工福利

试题 7 分析

请参考试题 3 的分析。

试题 7 参考答案

（44）D

试题 8（2010 年下半年试题 45）

项目经理创建了某软件开发项目的 WBS 工作包，其中一个工作包举例如下：130（注：工作包编号，下同）需求阶段；131 需求调研；132 需求分析；133 需求定义。通过成本估算，131 预计花费 3 万元；132 预计花费 2 万元；133 预计花费 2.5 万元。根据各工作包的成本估算，采用 __（45）__ 方法，能最终形成整个项目的预算。

（45）A. 资金限制平衡   B. 准备金分析

     C. 成本参数估算   D. 成本汇总

试题 8 分析

采用成本汇总的方法，根据各工作包的成本估算进行累加，最终能形成整个项目的预算。

试题 8 参考答案

（45）D

试题 9（2010 年下半年试题 46）

根据以下布线计划及完成进度表 11-2，在 2010 年 6 月 2 日完工后对工程进度和费用进行预测，按此进度，完成尚需估算（ETC）为　__(46)__ 。

表 11-2　布线计划及完成进度表

	计划开始时间	计划结束时间	计划费用	实际开始时间	实际结束时间	实际完成费用
1 号区域	2010 年 6 月 1 日	2010 年 6 月 1 日	10000 元	2010 年 6 月 1 日	2010 年 6 月 2 日	18000 元
2 号区域	2010 年 6 月 2 日	2010 年 6 月 2 日	10000 元			
3 号区域	2010 年 6 月 3 日	2010 年 6 月 3 日	10000 元			

（46）A．18000 元　　　　　B．36000 元　　　C．20000 元　　　D．54000 元

试题 9 分析

预测技术包括在预测当时的时间点根据已知的信息和知识，对项目将来的状况做出估算和预测。根据项目执行过程中获得的工作绩效信息产生预测、更新预测、重新发布预测。工作绩效信息是关于项目的过去绩效和在将来能影响项目的信息，如完成时估算和完成时尚需估算。

根据挣值技术涉及的参数，包括 BAC、截止目前为止的实际成本（AC）和累加 CPI 效率指标来计算 ETC 和 EAC。BAC 等于计划活动、工作包和控制账目或其他 WBS 组件在完成时的总 PV。计算公式为：

$$BAC = 完工时的 PV 总和$$

预测技术帮助评估完成计划活动的工作量或工作费用，即 EAC。预测技术可帮助决定 ETC，它是完成一个计划活动、工作包或控制账目中的剩余工作所需的估算。虽然用以确定 EAC 和 ETC 的挣值技术可实现自动化并且计算起来非常神速，但仍不如由项目团队手动预测剩余工作的完成成本那样有价值或精确。基于项目实施组织提供的完工尚需估算进行 ETC 预测技术是基于新估算计算 ETC。ETC 等于由项目实施组织确定的修改后的剩余工作估算。该估算是一个独立的、没有经过计算的，对于所有剩余工作的完成尚需估算；该估算考虑了截止到目前的资源绩效和生产率，它是比较精确的综合估算。另外，也可通过挣值数据来计算 ETC，两个典型公式如下：

如果当前的偏差被看作是非典型的，并且项目团队预期在以后将不会发生这种类似偏差

时，ETC 等于 BAC 减去截止到目前的累加挣值，计算公式为：

$$ETC = BAC\text{-}EV$$

如果当前的偏差被看作是可代表未来偏差的典型偏差时，ETC 等于 BAC 减去累加 EV 后除以累加成本绩效指数，计算公式为：

$$ETC = (BAC\text{-}EV)/CPI$$

EAC 是根据项目绩效和定性风险分析确定的最可能的总体估算值。EAC 是在既定项目工作完成时，计划活动、WBS 组件或项目的预期或预见最终的总估算。基于项目实施组织提供的完工估算进行EAC预测的一种技术是EAC等于截止到目前的实际成本加上由实施组织提供的新 ETC。如果过去的执行情况显示原先的估算假设有根本性的缺陷，或由于条件发生变化假设条件不再成立时，EAC = AC+ETC。

另外，还有一个预测指标，称为完工绩效指数（To Complete Performance Index，TCPI），表示剩余预算每单位成本所对应的工作价值，计算公式为：

$$TCPI = (BAC\text{-}EV)/(BAC\text{-}AC)$$

在本题中，要求"按此进度"，也就是将当前进度当做未来进度的代表，即采用 ETC=(BAC-EV)/CPI 来计算 ETC。根据表 11-2，有 BAC=10000+10000+10000 = 30000 元，AC=18000 元，EV=10000 元。因此：

$$ETC = (BAC\text{-}EV)/CPI = (30000\text{-}10000)/(10000/18000) = 36000 \text{ 元}$$

试题 9 参考答案

（46）B

第12章 项目质量管理

根据考试大纲，本章主要考查以下知识点。

（1）质量管理基础：质量、质量管理、质量保证、质量控制；项目质量管理的基本原则和目标；项目质量管理的主要活动和流程；国际质量标准（ISO9000系列、全面质量管理、六西格玛）；软件过程改进与能力成熟度模型（CMM/CMMI、SJ/T11234、SJ/T11235）。

（2）规划质量：规划质量包含的主要活动；规划质量所采用的主要技术、工具和方法（效益/成本分析、基准比较、流程图、实验设计、质量成本分析）规划质量工作的输入/输出。

（3）项目质量保证：项目质量保证活动（产品/系统/服务的质量保证，管理过程的质量保证）项目质量保证的技术/方法（项目质量管理通用方法、过程分析、项目质量审计）；项目质量保证工作的输入/输出。

（4）实施质量控制：实施质量控制的意义、具体的实施过程与组织；实施质量控制的技术/工具和方法（测试、检查、统计抽样、因果图、帕累托图、控制图、流程图、六西格玛）；实施质量控制的输入/输出。

试题1（2009年上半年试题6）

__(6)__ 的目的是评价项目产品，以确定其对使用意图的适合性，表明产品是否满足规范说明并遵从标准。

（6）A．IT审计   B．技术评审   C．管理评审   D．走查

试题1分析

评审与审计过程包括管理评审、技术评审、检查、走查、审计等。

管理评审的目的是监控进展，决定计划和进度的状态，确认需求及其系统分配，或评价用于达到目标适应性的管理方法的有效性。它们支持有关软件项目期间需求的变更和其他的变更活动.

技术评审的目的是评价软件产品，以确定其对使用意图的适合性，目标是识别规范说明和标准的差异，并向管理提供证据，以表明产品是否满足规范说明并遵从标准，而且可以控制变更。

检查的目的是检测和识别软件产品异常。一次检查通常针对产品的一个相对小的部分。发现的任何异常都要记录到文档中并提交。

走查的目的是评价软件产品，走查也可以用于培训软件产品的听众，主要目标是发现异常、改进软件产品、考虑其他实现、评价是否遵从标准和规范说明。走查类似于检查，但通常不那么正式。走查通常主要由同事评审其工作，以作为一种保障技术。

审计的目的是提供产品和过程对于可应用的规则、标准、指南、计划和流程的遵从性的独立评价。审计是正式组织的活动，识别违例情况，并产生一个报告，采取更正性行动。

试题 1 参考答案

（6）B

试题 2（2009 年下半年试题 67）

为保证项目的质量，要对项目进行质量管理，项目质量管理过程的第一步是　（67）　。

（67）A．制定项目质量计划　　　　　　B．确立质量标准体系

　　　　C．对项目实施质量监控　　　　　D．将实际与标准对照

试题 2 分析

从管理流程来看，项目的质量管理是为了保证项目最终能够达到预期的质量目标而进行的一系列的管理过程。项目的质量管理可以分解为制定质量计划、质量保证与质量控制三个过程。制定质量计划是指确定与项目相关的质量标准，并决定如何达到这些质量标准；质量保证是定期评估总体项目绩效的活动之一，以树立项目能满足相关质量标准的信心；质量控制是指监控具体的项目结果以判断其是否符合相关的质量标准，并确定方法来消除绩效低下的原因。

整个项目质量管理过程可以分解为以下四个环节。

（1）确立质量标准体系。建立适当的质量衡量标准是进行项目质量管理的前提性的关键性工作。根据企业在实施项目方面的整体战略规划与项目实施计划，实施项目的主体企业首先要确立衡量项目质量的标准体系。衡量项目质量的标准一般包括项目涉及的范围、项目具体的实施步骤、项目周期估计、项目成本预算、项目财务预测与资金计划、项目工作详细内容安排、质量指标要求以及客户满意度等。这里需要注意的是，项目质量指标体系一定要具备完整性、科学性与合理性，项目实施各相关主体应该事先进行讨论与沟通，以保证其完整、无漏洞，又具备较强的可实施性。

（2）对项目实施进行质量监控。要在项目执行过程中采取有效的措施来监控项目的实际运行。在项目实施过程中，根据要求收集项目实施过程中的相关信息，观察、分析项目实施进程中的实际情况以便监控。为了达到有效监控项目的目的，可以利用的监控措施与沟通渠道包括：

①正式的监控与沟通渠道，例如，项目进度报告、项目例会、里程碑会议、各种会议纪要等；

②非正式的监控与沟通渠道，例如，与项目小组成员或最终用户进行交谈与讨论，与企业管理层进行非正式的交流等。

在这个环节上，要根据项目质量标准体系的要求，通过有效的监控措施和渠道，全面、客观地跟踪及反映项目实施的实际情况。

（3）将实际与标准对照。把项目实施过程中的实际表现与项目质量衡量标准进行比较，分析出差异。在监控与跟踪项目实际运行状况时，往往需要解决这样一些问题，比如，"项目进展如何"，"如果发生了项目计划执行结果与质量标准偏离的情况，是如何造成的"等。通过对项目实施相关衡量指标的综合分析，为客观评价项目质量状况提供依据，帮助项目决策人员迅速、有效地对项目的实际进展情况进行监控与管理，从而可以根据需要采取有效的措施来保证项目实施按照既定的轨道运行。

（4）纠偏纠错。根据具体情况采取合理的纠正措施。经过比较与分析，如果发现偏差，就要采取适当的措施进行纠正，让项目实施回到正轨。可供选用的纠正措施包括：重新制定项目计划、重新安排项目步骤、重新分配项目资源、调整项目组织形式、调整项目管理方式等。一般而言，为了保证项目不偏离正常轨道，按照既定计划走向成功，保证纠正措施的合理性与有效性，需要项目的实施主体事先了解一些项目质量管理基础知识与相关案例，以确保纠偏措施的有效性。

试题 2 参考答案

（67）B

试题 3（2009 年下半年试题 68）

在制定项目质量计划时对实现既定目标的过程加以全面分析，估计各种可能出现的障碍及结果，设想并制定相应的应变措施和应变计划，保持计划的灵活性。这种方法属于　（68）　。

（68）A．流程图法　　　　　　　　　B．实验设计法
　　　　C．质量功能展开　　　　　　　D．过程决策程序图法

试题 3 分析

制定项目质量计划一般采用效益/成本分析、基准比较、流程图、实验设计、质量成本分析等方法和技术。此外，制定项目质量计划还可以采用质量功能展开、过程决策程序图法等工具。

（1）效益/成本分析。项目质量计划过程必须权衡考虑效益/成本的利弊。满足质量要求最主要的好处就是减少返工，这意味着提高生产率、降低成本和增加项目干系人的满意度。为满足质量要求所付出的主要成本是指用于开展项目质量管理活动的开支。质量管理的原则就是收益胜过成本。

（2）基准比较。基准比较是指将项目的实际做法或计划做法与其他项目的实践相比较，

从而产生改进的思路并提出度量绩效的标准。其他项目既可以是实施组织内部的也可以是外部的，既可以来自同一应用领域也可以来自其他领域。

（3）流程图。流程图是指任何显示与某系统相关的各要素之间相互关系的示意图。流程图是流经一个系统的信息流、观点流或部件流的图形代表。在企业中，流程图主要用来说明某一过程。这种过程既可以是生产线上的工艺流程，也可以是完成一项任务必需的管理过程。一张流程图能够成为解释某个软件的开发步骤，甚至组织决策制定程序的方式之一。这些过程的各个阶段均用图形块表示，不同图形块之间以箭头相连，代表它们在系统内的流动方向。下一步何去何从，要取决于上一步的结果，典型做法是用"是"或"否"的逻辑分支加以判断。流程图是揭示和掌握封闭系统运动状况的有效方式。作为诊断工具，它能够辅助决策制定，让管理者清楚地知道，问题可能出在什么地方，从而确定出可供选择的行动方案。

（4）实验设计。实验设计是一种统计方法，它帮助确定影响特定变量的因素。此项技术最常用于项目产品的分析，例如，计算机芯片设计者可能想确定材料与设备如何组合，才能以合理的成本生产最可靠的芯片。然而，实验设计也能用于诸如成本与进度权衡的项目管理问题。例如，高级程序员的成本要比初级程序员高得多，但可以预期他们在较短时间内完成指派的工作。恰当地设计"实验"（高级程序员与初级程序员的不同组合计算项目成本与持续时间）往往可以从为数有限的方案中确定最优的解决方案。

（5）质量成本分析。质量成本是指为了达到产品/服务的质量要求所付出的全部努力的总成本，既包括为确保符合质量要求所做的全部工作（如质量培训、研究、调查等），也包括因不符合质量要求所引起的全部工作（如返工、废物、过度库存、担保费用等）。

（6）质量功能展开（Quality Function Deployment，QFD）。QFD 就是将项目的质量要求、客户意见转化成项目技术要求的专业方法。这种方法在工程领域得到了广泛的应用，它从客户对项目交付结果的质量要求出发，先识别出客户在功能方面的要求，然后把功能要求与产品或服务的特性对应起来，根据功能要求与产品特性的关系矩阵，以及产品特性之间的相关关系矩阵，进一步确定出项目产品或服务的技术参数，技术参数一经确定，项目小组就很容易有针对性地提供满足客户需求的产品或服务。QFD 矩阵主要是用来确定项目质量要求的，形状看起来像房子，于是又称质量屋（quality house）。

（7）过程决策程序图法（Process Decision Program Chart，PDPC）。PDPC 法的主要思想是，在制定计划时对实现既定目标的过程加以全面分析，估计到种种可能出现的障碍及结果，设想并制定相应的应变措施和应变计划，保持计划的灵活性；在计划执行过程中，当出现不利情况时，就立即采取原先设计的措施，随时修正方案，从而使计划仍能有条不紊地进行，以达到顶定的目标；当出现没有预计到的情况时随机应变，采取灵活的对策予以解决。PDPC 法的具体操作程序为：

①从自由讨论中提出有必要的研究事项；

②拟订方案。对确定的项目进行深入的调查研究，预测结果和制定对策方案。方案要按其顺序排列出几个，如果前一个方案执行不顺利时，则依次按顺序执行下面的方案或在执行过程中制定出新方案；

③理想连接。把各研究事项按紧迫程度、工时、可能性和难易程度等分类，进而对当前要解决的事项，根据预测的结果，决定在实施前还需要做些什么，用箭头向理想状态连接。

PDPC 法简单易行，使用起来特别有效。PDPC 法作为重大事故预测图法大大扩展了运用领域，并正被运用在质量管理的各个部门。

最后，需要指出的是，解决问题不是仅仅依靠方法就能办得到的，它需要综合运用过去的经验或固有技术、管理方式才能解决。但可以认为，为了充分地运用这些关联技术使有关人员理解问题的所在，拿出更多的构思和方法是必要的，并且在解决问题时要掌握每个阶段存在的问题和制定解决的措施。除 PDPC 法外，应随时配合使用质量保证的其他工具。此外，在制成 PDPC 时最好把存在的问题或其发生的可能性、处理措施等各种情况以总结表的形式归纳起来，并把制作时得到的信息用文章等进行概括，以便以后参考。

试题 3 参考答案

（68）D

试题 4（2009 年下半年试题 69）

质量管理六西格玛标准的优越之处不包括　（69）　。

（69）A．从结果中检验控名，质量　　　　B．减少了检控质量的步骤

　　　C．培养了员工的质量意识　　　　D．减少了由于质量问题带来的返工成本

试题 4 分析

六西格玛由摩托罗拉公司首先提出。六西格码意为"六倍标准差"，在质量上表示每百万坏品率（Parts Per Million，PPM）少于 3.4；广义的六西格玛属于管理领域。六西格玛管理是在提高顾客满意程度的同时降低经营成本和周期的过程革新方法，它是通过提高组织核心过程的运行质量，进而提升企业盈利能力的管理方式，也是在新经济环境下企业获得竞争力和持续发展能力的经营策略。

六西格玛管理强调对组织的过程满足顾客要求能力进行量化度量，并在此基础上确定改进目标和寻求改进机会，六西格玛专注过程问题是因为如果流程控制不力，将会导致结果同样不可控。与解决问题相比，对问题的预防更为重要。把更多的资源投入到预防问题上，就会提高"一次做好"的概率。六西格玛管理法是一项以数据为基础、追求完美的质量管理方法。

六西格玛管理法的核心是将所有的工作做为一种流程，采用量化的方法分析流程中影响质量的因素，找出最关键的因素加以改进从而达到更高的客户满意度，即采用 DMAIC（确定、测量、分析、改进、控制）改进方法对组织的关键流程进行改进，而 DMAIC 又由下列四个要素构成：最高管理承诺、有关各方参与、培训方案和测量体系。其中有关各方包括组织员工、所有者、供应商和顾客。六西格玛管理法是全面质量管理的继承和发展。因此，六

西格玛管理法为组织带来了一个新的、垂直的质量管理方法体系。

六西格玛的优越之处在于从项目实施过程中改进和保证质量，而不是从结果中检验控制质量。这样做不仅减少了检控质量的步骤，而且避免了由此带来的返工成本。更为重要的是，六西格玛管理培养了员工的质量意识，并把这种质量意识融入企业文化中。

试题4 参考答案

（69）A

试题5（2009年下半年试题70）

在项目质量监控过程中，在完成每个模块编码工作之后就要做的必要测试，称为 __(70)__ 。

（70）A．单元测试　　　　B．综合测试　　　　C．集成测试　　　　D．系统测试

试题5 分析

测试是项目质量控制过程的重要组成部分，是用来确认一个项目的品质或性能是否符合需求说明书中所提出的一些要求。软件测试就是在软件投入运行前，对软件需求分析、设计规格说明和编码的最终复审，是软件质量控制的关键步骤。软件测试是为了发现错误而执行程序的过程。软件测试在软件生存期中横跨两个阶段：通常在编写出每一个模块之后就对它做必要的测试（称为单元测试）。编码和单元测试属于软件生存期中的同一个阶段。在结束这个阶段后对软件系统还要进行各种综合测试，这是软件生存期的另一个独立阶段，即测试阶段。

试题5 参考答案

（70）A

试题6（2010年上半年试题67）

质量管理人员在安排时间进度时，为了能够从全局出发、抓住关键路径、统筹安排、集中力量，从而达到按时或提前完成计划的目标，可以使用 __(67)__ 。

（67）A．活动网络图　　B．因果图　　　　C．优先矩阵图　　　D．检查表

试题6 分析

活动网络图法又称箭条图法、矢线图法，是网络图在质量管理中的应用。活动网络图法用箭线表示活动，活动之间用节点（称作"事件"）连接，表示"结束——开始"关系，可以用虚工作线表示活动间逻辑关系。每个活动必须用唯一的紧前事件和唯一的紧后事件描

述；紧前事件编号要小于紧后事件编号；每一个事件必须有唯一的事件号。它是计划评审法在质量管理中的具体运用，使质量管理的计划安排具有时间进度内容的一种方法。它有利于从全局出发、统筹安排、抓住关键线路，集中力量，按时和提前完成计划。

因果图又叫石川图或鱼骨图，它说明了各种要素是如何与潜在的问题或结果相关联。它可以将各种事件和因素之间的关系用图解表示。它是利用"头脑风暴法"，集思广益，寻找影响质量、时间、成本等问题的潜在因素，然后用图形的形式来表示的一种通用的方法，它能帮助我们集中注意心搜寻产生问题的根源，并为收集数据指出方向。

矩阵图法是指借助数学上矩阵的形式，把与问题有对应关系的各个因素列成一个矩阵图；然后，根据矩阵图的特点进行分析，从中确定关键点（或着眼点）的方法。这种方法先把要分析问题的因素分为两大群（如 R 群和 L 群），把属于因素群 R 的因素（R1、R2……Rm）和属于因素群 L 的因素（L1、L2……Ln）分别排列成行和列。在行和列的交点上表示着 R 和 L 的各因素之间的关系，这种关系可用不同的记号予以表示（如用"○"表示有关系等）。这种方法用于多因素分析时，可做到条理清楚、重点突出。它在质量管理中，可用于寻找新产品研制和老产品改进的着眼点，寻找产品质量问题产生的原因等方面。

优先矩阵图也被认为是矩阵数据分析法，与矩阵图法类似，它能清楚地列出关键数据的格子，将大量数据排列成阵列，能够容易地看到和了解。与达到目的最优先考虑的选择或二者挑一的抉择有关系的数据，用一个简略的、双轴的相互关系图表示出来，相互关系的程度可以用符号或数值来代表。它区别于矩阵图法的是：不是在矩阵图上填符号，而是填数据，形成一个分析数据的矩阵。它是一种定量分析问题的方法。应用这种方法，往往需要借助计算机来求解。

检查表是一种简单的工具，通常用于收集反应事实的数据，便于改进。检查表上记录着可视的内容（如检查记号、Xs），检查表上的数据类内容，记录得明确、清楚、独一无二，检查表最令人满意的特点是容易记录数据，并能自动地分析这些数据。检查表经常有水平的列和垂直的行以收集数据，有些检查表还可能包括说明、图解。例如，为了收集一个损坏了的零件的数据，检查表可能包括一个零件草图，允许数据收集者在他看到损坏的地方作一个 X 符号。

试题 6 参考答案

（67）A

试题 7（2010 年上半年试题 68）

排列图（帕累托图）可以用来进行质量控制是因为　（68）　。

（68）A．它将缺陷的数量多少画出一条曲线，反映了缺点的变化趋势

B．它将缺陷数量从大到小进行了排列，使人们关注数量最多的缺陷

C．它将引起缺陷的原因从大到小排列，项目团队应关注造成最多缺陷的原因

D．它反映了按时间顺序抽取的样板的数值点，能够清晰地看出过程实现的状态

试题 7 分析

意大利著名经济学家帕累托（Pareto）提出了"关键的少数和无关紧要的多数的关系"，有时称为二八原理，即 80%的问题经常是由于 20%的原因引起的。朱兰将这一规则引进产品质量管理，以确认造成系统质量问题的诸多因素中最为重要的几个因素。帕累托图又称排列图或主次因素分析图，是用于帮助确认问题和对问题进行排序的一种常用的统计分析工具。

帕累托图的左纵坐标表示某种因素发生的次数，即频数；右纵坐标表示某种因素发生的累计频率，即频率；横坐标表示影响项目的各种因素，它们按对影响质量程度的大小从左到右依次排列。在帕累托图中，将累计频率曲线的累计百分数分为三级，与此对应的因素分为3 类：频率 0%～80%为 A 类因素，是影响项目质量的主要因素；频率 80%～90%为 B 类因素，是影响项目质量的次要因素；频率 90%～100%为 C 类因素，是影响项目质量的一般因素。运用帕累托图技术，有利于确定影响质量的主次因素，使错综复杂的问题一目了然。

试题 7 参考答案

（68）C

试题 8（2010 年上半年试题 69）

CMMI 所追求的过程改进目标不包括 __(69)__ 。

（69）A．保证产品或服务质量   B．项目时间控制

       C．所有过程都必须文档化   D．项目成本最低

试题 8 分析

CMMI 自出道以来，它所要达到的过程改进目标从来没有改变过，第一个是保证产品或服务的质量，第二个是项目时间控制，第三个就是要用最低的成本。

显然 CMMI 所追求的过程改进目标不包括"所有过程都必须文档化"。

试题 8 参考答案

（69）C

试题 9（2010 年上半年试题 70）

项目经理在进行项目质量规范时应设计出符合项目要求的质量管理流程和标准，由此而

产生的质量成本属于___(70)___。

　　(70) A．纠错成本　　　　B．预防成本　　　C．评估成本　　　D．缺陷成本

试题 9 分析

质量成本分为预防成本、评估成本和缺陷成本三种。

预防成本是指那些为保证产品符合需求条件，无产品缺陷而付出的成本。如，项目质量计划、质量规划、质量控制计划、质量审计、设计审核、过程控制工程、质量度量、测试系统建立（测试设备及系统的设计与开发或购置）、质量培训、供应商评估等都是预防成本。

评估成本是指为使工作符合要求目标而进行检查和检验评估所付出的成本。如，设计评估、收货检验、采购检验、测试、测试结果的分析汇报等都是评估成本。

缺陷成本又进一步分为内部的和外部的缺陷成本两种。内部缺陷成本是指交货前弥补产品故障和失效而发生在公司内的费用。如产品替换、返工或修理、废料和废品、复测、缺陷诊断、内部故障的纠正等都是内部缺陷成本。外部缺陷成本是指发生在公司外部的费用，通常是由顾客提出的要求。如产品投诉评估、产品保修期投诉、退货、增加营销费用来弥补丢失的客户、废品召回、产品责任、客户回访解决问题等都是外部缺陷成本。

项目成功的标准就是增加预防成本要比设法降低弥补成本更值得。

试题 9 参考答案

　　(70) B

试题 10（2010 年下半年试题 67）

甲公司承担的某系统开发项目，在进入开发阶段后，出现了一系列质量问题。为此，项目经理召集项目团队，列出问题，并分析问题产生的原因。结果发现，绝大多数的问题都是由几个原因造成的，项目组有针对性地采取了一些措施。这种方法属于___(67)___法。

　　(67) A．因果图　　　　　B．控制图　　　　　C．排列图　　　　　D．矩阵图

试题 10 分析

请参考试题 7 的分析。

试题 10 参考答案

　　(67) C

试题 11（2010 年下半年试题 68）

在质量管理中可使用下列 4 种图作为管理工具，这 4 种图按顺序号从小到大依次

是 （68） 。

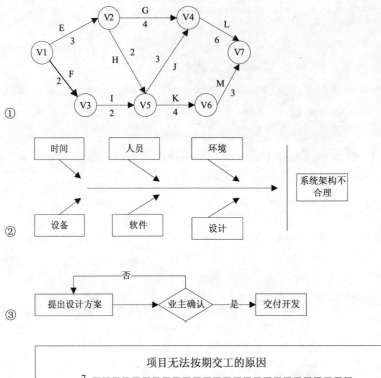

①

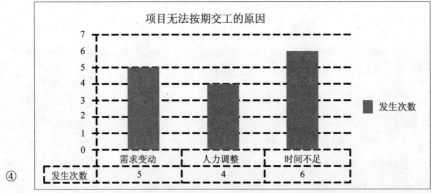

②

③

（68）A．相互关系图、控制图、流程图、排列图

　　　 B．网络活动图、因果图、流程图、直方图

　　　 C．网络活动图、因果图、过程决策程序图、直方图

　　　 D．相互关系图、控制图、过程决策程序图、排列图

试题 11 分析

请参考试题 3 的分析。

试题 11 参考答案

（68）B

试题 12（2010 年下半年试题 69）

甲公司最近中标某市应急指挥系统建设，为保证项目质量，项目经理在明确系统功能和性能的过程中，以本省应急指挥系统为标杆，定期将该项目的功能和性能与之比较。这种方法属于　（69）　。

（69）A. 实验设计法　　　　　　　　　B. 相互关系图法

　　　　C. 优先矩阵图法　　　　　　　D. 基准比较法

试题 12 分析

基准比较法又称为标杆对照，这是指利用其他项目实际或计划的项目质量管理结果或计划，作为新项目的质量比照目标，通过对照比较制定出新的项目质量计划。

试题 12 参考答案

（69）D

试题 13（2010 年下半年试题 70）

关于项目质量审计的叙述中，　（70）　是不正确的。

（70）A. 质量审计是对其他质量管理活动的结构化和独立的评审方法

　　　　B. 质量审计可以内部完成，也可以委托第三方完成

　　　　C. 质量审计应该是预先计划的，不应该是随机的

　　　　D. 质量审计用于判断项目活动是否遵从项目定义的过程

试题 13 分析

质量审计是对其他质量管理活动的结构化和独立的评审方法，用于判断项目活动的执行是否遵从组织及项目定义的方针、过程和规程。质量审计的目标是：识别在项目中使用的低效率以及无效果的政策、过程和规程。后续对质量审计结果采取纠正措施的努力，将会达到降低质量成本和提高客户或（组织内的）发起人对产品和服务的满意度的目的。质量审计可以是预先计划的，也可是随机的；可以是组织内部完成、也可以委托第三方（外部）组织来完成。质量审计还确认批准过的变更请求、纠正措施、缺陷修订以及预防措施的执行情况。

试题 13 参考答案

（70）C

第 13 章　项目人力资源管理

根据考试大纲，本章主要考查以下知识点。

（1）项目人力资源管理的有关概念：动机、权力、责任、绩效。

（2）项目人力资源计划规定：制定人力资源管理计划的工具与技术（组织结构图、组织分解结构、责任分配矩阵、人力资源模板、人际网络）；人员配备管理计划的作用和内容；制定人力资源计划工作的输入/输出。

（3）项目团队组织建设：组建项目团队（人力资源的获取、人力资源的分配）；现代激励理论体系和基本概念；建设项目团队（建设项目团队的主要目标、成功的项目团队的特点、建设项目团队的五个阶段、建设项目团队活动的可能形式和应用、项目团队绩效评估的主要内容和作用）。

（4）管理项目团队：管理项目团队的含义和内容；管理项目团队的方法；冲突管理；管理项目团队的输入/输出。

试题 1（2009 年上半年试题 33）

　(33)　　不是组建项目团队的工具和技术。

（33）A. 事先分派　　　　B. 资源日历　　　　C. 采购　　　　D. 虚拟团队

试题 1 分析

组建项目团队的工具和技术有事先分派、谈判、采购和虚拟团队。

（1）事先分派。在某些情况下，可以预先将人员分派到项目中。这些情况常常是由于竞标过程中承诺分派特定人员进行项目工作，或者该项目取决于特定人员的专业技能。

（2）谈判。人员分派在多数项目中必须通过谈判协商进行。例如，项目管理团队可能需要与以下人员协商：

① 负有相应职责的部门经理。目的是确保所需的员工可以在需要的时间到岗并且一直工作到他们的任务完成；

② 执行组织中的其他项目管理团队。目的是适当分配稀缺或特殊的人力资源。

如同组织中关系学的重要性一样，管理团队影响他人的能力在人员分配协商中起着十分重要的作用。例如，一个部门经理在决定把一位各项目都抢着要的出色人才分派给哪个项目时，除考虑项目的重要紧急程度外，他也会权衡从项目中能得到哪些回报。

（3）采购。当执行组织缺少内部工作人员去完成这个项目时，就需要从外部获得必要的服务，包括聘用或分包。

（4）虚拟团队。虚拟团队为团队成员的招募提供了新的途径。虚拟团队可以被定义为有共同目标、在完成各自任务过程中很少有时间或者没有时间能面对面工作的一组人员。电子通信设施如 E-mail 或视频会议使这种团队成为可能。通过虚拟团队的形式，可以：

① 在公司内部建立一个由不同地区员工组成的团队；

② 为项目团队增加特殊技能的专家，即使这个专家不在本地；

③ 把在家办公的员工纳入虚拟团队，以协同工作；

④ 由不同班组（早班、中班和夜班）员工组成一个虚拟团队；

⑤ 把行动不便的员工纳入团队；

⑥ 可以实施那些原本因为差旅费用过高而被忽略的项目。

在建立一个虚拟团队时，制订一个可行的沟通计划就显得更加重要。可能需要额外的时间以设定明确的目标，制定方案以处理冲突，召集人员参与决策过程，并与虚拟团队一起通力合作，以使项目成功。

试题 1 参考答案

（33）B

试题 2（2009 年上半年试题 34）

团队建设一般要经历几个阶段，这几个阶段的大致顺序是 __(34)__ 。

(34) A. 震荡期、形成期、正规期、表现期　　B. 形成期、震荡期、表现期、正规期

　　　C. 表现期、震荡期、形成期、正规期　　D. 形成期、震荡期、正规期、表现期

试题 2 分析

作为一个持续不断的过程，项目团队建设对项目的成功至关重要。在项目的早期，团队建设相对简单，但随着项目的推进，项目团队建设一直在深化。项目环境的改变不可避免，因此团队建设的努力应该不断地进行。项目经理应该持续地监控团队的工作与绩效，以确定为预防或纠正团队问题是否采取相应的行动。优秀的团队不是一蹴而就的，一般要依次经历以下五个阶段：

（1）形成阶段。一个个的个体成员转变为团队成员，开始形成共同目标；对未来团队往往有美好的期待；

（2）震荡阶段。团队成员开始执行分配的任务，一般会遇到超出预想的困难，希望被现实打破。个体之间开始争执，互相指责，并且开始怀疑项目经理的能力；

（3）规范阶段。经过一定时间的磨合，团队成员之间相互熟悉和了解，矛盾基本解决，

项目经理能够得到团队的认可；

（4）发挥阶段。随着相互之间的配合默契和对项目经理信任，成员积极工作，努力实现目标。这时集体荣誉感非常强，常将团队换成第一称谓，如"我们那个组"、"我们部门"等，并会努力捍卫团队声誉；

（5）结束阶段。随着项目的结束，团队也被遣散了。

以上的每个阶段按顺序依次出现，至于每个阶段的长短则取决于团队的结构、规模和项目经理的领导能力。

试题 2 参考答案

（34）D

试题 3（2009 年上半年试题 44）

对于一个新分配来的项目团队成员，__（44）__应该负责确保他得到适当的培训。

（44）A. 项目发起人　　　B. 职能经理　　　C. 项目经理　　　D. 培训协调员

试题 3 分析

作为项目管理计划的一个子集，人员配备管理计划描述人力资源需求何时以及怎样被满足。它可以是正式的或者非正式的，既可以是非常详细的，也可以是比较概略的。为了指导正在进行的团队成员获取和开发活动，人员配备管理计划随着项目的继续进行要进行更新。

如果即将分配到项目中的人员不具备必需的技能，就必须开发出一个培训计划。这个计划也可以包含一些途径以帮助团队成员获得某种证书，从而促进项目的执行。培训计划是项目计划的一部分。

项目经理有责任确保通过培训等手段，将发展团队成员尤其是新成员必要的技能作为项目工作的一部分来做。

试题 3 参考答案

（44）C

试题 4（2009 年上半年试题 46）

在当今高科技环境下，为了成功激励一个 IT 项目团队，__（46）__可以被项目经理用来激励项目团队保持气氛活跃、高效率的士气。

（46）A. 期望理论和 X 理论

　　　B. Y 理论和马斯洛理论

  C．Y 理论、期望理论和赫兹伯格的卫生理论

  D．赫兹伯格的卫生理论和期望理论

试题 4 分析

  所谓激励，就是如何发挥员工的工作积极性的方法。典型的激励理论有马斯洛需要层次理论、赫茨伯格的双因素理论和期望理论。

  （1）马斯洛需要层次理论。该理论以金字塔结构的形式表示人们的行为受到一系列需求的引导和刺激，在不同的层次满足不同的需要，才能达到激励的作用。

  ① 生理需要：对衣食住行等需要都是生理需要，这类需要的级别最低，人们在转向较高层次的需要之前，总是尽力满足这类需要。

  ② 安全需要：安全需要包括对人身安全、生活稳定、不致失业以及免遭痛苦、威胁或疾病等的需要。和生理需要一样，在安全需要没有得到满足之前，人们一般不追求更高层次的需要。

  ③ 社会交往的需要：社会交往（社交）需要包括对友谊、爱情以及隶属关系的需要。当生理需要和安全需要得到满足后，社交需要就会突出出来，进而产生激励作用。这些需要如果得不到满足，就会影响员工的精神，导致高缺勤率、低生产率、对工作不满及情绪低落。

  ④ 自尊的需要：是指自尊心和荣誉感。

  ⑤ 自我实现的需要：是指想获得更大的空间以实现自我发展的需要。

  在马斯洛需要层次中，底层的四种需要——即生理、安全、社会、自尊被认为是基本的需要，而自我实现的需要是最高层次的需要。

  马斯洛需要层次理论有如下的 3 个假设：

  ① 人要生存，他的需求能够影响他的行为，只有未被满足的需要能够影响其行为，已得到满足的需要不再影响其行为（也就是：已被满足的需要失去激励作用，只有满足未被满足的需要才能有激励作用）；

  ② 人的需要按重要性从低到高排成金字塔形状；

  ③ 当人的某一级的需要得到满足后，才会追求更高一级的需要，如此逐级上升，成为他工作的动机。

  在项目团队的建设过程中，项目经理需要理解项目团队的每一个成员的需要等级，并据此制订相关的激励措施。例如在生理和安全的需要得到满足的情况下公司的新员工或者新到一个城市工作的员工可能有社会交往的需要。为了满足他们的归属感的需要，有些公司就会专门为这些懂得信息技术的新员工组织一些聚会和社会活动。要注意到不同的人有不同的需要层次和需求种类。

  （2）赫茨伯格的双因素理论。双因素理论认为有两种完全不同的因素影响着人们的工作行为。第一类是保健因素（hygiene factor），这些因素是与工作环境或条件有关的、能防止人们产生不满意感的一类因素，包括工作环境、工资薪水、公司政策、个人生活、管理监

督、人际关系等。当保健因素不健全时，人们就会产生不满意感。但即使保健因素很好时，也仅仅可以消除工作中的不满意，却无法增加人们对工作的满意感，所以这些因素是无法起到激励作用的。第二类是激励因素（motivator），这些因素是与员工的工作本身或工作内容有关的、能促使人们产生工作满意感的一类因素，是高层次的需要，包括成就、承认、工作本身、责任、发展机会等。当激励因素缺乏时，人们就会缺乏进取心，对工作无所谓，但一旦具备了激励因素，员工则会感觉到强大的激励力量而产生对工作的满意感，所以只有这类因素才能真正激励员工。

（3）期望理论。由著名的心理学家和行为科学家维克多·弗罗姆(Victor Vroom)于 1964 年在其名著《工作与激励》中首先提出的期望理论。期望理论关注的不是人们的需要的类型，而是人们用来获取报酬的思维方式，认为当人们预期某一行为能给个人带来预定结果，且这种结果对个体具有吸引力时，人们就会采取这一特定行动。期望理论认为，一个目标对人的激励程度受两个因素影响：

一是目标效价，是指实现该目标对个人有多大价值的主观判断。如果实现该目标对个人来说很有价值，个人的积极性就高；反之，积极性则低；

二是期望值，是指个人对实现该目标可能性大小的主观估计。只有个人认为实现该目标的可能性很大，才会去努力争取实现，从而在较高程度上发挥目标的激励作用；如果个人认为实现该目标的可能性很小，甚至完全没有可能，目标激励作用则小，以至完全没有。

（4）X 理论和 Y 理论。道格拉斯·麦格雷戈(Douglas M. McGregor）是美国著名的行为科学家，他在 1957 年 11 月提出了 X 理论－Y 理论。X 理论和 Y 理论对人性的假设截然相反。

X 理论主要体现了独裁型管理者对人性的基本判断，这种假设认为：

① 一般人天性好逸恶劳，只要有可能就会逃避工作；

② 人生来就以自我为中心，漠视组织的要求；

③ 人缺乏进取心，逃避责任，甘愿听从指挥，安于现状，没有创造性；

④ 人们通常容易受骗，易受人煽动；

⑤ 人们天生反对改革。

崇尚 X 理论的领导者认为，在领导工作中必须对员工采取强制、惩罚和解雇等手段，强迫员工努力工作，对员工应当严格监督、控制和管理。在领导行为上应当实行高度控制和集中管理，在领导风格上采用独裁式的领导方式。

Y 理论对人性的假设与 X 理论完全相反，其主要观点为：

① 一般人天生并不是好逸恶劳，他们热爱工作，从工作得到满足感和成就感；

② 外来的控制和处罚对人们实现组织的目标不是一个有效的办法，下属能够自我确定目标，自我指挥和自我控制；

③ 在适当的条件下，人们愿意主动承担责任；

④ 大多数人具有一定的想象力和创造力；

⑤ 在现代社会中，人们的智慧和潜能只是部分地得到了发挥。

基于 Y 理论对人的认识，信奉 Y 理论的管理者对员工采取民主型和放任自由型的领导方式，在领导行为上遵循以人为中心的、宽容的及放权的领导原则，使下属目标和组织目标很好地结合起来，为员工的智慧和能力的发挥创造有利的条件。

X 理论和 Y 理论的选择决定管理者处理员工关系的方式。迄今为止，无法证明两个理论哪个更有效。实际上这两个理论各有自己的长处和不足。用 X 理论可以加强管理，但项目团队成员通常比较被动地工作。用 Y 理论可以激发员工的主动性，但对于员工把握工作而言可能又放任过度。我们在应用的时候应该因人、因项目团队发展的阶段而异。例如在项目团队的开始阶段，大家互相还不是很熟悉，对项目不是很了解或者还有一种抵触等，这时候需要项目经理去运用 X 理论去指导和管理；当项目团队进入执行阶段的时候，成员对项目的目标已经了解，都愿意努力完成项目，这时候我们可以用 Y 理论去授权团队完成所负责的工作，并提供支持和相应的环境。

试题 4 参考答案

（46）C

试题 5（2009 年下半年试题 39）

项目人力资源计划编制完成以后，不能得到的是　（39）　。

（39）A．角色和职责的分配　　　　　B．项目的组织结构图

　　　 C．人员配置管理计划　　　　　D．项目团队成员的人际关系

试题 5 分析

项目的人力资源计划是项目整体管理计划的一个分计划，为项目应该使用什么样的人员、如何配备、如何管理、如何控制、最终又如何释放人力资源提供了指南。人力资源计划应该包括但不限于如下内容。

（1）角色和职责的分配。项目的角色（谁）和职责（做什么）必须落实到合适的项目相关人员。角色和职责可能会随时间而改变。大多数角色和职责将分配给积极参与项目工作的有关人员，例如项目经理、项目管理小组的其他成员，以及为项目做出贡献的个人。当你要找出那些完成项目所需要的角色和职责时，必须考虑到角色、职权、职责、能力。

（2）项目的组织结构图。组织结构图以图形表示项目汇报关系。它可以是正式的或者非正式的、详尽的或者粗略描述的，这要依项目的实际情况而定。例如，一个跨越 3 省的30 万人的抗震救灾团队的组织结构图应该比 20 个人的内部项目的组织结构图要远为复杂。

（3）人员配备管理计划。人员配备管理计划是项目管理计划的一个分计划，描述何时以及怎样满足人力资源需求。根据项目的需要，它可以是正式的或者非正式的，既可以是非常详细的，也可以是比较概略的。为了指导正在进行的团队成员招聘和团队建设活动，人员配备管理计划随着项目的持续进行而经常更新。人员配备管理计划中的信息随着项目应用领

域和规模的不同而不同，但是应该包括如下的基本内容。

① 组建项目团队：在计划招聘所需的项目成员时，项目管理团队必须回答很多问题。如所需的人员来自组织内部还是外部？是否有足够多的人员拥有所需的能力或者是仍需培训？项目成员需要在固定地点工作或是远程分散办公？项目所需的不同层次的专业技能成本如何？组织的人力资源部门能够提供给项目管理团队什么样的支持？

② 时间表：人员配备管理计划说明了项目团队成员（个人的或者集体）的时间安排，以及相关的招募活动何时开始。说明人力资源时间表的一种工具是人力资源柱状图。在项目进行的过程中，这种柱状图表示一个人、部门或者团队在每周或者每月需要工作的小时数。人力资源柱状图的竖轴表示某个资源的每周工作的小时数。横轴表示该资源的日历，图中可以加入一条水平线，代表某种资源的使用上限（可以用小时数表示）。超出最大可支配时间的竖条表明需要对该资源进行平衡，如增加更多的资源或者将进度拉长。

③ 人力资源释放安排：事先确定项目团队成员遣散的时间和方法，对项目和组员都是有好处的。当已经完成任务的人员在适当的时候离开项目时，我们就不用再继续为其付人工费，从而降低项目的成本。提前将这些人员平稳地转移到新项目上也可以提高士气。

④ 培训需求：如果计划分配到项目中的人员不具备必需的技能，就必须制订出一个培训计划。这个计划也可以包含如何协助团队成员获得对项目有益的证书，从而促进项目的执行。培训计划是项目计划的一个分计划。

⑤ 表彰和奖励：明确的奖励标准和完善的奖惩系统将有助于推广和加强那些期望的行为。要想有效，表彰和奖励必须基于个人负责的活动和绩效。例如，某人可以为达到成本目标而受到奖励，但同时他应该对费用的支出决策有一定程度的控制权。在编制人力资源计划时，其中的一部分就是制订表彰及奖励计划。而表彰和奖励的实施是团队建设过程的一部分，最后要确保兑现奖赏。

⑥ 遵守的规定：人员配备管理计划包括一些策略，以确保遵从相关的政府法律如劳动法、规章、制度、劳动合同或其他的与人力资源相关的法律法规和政策。

⑦ 安全性：针对安全隐患，为确保项目团队成员的安全而制订的政策和规定，应该列入人员管理计划和风险清单内。

试题 5 参考答案

（39） D

试题 6（2009 年下半年试题 40）

公司要求项目团队中的成员能够清晰地看到与自己相关的所有活动以及和某个活动相关的所有成员。项目经理在编制该项目人力资源计划时应该选用的组织结构图类型是___（40）___。

（40）A．层次结构图　　　　B．矩阵图　　　C．树形图　　　D．文本格式描述

试题 6 分析

组织理论描述了如何招募合适的人员、如何构建组织以及构建什么样的组织。项目管理团队应该熟悉这些组织理论以快速地明确项目职责和汇报关系。下面就是用于描述项目组织的几种有效的工具。

（1）组织结构图和职位描述。可使用多种形式描述项目的角色和职责，最常用的有三种，分别是层次结构图、责任分配矩阵和文本格式。除此之外，在一些分计划（如风险、质量和沟通计划）中也可以列出某些项目的工作分配。无论采用何种形式，都要确保每一个工作包只有一个明确的责任人，而且每一个项目团队成员都非常清楚自己的角色和职责。

① 层次结构图。传统的组织结构图就是一种典型的层次结构图，它用图形的形式从上至下地描述团队中的角色和关系。

- 用工作分解结构（WBS）来确定项目的范围，将项目可交付物分解成工作包即可得到该项目的 WBS。也可以用 WBS 来描述不同层次的职责。

- 组织分解结构（OBS）与 WBS 形式上相似，但它不是根据项目的交付物进行分解，而是根据组织现有的部门、单位或团队进行分解。把项目的活动和工作包列在负责的部门下面。通过这种方式，某个运营部门例如采购部门只要找到自己在 OBS 中的位置就可以了解所有该做的事情。

- 资源分解结构（RBS）是另一种层次结构图，它用来分解项目中各种类型的资源，例如资源分解结构可以反映一艘轮船建造项目中各个不同区域用到的所有焊接工和焊接设备，即使这些焊接工和焊接设备在 OBS 和 WBS 中分布杂乱。RBS 有助于跟踪项目成本，能够与组织的会计系统协调一致。RBS 除了包含人力资源之外还包括各种资源类型，例如材料和设备。

② 矩阵图。反映团队成员个人与其承担的工作之间联系的方法有多种，而责任分配矩阵（RAM）是最直观的方法。在大型项目中，RAM 可以分成多个层级。例如，高层级的RAM 可以界定团队中的哪个小组负责工作分解结构图中的哪一部分工作；而底层级的 RAM被用来在小组内，为具体活动分配角色、职责和授权层次。矩阵格式，又称表格，可以使每个成员看到与自己相关的所有活动以及和某个活动相关的所有成员。责任分配矩阵有时在矩阵中以字母引用。

③ 文本格式。团队成员职责需要详细描述时，可以用文字形式表示。通常提供如下的信息：职责、权利、能力和资格。这些文档有各种称谓如职位描述表、角色－职责－权利表等。这些描述和表格在项目的整个执行过程中会根据经验教训进行更新，以便为将来的项目提供更好的参考。

④ 项目计划的其他部分。一些和管理项目相关的职责列在项目管理计划的其他部分并做相应解释。例如，风险应对计划列出了风险的负责人，沟通计划列出了那些应该对不同的沟通活动负责的成员，质量计划指定了质量保证和控制活动的负责人。

（2）人力资源模板。虽然每个项目都是独一无二的，但大多数项目会在某种程度上与其他项目类似。运用一个以前类似项目的相应文档，如任务或职责的定义、汇报关系、组织架构图和职位描述，能有助于减少疏漏重大职责、加快项目人力资源计划的编制。

（3）非正式的人际网络。非正式的人际网络也叫交际。通过在本单位内或本行业内的非正式的人际交流，有助于了解哪些能影响人员配备方案的人际关系因素。人力资源相关的人际网络活动包括积极主动的交流、餐会、非正式的交流和行业会议。虽然集中进行的人际网络活动在项目开始时非常有用，但是在项目开始前进行的定期沟通更为重要。

试题 6 参考答案

（40）B

试题 7（2009 年下半年试题 41）

一些公司为了满足公司员工社会交往的需要会经常组织一些聚会和社会活动，还为没有住房的员工提供住处。这种激励员工的理论属于 __（41）__ 。

（41）A．赫茨伯格的双因素理论　　　　B．马斯洛需要层次理论

　　　C．期望理论　　　　　　　　　　D．X 理论和 Y 理论

试题 7 分析

为了满足公司员工社会交往的需要会经常组织一些聚会和社会活动，这是满足马洛斯需求层次中的社会需求；为没有住房的员工提供住处，这是满足马洛斯需求层次中的生理需求。

试题 7 参考答案

（41）B

试题 8（2010 年上半年试题 47）

在项目人力资源计划编制中，一般会涉及组织结构图和职位描述。其中，根据组织现有的部门、单位或团队进行分解，把工作包和项目的活动列在负责的部门下面的图采用的是__（47）__ 。

（47）A．工作分解结构（WBS）　　　　B．组织分解结构（OBS）

　　　C．资源分解结构（RBS）　　　　D．责任分配矩阵（RAM）

试题 8 分析

请参考试题 6 的分析。

试题 8 参考答案

（47）B

试题 9（2010 年上半年试题 48）

在组建项目团队时，人力资源要满足项目要求。以下说法，___（48）___是不妥当的。

（48）A. 对关键岗位要有技能标准，人员达标后方可聘用

　　　B. 对与技能标准有差距的员工进行培训，合格后可聘用

　　　C. 只要项目经理对团队成员认可就可以

　　　D. 在组建团队时要考虑能力、经验、兴趣、成本等人员因素

试题 9 分析

在组建项目团队时，人力资源要满足项目要求，其"要求"已在编制人力资源管理计划当中明确规定。具体规定了项目所需的角色和职责（定义项目需要的人员的类型以及他们的技能和能力），并不是项目经理对团队成员认可就可以。

试题 9 参考答案

（48）C

试题 10（2010 年上半年试题 49）

项目经理管理项目团队有时需要解决冲突，___（49）___属于解决冲突的范畴。

（49）A. 强制、妥协、撤退　　　　　　　　B. 强制、求同存异、观察

　　　C. 妥协、求同存异、增加权威　　　　D. 妥协、撤退、预防

试题 10 分析

冲突就是计划与现实之间的矛盾，或人与人之间不同期望之间的矛盾，或人与人之间利益的矛盾。在管理项目过程中，最主要的冲突有七种：进度、项目优先级、资源、技术、管理过程、成本和个人冲突。

不管冲突对项目的影响是正面的还是对负面的，项目经理都有责任处理它，以减少冲突对项目的不利影响，增加其对项目的积极有利的一面。以下是冲突管理的六种方法。

（1）问题解决。问题解决就是冲突各方一起积极地定义问题、收集问题的信息、制定解决方案，最后直到选择一个最合适的方案来解决冲突，此时为双赢或多赢。但在这个过程中，需要公开的协商。它是冲突管理中最理想的一种方法。

（2）合作。集合多方的观点和意见，得出一个多数人接受和承诺的冲突解决方案。

（3）强制。强制就是以牺牲其他各方的观点为代价，强制采纳一方的观点。一般只适用于赢－输这样的零和游戏情景里。

（4）妥协。妥协就是冲突的各方协商并且寻找一种能够使冲突各方都有一定程度的满意、但冲突各方没有任何一方完全满意、是一种都做一些让步的冲突解决方法。

（5）求同存异。求同存异的方法就是冲突各方都关注他们的一致的一面，而淡化不一致的一面。一般求同存异要求保持一种友好的气氛，但是回避了解决冲突的根源。也就是让大家都冷静下来，先把工作做完。

（6）撤退。撤退就是把眼前的、或潜在的冲突搁置起来，从冲突撤退。

试题 10 参考答案

（49）A

第 14 章　项目沟通管理

根据考试大纲，本章主要考查以下知识点。

（1）项目沟通管理的基本概念：沟通和沟通管理和含义及特点；沟通模型及有效沟通原则。

（2）规划沟通：沟通管理计划的主要内容（描述信息收集和文件归档的结构；描述信息发送的对象、时间、方式；项目进展状态报告的格式；用于创建和获得信息的日程表；项目干系人沟通分析；更新沟通管理计划的方法）；规划沟通的技术/方法；规划沟通的输入/输出。

（3）发布信息：常用的沟通方式及其优缺点；用于发布信息技术/方法；发布信息的输入/输出；组织过程资产的含义和表现形式。

（4）绩效报告：绩效报告的内容；编制绩效报告的主要步骤；状态评审会议；绩效报告的主要步骤和工具技术；绩效报告过程的输入/输出。

（5）管理项目干系人期望：管理项目干系人期望的含义；管理项目干系人期望的技术和工具；管理项目干系人期望的输入/输出。

试题 1（2010 年上半年试题 57）

某公司正在计划实施一项用于公司内部的办公室自动化系统项目，由于该系统的实施涉及公司很多内部人员，因此项目经理打算制定一个项目沟通管理计划，他应采取的第一个工作步骤是　(57)　。

(57) A. 设计一份日程表，标记进行每种沟通的时间

B. 分析所有项目干系人的信息需求

C. 构建一个文档库并保存所有的项目文件

D. 描述准备发布的信息

试题 1 分析

沟通管理计划编制是确定项目干系人的信息与沟通需求的过程，即谁需要何种信息、何时需要以及如何向他们传递。虽然所有项目都有交流项目信息的需要，但信息的需求及其传播方式却彼此大相径庭。认清项目干系人的信息需求，确定满足这些需求的恰当手段，乃是项目成功的重要因素。在多数项目中，沟通计划大都是作为项目早期阶段的一部分进行的。

但在项目的整个过程中都应对其结果定期检查，并根据需要进行修改，以保证其继续适用性。沟通管理计划的编制往往与企业环境因素和组织影响密切相关，因为项目的组织结构对项目的沟通要求有重大影响。

在日常实践中，沟通管理计划编制过程一般分为如下几个步骤：

（1）确定干系人的沟通信息需求，即哪些人需要沟通，谁需要什么信息，什么时候需要以及如何把信息发送出去；

（2）描述信息收集和文件归档的结构；

（3）发送信息和重要信息的格式，主要是指创建信息发送的档案，以及获得信息的访问方法。

通常，沟通计划编制的第一步就是干系人分析，得出项目中沟通的需求和方式，进而形成较为准确的沟通需求表，然后再针对需求进行计划编制。

试题 1 参考答案

（57）B

试题 2（2010 年上半年试题 58）

召开会议就某一项进行讨论是有效的项目沟通方法之一，确保会议成功的措施包括提前确定会议目的、按时开始会议等，___(58)___ 不是确保会议成功的措施。

（58）A．项目经理在会议召开前一天，将会议议程通过电子邮件发给参会人员

B．在技术方案的评审会议中，某专家发言时间超时严重，会议主持人对会议进程进行控制

C．某系统验收会上，为了避免专家组意见太发散，项目经理要求会议主持人给出结论性意见

D．项目经理指定文档管理员负责会议记录

试题 2 分析

会议是项目沟通的一种重要形式。一个成功的会议能够成为鼓励项目团队建立和加强对项目的期望、任务、关系和责任的工具。失败的会议会对一个项目产生负面的影响。下面一些建议有助于使花在会议上的时间更有效。

（1）事先制定一个例会制度。在项目沟通计划里，确定例会的时间、参加人员范围及一般议程等。

（2）放弃可开可不开的会议。在决定召开一个会议之前，首先要明确会议是否必须举行，还是可以通过其他方式进行沟通。

（3）明确会议的目的和期望结果。明确要开的会议的目的，是集体讨论一些想法、彼

此互通信息，还是解决一个面临的问题。确定会议的效果是以信息同步为结束还是必须要讨论出一个确定的解决方案。

（4）发布会议通知。在会议通知中要明确：会议目的、时间、地点、参加人员、会议议程和议题。有一种被广泛采用的决策方法是：广泛征求意见，少数人讨论，核心人员决策。由于许多会议不需要项目全体人员参加，因此需要根据会议的目的来确定参会人员的范围。事先应明确会议议程和讨论的问题，可以让参会人员提前做准备。

（5）在会议之前将会议资料发到参会人员。对于需要有背景资料支持的会议，应事先将资料发给参会人员，以提前阅读，直接在会上讨论，可以有效地节约会议时间。

（6）可以借助视频设备。对于有异地成员参加或者需要演示的场合，可以借用一些必要的视频设备，可以使会议达到更好效果。

（7）明确会议规则。指定主持人，明确主持人的职责，主持人要对会议进行有效控制，并营建一个活跃的会议气氛。主持人要事先陈述基本规则，例如明确每个人的发言时间，每次发言只有一个声音。主持人根据会议议程的规定控制会议的节奏，保证每一个问题都得到讨论。

（8）会议后要总结，提炼结论。主持人在会后总结问题的讨论结果，重申有关决议，明确责任人和完成时间。

（9）会议要有纪要。如果将工作的结果、完成时间、责任人都记录在案，则有利于督促和检查工作的完成情况。

（10）做好会议的后勤保障。很多会议兼有联络感情的作用，因此需要选择一个合适的地点，提供餐饮、娱乐和礼品，制定一个有张有弛的会议议程，对于有客户或合作伙伴参加的会议更要如此。

试题 2 参考答案

（58）C

试题 3（2010 年上半年试题 59）

某项目组的小组长王某和程序员李某在讨论确定一个功能模块的技术解决方案时发生激烈争执，此时作为项目经理应该首先采用 ＿＿（59）＿＿ 的方法来解决这一冲突。

（59）A．请两人先冷静下来，淡化争议，然后在讨论问题时求同存异

　　　 B．帮助两人分析对错，然后解决问题

　　　 C．要求李某服从小组长王某的意见

　　　 D．请两人把当前问题搁置起来，避免争吵

试题 3 分析

此时作为项目经理应该首先采用"求同存异"的方法来解决这一冲突。

求同存异的方法就是冲突各方都关注他们一致的一面，而淡化不一致的一面。一般求同存异要求保持一种友好的气氛，但是回避了解决冲突的根源，也就是让大家都冷静下来，先把工作做完。

试题 3 参考答案

（59）A

试题 4（2010 年下半年试题 57）

小张最近被任命为公司某信息系统开发项目的项目经理，正着手制定沟通管理计划，下列选项中 （57） 属于小张应该采取的主要活动。

①找到业主，了解业主的沟通需求　　②明确文档的结构

③确定项目范围　　④明确发送信息的格式

（57）A. ①②③④　　B. ①②④　　C. ①③④　　D. ②③④

试题 4 分析

请参考试题 1 的分析。

试题 4 参考答案

（57）B

试题 5（2010 年下半年试题 58）

在项目沟通管理过程中存在若干影响因素，其中潜在的技术影响因素包括 （58） 。

①对信息需求的迫切性　　②资金是否到位

③预期的项目人员配备　　④项目环境　　⑤项目时间的长短

（58）A. ①③④⑤　　B. ①②③④　　C. ①②④⑤　　D. ②③④⑤

试题 5 分析

沟通管理计划编制的技术和方法包括沟通需求分析和沟通技术。沟通技术是项目管理者在沟通时需要采用的方式和需要考虑的限定条件。可以影响项目沟通的技术因素如下。

（1）对信息需求的迫切性：项目的成败取决于能否即刻调出不断更新的信息？还是只要有定期发布的书面报告就已足够？

（2）技术是否到位：已有的沟通系统能否满足要求？还是项目需求足以证明有改进的必要？

（3）预期的项目人员配备：所建议的沟通系统是否适合项目参与者的经验与特长？还是需要大量的培训与学习？

（4）项目时间的长短：现有沟通技术在项目结束前是否有变化的可能？

（5）项目环境：项目团队是以面对面的方式进行工作和交流，还是在虚拟的环境下进行工作和交流？

依据上述考虑的影响项目沟通的技术因素，项目经理可以采用多种沟通方式，例如：

（1）单独谈话；

（2）项目会议；

（3）项目简报，通知；

（4）项目报告，项目总结。

试题 5 参考答案

（58）A

试题 6（2010 年下半年试题 59）

某公司正在编制项目干系人沟通的计划，以下选项中 　(59)　 属于干系人沟通计划的内容。

①干系人需要哪些信息　②各类项目文件的访问路径

③各类项目文件的内容　④各类项目文件的接受格式　⑤各类文件的访问权限

（59）A. ①②③④⑤　　　B. ①②③④　　　C. ①②④⑤　　　D. ②③④⑤

试题 6 分析

沟通管理计划应该包括以下内容：

- 干系人的沟通需求；
- 需要沟通的信息，包括语言、格式、内容、详细程度；
- 发布相关信息的原因；
- 发布所需信息的时限和频率；
- 负责沟通相关信息的人员；
- 有权发布机密信息的人员；
- 将要接收信息的个人或小组；
- 传递信息的技术或方法，如备忘录、电子邮件和/或新闻稿等；
- 为沟通活动分配的资源，包括时间和预算；

- 在下层员工无法解决问题时的问题升级流程，用于规定问题上报时限和上报路径；

- 随项目进展，对沟通管理计划进行更新与优化的方法；

- 通用术语表；

- 项目信息流向图、工作流程（兼有授权顺序）、报告清单、会议计划等；

- 沟通制约因素，通常来自特定的法律法规、技术要求和组织政策等。

沟通管理计划中还可包括关于项目状态会议、项目团队会议、网络会议和电子邮件等的指南和模板。如果项目将使用网站和项目管理软件，那么沟通管理计划中还应说明将如何使用该网站和软件。

在了解和调查干系人之后，就可以根据干系人的需求进行分析和应对，制定干系人沟通计划，其主要内容包括干系人需要哪些信息、文件的访问权限、文件的访问路径和文件的接受格式等。

项目还应该在初期计划的时候规定好一些主要的沟通规则。比如哪类事情是由谁来发布、哪些会议由谁来召集、由谁来发布正式的文档等。

以上内容都应反映到沟通管理计划中。

试题 6 参考答案

（59）C

第 15 章　项目风险管理

根据考试大纲，本章主要考查以下知识点。

（1）风险和风险管理：风险含义和属性、风险管理含义、风险管理的主要活动和流程。

（2）规划风险管理：风险管理计划的内容（风险应对计划、风险应急措施、应急储备）；规划风险管理的工具与技术；规划风险管理的输入/输出。

（3）识别风险：风险事件和识别风险含义；识别风险方法；识别风险的输入/输出。

（4）实施定性风险分析：实施定性风险分析的方法（风险概率和影响的评估、风险登记表）；实施定性风险分析的输入/输出。

（5）实施定量风险分析：数据收集和表示的方法及应用（期望货币值、计算分析因子、计划评审技术、蒙特卡罗分析、风险登记表）。

（6）应对风险的基本措施（规避、接受、减轻、转移）。

（7）监控风险：监控风险的目的和主要工作内容（分析监控的目的、执行风险管理计划和风险管理流程、采取应急措施、采取权变措施）；用于监控风险的技术、方法；监控风险过程的输入/输出。

试题 1（2009 年上半年试题 35）

既可能带来机会、获得利益，又隐含威胁、造成损失的风险，称为　__(35)__　。

（35）A．可预测风险　　　B．人为风险　　　C．投机风险　　　D．可管理风险

试题 1 分析

常见的风险分类如表 15-1 所示。

表 15-1　风险的分类

分类角度	分类	说明
风险后果	纯粹风险	不能带来机会、无获得利益可能。只有 2 种可能后果：造成损失和不造成损失，这种损失是全社会的损失，没有人从中获得好处
	投机风险	既可能带来机会、获得利益，又隐含威胁、造成损失。有 3 种可能后果：造成损失、不造成损失、获得利益
	纯粹风险和投机风险在一定条件下可以相互转化，项目经理必须避免投机风险转化为纯粹风险	

（续表）

分类角度	分类	说明
风险来源	自然风险	由于自然力的作用，造成财产损毁或人员伤亡的风险
	人为风险	由于人的活动而带来的风险，可细分为行为、经济、技术、政治和组织风险
可管理	可管理风险	可以预测，并可采取相应措施加以控制的风险
	不可管理风险	不可预测的风险
影响范围	局部风险	影响的范围小
	总体风险	影响的范围大
	局部风险和总体风险是相对而言的，项目经理要特别注意总体风险	
可预测性	已知风险	能够明确的，后果也可预见的风险。发生的概率高，但后果轻微
	可预测风险	根据经验可以预见其发生，但其后果不可预见。后果有可能相当严重
	不可预测风险	不能预见的风险，也称为未知风险、未识别的风险。一般是外部因素作用的结果

从宏观上来看，信息系统项目风险可以分为项目风险、技术风险和商业风险。

项目风险是指潜在的预算、进度、人员（包括个人和组织）、资源、用户和需求方面的问题，以及它们对项目的影响。项目复杂性、规模和结构的不确定性也构成项目的（估算）风险因素。项目风险威胁到项目管理计划，一旦项目风险成为现实，可能会拖延项目进度，增加项目的成本。

技术风险是指潜在的设计、实现、接口、测试和维护方面的问题。此外，规格说明的多义性、技术上的不确定性、技术陈旧、最新技术（不成熟）也是风险因素。技术风险威胁到项目的质量和预定的交付时间。如果技术风险成为现实，项目工作可能会变得很困难或根本不可能。

商业风险威胁到产品的生存能力。5种主要的商业风险是：

（1）开发的产品虽然很优秀但不是市场真正所想要的（市场风险）；

（2）开发的产品不再符合公司的整个组织的产品战略（策略风险）；

（3）开发了销售部门不清楚如何推销的产品（销售风险）；

（4）由于重点转移或人员变动而失去上级管理部门的支持（管理风险）；

（5）没有得到预算或人员的保证（预算风险）。

试题1参考答案

（35）C

试题2（2009年上半年试题37）

定性风险分析工具和技术不包括　（37）　。

（37）A．概率及影响矩阵　　　　　　B．建模技术

　　　　C．风险紧急度评估　　　　　　D．风险数据质量评估

试题 2 分析

　　实施定性风险分析的工具与技术主要有风险概率与影响评估、概率影响矩阵、风险数据质量评估、风险分类、风险紧迫性评估和专家判断等。

　　（1）风险概率和影响的定义。风险概率是指风险发生的可能性，而风险影响则是指风险一旦发生对项目目标就会产生影响。风险的这两个要素是对于具体的风险事件，而不是整个项目。为确保实施定性风险分析过程的质量和可信度，要求界定不同层次的风险概率和影响。在风险规划过程中，通用的风险概率水平和影响水平的界定将依据个别项目的具体情况进行调整，以便在实施定性风险分析过程中应用。

　　（2）概率和影响矩阵。根据风险可能对实现项目目标产生的潜在影响，对风险进行优先排序。风险优先排序的典型方法是借用对照表或概率和影响矩阵形式。通常由组织界定哪些风险概率和影响组合具有较高、中等或较低的重要性，据此可确定相应的风险应对规划。在风险管理管理规划过程中可以进行审查并根据具体项目进行调整。

　　（3）风险数据质量评估。实施定性风险分析要具有可信度，就要求使用准确和无偏颇的数据。风险数据质量评估就是分析有关风险的数据对风险管理有用程度的一种技术，它包括检查人们对风险的理解程度，以及风险数据的精确性、质量、可靠性和完整性。如果数据质量不可接受，就可能需要收集更高质量的数据。

　　（4）风险分类。可按照风险来源（使用 RBS）、受影响的项目区域（使用 WBS）或其他分类标准（如项目阶段），对项目风险进行分类，以明确受不确定性影响最大的项目区域。根据共同的根本原因对风险进行分类可有助于制定有效的风险应对措施。

　　（5）风险紧迫性评估。可以将近期就需应对的风险当做更紧急的风险。风险应对的时间要求、风险征兆和预警信号，以及风险等级等，都是确定风险优先级应考虑的指标。在某些定性分析中，可以综合考虑风险的紧迫性以及从概率影响矩阵中得到的风险等级，从而得到最终的风险严重性级别。

　　（6）专家判断。针对识别的每项风险，需要确定风险的概率和影响。可通过挑选对风险类别熟悉的人员，采用召开会议或进行访谈等方式对风险进行评估，其中包括项目团队成员和项目外部的专业人士。组织的历史数据库中关于风险方面的信息可能寥寥无几，此时需要专家做出判断。

试题 2 参考答案

（37）B

试题 3（2009 年上半年试题 43）

在项目管理的下列四类风险类型中，对用户来说如果没有管理好， __(43)__ 将会造成最长久的影响。

（43）A. 范围风险　　　　B. 进度计划风险　　　　C. 费用风险　　　　D. 质量风险

试题 3 分析

项目的质量管理并不是由某个独立的部门单独完成的任务，在各项质量活动过程中，重要的是与其他知识域如风险管理、沟通管理、采购管理、人力资源管理等多方面的工作进行协调，例如质量目标在项目范围内与时间目标、成本目标的协调。

而对用户来说，如果项目的质量风险没有管理好，质量风险通过对产品的影响将会对用户造成最长久的不利影响。

试题 3 参考答案

（43）D

试题 4（2009 年下半年试题 47）

德尔菲技术作为风险识别的一种方法，主要用途是 __(47)__ 。

（47）A. 为决策者提供图表式的决策选择次序

　　　B. 确定具体偏差出现的概率

　　　C. 有助于将决策者对风险的态度考虑进去

　　　D. 减少分析过程中的偏见，防止任何人对事件结果施加不正确的影响

试题 4 分析

德尔菲技术是众多专家就某一专题达成意见的一种方法。项目风险管理专家以匿名方式参与此项活动。主持人用问卷征询有关重要项目风险的见解，问卷的答案交回并汇总后，随即在专家中传阅，请他们进一步发表意见。此项过程进行若干轮之后，就不难得出关于主要项目风险的一致看法。德尔菲技术有助于减少数据中的偏倚，并防止任何个人对结果不适当地产生过大的影响。

试题 4 参考答案

（47）D

试题 5（2009 年下半年试题 48）

　　__(48)__　指通过考虑风险发生的概率及风险发生后对项目目标及其他因素的影响，对已识别风险的优先级进行评估。

　　（48）A．风险管理　　　　B．定性风险分析　　　C．风险控制　　　D．风险应对计划编制

试题 5 分析

　　在得到了项目风险列表后，需要对其中的风险做进一步的分析，以明确各风险的属性和要素，这样才可以更好地制定风险应对措施。风险分析可以分为定性分析和定量分析两种方式。定性分析是一种快捷有效的风险分析方法，一般经过定性分析的风险已经有足够的信息制定风险应对措施并进行跟踪与监控了。在定性分析的基础上，可以进行定量分析。定量分析的目的并不是获得数字化的结果，而是得当更精确的风险情况，以便进行决策。

　　实施定性风险分析是评估并综合分析风险的发生概率和影响，对风险进行优先排序，从而为后续分析或行动提供基础的过程。组织可以通过关注高优先级的风险来提升项目绩效。定性分析根据风险发生的相对概率或可能性、风险发生后对项目目标的相应影响以及其他因素（如应对时间要求，与项目成本、进度、范围和质量等制约因素相关的组织风险承受力），来评估已识别风险的优先级。这类评估会受项目团队和其他干系人的风险态度的影响。因此，为了实现有效评估，就需要清晰地识别和管理定性分析过程的关键参与者的风险态度。如果他们的风险态度会导致风险评估中的偏差，则应该注意对偏差进行分析，并加以纠正。

　　实施定性风险分析通常可以快速且经济有效地为规划风险应对建立优先级，可以为实施定量风险分析（如果需要）奠定基础。为了确保与项目风险的实时变化保持同步，在整个项目生命周期内应该反复开展定性风险分析。本过程完成后，可进入实施定量风险分析过程或直接进入规划风险应对过程。

试题 5 参考答案

　　（48）B

试题 6（2009 年下半年试题 49）

　　风险定量分析是在不确定情况下进行决策的一种量化方法，该过程经常采用的技术有　__(49)__　。

　　（49）A．蒙特卡罗分析法　　　　　　　　B．SWOT 分析法

　　　　　C．检查表分析法　　　　　　　　　D．预测技术

试题 6 分析

实施定量风险分析是就已识别风险对项目整体目标的影响进行定量分析的过程。实施定量风险分析的对象是在定性风险分析过程中被认为对项目的竞争性需求存在潜在重大影响的风险。实施定量风险分析过程就是对这些风险事件的影响进行分析。它可以为每个风险单独进行量化评级，或者可以评估所有风险对项目的总体影响。它也是在不确定情况下进行决策的一种量化方法。

有时，不需要实施定量风险分析，就可以制定出有效的风险应对措施。在特定的项目中，究竟采用哪种（些）方法进行风险分析，取决于可用的时间和预算，以及对风险及其后果进行定性或定量描述的需要。在规划风险应对之后，应该随着监控风险过程的开展，重新实施风险定量分析，以确定项目总体风险的降低程度是否令人满意。通过反复进行定量风险分析，可以了解风险的发展趋势，并揭示增减风险管理措施的必要性。

实施定量风险分析主要采用数据收集和表现技术、定量风险分析和建模技术、专家判断等技术。

数据收集和表现技术主要有访谈和概率分布。

（1）访谈。访谈技术利用经验和历史数据，对风险概率及其对项目目标的影响进行量化分析。所需的信息取决于所用的概率分布类型。例如，有些常用分布要求收集最乐观（低）、最悲观（高）与最可能情况的信息。在风险访谈中，应该记录风险区间的合理性及其所依据的假设条件，以便洞察风险分析的可靠性和可信度。

（2）概率分布。在建模和模拟中广泛使用的连续概率分布，代表着数值的不确定性，如进度活动的持续时间和项目组成部分的成本的不确定性。而不连续分布则用于表示不确定性事件，如测试结果或决策树的某种可能情景等。如果在具体的最高值和最低值之间，没有哪个数值的可能性比其他数值更高，就只能使用均匀分布，例如，在项目早期的概念设计阶段。

常用的技术包括面向事件和面向项目的分析方法。

（1）敏感性分析。敏感性分析有助于确定哪些风险对项目具有最大的潜在影响。将所有其他不确定因素都固定在基准值，再来考察每个因素的变化会对目标产生多大程度的影响。敏感性分析的常见表现形式是龙卷风图，用于比较很不确定的变量与相对稳定的变量之间的相对重要性和相对影响。

（2）预期货币价值分析。预期货币价值分析是当某些情况在未来可能发生、也可能不发生时，计算平均结果的一种统计方法（即不确定性下的分析）。机会的 EMV 通常表示为正值，而风险的 EMV 则表示为负值。EMV 是建立在风险中立的假设之上的，既不避险，也不冒险。将每个可能结果的数值与其发生的概率相乘，再将所有乘积相加，就可以计算出项目的 EMV。

（3）建模和模拟。项目模拟旨在使用一个模型，计算项目各细节方面的不确定性对项目目标的潜在影响。反复模拟通常采用蒙特卡洛技术。在模拟中，要利用项目模型进行多次计算。每次计算时，都从这些变量的概率分布中随机抽取数值（如估算成本或活动持续时间）

作为输入。通过多次计算，得出一个概率分布（如总成本或完成日期）。对于成本风险分析，需要使用估算成本进行模拟。对于进度风险分析，需要使用进度网络图和持续时间估算进行模拟。

专家判断（最好来自具有近期相关经验的专家）用于识别风险对成本和进度的潜在影响，估算概率以及定义各种分析方法所需的输入（如概率分布）。专家判断还可在数据解释中发挥作用。专家应该能够识别各种分析方法的劣势与优势。专家可以根据组织的能力和文化，决定某个特定方法应该在何时使用或不应该在何时使用。

试题 6 参考答案

（49）A

试题 7（2010 年下半年试题 47）

在信息系统试运行阶段，系统失效将对业务造成影响。针对该风险，如果采取"接受"的方式进行应对，应该___（47）___。

（47）A. 签订一份保险合同，减轻中断带来的损失

　　　 B. 找出造成系统中断的各种因素，利用帕累托分析减轻和消除主要因素

　　　 C. 设置冗余系统

　　　 D. 建立相应的应急储备

试题 7 分析

通常，使用 4 种策略应对可能对项目目标存在消极影响的风险或威胁。这些策略分别是回避、转移、减轻和接受。

（1）回避。风险回避是指改变项目管理计划，以完全消除威胁。项目经理也可以将项目目标从风险的影响中分离出来，或改变受到威胁的目标，如延长进度、改变策略或缩小范围等。最极端的回避策略是取消整个项目。在项目早期出现的某些风险，可以通过澄清需求、获取信息、改善沟通或取得专有技能来加以回避。

（2）转移。风险转移是指将某风险的部分或全部消极影响连同应对责任转移给第三方。转移风险是将风险管理责任简单地推给另一方，而并非消除风险。转移风险策略对处理风险的财务后果最有效。采用风险转移策略，几乎总是需要向风险承担者支付风险费用。风险转移可采用多种工具，包括保险、履约保函、担保书和保证书等。可以利用合同将某些具体风险转移给另一方。例如，如果建设单位具备卖方所不具备的某种能力，为谨慎起见，可通过合同规定将部分工作及其风险再转移给建设单位。在许多情况下，成本补偿合同可将成本风险转移给建设单位，而总价合同可将风险转移给卖方。

（3）减轻。风险减轻是指将不利风险事件的概率和/或影响降低到可接受的临界值范围内。提前采取行动来降低风险发生概率和/或可能给项目所造成的影响，比风险发生后再设

法补救，往往要有效得多。减轻措施的例子包括：采用复杂性较低的流程，进行更多的测试，或者选用比较稳定的供应商。它可能需要开发原型，以降低从实验台模型放大到实际工艺或产品过程中的风险。如果无法降低风险概率，也许可以从决定风险严重性的关联点入手，针对风险影响来采取减轻措施。例如，在一个系统中加入冗余部件，可以减轻主部件故障所造成的影响。

（4）接受。因为几乎不可能消除项目的全部威胁，所以就需要采用风险接受策略。该策略表明，项目团队已决定不为处理某风险而变更项目管理计划，或者无法找到任何其他的合理应对策略。该策略可以是被动或主动的。被动地接受风险，只需要记录本策略，而不需要任何其他行动；待风险发生时再由项目团队进行处理。最常见的主动接受策略是建立应急储备，安排一定的时间、资金或资源来应对风险。

试题 7 参考答案

（47）D

试题 8（2010 年下半年试题 48）

围绕三点估算技术在风险评估中的应用，以下论述 __（48）__ 是正确的。

（48）A．三点估算用于活动持续时间估算，不能用于风险评估

　　　 B．三点估算用于活动持续时间估算，不好判定能否用于风险评估

　　　 C．三点估算能评估时间与概率的关系，可以用于风险评估，不能用于活动持续时间估算

　　　 D．三点估算能评估时间与概率的关系，可以用于风险评估，属于定量分析

试题 8 分析

三点估算能评估时间与概率的关系，可以用于风险评估，属于定量分析。有关这方面的详细知识，请参考试题 6 的分析。

试题 8 参考答案

（48）D

试题 9（2010 年下半年试题 49）

图 15-1 是某项目成本风险的蒙特卡罗分析图。以下说法中不正确的是 __（49）__ 。

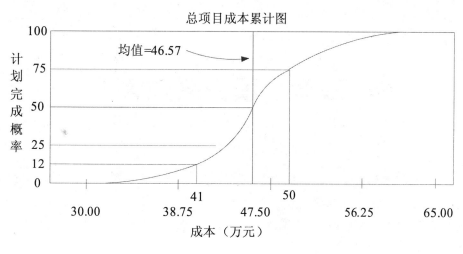

图 15-1　蒙特卡罗分析

（49）A．蒙特卡罗分析法也叫随机模拟法

B．该图用于风险分析时，可以支持定量分析

C．根据该图，41 万元完成的概率是 12%，如果要达到 75%的概率，需要增加 5.57 万元作为应急储备

D．该图显示，用 45 万元的成本也可能完成计划

试题 7 分析

图 15-1 表明，该项目以 41 万元完成的可能性只有 12%，如果组织比较保守，想要有 75% 的成功可能性，那就需要将预算提高到 50 万元（大约包括 22%的应急储备）。图 15-1 表明了实现各个特定成本目标的相应可能性。对进度风险模拟的结果，也能画出类似的曲线。

试题 7 参考答案

（47）C

第 16 章　项目采购管理

根据考试大纲，本章主要考查以下知识点。

（1）采购管理的相关概念和主要过程：采购的含义和作用、采购管理的主要过程。

（2）规划采购：用于规划采购的技术/方法（自制/外购决策分析、向专家进行咨询）；规划采购的输入/输出；工作说明书（工作说明书的概念、工作说明书的编写要求、工作说明书的内容要点）。

（3）实施采购：常见的询价文件（方案邀请书、报价邀请书、询价计划编制过程常用到的其他文件）；确定对投标的评判标准；询价；招标。为了内容的统一，本书将招标、投标的内容归结到项目立项管理部分。

（4）管理采购：采购合同管理要点；

（5）结束采购：合同收尾的主要内容；采购审计；合同收尾的输入/输出。

（6）项目合同：合同的概念（广义合同概念和狭义合同概念、信息系统工程合同）；合同的法律特征（合同当事人自愿达成、合同当事人法律地位平等）；合同的设立、变更和终止；项目管理中的合同模型及有效合同原则。

（7）项目合同的分类：按信息系统范围划分（总承包合同、单项任务承包合同、分包合同）；按项目付款方式划分（总价合同、单价合同、成本加酬金合同）。

（8）项目合同签订：项目合同的内容（当事人各自的权利和义务、信息系统项目质量的要求、建设单位提交有关基础资料的期限、承建单位提交阶段性及最终成果的期限、项目费用及工程款的支付方式、项目变更约定、当事人之间的其他协作条件、违约责任）；项目合同签订的注意事项（当事人的法律资格、验收时间、验收标准、技术支持服务、损害赔偿、保密约定、知识产权约定、合同附件）。

（9）项目合同管理：合同管理及作用；合同管理的主要内容（合同的签订管理、合同的履行管理、合同变更管理、合同档案的管理）；合同管理的依据、合同管理的工具和技术、合同管理的交付物。

（10）项目合同索赔处理：索赔的概念和类型；索赔的构成条件和依据（合同索赔的构成条件、常见合同索赔事由、合同索赔的依据）；索赔的处理（索赔的程序、索赔事件处理的原则、索赔的意向通知与索赔报告、索赔的审核、赔偿协商、裁决和仲裁）；合同违约的管理（对建设单位违约的管理、对承建单位违约的管理、对其他类型违约的管理）。

试题 1（2009 年上半年试题 38）

合同法律关系是指由合同法律规范调整的在民事流转过程中形成的　(38)　。

（38）A．买卖关系　　　　B．监督关系　　　C．权利义务关系　　　D．管控关系

试题 1 分析

根据合同法，合同是平等主体的自然人、法人、其他组织之间设立、变更、终止民事权利义务关系的协议。当事人订立合同，应当具有相应的民事权利能力和民事行为能力。当事人订立合同，有书面形式、口头形式和其他形式。书面形式是指合同书、信件和数据电文（包括电报、电传、传真、电子数据交换和电子邮件）等可以有形地表现所载内容的形式。

试题 1 参考答案

（38）C

试题 2（2009 年上半年试题 39）

　(39)　属于要约。

（39）A．商场的有奖销售活动　　　　　　B．商业广告

　　　C．寄送的价目表　　　　　　　　D．招标公告

试题 2 分析

当事人订立合同，采取要约、承诺方式。要约是希望和他人订立合同的意思表示，该意思表示应当内容具体确定，表明经受要约人承诺，要约人接受该意思表示约束；要约邀请是希望他人向自己发出要约的意思表示，例如寄送的价目表、拍卖公告、招标公告、招股说明书、商业广告等，都是要约邀请。投标人根据招标内容在约定期限内向招标人提交的投标文件，也可以看作是一种要约。另外，如果商业广告的内容符合要约规定的，则视为要约。

要约到达受要约人时生效。采用数据电文形式订立合同，收件人指定特定系统接收数据电文的，该数据电文进入该特定系统的时间，视为到达时间，未指定特定系统的，该数据电文进入收件人的任何系统的首次时间，视为到达时间。

要约可以撤回。撤回要约的通知应当在要约到达受要约人之前或者与要约同时到达受要约人。要约可以撤销。撤销要约的通知应当在受要约人发出承诺通知之前到达受要约人。有下列情形之一的，要约不得撤销：

（1）要约人确定了承诺期限或者以其他形式明示要约不可撤销；

（2）受要约人有理由认为要约是不可撤销的，并已经为履行合同做了准备工作。

有下列情形之一的，要约失效：

（1）拒绝要约的通知到达要约人；

（2）要约人依法撤销要约；

（3）承诺期限届满，受要约人未做出承诺；

（4）受要约人对要约的内容做出实质性变更。

试题2参考答案

（39）A

试题3（2009年上半年试题40）

__（40）__ 属于《合同法》规定的合同内容。

（40）A．风险责任的承担　　　　　　　　B．争议解决方法

　　　　C．验收标准　　　　　　　　　　D．测试流程

试题3分析

合同的内容就是当事人订立合同时的各项合同条款。主要内容包括当事人各自权利、义务、项目费用及工程款的支付方式、项目变更约定和违约责任等。

根据合同法的规定，合同的内容由当事人约定，一般包括以下条款：当事人的名称或者姓名和住所；标的；数量；质量；价款或者报酬；履行期限、地点和方式；违约责任；解决争议的方法。

试题3参考答案

（40）B

试题4（2009年上半年试题41）

《合同法》规定，价款或酬金约定不明的，按 __（41）__ 的市场价格履行。

（41）A．订立合同时订立地　　　　　　　B．履行合同时订立地

　　　　C．订立合同时履行地　　　　　　　D．履行合同时履行地

试题4分析

当事人应当遵循诚实信用原则，根据合同的性质、目的和交易习惯履行通知、协助、保密等义务。合同生效后，当事人就质量、价款或者报酬、履行地点等内容没有约定或者约定不明确的，可以协议补充；不能达成补充协议的，按照合同有关条款或者交易习惯确定。当事人就有关合同内容约定不明确的，适用下列规定。

（1）质量要求不明确的，按照国家标准、行业标准履行；没有国家标准、行业标准的，按照通常标准或者符合合同目的的特定标准履行。

（2）价款或者报酬不明确的，按照订立合同时履行地的市场价格履行；依法应当执行政府定价或者政府指导价的，按照规定履行。

（3）履行地点不明确，给付货币的，在接受货币一方所在地履行；交付不动产的，在不动产所在地履行；其他标的，在履行义务一方所在地履行。

（4）履行期限不明确的，债务人可以随时履行，债权人也可以随时要求履行，但应当给对方必要的准备时间。

（5）履行方式不明确的，按照有利于实现合同目的的方式履行。

（6）履行费用的负担不明确的，由履行义务一方负担。

执行政府定价或者政府指导价的，在合同约定的交付期限内政府价格调整时，按照交付时的价格计价。逾期交付标的物的，遇价格上涨时，按照原价格执行；价格下降时，按照新价格执行。逾期提取标的物或者逾期付款的，遇价格上涨时，按照新价格执行；价格下降时，按照原价格执行。

试题 4 参考答案

（41）C

试题 5（2009 年上半年试题 42）

诉讼失效期间从权利人知道或者应当知道权利被侵害起计算。但是，从权利被侵害之日起超过　（42）　年的，人民法院不予保护。

（42）A. 10　　　　B. 15　　　　C. 20　　　　D. 30

试题 5 分析

"时效"一词，在刑事诉讼和民事诉讼中都能碰上，但含义不同。刑事诉讼中称"追诉时效"，是指法律规定的对犯罪分子追究刑事责任的有效期限。超过追诉期限的，就不再追究刑事责任；已经追究的，应当撤销案件，或者不起诉，或者终止审理。民事诉讼中称"诉讼时效"。

我国《刑法》第八十七条规定，犯罪经过下列期限不再追究：

（1）法定最高刑不满 5 年有期徒刑的，经过 5 年；

（2）法定最高刑为 5 年以上不满 10 年有期徒刑的，经过 10 年；

（3）法定最高刑为 10 年以上有期徒刑的，经过 15 年；

（4）法定最高刑为无期徒刑、死刑的，经过 20 年。如果 20 年以后认为必须追诉的，须报请最高人民检察院核准。

试题 5 参考答案

（42）C

试题 6（2009 年上半年试题 57）

　（57）　活动应在编制采购计划过程中进行。

（57）A. 自制或外购决策　　　　　　　B. 回答卖方的问题

　　　 C. 制订合同　　　　　　　　　　D. 制订 RFP 文件

试题 6 分析

　　规划采购是记录项目采购决策、明确采购方法、识别潜在卖方的过程，它识别哪些项目需求最好或必须通过从项目组织外部采购产品、服务或成果来实现，而哪些项目需求可由项目团队自行完成。在规划采购过程中，要决定是否需要取得外部支持。如果需要，则还要决定采购什么、如何采购、采购多少，以及何时采购。如果项目需要从执行组织外部取得所需的产品、服务和成果，则每次采购都要经历从规划采购到结束采购的各个过程。

　　如果建设单位希望对采购决定施加一定影响或控制，那么在规划采购过程中，还应该考虑对潜在卖方的要求。同时，也应考虑由谁负责获得或持有法律、法规或组织政策所要求的相关许可证或专业执照。

　　项目进度计划会对规划采购过程中的采购策略制定产生重要影响。在编制采购管理计划过程中所做出的决定也会影响项目进度计划。应该将采购管理计划编制工作与制定进度计划、估算活动资源和自制或外购决策等整合起来。在规划采购过程中，要考虑每个自制或外购决策所涉及的风险，也要审查为减轻风险（有时向卖方转移风险）而拟使用的合同类型。

　　用于规划采购的工具与技术主要有自制或外购分析、专家判断和合同类型。

试题 6 参考答案

（57）A

试题 7（2009 年上半年试题 58）

采购审计的主要目的是　（58）　。

（58）A. 确认合同项下收取的成本有效、正确　　　　B. 简要地审核项目

　　　 C. 确定可供其他采购任务借鉴的成功之处　　　D. 确认基本竣工

试题 7 分析

结束采购过程的输入有项目管理计划和采购文档，输出有结束的采购和更新的组织过程资产，使用的工具与技术主要有采购审计、协商解决和记录管理系统。

采购审计是指对从规划采购过程到管理采购过程的所有采购过程进行结构化审查，其目的是找出可供本项目其他采购合同或执行组织内其他项目借鉴的成功经验与失败教训。

在每个采购关系中，通过谈判公正地解决全部未决事项、索赔和争议，都是一个重要的目标。如果通过直接谈判无法解决，则可以尝试 ADR 方法（例如，调解或仲裁）。如果所有方法都失败了，就只能选择向法院起诉，这是最不可取的方法。

试题 7 参考答案

（58）C

试题 8（2009 年上半年试题 67）

依据《中华人民共和国招标投标法》，公开招标是指招标人以招标公告的方式邀请　(67)　投标。

（67）A．特定的法人或者其他组织　　　　B．不特定的法人或者其他组织

　　　　C．通过竞争性谈判的法人或者其他组织　D．单一来源的法人或者其他组织

试题 8 分析

任何单位和个人不得将依法必须进行招标的项目化整为零或者以其他任何方式规避招标。招标投标活动应当遵循公开、公平、公正和诚实信用的原则。必须进行招标的项目，其招标投标活动不受地区或者部门的限制。任何单位和个人不得违法限制或者排斥本地区、本系统以外的法人或其他组织参加投标，不得以任何方式非法干涉招标投标活动。

招标分为公开招标和邀请招标。公开招标是指招标人以招标公告的方式邀请不特定的法人或者其他组织投标；邀请招标是指招标人以投标邀请书的方式邀请特定的法人或者其他组织投标。国务院发展计划部门确定的国家重点项目和省、自治区、直辖市人民政府确定的地方重点项目不适宜公开招标的，经国务院发展计划部门或者省、自治区、直辖市人民政府批准，可以进行邀请招标。

试题 8 参考答案

（67）B

试题9（2009年下半年试题33）

以下关于投标文件送达的叙述，___(33)___是错误的。

(33) A. 投标人必须按照招标文件规定的地点、在规定的时间内送达投标文件

B. 投递投标书的方式最好是直接送达或委托代理人送达，以便获得招标机构已收到投标书的回执

C. 如果以邮寄方式送达的，投标人应保证投标文件能够在截止日期之前投递即可

D. 招标人收到标书以后应当签收，在开标前不得开启

试题9分析

投标人应当在招标文件要求提交投标文件的截止时间前，将投标文件送达投标地点。招标人收到投标文件后，应当签收保存，不得开启。

投标人必须按照招标文件规定的地点，在规定的时间内送达投标文件。投递投标书的方式最好是直接送达或者委托代理人送达，以便获得招标机构已收到投标书的回执。

如果以邮寄方式送达的，投标人必须留出邮寄的时间，保证投标文件能够在截止日之前送达招标人指定的地点，而不是以邮戳为准。

试题9参考答案

(33) C

试题10（2009年下半年试题34）

某单位要对一个网络集成项目进行招标，由于现场答辩环节没有一个定量的标准，相关负责人在制定该项评分细则时规定本项满分为10分，但是评委的打分不得低于5分。这一规定反映了制定招标评分标准时___(34)___。

(34) A. 以客观事实为依据　　　　　　　　B. 得分应能明显分出高低

C. 严格控制自由裁量权　　　　　　　　D. 评分标准应便于评审

试题10分析

制定招标评分标准，一般应遵循如下原则。

(1) 以客观事实为依据。评分细则应尽可能以客观存在为评分依据，明确规定各评标因素在各种具体客观情况下的得分值。以业绩因素为例，假如分配的分值为5分，评分细则就不能规定业绩好的得4～5分，一般的得2～3分，较差的得0～1分，而应以一定期间内实际销售额的多少或单份金额在一定限额以上的合同份数的多少规定相应的得分，因为"好、

一般、较差"都是主观概念，不同的评审专家可能有不同的看法，监督部门也无法认定评审专家是对还是错。

（2）严格控制自由裁量权。在评分细则中应尽可能少出现"由评委根据某某情况酌情打分"的字样，对那些确实不好用客观依据量化、细化的评分因素，也应将评委的自由裁量权控制在最小范围内。如技术方案、现场答辩、现场测试效果等确实无法描述的评分因素，评分细则应设定该因素的最低得分值，且最低得分不得少于该因素满分值的 50%。

（3）得分应能明显分出高低。每一个评分因素的评分细则都应当能使不同的投标人获得不同的分值，以便能分出高低，较容易得出评标结果。仍以业绩因素为例，满分为 5 分，如果通过市场调研得知一般投标人的年销售额都在 200～1000 万元之间，评分细则就不能规定年销售额超过 200 万元的得 5 分，也不能规定年销售额低于 1000 万元的不得分，因为这样就会导致大部分投标人全都得 5 分或都不得分，在各投标人之间分不出高低，或很容易得到相等的得分。

（4）执行国家规定，体现国家政策。如关于价格分的评分细则，目前财政部专门下发了《关于加强政府采购货物和服务项目价格评审管理的通知》（财库[2007]2 号），规定政府采购服务项目采购采用综合评分法的，价格分统一采用低价优先法计算，招标采购单位制定价格因素评分细则时应严格执行这一规定。

（5）评分标准应便于评审。评分细则不要太繁琐，也不要以不便审定的事实为评分依据。仍以业绩因素为例，评分细则规定的得分档次不要太多，以 3～5 档为宜，规定的评分依据也不宜为销售总收入，因为销售收入的真伪和计算口径是一个很难评定的问题，各评委、各投标人都可能有自己的看法，最好以一定时间内的单份金额在某数额以上合同份数为得分依据，且要求合同原件带至现场，这样既便于核查，又便于计算得分。

（6）细则横向比较。对不同评分因素的评分细则进行横向比较，目的在于保证各因素的单位分值含金量大体相当。比如某采购人在采购企业管理软件时，在价格因素评分细则中规定，投标人投标报价高于基准报价的，每高 1% 扣 0.1 分，同时在售后服务因素评分细则中规定，投标人响应招标文件要求的得 7 分，投标人提出其他服务措施的，由评委酌情给 1～3 分。从中可以看出，投标人提高报价 10% 才扣 1 分，而多提出几条其他服务承诺就可能得 3 分，这服务分的含金量显然比价格分的含金量要小得多。

制定评分标准的过程实际上是一个反复研究、不断完善的过程，上述原则也不是截然分开的，它是一个有机的整体，在确定评分因素时要考虑它的权重及评分细则，在制定评分细则时有可能发现新的需要，增加的评分因素，在对各评分因素的评分细则进行横向比较时有可能发现某些评分因素的评分细则有缺陷，需要调整，甚至要对评分因素的权重进行重新分配。只有通过反复研究、不断完善才能制定出科学合理的评分标准。

试题 10 参考答案

（34）C

试题 11（2009 年下半年试题 50）

合同一旦签署了就具有法律约束力，除非 ___(50)___ 。

（50）A．一方不愿意履行义务   B．损害社会公共利益

       C．一方宣布合同无效   D．一方由于某种原因破产

试题 11 分析

依法成立的合同，自成立时生效。当事人对合同的效力可以约定附条件。附生效条件的合同，自条件成就时生效。附解除条件的合同，自条件成就时失效。当事人为自己的利益不正当地阻止条件成就的，视为条件已成就；不正当地促成条件成就的，视为条件不成就。

当事人对合同的效力可以约定附期限。附生效期限的合同，自期限届至时生效。附终止期限的合同，自期限届满时失效。

行为人没有代理权、超越代理权或者代理权终止后以被代理人名义订立的合同，未经被代理人追认，对被代理人不发生效力，由行为人承担责任。相对人可以催告被代理人在一个月内予以追认。被代理人未做表示的，视为拒绝追认。合同被追认之前，善意相对人有撤销的权利。撤销应当以通知的方式做出。

行为人没有代理权、超越代理权或者代理权终止后以被代理人名义订立合同，相对人有理由相信行为人有代理权的，该代理行为有效。法人或者其他组织的法定代表人、负责人超越权限订立的合同，除相对人知道或者应当知道其超越权限的以外，该代表行为有效。无处分权的人处分他人财产，经权利人追认或者无处分权的人订立合同后取得处分权的，该合同有效。有下列情形之一的，合同无效：

（1）一方以欺诈、胁迫的手段订立合同，损害国家利益；

（2）恶意串通，损害国家、集体或者第三人利益；

（3）以合法形式掩盖非法目的；

（4）损害社会公共利益；

（5）违反法律、行政法规的强制性规定。

合同中的下列免责条款无效：

（1）造成对方人身伤害的；

（2）因故意或者重大过失造成对方财产损失的。

试题 11 参考答案

（50）B

试题 12（2009 年下半年试题 51）

项目合同管理不包括　(51)　。

(51) A. 合同签订　　B. 合同履行　　C. 合同纠纷仲裁　　D. 合同档案管理

试题 12 分析

合同管理包括在处理合同关系时使用适当的项目管理过程，并将这些过程的结果综合到该项目的总体管理中。合同管理的内容主要由 4 个部分构成，即合同签订管理、合同履行管理、合同变更管理以及合同档案管理。

（1）合同的签订管理。在合同签订之前，应当做好以下几项工作：首先，应当做好市场调查。主要了解产品的技术发展状况，市场供需情况和市场价格等；其次，应当进行潜在合作伙伴或者竞争对手的资信调查，准确把握对方的真实意图，正确评判竞争的激烈程度；最后，了解相关环境，做出正确的风险分析判断。谈判是指人们为了协调彼此之间的关系，满足各自的需要，通过协商而争取达成一致意见的行为和过程。合同谈判的结果决定了合同条文的具体内容。因此，必须重视签订合同之前的谈判工作。谈判要注意三个问题：首先，要制定切合实际的谈判目标；其次，要抓住实质问题；只有抓住了问题的实质和关键，才能衡量谈判的难度和距离，适当调整谈判策略；最后，要营造一个平等协商的氛围。

（2）合同的履行管理。包括对合同的履行情况进行跟踪管理，主要是指对合同当事人按合同规定履行应尽的义务和应尽的职责进行检查；及时合理地处理和解决合同履行过程中出现的问题，包括合同争议、合同违约及合同索赔等事宜。

（3）合同的变更管理。信息系统项目的建设过程中难免出现一些不可预见的事项，包括要求修改或变更合同条款的情况，例如，改变系统的功能、开发进度、费用支付及双方各自承担的责任等。一般在合同订立之后，引起工程范围、合同有关各方权利责任关系变化的事件，均可以看作是合同变更。

（4）合同的档案管理。合同档案的管理，亦即合同文件（本）管理，是整个合同管理的基础。它作为信息系统项目管理的组成部分，是被统一整合为一体的一套具体的过程、相关的控制职能和自动化工具。项目经理使用合同档案管理系统对合同文件和记录进行管理。该系统用于维持合同文件和通信往来的索引记录，并协助相关的检索和归档，合同文本是合同内容的载体。对合同文本进行管理是档案法的要求，也是企业自身的需要。合同文本管理还包括正本和副本管理、合同文件格式等内容。在文本格式上，为了限制执行人员随意修改合同，一般要求采用电脑打印文本，手写的旁注和修改等不具有法律效力。

试题 12 参考答案

(51) C

试题 13（2009 年下半年试题 52）

合同的内容就是当事人订立合同时的各项合同条款，下列不属于项目合同主要内容的是 __(52)__ 。

(52) A. 项目费用及支付方式   B. 项目干系人管理

       C. 违约责任   D. 当事人各自权力、义务

试题 13 分析

请参考试题 3 的分析。

试题 13 参考答案

(52) B

试题 14（2009 年下半年试题 53）

承建单位有时为了获得项目可能将信息系统的作用过分夸大，使得建设单位对信息系统的预期过高。除此之外，建设单位对信息系统的期望可能会随着自己对系统的熟悉而提高。为避免此类情况的发生，在合同中清晰地规定 __(53)__ 对双方都是有益的。

(53) A. 保密约定   B. 售后服务   C. 验收标准   D. 验收时间

试题 11 分析

项目合同签订的注意事项如下。

（1）当事人的法律资格。当事人订立合同，应当具有相应的民事权利能力和民事行为能力。当事人依法可以委托代理人订立合同。"民事权利能力"是指自然人、法人、其他组织享有民事权利、承担民事义务的资格。"民事行为能力"是指自然人、法人、其他组织通过自己的行为行使民事权利或者履行民事义务的能力。

（2）验收标准。质量验收标准是一个关键指标。如果双方的验收标准不一致，就会在系统验收时产生纠纷。在某种情况下，承建单位为了获得项目也可能将信息系统的功能过分夸大，使得建设单位对信息系统功能的预期过高。另外，建设单位对信息系统功能的预测可能会随着自己对系统的熟悉而提高标准。为避免此类情况的发生，清晰地规定质量验收标准对双方都是有益的。合同项目依计划完成后，建设单位组织对合同项目的验收，建设方、承建方都须在正式的验收报告上签字盖章。若合同终止则按双方的约定执行。

（3）验收时间。当事人没有约定设备的交付时间或者约定不明确的，可以协议补充，不能达成协议的，依照合同有关条款或交易习惯确定。若仍不能确定，则供货方可以随时履行，采购方也可以随时要求履行，但应当给予对方必要的准备时间。

（4）技术支持服务。对于开发完成后发生的技术性问题，如果是因为开发商的工作质量所造成的，应当由开发商负责无偿地解决。一般期限是半年到一年。如果没有这个期限规定，就视为企业所有的维护要求都要另行收费。

（5）损害赔偿。原则上，委托方与被委托方都具有损害赔偿这项权利，但比较多的情况是因为承建方对于企业实施信息系统的困难估计不足，结果陷入到期后难以完成项目的尴尬局面。承建方和项目经理对此要有防范意识。为避免不希望的事件发生时扯皮，合同中不可缺少这一必要的条款。实际的赔偿方式可由双方另行协调。

（6）保密约定。当事人在订立合同过程中知悉的商业秘密，无论合同是否成立，不得泄露或者不正当地使用。泄露或者不正当地使用该商业秘密给对方造成损失的，应当承担损害赔偿责任。

（7）合同附件。合同生效后，当事人就质量、价款或者报酬、履行地点等内容没有约定或者约定不明确的，可以协议补充；不能达成补充协议的，按照合同有关条款或者交易习惯确定。

（8）法律公证。为避免合同纠纷，保证合同订立的合法性，当事人可以将签订的合同到公证机关进行公证。经过公证的合同，具有法律强制执行效力。

试题 14 参考答案

（53）C

试题 15（2009 年下半年试题 54）

为出售公司软件产品，张工为公司草拟了一份合同，其中写明"软件交付以后，买方应尽快安排付款"。经理看完后让张工重新修改，原因是　（54）　。

（54）A. 没有使用国家或行业标准的合同形式　　B. 用语含混不清，容易引起歧义

　　　　C. 名词术语使用错误　　　　　　　　　D. 措辞不够书面化

试题 15 分析

为了使合同的签约各方对合同有一致理解，要加强从谈判到系统验收的项目全生命期管理。否则项目的每一个阶段，项目的各方都可能对合同产生歧义，例如，谈判前对需求或对同一词有不同的理解就会造成相关各方的歧义。而谈判中、合同签订、合同执行、验收及售后服务也都可能产生歧义。

为了使签约各方对合同有一致理解，建议如下。

（1）使用/国家或行业标准的合同格式。

（2）为避免因条款的不完备或歧义而引起合同纠纷，系统集成商应认真审阅建设单位拟订的合同条款。除了法律的强制性规定外，其他合同条款都应与建设单位在充分协商并达

成一致基础上进行约定。

谈判取得一定成果未必意味着双方理解一致，名词术语不同，语言、文化等方面的差异，都可能引起某些误会。因此，在达成交易和签订合同前，有必要使双方进一步对他们所同意的条款有一致的认识。对"合同标的"的描述务必要达到准确、简练、清晰的标准要求，切忌含混不清。如对合同标的为货物买卖的，一定要写明货物的名称、品牌、计量单位和价格，切忌只写"购买沙子一车"之类的描述；如对合同标的是提供服务的，一定要写明服务的质量、标准或效果要求等，切忌只写"按照行业的通常标准提供服务或达到行业通常的服务标准要求等"之类的描述。例如，合同中有这样一句话：买方将尽快"安排付款"，那么"尽快"和"安排付款"都是十分含混的规定。对此应改进，应该在付款期限方面加以明确规定。

总之，对容易出现歧义的术语等合同相关内容，需在合同的"名词定义"部分解释清楚，应用相关方都理解的语言解释清楚，而且要符合 SMART 原则。

（3）对合同中质量条款应具体订明规格、型号、适用的标准等，避免合同订立后因为适用标准是采用国家、地方、行业还是其他标准等问题产生纠纷。

（4）对于合同中需要变更、转让、解除等内容也应详细说明。

（5）如果合同有附件，对于附件的内容也应精心准备，并注意保持与主合同一致，不要相互之间产生矛盾。

（6）对于既有投标书，又有正式合同书、附件等包含多项内容的合同，要在条款中列明适用顺序。

（7）为避免合同纠纷，保证合同订立的合法性、有效性，当事人可以将签订的合同到公证机关进行公证。

（8）避免方案变更导致工程变更，从而引发新的误解。

（9）注意合同内容的前后一致性。

（10）组织之间也可能产生误解。例如单位之间，因理解不同、沟通不畅、传递层次太多而产生误解。合同在同一单位不同部门之间传递时也会走样，同一部门或同一项目人员流动也会造成新人、旧人、外人对合同的不同理解。

试题 15 参考答案

（54）B

试题 16（2009 年下半年试题 55）

下列关于索赔的描述中，错误的是　　(66)　　。

（55）A．索赔必须以合同为依据

　　　　B．索赔的性质属于经济惩罚行为

　　　　C．项目发生索赔事件后，合同双方可以通过协商方式解决

D. 合同索赔是规范合同行为的一种约束力和保障措施

试题 16 分析

合同索赔是指在信息系统项目合同的履行过程中，由于当事人一方未能履行合同所规定的义务而导致另一方遭受损失时，受损失方向过失方提出赔偿的权利要求。

在实际的工作中，既可能出现建设单位向承建单位索赔的情况，也可能出现承建单位向建设单位索赔的情况。在有的参考资料中，将承建单位向建设单位的索赔称为合同索赔，而将建设单位向承建单位的索赔称为合同反索赔。在本节中，索赔和反索赔统称为合同索赔。

索赔可以从不同的角度、按不同的标准进行以下分类，常见的分类方式有按照索赔的目的分类，按索赔的依据分类，按索赔的业务性质分类和按索赔的处理方式分类等。

（1）按索赔的目的分类，可分为工期索赔和费用索赔。工期索赔就是要求业主延长施工时间，使原规定的工程竣工日期顺延，从而避免了违约罚金的发生；费用索赔就是要求业主或承包商双方补偿费用损失，进而调整合同价款。

（2）按索赔的依据分类，可分为合同规定的索赔、非合同规定的索赔。合同规定的索赔是指索赔涉及的内容在合同文件中能够找到依据，业主或承包商可以据此提出索赔要求。这种索赔不太容易发生争议；非合同规定的索赔是指索赔涉及的内容在合同文件中没有专门的文字叙述，但可以根据该合同某些条款的含义，推论出一定的索赔权。

（3）按索赔的业务性质分类，可分为工程索赔和商务索赔。工程索赔是指涉及工程项目建设中施工条件或施工技术、施工范围等变化引起的索赔，一般发生频率高，索赔费用大；商务索赔是指实施工程项目过程中的物资采购、运输、保管等方面引起的索赔事项。

（4）按索赔的处理方式分类，可分为单项索赔和总索赔。单项索赔就是采取一事一索赔的方式，即按每一件索赔事项发生后，报送索赔通知书，编报索赔报告，要求单项解决支付，不与其他的索赔事项混在一起；总索赔又称为综合索赔或一揽子索赔，即对整个工程（或某项工程）中所发生的数起索赔事项，综合在一起进行索赔。

合同索赔的重要前提条件是合同一方或双方存在违约行为和事实，并且由此造成了损失，责任应由对方承担。对提出的合同索赔，凡属于客观原因造成的延期、属于业主也无法预见到的情况，如特殊反常天气，达到合同中特殊反常天气的约定条件，承包商可能得到延长工期，但得不到费用补偿。对于属于建设单位方面的原因造成拖延工期，不仅应给承包商延长工期，还应给予费用补偿。

通常情况下，合同索赔的起因主要包括以下两个方面：

（1）索赔事件造成了项目成本的额外支出或者直接工期损失；

（2）造成费用增加或工期损失的原因，按合同约定不属于索赔方应承担的行为责任或风险责任。

具体来讲，承建单位向建设单位索赔主要是由于建设单位未能按合同约定履行自己的各项义务，造成了费用增加及工期损失等不利后果，使承建单位蒙受了经济损失；建设单位向承建单位索赔主要是由于承建单位未能按合同约定履行自己的各项义务，造成了费用增加及工期损失等不利后果，使建设单位蒙受了经济损失。

索赔必须以合同为依据。根据我国有关规定，索赔应依据下列内容：国家有关的法律（如合同法、法规和地方法规）；国家、部门和地方有关信息系统工程的标准、规范和文件；本项目的实施合同文件，包括招标文件、合同文本及附件；有关的凭证，包括来往文件、签证及更改通知，会议纪要，进度表，产品采购等；其他相关文件，包括市场行情记录、各种会计核算资料等。

试题 16 参考答案

（55）B

试题 17（2009 年下半年试题 61）

在采购中，潜在买方的报价建议书是根据卖方的　（61）　制定的。

（61）A．采购文件　　　B．评估标准　　　C．工作说明书　　　D．招标通知

试题 17 分析

采购文件用于征求潜在的承建单位的建议书。如果主要依据价格来选择承建单位（如购买商业或标准产品时），通常就使用标书、投标或报价等术语。如果主要依据其他考虑（如技术能力或技术方法）来选择承建单位，通常就使用诸如建议书的术语。不同类型的采购文件有不同的常用名称，可能包括信息邀请书（Request for Information，RFI）、投标邀标书（Invitation for Bid，IFB）、建议邀请书（Request for Proposal，RFP）、报价邀请书（Request for Quotation，RFQ）、投标通知、谈判邀请书以及承建单位初始应答邀请书。具体的采购术语可能因行业或采购地点而异。

建设单位拟定的采购文件应便于潜在的承建单位做出准确、完整的应答，还要便于对承建单位应答进行评价。采购文件中应该包括应答格式要求、相关的工作说明书以及所需的合同条款。对于政府采购，法规可能规定了采购文件的部分甚至全部内容和结构。

采购文件的复杂和详细程度应与采购的价值和风险水平相适应。采购文件既要保证承建单位做出一致且适当的应答，又要具有足够的灵活性，允许承建单位为满足既定要求而提出更好的建议。建设单位通常应该按照所在组织的相关政策，邀请潜在的承建单位提交建议书或投标书。可通过公开发行的报纸、商业期刊、公共登记机关或 Internet 来发布邀请。

试题 17 参考答案

（61）A

试题 18（2009 年下半年试题 62）

在对某项目采购供应商的评价中，评价项有：技术能力、管理水平、企业资质等，假定

满分为10分，技术能力权重为20%，三个评定人的技术能力打分分别为7分、8分、9分，那么该供应商的"技术能力"的单项综合分为___（62）___。

（62）A．24　　　B．8　　　C．4.8　　　D．1.6

试题 18 分析

加权系统是对定性数据的一种定量分析方法，以减少评定的人为因素对卖方选择的不当影响。这种方法包括：

（1）对每一个评价项设定一个权重；

（2）对潜在的每个卖方，针对每项评价项打分；

（3）将各项权重和分数相乘；

（4）将所有乘积求和，得到该潜在卖方的总分。

在本题中，先取平均分再乘以权重，即[(7+8+9)/3]×20%=1.6。

试题 18 参考答案

（62）D

试题 19（2010 年上半年试题 15）

W 公司想要对本单位的内部网络和办公系统进行改造，希望通过招标选择承建商，为此，W 公司进行了一系列活动。以下___（15）___活动不符合《中华人民共和国招标投标法》的要求。

（15）A．对此项目的承建方和监理方的招标工作，W 公司计划由同一家招标代理机构负责招标，并计划同一天开标

B．W 公司根据此项目的特点和需要编制了招标文件，并确定了提交投标文件的截止日期

C．有四家公司参加了投标，其中一家投标单位在截止日期之后提交投标文件，W 公司认为其违反了招标文件要求，没有接受该投标单位的投标文件

D．W 公司根据招标文件的要求，在三家投标单位中选择了其中一家作为此项目的承建商，并只将结果通知了中标企业

试题 19 分析

中标人的投标应当符合下列条件之一：

（1）能够最大限度地满足招标文件中规定的各项综合评价标准；

（2）能够满足招标文件的实质性要求，并且经评审的投标价格最低；但是投标价格低于成本的除外。

评标委员会经评审，认为所有投标都不符合招标文件要求的，可以否决所有投标。依法必须进行招标的项目的所有投标被否决的，招标人应当重新招标。

在确定中标人前，招标人不得与投标人就投标价格、投标方案等实质性内容进行谈判。评标委员会成员应当客观、公正地履行职务，遵守职业道德，对所提出的评审意见承担个人责任。评标委员会成员不得私下接触投标人，不得收受投标人的财物或其他好处。评标委员会成员和参与评标的有关工作人员不得透露对投标文件的评审和比较、中标候选人的推荐情况，以及与评标有关的其他情况。

中标人确定后，招标人应当向中标人发出中标通知书，并同时将中标结果通知所有未中标的投标人。中标通知书对招标人和中标人具有法律效力。中标通知书发出后，招标人改变中标结果的，或者中标人放弃中标项目的，应当依法承担法律责任。招标人和中标人应当自中标通知书发出之日起 30 日内，按照招标文件和中标人的投标文件订立书面合同。招标人和中标人不得再行订立背离合同实质性内容的其他协议。招标文件要求中标人提交履约保证金的，中标人应当提交。

依法必须进行招标的项目，招标人应当自确定中标人之日起 15 日内，向有关行政监督部门提交招标投标情况的书面报告。

试题 19 参考答案

（15）D

试题 20（2010 年上半年试题 16）

以下采用单一来源采购方式的活动，　(16)　是不恰当的。

（16）A. 某政府部门为建立内部办公系统，已从一个供应商采购了 120 万元的网络设备，由于办公地点扩大，打算继续从原供应商采购 15 万元的设备

　　　B. 某地区发生自然灾害，当地民政部分需要紧急采购一批救灾物资

　　　C. 某地方主管部门需要采购一种市政设施，目前此种设施国内仅有一家厂商生产

　　　D. 某政府机关为升级其内部办公系统，与原承建商签订了系统维护合同

试题 20 分析

政府采购采用以下方式：公开招标、邀请招标、竞争性谈判、单一来源采购、询价，以及国务院政府采购监督管理部门认定的其他采购方式。

公开招标应作为政府采购的主要采购方式，因特殊情况需要采用公开招标以外的采购方式的，应当在采购活动开始前获得设区的市、自治州以上人民政府采购监督管理部门的批准。采购人不得将应当以公开招标方式采购的货物或者服务化整为零或者以其他任何方式规避公开招标采购。

符合下列情形之一的货物或者服务，可以依照政府采购法采用邀请招标方式采购：

（1）具有特殊性，只能从有限范围的供应商处采购的；

（2）采用公开招标方式的费用占政府采购项目总价值的比例过大的。

符合下列情形之一的货物或者服务，可以依照政府采购法采用单一来源方式采购：

（1）只能从唯一供应商处采购的；

（2）发生了不可预见的紧急情况不能从其他供应商处采购的；

（3）必须保证原有采购项目一致性或者服务配套的要求，需要继续从原供应商处添购，且添购资金总额不超过原合同采购金额百分之十的。

采购的货物规格、标准统一、现货货源充足且价格变化幅度小的政府采购项目，可以采用询价方式采购。

试题 20 参考答案

（16）A

试题 21（2010 年上半年试题 50）

某承建单位准备把机房项目中的消防系统工程分包出去，并准备了详细的设计图纸和各项说明。该项目工程包括：火灾自动报警、广播、火灾早期报警灭火等。该工程宜采用 （50） 。

（50）A．单价合同　　　B．成本加酬金合同　　　C．总价合同　　　D．委托合同

试题 21 分析

建设单位与承建单位的风险分担由合同类型决定。一般情况下，人们比较喜欢固定总价合同，大多数组织都鼓励甚至经常要求使用固定总价合同。但是，在有些情况下，其他某种合同类型可能对项目更加有利。如果拟采用非总价类型的合同，项目团队就必须说明使用该种合同的合理性。通常所选择的合同类型以及具体的合同条款和条件，决定着合同双方各自承担的风险水平。

以信息系统项目付款方式为标准进行划分，通常可将合同分为两大类，即总价和成本补偿类。还有第三种常用合同类型，即混合型的工料合同。在项目实践中，合并使用两种甚至更多合同类型进行单次采购的情况也不罕见。

（1）总价合同。此类合同为既定产品或服务的采购设定一个总价。总价合同也可以为达到或超过项目目标（如进度交付日期、成本和技术绩效，或其他可量化、可测量的目标）而规定财务奖励条款。承建单位必须依法履行总价合同，否则就要承担相应的违约赔偿责任。采用总价合同，建设单位必须准确定义要采购的产品或服务。虽然允许范围变更，但范围变更通常会导致合同价格提高。

- 固定总价合同（Firm Fixed Price，FFP）。FFP 是最常用的合同类型。大多数建设单位都喜欢这种合同，因为采购的价格在一开始就被确定，并且不允许改变（除非工

作范围发生变更）。因合同履行不好而导致的任何成本增加都由承建单位负责。在 FFP 合同下，建设单位必须准确定义要采购的产品和服务，对采购规范的任何变更都可能增加建设单位的成本。

- 总价加激励费用合同（Fixed Price Incentive Fee，FPIF）。这种总价合同为建设单位和承建单位都提供了一定的灵活性，它允许有一定的绩效偏离，并对实现既定目标给予财务奖励。通常，财务奖励都与承建单位的成本、进度或技术绩效有关。绩效目标一开始就要制定好，而最终的合同价格要待全部工作结束后根据承建单位绩效加以确定。在 FPIF 合同中，要设置一个价格上限，承建单位必须完成工作并且要承担高于上限的全部成本。

- 总价加经济价格调整合同（Fixed Price with Economic Price Adjustment，FP-EPA）。如果承建单位履约要跨越相当长的周期（数年），就应该使用本合同类型。如果建设单位和承建单位之间要维持多种长期关系，也可以采用这种合同类型。它是一种特殊的总价合同，允许根据条件变化（如通货膨胀、某些特殊商品的成本增加或降低），以事先确定的方式对合同价格进行最终调整。EPA 条款必须规定用于准确调整最终价格的、可靠的财务指数。FP-EPA 合同试图保护建设单位和承建单位免受外界不可控情况的影响。

（2）成本补偿合同。此类合同向承建单位支付为完成工作而发生的全部合法实际成本（可报销成本），外加一笔费用作为承建单位的利润。成本补偿合同也可为承建单位超过或低于预定目标（如成本、进度或技术绩效目标）而规定财务奖励条款。最常见的 3 种成本补偿合同是：成本加固定费用合同（Cost Plus Fixed Fee，CPFF）、成本加激励费用合同（Cost Plus Incentive Fee，CPIF）和成本加奖励费用合同（Cost Price Award Fee，CPAF）。如果工作范围在开始时无法准确定义，从而需要在以后进行调整，或者，如果项目工作存在较高的风险，就可以采用成本补偿合同，使项目具有较大的灵活性，以便重新安排承建单位的工作。

- 成本加固定费用合同。为承建单位报销履行合同工作所发生的一切可列支成本，并向承建单位支付一笔固定费用，该费用以项目初始估算成本的某一百分比计算。费用只能针对已完成的工作来支付，并且不因承建单位的绩效而变化。除非项目范围发生变更，费用金额维持不变。

- 成本加激励费用。为承建单位报销履行合同工作所发生的一切可列支成本，并在承建单位达到合同规定的绩效目标时，向承建单位支付预先确定的激励费用。在 CPIF 合同中，如果最终成本低于或高于原始估算成本，则建设单位和承建单位需要根据事先商定的成本分摊比例来分享节约部分或分担超出部分。例如，基于承建单位的实际成本，按照 80/20 的比例分担（分享）超过（低于）目标成本的部分。

- 成本加奖励费用。为承建单位报销履行合同工作所发生的一切合法成本，但只有在满足合同中规定的某些笼统、主观的绩效标准的情况下，才能向承建单位支付大部分费用。完全由建设单位根据自己对承建单位绩效的主观判断来决定奖励费用，并且承建单位通常无权申诉。

（3）工料合同（Time and Material，T&M）。工料合同是兼具成本补偿合同和总价合同的某些特点的混合型合同。在不能很快编写出准确工作说明书的情况下，经常使用工料合同来增加人员、聘请专家以及寻求其他外部支持。这类合同与成本补偿合同的相似之处在于，它们都是开口合同，合同价因成本增加而变化。在授予合同时，建设单位可能并未确定合同的总价值和采购的准确数量。因此，如同成本补偿合同，工料合同的合同价值可以增加。很多组织会在工料合同中规定最高价格和时间限制，以防止成本无限增加。另一方面，由于合同中确定了一些参数，工料合同又与固定单价合同相似。当买卖双方就特定资源类别的价格（如高级工程师的小时费率或某种材料的单位费率）取得一致意见时，建设单位和承建单位就预先设定了单位人力或材料费率（包含承建单位利润）。

试题 21 参考答案

（50）C

试题 22（2010 年上半年试题 51）

小王为本公司草拟了一份计算机设备采购合同，其中写到"乙方需按通常的行业标准提供技术支持服务"。经理审阅后要求小王修改，原因是　（51）　。

（51）A．文字表达不通顺　　　　　　　　B．格式不符合国家或行业标准的要求

　　　　C．对合同标的的描述不够清晰、准确 D．术语使用不当

试题 22 分析

请参考试题 15 的分析。

试题 22 参考答案

（51）C

试题 23（2010 年上半年试题 52）

组织项目招标要按照《中华人民共和国招标投标法》进行。以下叙述中，　（52）　是不正确的。

（52）A．公开招标和邀请招标都是常用的招标方式

　　　　B．公开招标是指招标人以招标公告方式邀请一定范围的法人或者其他组织投标

　　　　C．邀请招标是指招标人以投标邀请书的方式邀请特定的法人或者其他组织投标

　　　　D．招标人是依照本法规定提出招标项目、进行招标的法人或者其他组织

试题 23 分析

请参考试题 8 的分析。

试题 23 参考答案

（52）B

试题 24（2010 年上半年试题 53）

系统集成商与建设方在一个 ERP 项目的谈判过程中，建设方提出如下要求：系统初验时间为 2010 年 6 月底（付款 50%）；正式验收时间为 2010 年 10 月底（累计付款 80%）；系统运行服务期限为一年（可能累计付款 100%）；并希望长期提供应用软件技术支持。系统集成商在起草项目建设合同时，合同期限设定到___（53）___为妥。

  （53）A．2010 年 10 月底   B．2010 年 6 月底

     C．2011 年 10 月底   D．长期

试题 24 分析

正式验收时间为 2010 年 10 月底（累计付款 80%），因此系统集成商在起草项目建设合同时，合同期限设定到 2011 年 10 月底为妥。

试题 24 参考答案

（53）C

试题 25（2010 年上半年试题 54）

某软件开发项目合同规定，需求分析要经过客户确认后方可进行软件设计。但建设单位以客户代表出国、其他人员不知情为由拒绝签字，造成进度延期。软件开发单位进行索赔一般按___（54）___顺序较为妥当。

 ① 由该项目的监理方进行调解   ② 由经济合同仲裁委员会仲裁

 ③ 由有关政府主管机构仲裁

  （54）A．①②③   B．①③②   C．③①②   D．②①③

试题 25 分析

项目发生索赔事件后，一般先由监理工程师调解，若调解不成，由政府建设主管机构进行调解，若仍调解不成，由经济合同仲裁委员会进行调解或仲裁。

试题 25 参考答案

（54）B

试题 26（2010 年上半年试题 55）

按照索赔程序，索赔方要在索赔通知书发出后__(55)__内，向监理方提出延长工期和（或）补偿经济损失的索赔报告及有关资料。

（55）A．2 周　　　　　B．28 天　　　　　C．30 天　　　　　D．3 周

试题 26 分析

在索赔事件发生后的约定时间内（28 天内），索赔方应向另一方和监理单位发出索赔意向通知。发出索赔意向通知后的约定时间内（28 天内），向另一方和监理单位提交索赔报告及有关资料。当该索赔事件持续发生时，索赔方应阶段性地向另一方和监理单位发出索赔意向通知。在索赔事件结束后的约定时间内，向另一方和监理单位提交最终索赔报告及有关资料。

监理单位在接到索赔意向通知后，应建立索赔档案。同时密切关注事件的发展，检查承建单位的同期记录。监理单位在接到补偿经济损失或延长工期的索赔报告及有关资料后，应客观分析事件发生的原因，对照合同的有关条款及相应的同期记录研究索赔证据。如有必要，可以要求索赔方进一步提供补充资料来补充索赔理由和证据。

监理单位在接到索赔方提交的索赔报告及有关资料后，应在约定时间内给予答复，或要求索赔方进一步提供补充资料来补充索赔理由和证据。如果未予以答复或未对索赔方做进一步要求时，则视为该索赔已被认可。监理工程师对索赔的答复，索赔方或发包人不能接受，即进入仲裁或诉讼程序。

监理单位在处理合同索赔时，应着重检查以下几项工作：

（1）索赔报告的提交程序、时限、格式和内容等是否符合合同要求及相关规定；

（2）与索赔报告一同提交的有关资料是否真实、齐全且手续完备；

（3）申请索赔的要求是否有合同依据支持，理由是否正确且充分；

（4）合同索赔中索赔金额的数量是否合理且合法；

（5）合同索赔中工期延长的天数是否合理且必须。

通过对以上几项的分析，结合索赔事件本身，监理单位应依据合同条款划清责任界限，审查索赔方提出的索赔要求。剔除其中的不合理部分，拟定自己计算的合理索赔金额和工期延长天数，做出相应的监理决定。对于承建单位及建设单位、监理单位都负有一定责任的索赔责任，应特别注意准确地划分有关各方应承担责任大小的比例。

索赔是合同管理的重要环节。按照我国建设部、财政部下达的通用条款，规定按以下原则进行索赔：

（1）索赔必须以合同为依据。遇到索赔事件时，以合同为依据来公平处理合同双方的

利益纠纷；

（2）必须注意资料的积累。积累一切可能涉及索赔论证的资料，做到处理索赔时以事实和数据为依据；

（3）及时、合理地处理索赔。索赔发生后，必须依据合同的相应条款及时地对索赔进行处理，尽量将单项索赔在执行过程中陆续加以解决；

（4）加强索赔的前瞻性。在工程的实施过程中，应对可能引起的索赔进行预测，及时采取补救措施，避免过多索赔事件的发生。

试题 26 参考答案

（55）B

试题 27（2010 年上半年试题 56）

某项工程需在室外进行线缆敷设，但由于连续大雨造成承建方一直无法施工，开工日期比计划晚了 2 周（合同约定持续 1 周以内的天气异常不属于反常天气），给承建方造成一定的经济损失。承建方若寻求补偿，应当___（56）___。

（56）A．要求延长工期补偿　　　　　　　　B．要求费用补偿

　　　　C．要求延长工期补偿、费用补偿　　D．自己克服

试题 27 分析

请参考试题 16 的分析。

试题 27 参考答案

（56）A

试题 28（2010 年上半年试题 60）

以下关于采购工作说明书的叙述中，___（60）___是错误的。

（60）A．采购工作说明书与项目范围基准没有关系

　　　　B．采购工作说明书与项目的工作说明书不同

　　　　C．应在编制采购计划的过程中编写采购工作说明书

　　　　D．采购工作说明书定义了与项目合同相关的范围

试题 28 分析

依据项目范围基准，为每次采购编制工作说明书（Statement Of Work，SOW），对将要

包含在相关合同中的那一部分项目范围进行定义。SOW 应该详细描述拟采购的产品、服务或成果，以便潜在的承建单位确定他们是否有能力提供这些产品、服务或成果。至于应该详细到何种程度，会因采购品的性质、建设单位的需要或拟用的合同形式而异。SOW 中可包括规格、数量、质量、性能参数、履约期限、工作地点和其他内容。

　　SOW 应力求清晰、完整和简练。它也应该说明任何所需的附带服务，如绩效报告或项目后的运营支持等。某些应用领域对 SOW 有特定的内容和格式要求。每次进行采购，都需要编制 SOW。不过，可以将多个产品或服务组合成一个采购包，由一个 SOW 全部覆盖。在采购过程中，应根据需要对 SOW 进行修订和改进，直到合同签订、SOW 成为合同的一部分。

试题 28 参考答案

（60）A

试题 29（2010 年上半年试题 61）

　　某项目建设内容包括机房的升级改造、应用系统的开发以及系统的集成等。招标人于 2010 年 3 月 25 日在某国家级报刊上发布了招标公告，并规定 4 月 20 日上午 9 时为投标截止时间和开标时间。系统集成单位 A、B、C 购买了投标文件。在 4 月 10 日，投标人发现发售的投标文件中某技术指标存在问题，需要进行澄清，于是在 4 月 12 日以书面形式通知 A、B、C 三家单位。根据《中华人民共和国招标投标法》，投标文件截止日期和开标日期应该不早于 __（61）__ 。

　　（61）A．5 月 5 日　　　　B．4 月 22 日　　　　C．4 月 25 日　　　　D．4 月 27 日

试题 29 分析

　　招标人应当根据招标项目的特点和需要编制招标文件。招标文件应当包括招标项目的技术要求、对投标人资格审查的标准、投标报价要求和评标标准等所有实质性要求和条件，以及拟签订合同的主要条款。

　　招标项目需要划分标段、确定工期的，招标人应当合理划分标段、确定工期，并在招标文件中载明。招标文件不得要求或者标明特定的生产供应以及含有倾向或者排斥潜在投标人的其他内容。

　　招标人根据招标项目的具体情况，可以组织潜在投标人踏勘项目现场。招标人不得向他人透露已获取招标文件的潜在投标人的名称、数量，以及可能影响公平竞争的有关招标投标的其他情况。招标人设有标底的，标底必须保密。

　　招标人对已发出的招标文件进行必要的澄清或者修改的，应当在招标文件要求提交投标文件截止时间至少 15 日前，以书面形式通知所有招标文件收受人。该澄清或者修改的内容为招标文件的组成部分。

招标人应当确定投标人编制投标文件所需要的合理时间。但是，依法必须进行招标的项目，自招标文件开始发出之日起至投标人提交投标文件截止之日止，最短不得少于 20 日。

本题中，在 4 月 12 日的基础上加 15 天，即 4 月 27 日。

试题 29 参考答案

（61）D

试题 30（2010 年上半年试题 62）

在评标过程中，___（62）___ 是不符合招标投标法要求的。

（62）A．评标委员会委员由 5 人组成，其中招标人代表 2 人，经济、技术专家 3 人

B．评标委员会认为 A 投标单位投标文件中针对某项目的阐述不够清晰，要求 A 单位予以澄清

C．某单位的投标文件某分项工程的报价存在个别漏项，评标委员认为个别漏项属于细微偏差，投标标书有效

D．某单位虽然按招标文件要求编制了招标文件，但是个别页面没有编制页码，评标委员会认为投标标书有效

试题 30 分析

评标由招标人依法组建的评标委员会负责。依法必须进行招标的项目，其评标委员会由招标人的代表和有关技术、经济等方面的专家组成，成员人数为 5 人以上单数，其中技术、经济等方面的专家不得少于成员总数的三分之二。专家应当从事相关领域工作满八年并具有高级职称或者具有同等专业水平，由招标人从国务院有关部门或者省、自治区、直辖市人民政府有关部门提供的专家名册或者招标代理机构的专家库内的相关专业的专家名单中确定；一般招标项目可以采取随机抽取方式，特殊招标项目可以由招标人直接确定。与投标人有利害关系的人不得进入相关项目的评标委员会，已经进入的应当更换。评标委员会成员的名单在中标结果确定前应当保密。

招标人应当采取必要的措施，保证评标在严格保密的情况下进行。任何单位和个人不得非法干预、影响评标的过程和结果。

评标委员会可以要求投标人对投标文件中含义不明确的内容做必要的澄清或者说明，但是澄清或说明不得超出投标文件的范围或者改变投标文件的实质性内容。评标委员会应当按照招标文件确定的评标标准和方法，对投标文件进行评审和比较；设有标底的，应当参考标底。评标委员会完成评标后，应当向招标人提出书面评标报告，并推荐合格的中标候选人。招标人根据评标委员会提出的书面评标报告和推荐的中标候选人确定中标人。招标人也可以授权评标委员会直接确定中标人。

评标委员会应当根据招标文件，审查并逐项列出投标文件的全部投标偏差。投标偏差分

为重大偏差和细微偏差。下列情况属于重大偏差：

（1）没有按照招标文件要求提供投标担保或者所提供的投标担保有瑕疵；

（2）投标文件没有投标人授权代表签字和加盖公章；

（3）投标文件载明的招标项目完成期限超过招标文件规定的期限；

（4）明显不符合技术规格、技术标准的要求；

（5）投标文件载明的货物包装方式、检验标准和方法等不符合招标文件的要求；

（6）投标文件附有招标人不能接受的条件；

（7）不符合招标文件中规定的其他实质性要求。

投标文件有上述情形之一的为未能对招标文件做出实质性响应，作废标处理。

细微偏差是指投标文件在实质上响应招标文件要求，但在个别地方存在漏项或者提供了不完整的技术信息和数据等情况，并且补正这些遗漏或者不完整不会对其他投标人造成不公平的结果。细微偏差不影响投标文件的有效性。

评标委员会应当书面要求存在细微偏差的投标人在评标结束前予以补正。拒不补正的，在详细评审时可以对细微偏差做不利于该投标人的量化，量化标准应当在招标文件中明确规定。

试题 30 参考答案

（62）A

试题 31（2010 年上半年试题 63）

某项采购已经到了合同收尾阶段，为了总结这次采购过程中的讲演教训，以供公司内的其他项目参考借鉴，公司应组织　（63）　。

（63）A．业绩报告　　　B．采购评估　　　　C．项目审查　　　　D．采购审计

试题 31 分析

请参考试题 7 的分析。

试题 31 参考答案

（63）D

试题 32（2010 年下半年试题 15）

关于竞争性谈判，以下说法不恰当的是　（15）　。

（15）A．竞争性谈判公告须在财政部门指定的政府采购信息发布媒体上发布，自公告

发布日至谈判文件递交截止日期的时间不得少于 20 个自然日

B．某地方政府采用公开招标采购视频点播系统，招标公告发布后仅 2 家供应商在指定日期前购买标书，经采购、财政部门认可，可改为竞争性谈判

C．某机关办公大楼为配合线路改造，需在两周内紧急采购一批 UPS 设备，因此可采用竞争性谈判的采购方式

D．须有 3 家以上具有资格的供应商参加谈判

试题 32 分析

符合下列情形之一的货物或者服务，可以依照政府采购法采用竞争性谈判方式采购：

（1）招标后没有供应商投标、没有合格标的或者重新招标未能成立的；

（2）技术复杂或者性质特殊，不能确定详细规格或者具体要求的；

（3）采用招标所需时间不能满足用户紧急需要的；

（4）不能事先计算出价格总额的。

采用竞争性谈判方式采购的，应当遵循下列程序：

（1）成立谈判小组。谈判小组由采购人的代表和有关专家共三人以上的单数组成，其中专家的人数不得少于成员总数的三分之二；

（2）制定谈判文件。谈判文件应当明确谈判程序、谈判内容、合同草案的条款以及评定成交的标准等事项。《政府采购法》规定，招投标类采购自招标文件发出之日起至投标人提交投标文件截止之日止，不得少于 20 天。竞争性谈判采购方式适用条件中有一条是"招标所用时间不能满足用户紧急需要的"。因此，竞争性谈判采购从发布谈判文件到供应商响应的时间可以比招投标采购短，但也应当有一个合理的时间段，如果间隔时间太短，不利于参加谈判的供应商理解、分析谈判文件及做出应答，5～10 天是一个比较合理的时间；

（3）确定邀请参加谈判的供应商名单。谈判小组从符合相应资格条件的供应商名单中确定不少于三家的供应商参加谈判，并向其提供谈判文件；

（4）谈判。谈判小组所有成员集中与单一供应商分别进行谈判。在谈判中，谈判的任何一方不得透露与谈判有关的其他供应商的技术资料、价格和其他信息。谈判文件有实质性变动的，谈判小组应当以书面形式通知所有参加谈判的供应商；

（5）确定成交供应商。谈判结束后，谈判小组应当要求所有参加谈判的供应商在规定时间内进行最后报价，采购人从谈判小组提出的成交候选人中根据符合采购需求、质量和服务相等且报价最低的原则确定成交供应商，并将结果通知所有参加谈判的未成交的供应商。

另外，根据《政府采购货物和服务招标投标管理办法》（财政部第 18 号令）第 43 条的规定，投标截止时间结束后参加投标的供应商不足三家的或在评标期间出现符合专业条件的供应商或者对招标文件做出实质响应的供应商不足三家的情形的，经报政府采购监督管理部门批准，可以采用竞争性谈判采购方式。

试题 32 参考答案

（15）A

试题 33（2010 年下半年试题 16）

某省政府采用公开招标方式采购信息系统项目及服务，招标文件要求投标企业必须具备系统集成二级及其以上资质，提交证书复印件并加盖公章。开标当天共有 5 家企业在截止时间之前投递了标书。根据《中华人民共和国政府采购法》，如发生以下　（16）　情况，本次招标将作废标处理。

（16）A. 有 3 家企业具备系统集成一级资质，有 2 家企业具备系统集成三级资质

　　　B. 有 3 家企业具备系统集成二级资质，有 2 家企业具备系统集成三级资质

　　　C. 5 家企业都具有系统集成二级资质，其中有 2 家企业的系统集成二级资质证书有效期满未延续换证

　　　D. 有 3 家企业具备系统集成三级资质，有 2 家企业具备系统集成二级资质

试题 33 分析

在招标采购中，出现下列情形之一的，应予废标：

（1）符合专业条件的供应商或者对招标文件作实质响应的供应商不足三家的；

（2）出现影响采购公正的违法、违规行为的；

（3）投标人的报价均超过了采购预算，采购人不能支付的；

（4）因重大变故，采购任务取消的。

废标后，采购人应当将废标理由通知所有投标人。废标后，除采购任务取消情形外，应当重新组织招标；需要采取其他方式采购的，应当在采购活动开始前获得设区的市、自治州以上人民政府采购监督管理部门或者政府有关部门批准。

试题 33 参考答案

（16）D

试题 34（2010 年下半年试题 50）

某机构将一大型信息系统集成项目分成 3 个包进行招标，共有 3 家承包商中标，发包人与承包商应签署　（50）　。

（50）A. 技术转让合同　　　　　　　B. 单项项目承包合同

　　　C. 分包合同　　　　　　　　　D. 总承包合同

试题 34 分析

以项目的范围为标准划分，合同可以分为项目总承包合同、项目单项承包合同和项目分包合同3类。

（1）项目总承包合同。建设单位将项目的全过程作为一个整体发包给同一个承建单位的合同。需要特别注意的是总承包合同要求只与同一个承建单位订立承包合同，但并不意味着只订立一个总合同。可以采用订立一个总合同的形式，也可以采用订立若干个合同的形式。例如建设单位与同一承建单位分别就项目的咨询论证、方案设计、硬件建设、软件开发、实施及运行维护等订立不同的合同。采用总承包合同的方式一般适用于经验丰富、技术实力雄厚且组织管理协调能力强的建设单位，这样有利于发挥承建单位的专业优势，保证项目的质量和进度，提高投资效益。采用这种方式，建设单位只需与一个承建单位沟通，容易管理与协调。

（2）项目单项承包合同。一个承建单位只承建项目中咨询论证、方案设计、硬件建设、软件开发、实施及运行维护等的某一项或某几项内容，建设单位分别与不同的承建单位订立项目单项承包合同。采用项目单项承包合同的方式有利于吸引更多的承建单位参与投标竞争，使建设单位可以选择在某一单项上实力强的承建单位。同时也有利于承建单位专注于自身经验丰富且技术实力雄厚的部分的建设，但这种方式对于建设单位的组织管理协调能力提出了较高的要求。

（3）项目分包合同。经合同约定和建设单位认可，承建单位将其承包项目的某一部分或某几部分项目（非项目的主体结构）再发包给具有相应资质条件的分包方，与分包方订立的合同称为项目分包合同。

希赛教育软考学院专家提示： 订立项目分包合同必须同时满足5个条件，即经过建设单位认可；分包的项目必须是非主体结构；只能分包部分项目，而不能转包全部项目；分包方必须具备相应的资质条件；分包方不能再次分包。

分包合同涉及两种合同关系，即建设单位与承建单位的承包合同关系，以及承建单位与分包方的分包合同关系。承建单位在原承包合同范围内向建设单位负责，而分包方与承建单位在分包合同范围内向建设单位承担连带责任。如果分包的项目出现问题，建设单位既可以要求承建单位承担责任，也可以直接要求分包方承担责任。

试题 34 参考答案

（50）B

试题 35（2010 年下半年试题 51）

根据合同法规定，___(51)___不属于违约责任的承担方式。

（51）A. 继续履行   B. 采取补救措施

    C．支付约定违约金或定金　　　　　　　　D．终止合同

试题 35 分析

当事人一方不履行合同义务或者履行合同义务不符合约定的，应当承担继续履行、采取补救措施或者赔偿损失等违约责任。当事人一方明确表示或者以自己的行为表明不履行合同义务的，对方可以在履行期限届满之前要求其承担违约责任。当事人一方未支付价款或者报酬的，对方可以要求其支付价款或者报酬。当事人一方不履行非金钱债务或者履行非金钱债务不符合约定的，对方可以要求履行，但有下列情形之一的除外：

（1）法律上或者事实上不能履行；

（2）债务的标的不适于强制履行或者履行费用过高；

（3）债权人在合理期限内未要求履行。

质量不符合约定的，应当按照当事人的约定承担违约责任。对违约责任没有约定或者约定不明确，受损害方根据标的的性质以及损失的大小，可以合理选择要求对方承担修理、更换、重作、退货、减少价款或者报酬等违约责任。

当事人一方不履行合同义务或者履行合同义务不符合约定的，在履行义务或者采取补救措施后，对方还有其他损失的，应当赔偿损失。当事人一方不履行合同义务或者履行合同义务不符合约定，给对方造成损失的，损失赔偿额应当相当于因违约所造成的损失，包括合同履行后可以获得的利益，但不得超过违反合同一方订立合同时预见到或者应当预见到的因违反合同可能造成的损失。经营者对消费者提供商品或者服务有欺诈行为的，依照《中华人民共和国消费者权益保护法》的规定承担损害赔偿责任。

当事人可以约定一方违约时应当根据违约情况向对方支付一定数额的违约金，也可以约定因违约产生的损失赔偿额的计算方法。约定的违约金低于造成的损失的，当事人可以请求人民法院或者仲裁机构予以增加；约定的违约金过分高于造成的损失的，当事人可以请求人民法院或者仲裁机构予以适当减少。当事人就迟延履行约定违约金的，违约方支付违约金后，还应当履行债务。

当事人可以依照《中华人民共和国担保法》约定一方向对方给付定金作为债权的担保。债务人履行债务后，定金应当抵作价款或者收回。给付定金的一方不履行约定的债务的，无权要求返还定金；收受定金的一方不履行约定的债务的，应当双倍返还定金。当事人既约定违约金，又约定定金的，一方违约时，对方可以选择适用违约金或者定金条款。

因不可抗力不能履行合同的，根据不可抗力的影响，部分或者全部免除责任，但法律另有规定的除外。当事人迟延履行后发生不可抗力的，不能免除责任。不可抗力是指不能预见、不能避免并不能克服的客观情况。当事人一方因不可抗力不能履行合同的，应当及时通知对方，以减轻可能给对方造成的损失，并应当在合理期限内提供证明。

当事人一方违约后，对方应当采取适当措施防止损失的扩大；没有采取适当措施致使损失扩大的，不得就扩大的损失要求赔偿。当事人因防止损失扩大而支出的合理费用，由违约方承担。当事人双方都违反合同的，应当各自承担相应的责任。

试题 35 参考答案

（51）D

试题 36（2010 年下半年试题 52）

小张草拟了一份信息系统定制开发合同，其中写明"合同签订后建设单位应在 7 个工作日内向承建单位支付 60%合同款；系统上线并运行稳定后，建设单位应在 7 个工作日内向承建单位支付 30%合同款"。上述条款中存在的主要问题为___（52）___。

（52）A．格式不符合行业标准的要求　　　　　B．措辞不够书面化

　　　 C．条款描述不清晰、不准确　　　　　　D．名词术语不规范

试题 36 分析

合同对"运行稳定"没有确切定义，也没有说明余下的 10%合同款的支付方式与时间。有关合同的要求，请参考试题 15 的分析。

试题 36 参考答案

（52）C

试题 37（2010 年下半年试题 53）

为保证合同订立的合法性，关于合同签订，以下说法不正确的是___（53）___。

（53）A．订立合同的当事人双方，应当具有相应的民事权利能力和民事行为能力

　　　 B．为保障双方利益，应在合同正文部分或附件中清晰规定质量验收标准，并可在合同签署生效后协议补充

　　　 C．对于项目完成后发生技术性问题的处理与维护，如果合同中没有相关条款，默认维护期限为一年

　　　 D．合同价款或者报酬等内容，在合同签署生效后，还可以进行协议补充

试题 37 分析

请参考试题 14 的分析。

试题 37 参考答案

（53）C

试题 38（2010 年下半年试题 54）

下述关于项目合同索赔处理的叙述中，不正确的是　(54)　。

（54）A. 按业务性质分类，索赔可分为工程索赔和商务索赔

B. 项目实施中的会议纪要和来往文件等不能作为索赔依据

C. 建设单位向承建单位要求的赔偿称为反索赔

D. 项目发生索赔事件后一般先由监理工程师调解

试题 38 分析

请参考试题 16 的分析。

试题 38 参考答案

（54）B

试题 39（2010 年下半年试题 55）

某信息系统集成项目实施期间，因建设单位指定的系统部署地点所处的大楼进行线路改造，导致项目停工一个月，由于建设单位未提前通知承建单位，导致双方在项目启动阶段协商通过的项目计划无法如期履行。根据我国有关规定，承建单位　(55)　。

（55）A. 可申请延长工期补偿，也可申请费用补偿

B. 可申请延长工期补偿，不可申请费用补偿

C. 可申请费用补偿，不可申请延长工期补偿

D. 无法取得补偿

试题 39 分析

根据试题 16 的分析，在本题中，由于是"建设单位指定的系统部署地点所处的大楼进行线路改造，导致项目停工一个月，由于建设单位未提前通知承建单位，导致双方在项目启动阶段协商通过的项目计划无法如期履行"，因此，承建单位可申请延长工期补偿，也可申请费用补偿。

试题 39 参考答案

（55）A

试题 40（2010 年下半年试题 56）

某机构信息系统集成项目进行到项目中期，建设单位单方面终止合作，承建单位于 2010 年 7 月 1 日发出索赔通知书，承建单位最迟应在 __(56)__ 之前向监理方提出延长工期和（或）补偿经济损失的索赔报告及有关资料。

(56) A. 2010 年 7 月 31 日   B. 2010 年 8 月 1 日

       C. 2010 年 7 月 29 日   D. 2010 年 7 月 16 日

试题 40 分析

请参考试题 26 的分析。

试题 40 参考答案

(56) C

试题 41（2010 年下半年试题 60）

某项目建设方没有聘请监理，承建方项目组在编制采购计划时可包括的内容有 __(60)__。
①第三方系统测试服务   ②设备租赁   ③建设方按照进度计划提供的货物   ④外部聘请的项目培训

(60) A. ①②③   B. ②③④   C. ①③④   D. ①②④

试题 41 分析

"建设方按照进度计划提供的货物"不在承建方的采购范围内。对于工程中的关键性技术指标，以及有争议的质量问题，建设单位应要求承建单位出具第三方测试机构的测试报告。第三方测试机构的选择应经建设单位同意。

试题 41 参考答案

(60) D

试题 42（2010 年下半年试题 61）

编制采购计划时，项目经理把一份"计算机的配置清单及相关的交付时间要求"提交给采购部。关于该文件与工作说明书的关系，以下表述 __(61)__ 是正确的。

(61) A. 虽然能满足采购需求，但它是物品清单不是工作说明书

B. 该清单不能作为工作说明书，不能满足采购验收需要

C. 与工作说明书主要内容相符

D. 工作说明书由于很专业应由供应商编制

试题 42 分析

工作说明书中可包括规格、数量、质量、性能参数、履约期限、工作地点和其他内容。

在本题中，对"配置清单"比较含糊。按照常规思维，计算机的"配置清单"通常包括各主要部件的厂家、型号、规格、数量、容量、速度等，这里其实包含了质量和性能参数。因此，该文件与工作说明书的主要内容相符，即选项是 C 正确的；如果理解"配置清单"仅仅为"物品清单"，则该文件不能作为工作说明书，不能满足采购验收需要。这样，A 和 B 就都是正确的。

综合考虑，因为正确的答案只能有一个，所以选择 C。

试题 42 参考答案

（61）C

试题 43（2010 年下半年试题 62）

某市经济管理部门规划经济监测信息系统，由于该领域的专业性和复杂性，拟采取竞争性谈判的方式进行招标。该部门自行编制谈判文件并在该市政府采购信息网发布采购信息，谈判文件要求自谈判文件发出 12 天内提交投标文档、第 15 天进行竞争性谈判。谈判小组由建设方代表 1 人、监察部门 1 人、技术专家 5 人共同组成，并邀请 3 家有行业经验的 IT 厂商参与谈判。在此次竞争性谈判中存在的问题是 __(62)__ 。

（62）A. 该部门不应自行编制谈判文件，应委托中介机构编制

　　　B. 谈判文件发布后 12 日提交投标文件违反了"招投标类采购自招标文件发出之日起至投标人提交投标文件截正之日止，不得少于 20 天"的要求。

　　　C. 应邀请 3 家以上（不含 3 家）IT 厂商参与谈判

　　　D. 谈判小组人员组成不合理

试题 43 分析

监察部门不是采购人代表，不应该进入谈判小组。有关竞争性谈判的详细知识，请参考试题 32 的分析。

试题 43 参考答案

（62）D

试题44（2010年下半年试题63）

某企业ERP项目拟采用公开招标方式选择系统集成商，2010年6月9日上午9时，企业向通过资格预审的甲、乙、丙、丁、戊五家企业发出了投标邀请书，规定投标截止时间为2010年7月19日下午5时。甲、乙、丙、戊四家企业在截止时间之前提交投标文件，但丁企业于2010年7月20日上午9时才送达投标文件。在评标过程中，专家组确认：甲企业投标文件有项目经理签字并加盖公章，但无法定代表人签字；乙企业投标报价中的大写金额与小写金额不一致；丙企业投标报价低于标底和其他四家较多。以下论述不正确的是　(63)　。

（63）A. 丁企业投标文件逾期，应不予接受

B. 甲企业无法定代表人签字，作废标处理

C. 丙企业报价不合理，作废标处理

D. 此次公开招标依然符合投标人不少于三个的要求

试题44分析

"丁企业于2010年7月20日上午9时才送达投标文件"，这说明丁企业投标文件逾期，应不予接受。因此，选项A正确。

"甲企业投标文件有项目经理签字并加盖公章，但无法定代表人签字"，这里比较含糊，因为没有讲清楚项目经理是否得到了法人代表的授权。如果得到了法人代表的授权，则甲企业的投标文件就是有效的，否则就是无效的，作废标处理。因此，选项B是否正确待定。

"丙企业投标报价低于标底和其他四家较多"，这是允许的，按照法律规定，"投标报价不能低于成本价"就可以了，与标底和其他企业没有比较关系。因此，选项C不正确。

总共五家企业参与投标，丁企业废标，即使甲企业也废标，则仍然剩下三家，即此次公开招标依然符合投标人不少于三个的要求，也就是说，不管选项B是否正确，选项D都是正确的。

试题44参考答案

（63）C

第17章 项目配置管理

根据考试大纲，本章主要考查以下知识点。

（1）配置管理有关概念：配置项、配置库、配置管理活动和流程、配置管理系统、基线。

（2）制定配置管理计划：配置管理计划编制工作的基本步骤、配置管理计划的主要内容。

（3）配置识别与建立基线：配置识别的基本步骤、配置识别的常用方法和原则、建立基线的目的及其在项目实施中的应用。

（4）建立配置管理系统：建立配置管理系统的基本步骤、配置库管理系统的基本结构。

（5）版本管理：配置项状态变迁规则、配置项版本号控制、配置项版本控制流程。

（6）配置状态报告：配置状态报告的内容、状态说明。

（7）配置审核：实施配置审核的作用、实施配置审核的方法。

试题1（2009年上半年试题45）

进行配置管理的第一步是 ___（45）___ 。

（45）A．制定识别配置项的准则　　　　　B．建立并维护配置管理的组织方针

　　　　C．制定配置项管理表　　　　　　D．建立CCB

试题1分析

配置管理的流程如下：

（1）建立并维护配置管理的组织方针；

（2）制定项目配置管理计划；

（3）确定配置标识规则；

（4）实施变更控制；

（5）报告配置状态；

（6）进行配置审核；

（7）进行版本管理和发行管理。

试题 1 参考答案

（45）B

试题 2（2009 年上半年试题 47）

___(47)___ 不是创建基线或发行基线的主要步骤。

（47）A. 获得 CCB 的授权　　　　　B. 确定基线配置项

　　　 C. 形成文件　　　　　　　　D. 建立配置管理系统

试题 2 分析

基线是配置管理的一个重要概念，它有助于在不严重妨碍合理变化的前提下来控制变化。IEEE 将基线定义为：已经通过了正式复审的规格说明或中间产品，它可以作为进一步开发的基础，并且只有通过正式的变化控制过程才能改变它。简单来说，基线就是通过了正式复审的配置项。

基线是开发过程中关键的里程碑，不过里程碑强调过程的终点和终点的标识，而基线更强调一个开发阶段到达里程碑时的结果及其内容。在一个开发阶段结束后，要对相应的配置项进行基线化并形成各类基线。基线就是一个配置项（或一组配置项）在其生命周期的不同阶段完成时，通过评审而进入受控状态的一组实体，这个过程称为基线化。每个基线都是其下一步开发的基点和参考点；它们都将接受配置管理的严格控制。因此基线必须通过评审过程建立；基线存在于基线库中，接受更高权限的控制；基线是进一步开发和修改的基准和出发点。

创建基线或发行基线的步骤如下：

（1）获得 CCB 的授权。CMO 根据项目进展情况或项目团队的要求和基线计划规定，提出创建基线的书面请求，提请 CCB 授权；

（2）创建构造基线或发行基线；

（3）形成文件；

（4）使基线可用。

对某个组织而言，其配置管理系统通常是固定的，各项目共用的。在组织层面上，建立配置管理系统的步骤如下：

（1）组建配置管理方案构造小组。这个小组负责构造配置管理过程中的所有工作，包括了解本组织的现有开发、管理现状，选择配置管理工具，制订配置管理规范，安排试验项目的实施，沟通部门间的关系，获得管理者的支持和开发人员的认同。配置管理方案构造小组的成员应该包括小组负责人、技术支持专家、配置管理专家、配置管理系统用户代表；

（2）对组织进行了解、评估。组织的调查评估工作由配置管理专家领导，配置管理系统用户代表参与，提供基本信息，并由小组负责人协调，对相关部门人员进行深入调查获得较全面的数据。对组织的了解、评估应从人员、技术、工作流程、现有项目和期望值等方面入手；

（3）配置管理工具及其提供商评估。通过对组织的评估，了解组织的现状和需求后，就需要选择适合于组织的配置管理工具。市场上现有的配置管理工具众多，它们各有所长，在功能和性能等方面有较大的差别，只有经过仔细地对产品及其提供商进行分析评估，核对组织的需求，才能挑选出合适的工具，实现一个理想的配置管理过程；

（4）制订实施计划；

（5）定义配置管理流程。配置管理流程是组织进行配置管理的依据，也是配置管理构造小组最重要的工作成果。配置管理流程规定开发过程中需要做哪些配置管理方面的工作，由谁做、如何做；

（6）试验项目的实施。这一阶段的任务是选取组织中的一个现有项目，按既定的配置管理流程去进行开发和配置管理工作。这种试验的目的是在一定风险范围内，通过实地运作来确定所选的配置管理工具、所制订的配置管理规范是否能满足组织的需要；

（7）全面实施。经过试验项目证实、校正后的配置管理流程就可以在组织的各个项目、各个相关工作环节中去应用、实施，最终使配置管理过程日常化、规范化。

试题 2 参考答案

（47）D

试题 3（2010 年上半年试题 65）

配置识别是软件项目管理中的一项重要工作，它的工作内容不包括　(65)　。

(65) A. 确定需要纳入配置管理的配置项　　　B. 确定配置项的获取时间和所有者
　　　C. 为识别的配置项分配唯一的标识　　　D. 对识别的配置项进行审计

试题 3 分析

配置标识是配置管理的基础性工作，是配置管理的前提。配置标识是确定哪些内容应该进入配置管理形成配置项，并确定配置项如何命名，用哪些信息来描述该配置项。

信息系统在其开发、运行、维护的过程中会得到许多阶段性的成果，在开发和运行过程中还需要用到多种工具软件，所有这些信息项都需要得到妥善的管理，决不能出现混乱，以便在提出某些特定的要求时，将它们进行约定的组合来满足使用的目的。这些信息项是配置管理的对象，称为配置项。IEEE 对配置项的定义为：硬件、软件或两者兼有的集合，它是配置管理指定的，在配置管理过程中作为一个单独的实体对待。

识别配置项的主要步骤如下：

（1）识别配置项；

（2）为每个配置项指定唯一性的标识代号；

（3）确定每个配置项的重要特征。配置项的特征主要包括作者、日期、类型等；

（4）确定配置项进入配置管理的时间；

（5）确定每个配置项的拥有者及责任；

（6）填写配置管理表；

（7）审批配置管理表。CCB 审查配置管理表是否符合配置管理计划的规定，审批配置管理表。

试题 3 参考答案

（65）D

试题 4（2010 年上半年试题 66）

某开发项目配置管理计划中定义了三条基线，分别是需求基线、设计基线和产品基线，__（66）__ 应该是需求基线、设计基线和产品基线均包含的内容。

（66）A. 需求规格说明书   B. 详细设计说明书

      C. 用户手册   D. 概要设计说明书索

试题 4 分析

一般来说至少应有三条基线，分别是需求基线、设计基线和产品基线，此外，还可以建立测试基线。

系统调研后开发人员进行系统分析，并整理需求规格说明书（需求分析报告）。需求规格说明书通过评审并需取得客户的确定。在需求规格说明书取得客户的确认后，建立需求基线。

针对需求分析报告进行系统设计，配置时应说明系统设计的版本与需求规格说明书版本的对应关系。设计书评审通过后，建立设计基线。

各测试阶段应提供测试计划、测试用例、测试结果和测试分析报告，项目启动后应提供项目测试计划书，项目验收结束后应提交项目测试总结报告等。配置时应说明测试的版本与编码版本的对应关系。在各阶段测试（如单元测试、集成测试）完成后建立测试基线。

在交付前配置审核完成后建立产品基线，产品基线包含程序以及有关文档配置项，包括交付施工文档、工具等。

需求规格说明书应该是需求基线、设计基线和产品基线均包含的内容。

试题 4 参考答案

（66）A

试题 5（2010 年下半年试题 9）

程序员小张在某项目中编写了源代码文件 X 的 0.1 版（以下简称 Xv0.1）。在随后的开发中小张又修改了 Xv0.1，得到文件 X 的 1.0 版（以下简称 Xv1.0）。经过正式评审后，Xv1.0 被纳入基线进行配置管理。下列后续活动中符合配置管理要求的是 __(9)__ 。

（9）A．文件 Xv1.0 进入基线后，配置管理员小李从配置库中删除了文件 Xv0.1

B．程序员小张被赋予相应的权限，可以直接读取受控库中的文件 Xv1.0

C．小张直接对 Xv1.0 进行了变更，之后通知了项目经理

D．经过变更申请、变更评估并决定实施变更后，变更实施人完成了变更，随后立即发布了变更，在第一时间内将变更内容和结果通知所有相关人员

试题 5 分析

配置库也称为配置项库，是一组受控制的、辅助产品开发、使用和维护的软件及相关的文档，它在产品发布管理和交付活动中，起着器械性的作用。在信息系统项目中，主要有 4 类配置库：

（1）开发库（动态库、程序员库、工作库）。存放开发过程中需要保留的各种信息（新模块、文档、数据元素或进行修改的已有元素等），供开发人员个人专用，是开发人员的工作区，由开发人员（工程师）控制。库中的信息可能有较为频繁的修改，只要开发库的使用者认为有必要，无须对其做任何限制。因为这通常不会影响到项目的其他部分；

（2）受控库（主库、系统库）。用于管理当前基线和控制对基线的变更。受控库包括配置单元和被提升并集成到配置项中的构件。工程师和其他人员可以自由地复制受控库中单元或构件。然而，必须有适当的权限授权变更。受控库中的单元或构件用于创建集成、系统和验收测试或对用户发布的构建版。在开发的某个阶段工作结束时，将工作产品存入或将有关的信息存入；

（3）产品库（静态库、软件仓库、软件产品库）。在开发的产品完成系统测试之后，作为最终产品存入库内，等待交付用户或现场安装。产品库用于存档各种广泛使用的已发布的基线，控制、保存和检索主媒介，库内的信息也应加以控制；

（4）备份库。用来存放配置项备份版本的库，包括制作产品和相关架构、数据和文档的不同版本的复制品。在各时点的备份，例如，可以每天、每周或每月执行备份。

变更控制的基本步骤可以总结为变更申请、变更评估、变更实施、变更验证与确认、变更发布。选项 D 错误的原因在于，变更实施后应进行验证与确认，而不是立即发布变更。

试题 5 参考答案

（9）B

第18章 专业英语

考试大纲对专业英语没有明确的要求，只是要求考生"具有工程师要求的熟练阅读并准确理解相关领域的英文文献的水平"。从历年考试的试题来看，所考查的题目基本上是项目管理领域专业术语的英文解释，也有个别试题考查 IT 新技术的概念和使用方法介绍。每次考试都有 5 分的英语试题（每空 1 分，共 5 空），试题中的语法结构及词汇量都略低于英语四级的要求，但考试中偏重考查项目管理专业词汇。

试题 1（2009 年上半年试题 71）

Which of the following statement related to PMO is not correct?　（71）.

（71）A. The specific form, function, and structure of a PMO is dependent upon the needs of the organization that it supports

B. One of the key features of a PMO is managing shared resources across all projects administered by the PMO

C. The PMO focuses on the specified project objectives

D. The PMO optimizes the use of shared organizational resources across all projects

试题 1 分析

项目管理办公室（Project Management Office，PMO）是在管辖范围内集中、协调地管理项目或多个项目的组织单元。建立 PMO 是为了满足商业竞争的需要和满足合理配置资源的需要。集中化的 PMO 就可以保证所有的项目经理具有核心的项目管理技能，使用共同的方法、处理过程和模板，并得到企业最高层的支持。PMO 组织的简单性使得每个人都可以建立这样的办公室。但是 PMO 人员配置是非常重要而复杂的工作。为了具有在各方面提供支持和配置资源的能力，PMO 应该包括企业的高层主管、项目经理、各类专项专家、项目协调人员等角色。

PMO 的具体形式、职能和结构取决于其所在组织的需要。在项目开始阶段，PMO 可能有权起到核心干系人和关键决策者的作用。为确保项目符合组织业务目标，PMO 可能有权提出建议、提前中止项目或采取其他必要的措施。此外，PMO 还可参与对共享资源或专用资源的选择、管理和调动。PMO 关注于与上级组织或客户的整体业务目标相联系的项目或子项目之间的协调计划、优先级和执行情况。PMO 的一些关键特征如下：

（1）在所有 PMO 管理的项目之间共享和协调资源；

（2）明确和制定项目管理方法、最佳实践和标准；

（3）项目方针、规程、模板和其他共享资料的交换场所和管理；

（4）为所有项目进行集中的配置管理；

（5）所有项目的集中的共同风险和独特风险存储库，并对之加以管理；

（6）项目工具（例如企业级项目软件）的实施和管理中心办公室；

（7）项目之间的沟通管理协调中心；

（8）对项目经理进行指导的平台；

（9）通常在企业级对所有 PMO 管理的项目的时间线和预算进行中央控制；

（10）在项目经理和任何内部或外部的质量人员或标准化组织之间协调整体项目质量标准。

项目经理与 PMO 的目标不同，所需遵守的要求也就不同，但他们的所有努力都必须符合组织的战略需求。项目经理与 PMO 之间的角色差异可能包括：

（1）项目经理关注特定的项目目标，而 PMO 管理主要的项目集范围变更，这些变更可被视为能促进业务目标实现的潜在机会；

（2）项目经理控制分配给本项目的资源，以便更好地实现项目目标，而 PMO 负责优化利用全部项目所共享的组织资源；

（3）项目经理管理单个项目的制约因素（范围、进度、成本和质量等），而 PMO 从组织层面管理方法论、标准、整体风险/机会和项目间的依赖关系。

PMO 的功能和作用可以分为日常性职能和战略性职能。PMO 的日常性职能如下：

（1）建立组织内项目管理的支撑环境，识别和开发项目管理方法、最佳实践和标准，包括统一的项目实施流程、项目过程实施指南和文档模板、项目管理工具、项目管理信息系统；

（2）培养项目管理人员。在企业内提供项目管理相关技能的培训；

（3）提供项目管理的指导和咨询。最大限度地集中项目管理专家，提供项目管理的咨询与顾问服务；

（4）组织内的多项目管理和监控。PMO 统一收集和汇总所有项目的信息和绩效，并对组织高层或其他需要这些信息的部门或组织进行报告。通过项目审计，监督对项目管理标准、政策、程序和模板的遵守程度；

（5）管理 PMO 所辖全部项目的共享资源，协调项目之间的沟通。

PMO 的战略性职能如下：

（1）项目组合管理。包括将组织战略和项目关联，项目选择和优先级排定。组合管理所关心的是适配、效用（用途和价值）和平衡；

（2）提高组织项目管理能力。一方面通过 PMO 所承担的日常性职能来贯彻和体现，另一方面将项目管理能力变成一种可持久体现的、而不依赖于个人行为的组织行为。将组织的项目管理实践和专家知识整理成适合于本企业的一套方法论，提供在企业内传播和复用。

试题 1 参考答案

（71）C

试题 2（2009 年上半年试题 72）

The inputs of developing project management plan do not include ___（72）___.

（72）A. project charter   B. stakeholder management strategy

        C. project scope statement   D. outputs from planning processes

试题 2 分析

制定项目管理计划的输入包括项目章程、其他规划过程的输出、企业环境因素、组织过程资产。项目范围说明书是范围规划过程（定义范围）的输出，干系人管理策略是识别干系人过程的输出。

试题 2 参考答案

（72）B

试题 3（2009 年上半年试题 73-74）

A project life cycle is a collection of generally sequential project ___（73）___ whose name and number are determined by the control needs of the organization or organizations involved in the project. The life cycle provides the basic ___（74）___ for managing the project, regardless of the specific work involved.

（73）A. phases   B. processes   C. segments   D. pieces

（74）A. plan   B. fraction   C. main   D. framework

试题 3 分析

项目生命周期由若干个顺序相连的阶段组成，阶段的名称和个数由组织的控制需要决定。无论涉及的具体的工作有哪些，项目生命周期都为管理项目提供了基本的框架。

试题 3 参考答案

（73）A   （74）D

试题 4（2009 年上半年试题 75）

___（75）___ is one of the quality planning outputs.

（75）A．Scope base line   B．Cost of quality

        C．Product specification   D．Quality checklist

试题 4 分析

质量规划的输出包括质量管理计划、质量测量指标、质量核对表、过程改进计划、项目文件（更新）。

试题 4 参考答案

（75）D

试题 5（2009 年下半年试题 71）

Risk management allows the project manager and the project team not to ___（71）___.

（71）A．eliminate most risks during the planning phase of the project

        B．identify project risks

        C．identify impacts of various risks

        D．plan suitable responses

试题 5 分析

风险管理的目的就是最小化风险对项目目标的负面影响，抓住风险带来的机会，增加项目干系人的收益。作为项目经理，必须评估项目中的风险，制定风险应对策略，有针对性地分配资源，制订计划，保证项目顺利地进行。

选项 A 的意思是在项目计划阶段排除大部分风险，显然，这是不可能的。

试题 5 参考答案

（71）A

试题 6（2009 年下半年试题 72）

The project life-cycle can be described as ___（72）___.

（72）A．project concept, project planning, project execution, and project close-out

B. project planning, work authorization, and project reporting

C. project planning, project control, project definition, WBS development, and project termination

D. project concept, project execution, and project reporting

试题 6 分析

项目阶段的划分根据项目和行业的不同有所不同，但几个基本的阶段包括定义、开发、实施和收尾。项目定义阶段和开发阶段的主要工作是形成项目计划，称为项目可行性阶段。项目实施阶段和收尾阶段的主要工作是根据项目计划开展实际工作，称为项目获取阶段。

试题 6 参考答案

（72）A

试题 7（2009 年下半年试题 73）

　（73）　 is a method used in Critical Path Methodology for constructing a project schedule network diagram that uses boxes or rectangles, referred to as nodes, to represent activities and connects them with arrows that show the logical relationships that exist between them.

（73）A. PERT　　　　　B. AOA　　　　　C. WBS　　　　　D. PDM

试题 7 分析

PDM 用于关键路径法，它是用于编制项目进度网络图的一种方法，使用方框或者长方形（被称作节点）代表活动，它们之间用箭头连接，显示彼此之间存在的逻辑关系。

试题 7 参考答案

（73）D

试题 8（2009 年下半年试题 74）

Schedule development can require the review and revision of duration estimates and resource estimates to create an approved　（74）　 that can serve as a baseline to track progress.

（74）A. scope statement　　　　B. activity list　　　　C. project charter　　　　D. project schedule

试题 8 分析

在编制进度计划过程中，可能需要审查和修正持续时间估算与资源估算，以便制定出有效的进度计划。在得到批准后，该进度计划即成为基准，用来跟踪项目的绩效。

试题 8 参考答案

（74）D

试题 9（2009 年下半年试题 75）

The Develop Project Management Plan Process includes the actions necessary to define, prepare, integrate, and coordinate all constituent plans into a ___（75）___ .

（75）A. Project Scope Statement   B. Project Management Plan

        C. Forecasts   D. Project Charter

试题 9 分析

制定项目管理计划是对定义、编制、整合和协调所有子计划所必需的行动进行记录的过程。

试题 9 参考答案

（75）B

试题 10（2010 年上半年试题 71）

Project ___（71）___ is an uncertain event or condition that ,if it occurs ,has a positive or a negative effect on at least one project objective ,such as time ,cost ,scope or quality

（71）A. risk   B. problem   C. result   D. data

试题 10 分析

项目风险是一种不确定的事件或条件，一旦发生，至少会对一个项目目标，比如时间、成本、范围或质量造成正面或负面的影响。

试题 10 参考答案

（71）A

试题 11（2010 年上半年试题 72）

Categories of risk response are ___（72）___.

（72）A. Identification, quantification, response development, and response control

B. Marketing technical, financial, and human

C. Avoidance, retention, control, and deflection

D. Avoidance, mitigation, acceptance, and Transferring

试题 11 分析

风险应对的措施有规避、减轻、接受和转移。

试题 11 参考答案

（72）D

试题 12（2010 年上半年试题 73）

___（73）___ is the application ion of planned, systematic quality activities to ensure that the project will employ all processes needed to meet requirements.

（73）A. Quality assurance (QA)　　　　　B. Quality planning

C. Quality control (QC)　　　　　D. Quality costs

试题 12 分析

质量保证是一项有计划的、系统的质量活动，以确保项目的所有过程达到并符合要求。

试题 12 参考答案

（73）A

试题 13（2010 年上半年试题 74）

___（74）___ is primarily concerned with defining and concerning what is and is not included in the project.

（74）A. Project Time Management

B. Project Cost Management

C.　Project Scope Management

D.　Project Communications Management

试题 13 分析

项目范围管理定义并关心哪些工作是项目应该做的，哪些不是项目应该做的。

试题 13 参考答案

（74）C

试题 14（2010 年上半年试题 75）

A project manager believes that modifying the scope of the project may provide added value service for the customer .The project manager should ___（75）___.

（75）A.　assign change tasks to project members

B.　call a meeting of the configuration control board

C.　change the scope baseline

D.　postpone the modification until a separate enhancement project is funded after this project is completed according to the original baseline

试题 14 分析

如果项目经理认为修改项目的范围可为客户提供增值服务，那么他应该召开 CCB 会议。

试题 14 参考答案

（75）B

试题 15（2010 年下半年试题 71）

OSI is a theoretical model that shows how any two different systems can communicate with each other. Router, as a networking device, operate at the ___（71）___ layer of the OSI model.

（71）A.　transport　　　B.　application　　　C.　network　　　D.　physical

试题 15 分析

OSI 是一个理论模型，该模型描述了两个不同的系统之间如何进行通信，路由器作为一种网络设备，工作在 OSI 的网络层。

试题 15 参考答案

（71）C

试题 16（2010 年下半年试题 72）

Most of the host operating system provides a way for a system administrator to manually configure the IP information needed by a host. Automated configuration methods, such as （72） , are required to solve the problem.

（72）A. IPSec   B. DHCP   C. PPTP   D. SOAP

试题 16 分析

大多数主机操作系统为系统管理员提供了一种手工配置主机所需 IP 信息的途径，类似于 DHCP 的自动配置方法也可以解决这个问题。

试题 16 参考答案

（72）B

试题 17（2010 年下半年试题 73）

Business intelligence is the integrated application of data warehouse, data mining and （73） .

（73）A. OLAP   B. OLTP   C. RPII   D. CMS

试题 17 分析

商业智能是数据仓库、数据挖掘和 OLAP 的集成应用。

试题 17 参考答案

（73）A

试题 18（2010 年下半年试题 74）

Perform Quality Control is the process of monitoring and recording results of executing the Quality Plan activities to assess performance and recommend necessary changes. （74） are the techniques and tools in performing quality control.

①Statistical sampling ②Run chart ③Control charts

④Critical Path Method ⑤Pareto chart ⑥Cause and effect diagrams

（74）A．①②③④ B．②③④⑤ C．①②③⑤⑥ D．①③④⑤⑥

试题 18 分析

实施质量控制是监测并记录执行质量活动的结果，从而评估绩效并建议必要变更的过程。实施质量控制的技术与工具主要有因果图（Cause and effect diagram）、控制图（Control chart）、流程图（Run chart）、直方图、帕累托图（Pareto chart）、趋势图、散点图、统计抽样（Statistical sampling）、捡查、审查已批准的变更请求。

试题 18 参考答案

（74）C

试题 19（2010 年下半年试题 75）

Plan Quality is the process of identifying quality requirements and standards for the project and product, and documenting how the project will demonstrate compliance. ___（75）___ is a method that analyze all the costs incurred over the life of the product by investment in preventing nonconformance to requirements, appraising the product or service for conformance to requirement, and failing to meet requirements.

（75）A．Cost-Benefit analysis B．Control charts

C．Quality function deployment D．Cost of quality analysis

试题 19 分析

规划质量是识别项目及其产品的质量要求和/或标准，并书面描述项目将如何达到这些要求和/或标准的过程。质量成本包括在产品生命周期中为预防不符合要求、为评价产品或服务是否符合要求，以及因未达到要求（返工）而发生的所有成本。

试题 19 参考答案

（75）D

第 19 章　系统集成项目管理案例分析

根据考试大纲的规定，系统集成项目管理工程师考试案例分析（下午考试），即系统集成项目管理应用技术部分，试题范围相对比较窄，局限在项目管理的范畴之内，具体的考查内容包括可行性研究、项目立项、合同管理、项目启动、项目管理计划、项目实施、项目监督与控制、项目收尾、信息系统的运营、信息（文档）与配置管理、信息系统安全管理。

试题 1（2009 年上半年案例分析试题 1）

阅读下列说明，针对项目的进度管理，回答问题 1 至问题 3。将解答填入答题纸的对应栏内。

【说明】

B 市是北方的一个超大型城市，最近市政府有关部门提出需要加强对全市交通的管理与控制。

2008 年 9 月 19 日 B 市政府决定实施智能交通管理系统项目，对路面人流和车流实现实时的、量化的监控和管理。项目要求于 2009 年 2 月 1 日完成。

该项目由希赛公司承建，小李作为希赛公司项目经理，在 2008 年 10 月 20 日接到项目任务后，立即以曾经管理过的道路监控项目为参考，估算出项目持续时间大致为 100 天，并把该项目分成五大模块分别分配给各项目小组，同时要求：项目小组在 2009 年 1 月 20 日前完成任务，1 月 21 日至 28 日各模块联调，1 月 29 日至 31 日机动。小李随后在原道路监控项目解决方案的基础上组织制定了智能交通管理系统项目的技术方案。

可是到了 2009 年 1 月 20 日，小李发现有两个模块的进度落后于计划，而且即使这五个模块全部按时完成，在预定的 1 月 21 日至 28 日期间因春节假期也无法组织人员安排模块联调，项目进度拖后已成定局。

【问题 1】（8 分）
请简要分析项目进度拖后的可能原因。

【问题 2】（4 分）
请简要叙述进度计划包括的种类和用途。

【问题 3】（3 分）
请简要叙述"滚动波浪式计划"方法的特点和确定滚动周期的依据。针对本试题说明中所述项目，说明采用多长的滚动周期比较恰当。

试题1分析

本题主要考查如何科学地制订项目进度计划，如何科学地监控项目的实际进度，考查考生在进度管理方向的实际经验。

【问题1】

在分析进度拖后的可能原因时，考生能够了解的信息，也只能从本题的说明中发现，从题目的说明中寻找可能的原因。

（1）"立即以曾经管理过的道路监控项目为参考，估算出项目持续时间大致为100天，并把该项目分成五大模块分别分配给各项目小组"，这说明项目经理提出的只是一个初步的、粗糙的、仅反映他个人意见的概括性进度计划，而且，只以一个道路监控项目为参考，说明这个计划不是很准确。

（2）"小李随后在原道路监控项目解决方案的基础上组织制定了智能交通管理系统项目的技术方案"。当借鉴原来项目的经验时，只有与原来项目同类、同种时才有较大的借鉴价值，在本题中本次的智能交通管理系统项目的技术方案不能从道路监控项目直接抄袭。

（3）"在预定的1月21日至28日期间因春节假期也无法组织人员安排模块联调"，说明安排进度计划时，没有考虑到节假日的影响。

（4）"可是到了2009年1月20日，小李发现有两个模块的进度落后于计划"，可以看出项目经理对项目的监控有疏漏，等到最后才发现问题。

【问题2】

要求考生熟悉进度计划包括的种类和用途，这属于纯理论性试题，请直接阅读参考答案。

【问题3】

滚动式规划是规划逐步完善的一种表现形式，即近期要完成的工作在工作分解结构最下层详细规划，而计划在远期完成的工作分解结构组成部分的工作，在工作分解结构较高层规划。最近一两个报告期要进行的工作应在本期工作接近完成时详细规划。

项目生命周期中有三个与时间相关的重要概念，这三个概念分别是检查点、里程碑和基线，它们一起描述了在什么时候对项目进行什么样控制。其中的检查点是指在规定的时间间隔内对项目进行检查，比较实际与计划之间的差异，并根据差异进行调整。可将检查点看作是一个固定间隔的"采样"时间点，而时间间隔根据项目周期长短不同而不同，频度过小会失去意义，频度过大会增加管理成本。常见的间隔是每周一次，项目经理需要召开周例会并上交周报。

试题1参考答案

【问题1】

（1）仅依靠一个道路监控项目来估算项目持续时间，根据不充分。

（2）制定进度计划时，不仅考虑到活动的持续时间还要考虑到节假日。

（3）没有对项目的技术方案、管理计划进行详细的评审。

（4）监控粒度过粗（或监控周期过长）。

（5）对项目进度风险控制考虑不周。

【问题2】

（1）里程碑计划：由项目的各个里程碑组成，里程碑是项目生命周期中的一个时刻，在这一时刻，通常有重大交付物完成。此计划用于相关各方高层对项目的监控。

（2）阶段计划（概括性进度表）：标明了各阶段的起止日期和交付物，用于相关部门的协调（或协同）。

（3）详细甘特图计划（详细横道图计划、时标进度网络图）：标明了每个活动的起止日期，用于项目组成员的日常工作安排和项目经理的跟踪。

【问题3】

（1）"滚动波浪式计划"方法的特点是近期的工作计划得较细，远期的工作计划得较粗。

（2）根据项目的规模、复杂度以及项目生命周期长短来确定滚动波浪式计划中的滚动周期。

（3）滚动周期：1~2周之间的时间周期都正确。

试题2（2009年上半年案例分析试题2）

阅读下列说明，回答问题1至问题3，将解答填入答题纸的对应栏内。

【说明】

图19-1为希赛教育远程教育平台项目主要工作的单代号网络图。工期以工作日为单位。

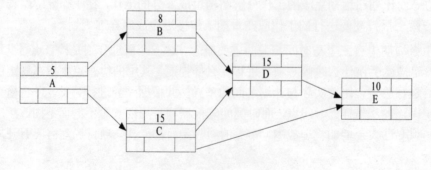

图19-1　单代号网络图

工作节点图例如图19-2所示。

ES	工期	EF
	工作编号	
LS	总时差	LF

图 19-1 工作节点图

【问题 1】（5 分）

请在图中填写各活动的最早开始时间（ES）、最早结束时间（EF）、最晚开始时间（LS）、最晚结束时间（LF），从第 0 天开始计算。

【问题 2】（6 分）

请找出该网络图的关键路径，分别计算工作 B、工作 C 的总时差和自由时差，说明此网络工程的关键部分能否在 40 个工作日内完成，并说明具体原因。

【问题 3】（4 分）

请说明通常情况下，若想缩短工期可采取哪些措施。

试题 2 分析

本题主要考查关键路径法的基本概念和计算，以及缩短工期的措施。

【问题 1】

本题规定从第 0 天开始计算项目的 ES、EF、LS 和 LF，其目的是使 EF、ES、FF（自由时差）的计算能够简化，省去了从第 1 天开始计算 ES、EF、LS、LF 时需加 1、减 1 的麻烦。

应注意的是，在从第 0 天开始计算的情况下，任务 A 的任务 EF、LF 均不应计算在任务的持续时间之内。例如，任务 A 的任务 ES 是 0，EF 是 5，但第 5 天并不在任务 A 的持续时间之内。

【问题 2】

一般来说，不在关键路径上的活动时间的缩短，不能缩短整个工期。而不在关键路径上的活动时间的延长，可能导致关键路径的变化，因此可能影响整个工期。

活动的总时差是指在不延误总工期的前提下，该活动的机动时间。活动的总时差等于该活动最迟完成时间与最早完成时间之差，或该活动最迟开始时间与最早开始时间之差。

活动的自由时差是指在不影响紧后活动的最早开始时间前提下，该活动的机动时间。活动自由时差的计算应按以下两种情况分别考虑：

（1）对于有紧后活动的活动，其自由时差等于所有紧后活动最早开始时间减本活动最早完成时间所得之差的最小值。例如，假设活动 A 的最早完成时间为 4，活动 A 有 2 项紧后活动，其最早开始时间分别为 5 和 7，则 A 的自由时差为 1。

（2）对于没有紧后活动的活动，也就是以网络计划终点节点为完成节点的活动，其自由时差等于计划工期与本活动最早完成时间之差。

需要指出的是，对于网络计划中以终点节点为完成节点的活动，其自由时差与总时差相等。此外，由于活动的自由时差是其总时差的构成部分，所以，当活动的总时差为零时，其自由时差必然为零，可不必进行专门计算。自由时差（自由浮动时间）是指一项活动在不耽误直接后继活动最早开始日期的情况下，可以拖延的时间长度。自由时差等于紧后活动的ES减去本活动的EF

【问题3】

这是一道纯理论性试题，请直接阅读试题2参考答案。

试题2参考答案

【问题1】

如图19-3所示。图中粗箭头标明了项目的关键路径，按活动的最早开始时间、最早结束时间、最晚开始时间和最晚结束时间的定义，把它们计算出来后，直接标在了网络图上。

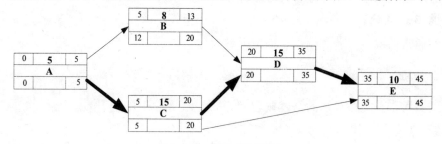

图19-3 完整的网络图

【问题2】

（1）关键路径为A-C-D-E。

（2）总工期=5+15+15+10=45个工作日，因此网络工程不能在40个工作日内完成。

工作B：总时差=7，自由时差=7。

工作C：总时差=0，自由时差=0。

【问题3】

（1）赶工，缩短关键路径上的工作持续时间。

（2）采用并行施工方法以压缩工期（或快速跟进）。

（3）追加资源。

（4）改进方法和技术。

（5）缩减活动范围。

（6）使用高素质的资源或经验更丰富人员。

试题3（2009年上半年案例分析试题3）

阅读下列说明，针对项目的质量管理，回答问题1至问题3。将解答填入答题纸的对应栏内。

【说明】

希赛软件公司在 2007 年 6 月通过招投标得到了某市滨海新区电子政务一期工程项目，该项目由小李负责，一期工程的任务包括政府网站以及政务网网络系统的建设，工期为 6 个月。

因滨海新区政务网的网络系统架构复杂，为了赶工期项目组省掉了一些环节和工作，虽然最后通过验收，但却给后续的售后服务带来很大的麻烦：为了解决项目网络出现的问题，售后服务部的技术人员要到现场逐个环节查遍网络，绘出网络的实际连接图才能找到问题的所在。售后服务部感到对系统进行支持有帮助的资料就只有政府网站的网页 HTML 文档及其内嵌代码。

【问题 1】（5 分）

请简要分析造成该项目售后存在问题的主要原因。

【问题 2】（6 分）

针对该项目，请简要说明在项目建设时可能采取的质量控制方法或工具。

【问题 3】（4 分）

请指出，为了保障小李顺利实施项目质量管理，公司管理层应提供哪些方面的支持。

试题 3 分析

在本案例的项目实施过程中没有遵循项目管理的标准和流程、没有严格把关项目质量、项目人力资源不足，以至于为了赶工期而省掉了一些环节和工作，没有为项目的日后维护留下充足的资料。虽然满足了项目进度要求，但忽略了因项目质量而导致后期维护成本的增加，对公司效益和形象造成了双重不利影响。

在实际项目过程中，很多时候我们处于时间紧、任务重、工作量大的局面。在项目质量管理过程中，只要我们能够合理调配人员，制定合理的计划来控制项目质量和进度，同时使用一些基本项目管理工具与技术来管理项目资产，就能够保证项目高质量地完成，同时还可给项目后期维护提供保证。然而在项目实施过程中，却出现了类似于本案例中所描述的一些问题，影响了项目质量。项目质量不能满足客户要求，即使进度再快，也会给客户和后期维护带来诸多负面影响。

【问题 1】

要求考生分析项目售后出现问题的主要原因，要从题目的说明中去找线索：

（1）"为了赶工期项目组省掉了一些环节和工作"，这说明可能牺牲了一些必要的质量管理的环节和手段，可能存在以牺牲质量换取进度的行为；

（2）"售后服务部的技术人员要到现场逐个环节查遍网络"，说明至少缺乏结构化布线施工图、竣工图、连线表、网络拓扑图等配套文档；

（3）"对系统进行支持有帮助的资料就只有政府网站的网页 HTML 文档及其内嵌代码"，这也说明缺乏和网页及代码配套的设计文档。

【问题2】

要求考生简要说明在项目建设时可能采取的质量控制方法或工具，这是一道纯理论性试题，请直接阅读试题3参考答案。

【问题3】

要保证项目质量，不仅仅是项目经理和项目团队的责任，也是公司和公司管理层的责任，一个建立了质量管理体系的组织会给项目经理管理项目质量带来极大的帮助。因此，这个问题要从整个公司建立质量保证体系的角度来解答。

试题3参考答案

【问题1】

（1）没有遵循项目管理的标准和流程。

（2）没有按照要求生成项目中间交付物，文档不齐、太简单（或文档管理不善）。

（3）项目中间的控制环节缺失，没有进行必要的测试或评审。

（4）设计环节不完善，缺少施工图和连线图，或竣工图与施工图不符，且没有提交存档。

（5）对项目售后的需求考虑不周。

【问题2】

（1）检查。

（2）测试。

（3）评审。

（4）因果图（或鱼刺图、石川图、NASHIKAWA 图）。

（5）流程图。

（6）帕累托图（或 PARETO 图）。

【问题3】

（1）制定公司质量管理方针。

（2）选择质量标准或制定质量要求。

（3）制定质量控制流程。

（4）提出质量保证所采取的方法和技术（或工具）。

（5）提供相应的资源。

试题 4（2009 年上半年案例分析试题 4）

阅读下面叙述，回答问题 1 至问题 3，将解答填入答题纸的对应栏内。

【说明】

希赛公司是一家专门从事 ERP 系统研发和实施的 IT 企业，目前该公司正在进行的一个项目是为某大型生产单位（甲方）研发 ERP 系统。

希赛公司与甲方关系比较密切，但也正因为如此，合同签得比较简单，项目执行比较随意。同时，甲方组织架构比较复杂，项目需求来源多样而且经常发生变化，项目范围和进度经常要进行临时调整。

经过项目组的艰苦努力，系统总算能够进入试运行阶段，但是由于各种因素，甲方并不太愿意进行正式验收，至今项目也未能结项。

【问题 1】（6 分）

请从项目管理角度，简要分析该项目"未能结项"的可能原因。

【问题 2】（5 分）

针对该项目现状，请简要说明为了促使该项目进行验收，可采取哪些措施。

【问题 3】（4 分）

为了避免以后出现类似情况，请简要叙述希赛公司应采取哪些有效的管理手段。

试题 4 分析

本题以一个 ERP 项目不能顺利结项为核心问题，考查考生处理项目收尾的实际经验。本题综合了项目合同管理、过程控制和沟通管理。在项目管理的实际工作中导致项目未能结项的原因很多，例如合同简单、项目目标、质量、工期和验收标准的规定不明确、项目需求不确定、项目范围和进度变更频繁、从项目立项到项目收尾都没有一个清晰的流程和标准来管理项目的开发过程、缺乏严格的项目管理与控制等都有可能最终导致项目不能正式验收。

【问题 1】

从本题的说明中可知可能的原因如下：

（1）"H 公司同甲方关系比较密切"、"合同签得比较简单"，说明合同条款不详细，可能为项目的实施带来冲突和风险；

（2）"项目执行比较随意"，说明项目的执行不规范；

（3）"项目需求来源多样而且经常发生变化"，说明需求分析存在问题，需求管理可能不规范；

（4）"项目范围和进度经常要进行临时调整"，说明范围和进度管理可能存在问题。

也可能在该项目执行过程中未能进行及时有效的沟通，用户对项目阶段性成果缺乏认可，故不可能对项目进行终验。

综合以上分析，"甲方并不太愿意进行正式验收"也就可以理解了。

【问题 2】

要求说明促使该项目进行验收可采取的措施，例如，通过沟通手段，使双方对需求、范围、进度、质量、验收标准和验收方法步骤等达成一致。只要根据问题 1 找出的原因，针对这些原因逐一给出解决措施即可。

【问题 3】

为了避免以后出现类似情况，希赛公司应采取的有效管理手段也是根据问题 1 的答案来进行总结，即要避免问题 1 中的"原因"。考生应针对希赛公司在项目合同管理、过程控制和项目沟通管理等方面存在的问题，总结归纳经验教训。

试题 4 参考答案

【问题 1】

（1）对项目的风险认识不足。

（2）合同中可能未对工期、质量和项目目标等关键问题进行约束。

（3）未能进行有效的需求调研或需求分析不全面。

（4）未能进行有效的项目（整体）变更控制。

（5）项目执行过程中未能进行及时有效的沟通（或建立有效的沟通机制）。

【问题 2】

（1）请求公司的管理层出面去与甲方协调。

（2）重新确认需求并获得各方认可。

（3）和甲方明确合同以及双方确认的补充协议等，包括修改后的范围、进度和质量方面的文件等，作为验收标准。

（4）准备好相应的项目结项文档，向甲方提交。

【问题 3】

（1）要在合同评审阶段参与评审，在合同中明确相应的项目目标和进度。

（2）需求调查和需求变更要有清楚的文档和会议纪要。

（3）及时与甲方进行沟通，必要时请求公司管理层的支援。

（4）阶段验收前，文档要齐全，阶段目标要保证实现，后期目标调整要有承诺。

（5）引入监理机制。

（6）做好有效的变更控制。

试题 5（2009 年上半年案例分析试题 5）

阅读下列说明，回答问题 1 至问题 3。将解答填入答题纸的对应栏内。

【说明】

小赵是希赛公司的一位优秀的软件设计师，负责过多项系统集成项目的应用开发，现在公司因人手紧张，让他作为项目经理独自管理一个类似的项目，他使用瀑布模型来管理该项目的全生命周期，如图 19-4 所示。

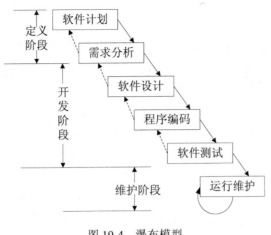

图 19-4 瀑布模型

项目进行到实施阶段，小赵发现在系统定义阶段所制订的项目计划估计不准，实施阶段有许多原先没有估计到的任务现在都冒了出来。项目工期因而一再延期，成本也一直超出。

【问题 1】（6 分）

根据项目存在的问题，请简要分析小赵在项目整体管理方面可能存在的问题。

【问题 2】（6 分）

（1）请简要叙述瀑布模型的优缺点。

（2）请简要叙述其他模型如何弥补瀑布模型的不足。

【问题 3】（3 分）

针对本案例，请简要说明项目进入实施阶段时，项目经理小赵应该完成的项目文档工作。

试题 5 分析

本题考查项目生命周期的划分方法，以及各种生命周期模型的优缺点。

【问题 1】

要求考生分析小赵在项目整体管理方面可能存在的问题，考生应当灵活运用项目整体管理的知识，结合项目的渐进明细特点，例如，使用滚动波浪式方法来管理项目的整体和全局，这样的话在系统设计阶段除完成系统设计的技术工作外，也应该对项目的初始计划进行优化和细化。

说明中提到小赵是一位优秀的软件设计师，虽然具有较多开发经验，但作为项目经理是第一次，缺乏项目管理经验，造成项目工期一再延期，成本也超出，说明其可能过于关注各阶段内的具体工作、关注技术工作，而忽视了管理活动甚至项目的整体控制和协调。

项目进行到实施阶段，小赵发现在系统定义阶段所制订的项目计划估计不准，实施阶段有许多原先没有估计到的任务现在都冒了出来，说明需求分析和项目计划的结果不足以指异后续工作，同时项目技术工作的生命周期未按时间顺序与管理工作的生命周期统一协调起来。

【问题2】

要求考生熟悉瀑布模型的优缺点，并给出弥补此种模型不足的办法。

瀑布模型是最早出现的软件开发模型，在软件工程中占有重要的地位，它提供了软件开发的基本框架。瀑布模型的本质是"一次通过"，即每个活动只做一次，最后得到软件产品，也称做"线性顺序模型"或者"传统生命周期"，其过程是从上一项活动接收该项活动的工作对象并作为输入，利用这一输入实施该项活动应完成的内容，给出该项活动的工作成果，然后作为输出传给下一项活动。同时对该项活动实施的工作进行评审，若其工作得到确认，则继续下一项活动，否则返回前项，甚至更前项的活动进行返工。

瀑布模型有利于大型软件开发过程中人员的组织与管理，有利于软件开发方法和工具的研究与使用，从而提高了大型软件项目开发的质量和效率。然而软件开发的实践表明，上述各项活动之间并非完全是自上而下的，因此，瀑布模型存在严重的缺陷。

（1）由于开发模型呈线性，所以当开发成果尚未经过测试时，用户无法看到软件的效果。这样，软件与用户见面的时间间隔较长，也增加了一定的风险。

（2）在软件开发前期未发现的错误传到后面的开发活动中时，可能会扩散，进而可能会导致整个软件项目开发失败。

（3）在软件需求分析阶段，完全确定用户的所有需求是比较困难的，甚至可以说是不太可能的。

希赛教育软考学院专家提示：瀑布模型适用于需求明确或很少变更的项目。

【问题3】

考查项目的文档管理，要求说明项目进入实施阶段时项目经理应该完成的项目文档工作。考生可根据自己的实际经验或相关国家标准，给出实施阶段要完成的项目文档。

试题 5 参考答案

【问题1】

（1）系统定义不够充分（需求分析和项目计划的结果不足以指导后续工作）。

（2）过于关注各阶段内的具体技术工作，忽视了项目的整体监控和协调。

（3）过于关注技术工作，而忽视了管理活动。

（4）项目技术工作的生命周期未按时间顺序与管理工作的生命周期统一协调起来。

【问题2】

（1）瀑布模型的优点：阶段划分次序清晰，各阶段人员的职责规范、明确，便于前后活动的衔接，有利于活动重用和管理；瀑布模型的缺点：是一种理想的线性开发模式，缺乏灵活性（或风险分析），无法解决需求不明确或不准确的问题。

（2）原型化模型（演化模型），用于解决需求不明确的情况。螺旋模型，强调风险分析，特别适合庞大而复杂的、高风险的系统。

【问题3】

需求分析与需求分析说明书、验收测试计划（或需求确认计划）、系统设计说明书、系统设计工作报告；系统测试计划（或设计验证计划）、详细的项目计划、单元测试用例及测试计划、编码后经过测试的代码、测试工作报告、项目监控文档（如周例会纪要等）。

试题 6（2009 年下半年案例分析试题 1）

阅读下列说明，针对项目的合同管理，回答问题 1 至问题 3，将解答填入答题纸的对应栏内。

【说明】

希赛公司于 2009 年 1 月中标某市政府 B 部门的信息系统集成项目。经过合同谈判，双方签订了建设合同，合同总金额 1150 万元，建设内容包括：搭建政府办公网络平台，改造中心机房，并采购所需的软硬件设备。

希赛公司为了把项目做好，将中心机房的电力改造工程分包给专业施工单位 C 公司，并与其签订分包合同。

在项目实施了 2 个星期后，由于政府 B 部门为了更好满足业务需求，决定将一个机房分拆为两个，因此需要增加部分网络交换设备。B 参照原合同，委托希赛公司采购相同型号的网络交换设备，金额为 127 万元双方签订了补充协议。

在机房电力改造施工过程中，由于 C 公司工作人员的失误，造成部分电力件备损毁，导致政府 B 部门两天无法正常办公，严重损害了政府 B 部门的社会形象，因此 B 部门就此施工事故向希赛公司提出索赔。

【问题 1】（4 分）

请指出希赛公司与政府 B 部门签订的补充协议有何不妥之处，并说明理由。

【问题 2】（5 分）

请简要叙述合同的索赔流程。

【问题 3】（6 分）

请简要说明针对政府 B 部门向希赛公司提出的索赔，希赛公司应如何处理。

试题 6 分析

本题的核心考查点是项目合同索赔处理问题，属于工程建设项目中常见的一项合同管理的内容，同时也是规范合同行为的一种约束力和保障措施。

【问题 1】

要求考生分析希赛公司与政府 B 部门签订的补充协议有何不妥之处，其实是在考查考生是否具有政府采购相关经验，是否熟悉政府采购法相关条款。从试题说明中考生应能发现，项目甲方是政府部门，那么通常要走政府采购流程。而在政府采购法中，对补充合同的金额是有明确规定的，那就是不能超过原合同金额的 10%。进一步分析试题说明，对比原合同金额和补充合同金额，这个问题的答案也就出来了。

【问题 2】

考查考生对合同索赔处理流程的掌握程度。项目发生索赔事件后，一般先由监理工程师调解，若调解不成，由政府建设主管机构进行调解，若仍调解不成，由经济合同仲裁委员会进行调解或仲裁。在整个索赔过程中，遵循的原则是索赔的有理性、索赔依据的有效性、索赔计算的正确性。遵循的流程如下：

（1）提出索赔要求。当出现索赔事项时，索赔方以书面的索赔通知书形式，在索赔事项发生后的 28 天以内，向监理工程师正式提出索赔意向通知；

（2）报送索赔资料。在索赔通知书发出后的 28 天内，向监理工程师提出延长工期和（或）补偿经济损失的索赔报告及有关资料。索赔报告的内容主要有总论部分、根据部分、计算部分、证据部分；

（3）监理工程师答复。监理工程师在收到送交的索赔报告有关资料后，于 28 天内给予答复，或要求索赔方进一步补充索赔理由和证据；

（4）监理工程师逾期答复后果。监理工程师在收到承包人送交的索赔报告的有关资料后 28 天未予答复或未对承包人作进一步要求，视为该项索赔已经认可；

（5）持续索赔。当索赔事件持续进行时，索赔方应当阶段性向工程师发出索赔意向，在索赔事件终了后 28 天内，向工程师送交索赔的有关资料和最终索赔报告，工程师应在 28 天内给予答复或要求索赔方进一步补充索赔理由和证据。逾期未答复，视为该项索赔成立；

（6）仲裁与诉讼。监理工程师对索赔的答复，索赔方或发包人不能接受，即进入仲裁或诉讼程序。

【问题 3】

是对问题 2 的进一步深化，考查考生应用理论知识分析、解决具体问题的能力。考生应结合案例实际，阐述索赔处理的具体流程。在这里考生要注意两点：首先是要从希赛公司的角度考虑赔偿政府 B 部门损失的问题；其次要从希赛公司的角度考虑向引发损失的 C 公司进行索赔的问题。很多考生会忽略第二点情况。

试题 6 参考答案

【问题 1】

不妥之处为补充协议的合同金额超过了原合同总金额的 10%。

根据《中华人民共和国政府采购法》，政府采购合同履行中，采购人需追加与合同标的相同的货物、工程或者服务的，在不改变合同其他条款的前提下，可以与供应商协商签订补充合同，但所有补充合同的采购金额不得超过原合同采购金额的 10%。

【问题 2】

（1）提出索赔要求。

（2）提交索赔资料。

（3）索赔答复。

（4）索赔认可。

（5）提交索赔报告。

或：（4）索赔分歧。

（5）提请仲裁，或者提起诉讼。

【问题 3】

希赛公司在接到政府 B 部门的索赔要求及索赔材料后，应根据希赛公司与政府 B 部门签订的合同，进行认真分析和评估，给出索赔答复。

在双方对索赔认可达成一致的基础上，向政府 B 部门进行赔付；如双方不能协商一致，按照合同约定进行仲裁或诉讼。同时希赛公司依据与 C 公司签订的合同，向 C 公司提出索赔要求。

试题 7（2009 年下半年案例分析试题 2）

阅读下列说明，针对项目的范围管理，回答问题 1 至问题 3，将解答填入答题纸的对应栏内。

【说明】

C 公司是一家从事电子商务的外国公司，为了在中国开展业务，派出 S 主管和 W 翻译来中国寻找合适的系统集成商，试图在中国建设一套业务系统。S 主管精通软件开发，但是不懂汉语，而 W 翻译对计算机相关技术知之甚少。

W 翻译通过中国朋友介绍，找到了从事系统集成的 H 公司。H 公司指派杨工为该业务系统建设项目经理，与 C 公司进行交流。经过需求调研，杨工认为，C 公司想要建设一个视频聊天网站，并据此完成了系统方案。在 W 的翻译下，S 审阅并认可了 H 公司的系统方案。经过进一步的谈判，C 公司和 H 公司签订了合同，并把该系统方案作为合同附件，作为将来项目验收的标准。

合同签订后，杨工迅速组织人力投入系统开发。由于杨工系统集成经验丰富，开发过程进展顺利，对项目如期完工很有把握。系统开发期间，S 主管和 W 翻译忙于在全国各地开拓市场，与 H 公司没有再进行接触。

就在系统开发行将结束之际，S 主管和 W 翻译来到 H 公司查看开发进度。当看到杨工演示的即将完工的业务系统时，S 主管却表示，视频聊天只是系统的一个基本功能，系统的核心功能则是通过视频聊天实现网上交易的电子商务活动，要求 H 公司完善系统功能并如期交付。杨工拿出系统方案作为证据，据理力争。

W 翻译承认此前他的工作有误，导致双方对项目范围的认识产生了偏差，并说服 S 主管将交付日期延后2个月。为了完成合同，杨工同意对系统功能进行扩充完善，并重新修订了系统方案。但是，此后C公司又多次提出范围变更要求。杨工发现，不断修订的系统方案已经严重偏离了原始方案，系统如期交付已经是不可能的任务了。

【问题1】（6分）

请结合案例简要说明，详细的项目范围说明书应包含哪些内容，并指出C公司和H公司对哪些方面的理解出现了重大偏差。

【问题2】（6分）

请指出S主管的要求是否恰当？为什么？并请结合本案例简要分析导致C公司多次提出范围变更的可能原因。

【问题3】（3分）

作为项目管理者，杨工此时应关注的范围变更控制的要点有哪些？

试题7分析

本题的核心考查点是项目范围管理问题，涉及范围定义和范围控制，前者属于计划过程，而后者属于监控过程。在实践中，这些过程以各种形式重叠和相互影响。

【问题1】

作为定义范围过程的主要成果，项目范围说明书详细描述项目的可交付成果，以及为提交这些可交付成果而必须开展的工作。项目范围说明书也表明项目干系人之间就项目范围所达成的共识。为了便于管理干系人的期望，项目范围说明书可明确指出哪些工作不属于本项目范围。项目范围说明书使项目团队能开展更详细的规划，并可在执行过程中指导项目团队的工作；它还为评价变更请求或额外工作是否超出项目边界提供基准。

项目范围说明书描述要做和不要做的工作的详细程度，决定着项目管理团队控制整个项目范围的有效程度。详细的项目范围说明书包括如下具体内容：

（1）产品范围描述。逐步细化在项目章程和需求文件中所述的产品、服务或成果的特征；

（2）产品验收标准。定义已完成的产品、服务或成果的验收过程和标准；

（3）项目可交付成果。可交付成果既包括组成项目产品或服务的各种结果，也包括各种辅助成果，如项目管理报告和文件。对可交付成果的描述可详可简；

（4）项目的除外责任。通常需要识别出什么是被排除在项目之外的。明确说明哪些内容不属于项目范围，有助于管理干系人的期望；

（5）项目制约因素。列出并说明与项目范围有关、且限制项目团队选择的具体项目制约因素，例如，客户或执行组织事先确定的预算、强制性日期或强制性进度里程碑。如果项目是根据合同实施的，那么合同条款通常也是制约因素。有关制约因素的信息可以列入项目范围说明书，也可以独立成册；

（6）项目假设条件。列出并说明与项目范围有关的具体项目假设条件，以及万一不成立而可能造成的后果。在项目规划过程中，项目团队应该经常识别、记录并验证假设条件。有关假设条件的信息可以列入项目范围说明书，也可以独立成册。

根据试题说明，杨工认为要开发的是一个视频聊天网站，S 主管则要求开发一个基于视频聊天的电子商务网站，那么首先就是项目目标不一致；进一步分析，视频聊天功能到底是项目目标的全部还是一部分，引发了项目双方第二个严重分歧，就是产品范围描述；而上述理解上的严重偏差将直接影响项目双方对项目可交付物的理解，这是第三个双方理解在严重偏差的地方。

【问题 2】

对于 S 主管一再要求变更项目范围的情况，考生首先应当从案例的实际情况出发，明确自己的观点：H 公司是按照双方签订的合同以及经过主管 S 认可的、作为合同附件的系统方案进行开发，自身并无过错；而 S 主管一再要求进行范围变更，是不合理的。然后考生再进一步分析 C 公司多次提出范围变更的主要原因：

（1）沟通问题，W 翻译的工作失误导致项目双方沟通不到位；

（2）沟通不畅导致 H 公司没有正确理解 C 公司的真实需求；

（3）项目范围计划制定的不够周密详细，导致 C 公司发现项目目标与 H 公司的理解出现严重偏差已经是在项目后期了。

需要注意的是，不能简单地认为，既然 H 公司按照 S 主管的要求修改了系统方案，那就说明 S 主管的要求是合理的。不少考生犯了这种想当然的错误。

【问题 3】

作为一个项目管理者，杨工在进行项目范围变更控制时，需要关心的焦点问题就是范围变更是不是已经发生，双方对范围变更的理解是否一致，并及时对已经实际发生的范围变更进行管理。

试题 7 参考答案

【问题 1】

（1）详细的项目范围说明书应包含项目的目标、产品范围描述、项目的可交付物、项目边界、产品验收标准、项目的约束条件、项目的假定。

（2）双方对项目目标、产品范围描述和项目可交付物的理解出现重大偏差。

【问题 2】

（1）S 主管的要求不恰当，因为双方已签订了合同。H 公司按照合同进行开发，并无不妥。

（2）C 公司多次提出范围变更的可能原因：

① 甲方对项目、项目产品或服务的要求发生变化；

② 乙万没有正确理解甲方的需求；

③ 项目范围计划的编制不周密详细，有一定的错误或遗漏；

④ 双方沟通存在问题；

⑤ 市场上出现了或是设计人员提出了新技术、新手段或新方案；

⑥ 项目外部环境发生变化。

【问题 3】

（1）确定范围变更是否已经发生。

（2）对造成范围变更的因素施加影响，以确保这些变更得到一致的认可。

（3）当范围变更发生时，对实际的变更进行管理。

试题 8（2009 年下半年案例分析试题 3）

阅读下列说明，回答问题 1 至问题 3，将解答填入答题纸的对应栏内。

【说明】

希赛公司成功中标 S 市的电子政务工程。希赛公司的项目经理李工组织相关人员对该项目的工作进行了分解，并参考以前曾经成功实施的 W 市电子政务工程项目，估算该项目的工作量为 120 人月，计划工期为 6 个月。项目开始不久，为便于应对突发事件，经业主与希赛公司协商，同意该电子政务工程必须在当年年底之前完成，而且还要保质保量。这意味着，项目工期要缩短为 4 个月，而项目工作量不变。

李工按照 4 个月的工期重新制定了项目计划，向公司申请尽量多增派开发人员，并要求所有的开发人员加班加点工作以便向前赶进度。由于公司有多个项目并行实施，给李工增派的开发人员都是刚招进公司的新人。为节省时间，李工还决定项目组取消每日例会，改为每周例会。同时，李工还允许需求调研和方案设计部分重叠进行，允许需求未经确认即可进行方案设计。

最后，该项目不但没能在 4 个月内完成，反而一再延期，迟迟不能交付。最终导致 S 市政府严重不满，项目组人员也多有抱怨。

【问题 1】（6 分）

请简要分析该项目一再拖期的主要原因。

【问题 2】（6 分）

请简要说明项目进度控制可以采用的技术和工具。

【问题 3】（3 分）

请简要说明李工可以提出哪些措施以有效缩短项目工期。

试题 8 分析

项目进度控制要依据项目进度基准计划对项目的实际进度进行监控，使项目能够按时完成。项目进度监控贯穿于项目的始终。

【问题 1】

要求考生分析项目出现一再拖期问题的主要原因。这个问题对于系统集成项目管理经验丰富的考生来说，只要从试题的说明中去寻找线索，就可以得到答案。

（1）"参考以前曾经成功实施的 W 市电子政务工程项目"，说明参考的项目可能缺乏可比性导致工作量评估不准确。

（2）"要求所有的开发人员加班加点工作以便向前赶进度"，可能会导致开发人员因疲劳而降低工作效率。

（3）"增派的开发人员都是刚招进公司的新人"，对新人的培训以及新人开发经验不足都可能导致项目出现不可预期的问题

（4）"允许需求未经确认即可进行方案设计"，一旦用户需求发生变化，必定会导致项目返工。

类似的线索很多，只要考生能结合案例分析线索并给出自己的观点就能够得分。

【问题 2】

项目进度控制是一个监控项目状态以便采取相应措施以及管理进度变更的过程。项目进度控制的主要技术和工具如下。

（1）进度报告。进度报告及当前进度状态包括如下一些信息，如实际开始与完成日期，以及未完计划活动的剩余持续时间。如果还使用了实现价值这样的绩效测量，则也可能含有正在进行的计划活动的完成百分比。为了便于定期报告项目的进度，组织内参与项目的各个单位可以在项目生命期内自始至终使用统一的模板。模板可以用纸，亦可用电脑文件。

（2）进度变更控制系统。进度变更控制系统规定项目进度变更所应遵循的手续，包括书面申请、追踪系统以及核准变更的审批级别。进度变更控制系统的功能属于整体变更控制过程的一部分。

（3）绩效衡量。绩效衡量技术的结果是进度偏差（SV）与进度效果指数（SPI）。进度偏差与进度效果指数用于估计实际发生任何项目进度偏差的大小。进度控制的一个重要作用是判断已发生的进度偏差是否需要采取纠正措施。例如，非关键路径计划活动的重大延误对项目总体进度可能影响甚微，而关键路径或接近关键路径上的一个短得多的延误，却有可能要求立即采取行动。

（4）项目管理软件。用于制定进度表的项目管理软件能够追踪与比较计划日期与实际日期，预测实际或潜在的项目进度变更所带来的后果，因此是进度控制的有用工具。

（5）偏差分析。在进度监视过程中，进行偏差分析是进度控制的一个关键职能。将目标进度日期同实际或预测的开始与完成日期进行比较，可以获得发现偏差以及在出现延误时采取纠正措施所需的信息。在评价项目进度绩效时，总时差也是分析项目时间实施效果的一个必不可少的规划组成部分。

（6）进度比较横道图。为了节省分析时间进度的时间，使用比较横道图很方便。图中每一计划活动都画两条横道。一条表示当前实际状态，另一条表示经过批准的项目进度基准

状态。此法直观地显示出何处绩效符合计划，何处已经延误。

（7）资源平衡。资源平衡用来在资源之间均匀地分配工作。

（8）假设条件情景分析。假设情景分析用来评审各种可能的情景，以使实际进度跟上项目计划。

（9）进度压缩。进度压缩技术用来找出后继项目活动能跟上项目计划的各种方法。

（10）可以更新进度数据，并把进度数据汇总到进度计划中从而反映项目的实际进展以及待完成的剩余工作。综合运用制订进度的工具、进度数据、手工方法、项目管理软件，就可以生产对应的项目进度计划。

【问题3】

对项目进度实施有效监控的关键是监控项目的实际进度，及时、定期地将它与计划进度进行比较，并立即采取必要的纠正措施。当项目的实际进度落后于计划进度时，首先要能够及时发现问题，然后再分析问题根源并找出妥善的解决办法。从这个角度来说，问题3是对问题1的进一步深化。考生可以根据对问题1的分析解答"对症下药"，给出对问题3的解答。

试题8参考答案

【问题1】

（1）原来估计的120人月的工作量可能不准确。

（2）简单地增加人力资源不一定能如期缩短工期，而且人员的增加意味着更多的沟通成本和管理成本，使得项目赶工的难度增大。

（3）增派的人员各方面经验不足。

（4）项目组的沟通存在问题，每周例会不能使问题及时暴露和解决，可能会导致更严重的问题出现。

（5）需求没经确认即开始方案设计，一旦客户需求变化，将导致项目返工。

（6）连续的加班工作使开发人员心理压力增大，工作效率降低，可能导致开发过程出现问题较多。

【问题2】

（1）进度报告。

（2）进度变更控制系统。

（3）绩效衡量。

（4）项目管理软件。

（5）偏差分析。

（6）进度比较横道图。

（7）资源平衡。

（8）假设条件情景分析。

（9）进度压缩。

（10）制定进度的工具。

【问题 3】

（1）与客户沟通，在不影响项目主要功能的前提下，适当缩减项目范围（或项目分期，或适当降低项目性能指标）。

（2）投入更多的资源以加速活动进程。

（3）申请指派经验更丰富的人去完成或帮助完成项目工作。

（4）通过改进方法或技术提高生产效率。

试题 9（2009 年下半年案例分析试题 4）

阅读下列说明，针对项目的成本管理，回答问题 1 至问题 2，将解答填入答题纸的对应栏内。

【说明】

某信息系统开发项目由希赛公司承建，工期 1 年，项目总预算 20 万元。目前项目实施已进行到第 8 个月末。在项目例会上，项目经理就当前的项目进展情况进行分析和汇报。截止第 8 个月末项目执行情况分析表如表 19-1 所示。

表 19-1　项目执行情况分析表

序号	活动	计划成本值（元）	实际成本值（元）	完成百分比
1	项目活动	2000	2100	100%
2	可行性研究	5000	4500	100%
3	需求调研	10000	12000	100%
4	设计选型	75000	86000	90%
5	集成实施	65000	60000	70%
6	测试	20000	15000	35%

【问题 1】（8 分）

请计算截止到第 8 个月末该项目的成本偏差（CV）、进度偏差（SV）、成本执行指数（CPI）和进度执行指数（SPI）；判断项目当前在成本和进度方面的执行情况。

【问题 2】（7 分）

请简要叙述成本控制的主要工作内容。

试题 9 分析

项目管理受范围、时间、成本和质量的约束，其中，项目成本管理要确保在批准的预算内完成项目，在项目管理中占有重要地位。虽然项目成本管理主要关心的是完成项目活动所需资源的成本，但是也必须考虑项目决策对项目产品、服务或成果的使用成本、维护成本和支持成本的影响。

【问题1】

要求考生熟悉和掌握 CV、SV、CPI、SPI 等指标的含义及其计算公式，而这些指标又与 PV、EV 和 AC 等指标密切相关。有关这些概念的详细知识，请阅读第 11 章试题 1 的分析。

在试题说明给出的第 8 个月末项目执行情况分析表中，"计划成本值"列之和是 PV，"实际成本值"列之和是 AC，"计划成本值"列与"完成百分比"列对应单元格乘积之和是 EV。

【问题2】

作为整体变更控制的一部分，项目成本控制有助于及时查明项目在成本和进度方面出现正、负偏差的原因，并及时采取适当的应对措施，以免造成质量或进度问题，可能导致项目后期产生无法接受的巨大风险。

试题 9 参考答案

【问题1】

PV = (2000+5000+10000+75000+65000+20000)元 = 177000 元。

AC = (2100+4500+12000+86000+60000+15000)元 = 179600 元。

EV = (2000×100%+5000×100%+10000×100%+75000×90%+65000×70%+20000×35%)元 = 137000 元。

CV = EV-AC = (137000-179600)元 = -42600 元。

SV = EV-PV = (137000-177000)元 = -40000 元。

CPI = EV/AC = (137000/179600)元 = 0.76。

SPI = EV/PV = (137000/177000)元 = 0.77。

项目当前执行情况：成本超支，进度滞后。

【问题2】

（1）对造成成本基准变更的因素施加影响。

（2）确保变更请求获得同意。

（3）当变更发生时，管理这些实际的变更。

（4）保证潜在的成本超支不超过授权的项目阶段资金和总体资金。

（5）监督成本执行，找出与成本基准的偏差。

（6）准确记录所有与成本基准的偏差。

（7）防止错误的、不恰当的或未获批准的变更纳入成本或资源使用报告中。

（8）就审定的变更，通知项目干系人。

（9）采取措施，将预期的成本超支控制在可接受的范围内。

试题 10（2009 年下半年案例分析试题 5）

阅读下列说明，针对项目的质量管理，回答问题 1 至问题 3，将解答填入答题纸的对应栏内。

【说明】

希赛公司承担了某企业的业务管理系统的开发建设工作，希赛公司任命张工为项目经理。

张工在承担此新项目的项目经理同时，所负责的原项目尚处在收尾阶段。张工在进行了认真分析后，认为新项目刚刚开始，处于需求分析阶段，而原项目尚有某些重要工作需要完成，因此张工将新项目需求分析阶段的质量控制工作全权委托给了软件质量保证（SQA）人员李工。李工制定了本项目的质量计划，包括收集资料、编制分质量计划、并通过相应的工具和技术，形成了项目质量计划书，并按照质量计划书开展相关需求调研和分析阶段的质量控制工作。

在需求评审时，由于需求规格说明书不能完全覆盖该企业的业务需求，且部分需求理解与实际存在较大偏差，导致需求评审没有通过。

【问题 1】（4 分）

请指出希赛公司在项目管理过程中的不妥之处。

【问题 2】（6 分）

请简述项目质量控制过程的基本步骤。

【问题 3】（5 分）

请简述制定项目质量计划可采用的方法、技术和工具。

试题 10 分析

项目质量管理包括确保项目满足其各项要求所需的过程，以及担负全面管理职责的各项活动：确定质量方针、目标和责任，并通过质量策划、质量保证、质量控制和质量改进等手段在质量体系内实施质量管理。

【问题 1】

要求分析希赛公司在项目管理过程中的不妥做法，主要还是着眼于考查考生的项目管理经验。考生应从试题说明的细节入手加以分析，并结合个人经验观点加以阐述。

（1）希赛公司任命张工为项目经理，但是张工手头上还有未结束的项目，这势必会牵扯张工的精力。

（2）张工为了从新项目中脱身，指派李工负责项目前期的工作，而李工只是个软件质量保证人员，缺乏项目管理经验。

（3）李工编写了一系列的项目质量管理文档，却从未交付相关各方加以审批确认，最终导致需求评审未获通过。

【问题 2】

项目质量控制过程就是确保项目质量计划和目标得以圆满实现的过程，具体来说，就是项目团队的管理人员采取有效措施，监督项目的具体实施结果，判断其是否符合项目有关的质量标准，并确定消除产生不良结果原因的途径。

项目质量控制活动一般包括：保证由内部或外部机构进行检测管理的一致性，发现与质量标准的差异，消除产品或服务过程中性能不能被满足的原因，审查质量标准以决定可以达到的目标及成本、效率问题，并且需要确定是否可以修订项目的质量标准或项目的具体目标。

项目具体结果既包括项目的最终产品（可交付成果等）或服务，也包括项目过程的结果。项目产品的质量控制一般由质量控制职能部门负责，而项目过程结果的质量，却需要由项目管理组织的成员进行控制。质量控制过程还可能包括详细的活动和资源计划。

项目质量控制过程一般要经历以下基本步骤：

（1）选择控制对象。项目进展的不同时期、不同阶段，质量控制的对象和重点也不相同，需要在项目实施过程中加以识别和选择。质量控制的对象，可以是某个因素、某个环节、某项工作或工序，以及项目的某个里程碑或某项阶段成果等一切与项目质量有关的要素；

（2）为控制对象确定标准或目标；

（3）制定实施计划，确定保证措施；

（4）按计划执行；

（5）对项目实施情况进行跟踪监测、检查，并将监测的结果与计划或标准相比较；

（6）发现并分析偏差；

（7）根据偏差采取相应对策：如果监测的实际情况与标准或计划相比有明显差异，则应采取相应的对策。

【问题 3】

制定项目质量计划是识别和确定必要的作业过程、配置所需的人力和物力资源，以确保达到预期质量目标所进行的周密考虑和统筹安排的过程。制定项目质量计划是保证项目成功的过程之一。有关制定项目质量计划的工具和技术方面的知识，请阅读第 12 章试题 3 的分析。

试题 10 参考答案

【问题 1】

（1）用人不当，负责项目整体质量控制的李工缺乏项目整体管理的经验。

（2）在质量控制过程中，缺少相关方的审批环节。

【问题 2】

（1）选择控制对象。

（2）为控制对象确定标准或目标。

（3）制定实施计划，确定保证措施。

（4）按计划执行。

（5）对项目实施情况进行跟踪监测、检查，并将监测的结果与计划或标准相比较。

（6）发现并分析偏差。

（7）根据偏差采取相应对策。

【问题 3】

（1）效益/成本分析。

（2）基准比较。

（3）流程图。

（4）实验设计。

（5）质量成本分析。

（6）质量功能展开。

（7）过程决策程序图法。

试题 11（2010 年上半年案例分析试题 1）

阅读下面说明，回答问题 1 至问题 3，将解答填入答案纸的对应栏内。

【说明】

希赛远程教育网络建设项目在商务谈判阶段，建设方和承建方鉴于以前有过合作经历，并且在合同谈判阶段双方都认为理解了对方的意图，因此签订的合同只简单规定了项目建设内容、项目金额、付款方式和交工时间。

在实施过程中，建设方提出了一些新需求，对原有需求也做了一定的更改。承建方项目经理评估认为新需求可能会导致工期延迟和项目成本大幅增加，因此拒绝了建设方的要求，并让此项目的销售人员通知建设方。当销售人员告知建设方不能变更时，建设方对此非常不满意，认为承建方没有认真履行合同。

在初步验收时，建设方提出了很多问题，甚至将曾被拒绝的需求变更重新提出，双方交涉陷入僵局。建设方一直没有在验收清单上签字，最终导致项目进度延误，而建设方以未按时交工为由，要求承建方进行赔偿。

【问题 1】（7 分）

将以下空白处应填写的恰当内容，写入答题纸的对应栏内。

（1）在该项目实施过程中（　）、（　）与（　）工作没有做好。

① 沟通管理　　　② 配置管理　　　③ 质量管理

④ 范围管理　　　⑤ 绩效管理　　　⑥ 风险管理

（2）从合同管理角度分析可能导致不能验收的原因是：合同中缺少（）、（）、（）的相关内容。

（3）对于建设方提出的新需求，项目组应（），以便双方更好地履行合同。

【问题 2】（4 分）

将以下空白处应填写的恰当内容，写入答题纸的对应栏内。

从合同变更管理的角度来看，项目经理应当遵循的原则和方法如下。

（1）合同变更的处理原则是（）。

（2）变更合同价款应按下列方法进行：

① 首先确定（），然后确定变更合同价款；

② 若合同中已有适用于项目变更的价格，则按合同已有的价格变更合同价款；

③ 若合同中只有类似于项目的变更价格，则可以参照类似价格变更合同价款；

④ 若合同没有适用或类似项目变更的价格，则由（）提出适当的变更价格，经（）确认后执行。

【问题 3】（4 分）

为了使项目通过验收，请简要叙述作为承建方的项目经理，应该如何处理。

试题 11 分析

本题考查项目合同管理、变更管理、范围管理、沟通管理等相关理论与实践，并偏重于在实践中的应用。从题目的说明中，可以初步分析出以下一些信息：

（1）合同签订比较随意，说明该项目的合同管理存在一定的问题。只规定了项目建设内容、项目金额、付款方式和交工时间这些合同里面必不可少的组成部分，因此可能会遗漏一些对于项目执行和验收活动至关重要的保障性条款；

（2）在项目实施过程中，对于变更的处理存在一定问题。当客户提出变更请求时，项目组按照变更控制流程的要求进行了影响评估，这种做法是没有问题的，但评估之后的结果及处理方式不恰当，不能在没有跟客户进行沟通的情况下就直接拒绝客户的要求，同时，项目组应当直接与客户进行沟通，不应该由销售人员来转达；

（3）当销售人员转达了项目组的意思后，客户已经表示了不满的情绪，但对于该项目组来说并没有采取进一步的措施，也表明项目的沟通管理存在严重的问题；

（4）初步验收的时候客户提出问题，并且迟迟不肯签字，也是由于之前的沟通不到位，客户关系不够融洽造成的后果。

试题 11 参考答案

【问题 1】

（1）①沟通管理　④范围管理　⑥风险管理（回答编号或术语都可以，顺序不限）

（2）项目范围（或需求）、验收标准（或验收步骤、或验收方法）、违约责任及判定（顺序不限）

（3）与建设方正式协商（或沟通）后，就项目的后续执行达成一致（只要答出沟通和协商即可得分）

【问题 2】

（1）公平合理

（2）①合同变更量清单（或合同变更范围、合同变更内容）

④承包人（或承建单位）、监理工程师（或业主，或建设单位）

【问题 3】

（1）对双方的需求（项目范围）做一次全面的沟通和说明，达成一致，并记录下来，请建设方签字确认。

（2）就完成的工作与建设方沟通确认，并请建设方签字。

（3）就待完成的工作列出清单，以便完成时请建设方确认。

（4）就合同中的验收标准、步骤和方法与建设方协商一致。

（5）必要时可签署一份售后服务承诺书，将此项目周期内无法完成的任务做一个备忘，承诺在后续的服务期内完成，先保证项目能按时验收。

（6）对于建设方提出的新需求，可与建设方协商进行合同变更，或签订补充合同。

试题 12（2010 年上半年案例分析试题 2）

阅读下面说明，回答问题 1 至问题 3，将解答填入答案纸的对应栏内。

【说明】

希赛公司选定李某作为系统集成项目 A 的项目经理。李某针对 A 项目制定了 WBS，将整个项目分为 10 个任务，这 10 个任务的单项预算如表 19-2 所示。

表 19-2　单项预算表

序号	工作活动	预算费用（PV，万元）	序号	工作活动	预算费用（PV，万元）
1	任务 1	3	6	任务 6	4
2	任务 2	3.5	7	任务 7	6.4
3	任务 3	2.4	8	任务 8	3
4	任务 4	5	9	任务 9	2.5
5	任务 5	4.5	10	任务 10	1

到了第四个月底的时候，按计划应该完成的任务是：1、2、3、4、6、7、8，但项目经理李某检查发现，实际完成的任务是：1、2、3、4、6、7，其他的工作都没有开始，此时统计出来花费的实际费用总和为 25 万元。

【问题 1】（6 分）

请计算此时项目的 PV、AC、EV（需写出计算过程）。

【问题 2】（4 分）

请计算此时项目的绩效指数 CPI 和 SPI（需写出公式）。

【问题 3】（5 分）

请分析该项目的成本、进度情况，并指出可以在哪些方面采取措施以保障项目的顺利进行。

试题 12 分析

本题考查挣值分析的相关概念和评价指标的计算。

【问题 1】

本题目中给出"到了第四个月月底的时候，按计划应该完成的任务是：1、2、3、4、6、7、8"，因此，PV 应该是 1、2、3、4、6、7、8 活动计划值的累加，即 PV=3+3.5+2.4+5+4+6.4+3=27.3 万元。

题目中给出"此时统计出来花费的实际费用总和为 25 万元"，因此，AC 为 25 万元。

题目中给出"实际完成的任务是：1、2、3、4、6、7"，因此 EV 应该为 1、2、3、4、6、7 活动计划值的累加，即 EV=3+3.5+2.4+5+4+6.4=24.3 万元。

【问题 2】

需要掌握 CPI 和 SPI 的计算公式以及含义，请直接阅读参考答案。

【问题 3】

根据问题 2 中计算出的 CPI 和 SPI 值分析实际项目的情况，并根据项目的实际情况，提出相应的解决措施。利用挣值分析的 3 个参数和 4 个指标，可以综合地分析项目的执行效率和进度。EVM 的参数分析和应对措施总结如表 19-3 所示。

表 19-3　挣值分析的参数分析与应对措施

序号	参数关系	分析	措施
1	AC>PV>EV，SV<0，CV<0	效率低、进度较慢、投入超前	用工作效率高的人员更换工作效率低的人员
2	PV>AC>EV，SV<0，CV<0	效率较低、进度慢、投入延后	增加高效人员投入
3	EV>PV>AC，SV>0，CV>0	效率高、进度较快、投入延后	若偏离不大，维持现状
4	EV>AC>PV，SV>0，CV>0	效率较高、进度快、投入超前	抽出部分人员，放慢进度
5	AC>EV>PV，SV>0，CV<0	效率较低、进度较快、投入超前	抽出部分人员，增加少量骨干人员
6	PV>EV>AC，SV<0，CV>0	效率较高、进度较慢、投入延后	迅速增加人员投入

试题 12 参考答案

【问题 1】

PV = 3+3.5+2.4+5+4+6.4+3 = 27.3 万元。

AC = 25 万元。

EV = 3+3.5+2.4+5+4+6.4 = 24.3 万元。

【问题 2】

CPI = EWAC = 24.3/25 = 0.97。

SPI = EV/PV = 24.3/27.3 = 0.89。

【问题 3】

进度落后，成本超支。

措施：用高效人员替换低效率人员，加班（或赶工），或在防范风险的前提下并行施工（快速跟进）。

试题 13（2010 年上半年案例分析试题 3）

阅读下面说明，回答问题 1 至问题 3，将解答填入答案纸的对应栏内。

【说明】

王某是希赛远程教育管理平台开发项目的项目经理。王某在项目启动阶段确定了项目组的成员，并任命程序员李工兼任质量保证人员。李工认为项目工期长，因此将项目的质量检查时间定位每月 1 次。项目在实施过程中不断遇到一些问题，具体如下：

事件 1：项目进入编码阶段，在编码工作进行了 1 个月的时候，李工按时进行了一次质量检查，发现某位开发人员负责的一个模块代码未按公司要求的编码规范编写，但是此时这个模块已基本开发完毕，如果重新修改势必影响下一阶段的测试工作；

事件 2：李工对这个开发人员开具了不符合项报告，但开发人员认为并不是自己的问题，而且修改代码会影响项目进度，双方一直未达成一致，因此代码也没有修改；

事件 3：在对此模块的代码走查过程中，由于可读性较差，不但耗费了很多的时间，还发现了大量的错误。开发人员不得不对此模块重新修改，并按公司要求的编码规范进行修正，结果导致开发阶段的进度延误。

【问题 1】（5 分）

请指出这个项目在质量管理方面可能存在哪些问题？

【问题 2】（6 分）

质量控制的工具和技术包括哪六项？（从以下候选项中选择，将对应的编号写入答题纸

的对应栏内）

A. 同行评审 　　 B. 挣值分析 　　 C. 测试 　　 D. 控制图

E. 因果图 　　 F. 流程图 　　 G. 成本效益分析 　　 H. 甘特图

I. 帕累托图（排列图） J. 决策树分析 　　 K. 波士顿矩阵图

【问题3】（4分）

作为此项目的质量保证人员，在整个项目中应该完成哪些工作？

试题 13 分析

质量管理工作对于一个项目来说是至关重要的，但在很多项目中质量管理并不是系统地、有计划地来执行的，经常处于一种救火的状态，还有人认为质量管理就是为了找错的。事实上，质量管理活动应该是有计划、有目标、有流程规范的一系列活动。

【问题1】

通过仔细阅读题目说明，可分析如下：

（1）李工原来是程序员，并且在项目中兼任质量管理人员，一方面没有质量保证经验，另外一方面质量管理人员一般来说应该独立于项目组，否则无法保证质量检查工作的客观性；

（2）李工将检查时间定为每月一次也是不妥的，因为在一个月之内可能会发生很多活动，而有些活动是应该在执行过程中被检查的，等到完成再检查就来不及了。正确的做法是按照项目计划制定出质量管理计划，然后按照质量管理计划具体实施；

（3）李工发现问题时，未能与当事人达成一致，他应该按问题上报流程处理，而不是放任不管；

（4）编码人员没有按照公司的编码规范来编码，这一点是不对的，但究其原因可能是公司或项目没有对项目组提供有效的培训造成的。

【问题2】

这是一道选择题，请直接阅读参考答案。

【问题3】

质量保证是一项管理职能，包括所的有计划地、系统地为保证项目能够满足相关的质量标准而建立的活动。质量保证可以分为：内部质量保证（向项目管理组和执行机构的管理层提供质量保证）和外部质量保证（向客户或不参与项目工作的人员提供质量保证）。

质量保证人员 QA 作为项目经理的耳目，其作用不仅仅是发现和报告项目的问题。一个合格的 QA 在项目中会充当三种角色：

（1）导师，具备学习和培训的能力；

（2）医生：通过度量数据对项目的过程进行诊断，帮助分析原因，开处方；

（3）警察：以企业流程为依据，但要告诉大家流程背后的原因：如果和项目组针对某些问题意见相左，可以直接汇报高层。

典型的 QA 职责包括：过程指导、过程评审、产品审计、过程改进、过程度量。作为项目的质量保证人员，在项目前期应当辅助项目经理制定项目计划（特别是质量管理计划），设定质量目标等，对项目成员的开发过程进行规范和指导。定期（一般每周一次）对项目的工作产品和过程进行审计和评审。在项目过程中，QA 常承担收集、统计、分析度量数据的工作，用于支持管理决策。

试题 13 参考答案

【问题 1】

（1）项目经理用人错误，李工没有质量保证经验。

（2）没有制定合理的质量管理计划，检查频率的设定有问题。

（3）应加强项目过程中的质量控制或检查，不能等到工作产品完成后才检查。

（4）李工发现问题的处理方式不对。QA 发现问题应与当事人协商，如果无法达成一致要向项目经理或更高级别的领导汇报，而不能自作主张。

（5）在质量管理中，没有与合适的技术手段相结合。

（6）对程序员在质量意识和质量管理方面的培训不足。

【问题 2】

A，C，D，E，F，I

【问题 3】

（1）计划阶段制定质量管理计划和相应的质量标准。

（2）按计划实施质量检查，检查是否按标准过程实施项目工作。注意项目过程中的质量检查，在每次进行检查之前准备检查清单(checklist)，并将质量管理相关情况予以记录。

（3）依据检查的情况和记录，分析问题，发现问题，与当事人协商进行解决。问题解决后要进行验证；如果无法与当事人达成一致，应报告项目经理或更高层领导，直至问题解决。

（4）定期给项目干系人发质量报告。

（5）为项目组成员提供质量管理要求方面的培训或指导。

试题 14（2010 年上半年案例分析试题 4）

阅读下面说明，回答问题 1 至问题 3，将解答填入答案纸的对应栏内。

【说明】

老陆是希赛公司资深项目经理，在项目建设初期带领项目团队确定了项目范围。后因工作安排太忙，无暇顾及本项目，于是他要求：

（1）本项目各小组组长分别制定组成项目管理计划的子计划；

（2）本项目各小组组长各自监督其团队成员在整个项目建设过程中子计划的执行情况；

（3）项目组成员坚决执行子计划，且原则上不允许修改。

在执行了三个月之后，项目经常出现各子项目间无法顺利衔接，需要大量工时进行返工等问题，目前项目进度已经远远滞后于预定计划。

【问题1】（4分）

请简要分析造成项目目前状况的原因。

【问题2】（6分）

请简要叙述项目整体管理过程应包含哪些内容。

【问题3】（5分）

为了完成该项目，请从整体管理的角度，说明老陆和公司可采取哪些补救措施。

试题 14 分析

本题主要考查考生如何制定项目计划以及项目管理计划包含的内容。

【问题1】

通过对题目说明的详细阅读和分析，可以找到如下的问题：

（1）老陆在项目计划阶段没有参与项目计划的制定，也没有把各子计划综合起来形成整体的项目管理计划；

（2）项目小组各自只管自己的子计划，没有相互之间的沟通，并且项目计划没有经过评审。这样各小组之间的计划无法协调一致，势必会影响整体项目工作；

（3）老陆规定计划不允许变更，这样，当计划不适合指导项目实施的时候无法及时的纠正错误；

（4）老陆要求各小组长监督其成员在整个项目过程中了计划的执行情况，这一点也是不妥的，作为整个项目的项目经理，他应该承担起项目监控的职责，而不是完全放权给下面的人。

【问题2】

这是一道纯理论性试题，请直接阅读参考答案。

【问题3】

根据问题1中找出的原因，结合考生自己的项目管理经验，给出补救措施。

试题 14 参考答案

【问题1】

（1）项目缺少整体计划。只完成了项目管理计划中的子计划，并没有形成真正的项目整体管理计划，即确定、综合与协调所有子计划所需要的活动，并形成文件。

（2）项目缺少整体的报告和监控机制，各项目小组各自为政。

（3）项目缺少整体变更控制流程和机制。管理计划本身是通过变更控制过程进行不断更新和修订的，不允许修改是不切合实际的。

【问题 2】

（1）所使用的项目管理过程。

（2）每个特定项目管理过程的实施程度。

（3）完成这些项目的工具和技术的描述。

（4）选择的项目的生命周期和相关的项目阶段。

（5）如何用选定的过程来管理具体的项目。包括过程之间的依赖与交互关系和基本的输入输出等。

（6）如何执行流程来完成项目目标。

（7）如何监督和控制变更。

（8）如何实施配置管理。

（9）如何维护项目绩效基线的完整性。

（10）与项目干系人进行沟通的要求和技术。

（11）为项目选择的生命周期模型。对于多阶段项目，要包括所定义阶段是如何划分的。

（12）为了解决某此遗留问题和未定的决策，对于其内容、严重程度和紧迫程度进行的关键管理评审。

【问题 3】

（1）建立整体管理机制。老陆应分配更多的精力来进行项目管理，或由其他合适的人员来承担整体管理的工作。

（2）理清各子项目组目前的工作状态。例如其工作进度、成本、资源配置等。

（3）重新定义项目的整体管理计划，并与各子项目计划建立明确关联。

（4）按照计划要求，重新进行资源平衡。

（5）建立或加强项目的沟通、报告和监控机制。

（6）加强项目的整体变更控制。

试题 15（2010 年上半年案例分析试题 5）

阅读下面说明，回答问题 1 至问题 3，将解答填入答案纸的对应栏内。

【说明】

有多年开发经验的赵工被任命为希赛教育视频点播系统开发项目的项目经理，客户要求10 个月完成项目。项目组包括开发、测试人员共 10 人，赵工兼任配置管理员的工作。

按照客户的初步要求，赵工估算了工作量，发现工期很紧。因此，赵工在了解客户的部分需求之后，就开始对这部分需求进行设计和开发工作。

在编码阶段，赵工发现需求文件还在不断修改，形成了多个版本，设计文件不知道该与哪一版本的需求文件对应，而代码更不知道对应哪一版本的需求和设计文件。同时，客户仍在不断提出新的需求，有些很细微的修改，开发人员随手就改掉了。

到了集成调试的时候，发现错误非常多。由于需求、设计和代码的版本对应不上，甚至搞不清楚是需求、设计还是编码的错误。眼看进度无法保证，项目团队成员失去了信心。

【问题 1】（5 分）

请从项目管理和配置管理的角度分析造成项目失控的原因。

【问题 2】（5 分）

以下左侧表格中是配置管理的基本概念，右侧表格是有关这些概念的论述，请在答题纸上用直线将左侧表格与右侧表格里的对应项连接起来。

	用于控制工作产品，包括存储媒体、规程、和访问工具
配置项	是配置管理的前提，它的组成可能包括交付客户的产品、内部工作产品、采购的产品或使用的工具等
基线	
配置管理系统	可看作是一个相对稳定的逻辑实体，其组成部分不能被任何人随意修改
配置状态报告	记录配置项有关的所有信息，存放受控的配置项
配置库	能够及时、准确地给出配置项的当前状况，加强配置管理工作

【问题 3】（5 分）

请说明正常的配置管理工作包括哪些活动。

试题 15 分析

配置管理是为了系统的控制配置变更，在项目的整个生命周期中维持配置的完整性和可跟踪性，而标识系统在不同时间点上的配置的学科。本项目是一个软件开发的项目，软件的配置管理包括的主要活动有配置识别、变更控制、状态报告和配置审计，在实施配置管理活动前要制定配置管理计划。

【问题 1】

从题目的说明出发，对本题进行分析，可得到如下的结论：

（1）赵工具有多年的开发经验，但说明中并没有给出他具有一定的项目管理经验，因此这一点可能是造成项目失控的原因；

（2）赵工兼任配置管理工作，有过项目经验的人一般会知道，有 10 个开发人员参与的近一年的软件开发项目是有一定规模的，其中的配置管理工作非常琐碎，作为一个项目经理本身工作就很繁忙，因此赵工身兼二职是不现实的，这也是造成项目失控的原因之一；

（3）需求文件与设计文件对应不上，这一方而是由于没有做好版本管理工作，另一方面也是由于项目中没有建立相应的基线造成的；

（4）客户提出的新需求，开发人员随手就改掉了，说明没有进行有效的变更控制。

通过上面分析的一些结论，再结合题目中给出的其他描述，可基本总结出正确答案。

【问题 2】

配置项是配置管理的前提，它的组成可能包括交付客户的产品、内部工作产品、采购的产品或使用的工具等。

基线可看作是一个相对稳定的逻辑实体，其组成部分不能被任何人随意修改。

配置管理系统用于控制工作产品，包括存储媒体、规程、和访问工具。

配置状态报告能够及时、准确地给出配置项的当前状况，加强配置管理工作。

配置库记录配置项有关的所有信息，存放受控的配置项。

【问题 3】

CMMI 认为，配置管理的目的在于运用配置标识、配置控制、配置状态和配置审计，建立和维护工作产品的完整性。CMMI 将配置管理分为 9 大部分，分别是制定配置管理计划、识别配置项、建立配置管理系统、创建或发行基线、跟踪变更、控制变更、建立配置管理记录、执行配置审核、版本控制。

ISO/IEC 12207-1995 所规定的软件配置管理过程的活动有过程实施、配置标识、配置控制、配置状态报告、配置评价、发行管理和交付。

配置管理主要是对信息系统生存期过程中的各种阶段产品和最终产品演化和变更的管理，它是质量管理的重要组成部分。如果从变更的意义讲，配置管理是要解决信息系统的变更标识、变更控制，以及变更发布的问题。

试题 15 参考答案

【问题 1】

（1）赵工没有项目管理经验，不适合任项目经理的职位。

（2）项目经理兼任配置管理员，精力不够，无法完成配置管理工作。

（3）赵工的项目范围管理有问题。

（4）版本管理没有做好。

（5）项目中没有建立基线，导致需求、设计、编码无法对应。

（6）没有做好变更管理。

【问题 2】

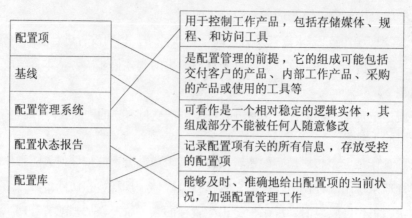

【问题3】

制制定配置管理计划，配置项识别，报告配置状态，进行配置审核，版本管理和发行管理，实施配置变更控制。

试题16（2010年下半年案例分析试题1）

阅读下列说明，回答问题1至问题3，将解答填入答题纸的对应栏内。

【说明】

希赛公司（承建方）成功中标当地政府某部门（建设方）办公场所的一项信息系统软件升级改造项目。项目自2月初开始，工期为1年。承建方项目经理制定了相应的进度计划，将项目工期分为四个阶段：需求分析阶段计划8月底结束；设计阶段计划9月底结束；编码阶段计划11月底结束；安装、测试、调试和运行阶段计划次年2月初结束。

当年2月底，建设方通知承建方，6月至8月这3个月期间因某种原因，无法配合项目实施。经双方沟通后达成一致，项目仍按原合同约定的工期执行。

由于该项目的按时完成对承建方非常重要，在双方就合同达成一致后，承建方领导立刻对项目经理做出指示：招聘新人，加快需求分析的进度，赶在6月之前完成需求分析；6月至8月期间在本单位内部完成系统设计工作。

项目经理虽有不同意见，但还是根据领导的指示立即修改了进度管理计划并招募了新人，要求项目组按新计划执行，但项目进展缓慢。直到11月底项目组才刚刚完成需求分析和初步设计。

【问题1】（3分）

除案例中描写的具体事项外，承建方项目经理在进度管理方面可以采取哪些措施？

供选择答案（将正确选项的字母填入答题纸对应栏内）：

A．开发抛弃型原型　　　B．绩效评估　　　C．偏差分析

D. 编写项目进度报告　　E. 确认项目范围　　F. 发布新版项目章程

【问题 2】(6 分)

（1）基于你的经验，指出承建方领导的指示中可能存在的风险，并简要叙述进行变更的主要步骤。

（2）请简述承建方项目经理得到领导指示之后，如何控制相关变更。

【问题 3】(6 分)

针对项目现状，请简述项目经理可以采用的进度压缩技术，并分析利弊。

试题 16 分析

这是一道有关进度管理方面的试题，主要考查进度计划的制定，以及变更对进度的影响。

【问题 1】

这是一道选择题，要求考生选择在进度管理方面可以采取的措施，进度管理的工具和技术主要有绩效审查（绩效评估）、偏差分析、项目管理软件、资源平衡、假设情景分析、调整时间提前量与滞后量、进度压缩、进度计划编制工具、进度报告、进度变更控制系统、进度比较横道图等。

【问题 2】

在建设方 6 月至 8 月间无法配合项目实施的前提下，经双方沟通后达成一致，项目仍按原合同约定的工期执行。承建方领导立刻对项目经理做出指示：招聘新人，加快需求分析的进度，赶在 6 月之前完成需求分析；6 月至 8 月期间在本单位内部完成系统设计工作。该指示可能存在的风险如下：

（1）人员方面的风险：招聘到的新人是否具有足够的技能来胜任项目中的角色、职责；

（2）质量方面的风险：在赶干的同时（原计划 9 月底完成设计，现改为 8 月底完成，而且 6 至 8 月期间，还没有用户的配合），往往会带来质量方面的风险，例如，需求调研不充分，系统设计不完善、存在缺陷等，可能会带来返工；

（3）进度方面的风险：可能实际需要完成的工作所需时间无法在计划时间内完成。

变更的主要步聚如下：提出与接受变更申请；对变更的初审；变更方案论证；CCB 审查；变更实施；变更实施的监控；变更验证与确认；变更发布，通知相关干系人，相关文档存档。

显然，承建方项目经理得到领导指示之后，应严格按照变更的工作程序来执行并控制变更。并召集项目组成员分析讨论，制定一个合理的项目进度计划，在项目的实施过程中及时定期地跟踪项目的实际进度进展情况，发现偏差，分析原因，并采取相应措施加以纠正。

【问题 3】

进度压缩指在不改变项目范围、进度制约条件、强加日期或其他进度目标的前提下缩短项目的进度时间。进度压缩的技术有：

（1）赶工。对费用和进度进行权衡，确定如何在尽量少增加费用的前提下最大限度地缩短项目所需时间。赶工不需要修改网络计划图，但并非总能产生可行的方案，反而常常增加费用；

（2）快速跟进。这种进度压缩技术通常同时进行按先后顺序的阶段或活动。例如，在所有设计完成之前就开始编码。快速跟进需要修改网络计划图，往往造成返工，并通常会增加风险。这种办法可能要求在取得完整、详细的信息之前就开始进行，如工程设计图纸。其结果是以增加费用为代价换取时间，并因缩短项目进度时间而增加风险。

试题 16 参考答案

【问题 1】

B、C、D。

【问题 2】

（1）招聘到的新人没有足够的技能来胜任项目中的角色、职责；在赶干的同时会带来质量方面的风险；没有用户配合，可能造成需求调研不充分，系统设计不完善、存在缺陷等，会带来返工；实际需要完成的工作所需时间无法在计划时间内完成。

（2）变更申请、变更评估与决策、变更实施、变更验证与确认、变更发布（沟通、存档）。

（3）承建方项目经理得到领导指示之后，应严格按照变更的工作程序来执行并控制变更。并召集项目组成员分析讨论，制定一个合理的项目进度计划，在项目的实施过程中及时定期地跟踪项目的实际进度进展情况，发现偏差，分析原因，并采取相应措施加以纠正。

【问题 3】

（1）赶工。压缩某个活动的持续时间，不需要修改网络计划图。并非总能产生可行的方案，反而常常增加费用。

（2）快速跟进。将顺序执行的活动改为并行执行，需要修改网络计划图。往往造成返工，并通常会增加风险。

试题 17（2010 年下半年案例分析试题 2）

阅读下列说明，回答问题 1 至问题 4，将解答填入答题纸的对应栏内。

【说明】

某项目经理将其负责的系统集成项目进行了工作分解，并对每个工作单元进行了成本估算，得到其计划成本。各任务同时开工，开工 5 天后项目经理对进度情况进行了考核，如表 19-4 所示。

表 19-4 进度情况表

任务	计划工期（天）	计划成本（元/天）	已发生费用	已完成工作
甲	10	2000	16000	20%
乙	9	3000	13000	30%
丙	12	4000	27000	30%
丁	13	2000	19000	80%
戊	7	1800	10000	50%
合计				

【问题 1】（6 分）

请计算该项目在第 5 天末的 PV、EV 值，并写出计算过程。

【问题 2】（5 分）

请从进度和成本两方面评价此项目的执行绩效如何，并说明依据。

【问题 3】（2 分）

为了解决目前出现的问题，项目经理可以采取哪些措施？

【问题 4】（2 分）

如果要求任务戊按期完成，项目经理采取赶工措施，那么任务戊的剩余日平均工作量是原计划日平均工作量的多少倍？

试题 17 分析

本题考查挣值分析的参数计算，以及根据评价指标来评判项目绩效。这些问题在历年考试中已经多次涉及，属于考生必须要掌握的知识。

【问题 1】

PV 是计划成本，因为要计算第 5 天末的 PV，因此需要将每天的计划成本乘以 5，然后再将各任务的计划成本相加，即：

PV = (2000+3000+4000+2000+1800)×5 = 64000 元。

EV 为实际完成工作量的计划成本，以甲任务为例，已经完成 20% 的工作量，而按照计划，甲任务计划工期为 10 天，即每天完成 10% 的工作量。因此，第 5 天末相当于只完成了 2 天的工作量，其 EV 等于 2×2000=4000 元。类似地，可以计算出其他任务的 EV，然后相加等到总的 EV，计算公式如下：

EV = 10×20%×2000+9×30%×3000+12×30%×4000+13×80%×2000+7×50%×1800 = 53600 元。

【问题 2】

根据表 19-4 可知：

AC = 16000+13000+27000+19000+10000 = 85000 元。

SV = 53600-64000 = -10400 元。

CV = 53600-85000 = -31400 元。

因此，该项目目前进度滞后，成本超支。

【问题3】

目前的状况是 AC>PV>EV，说明项目效率低，需要用工作效率高的人员更换工作效率低的人员，或者改进方法，提高工作效率，加强成本控制。

【问题4】

任务戊计划工期为 7 天，即平均每天完成 14.29%的工作量。到第 5 天末只完成了 50%。现在要按期完成，则需要在剩下的 2 天时间内完成 50%的工作，即平均每天需要完成 25%的工作量。因此，任务戊的剩余日平均工作量是原计划日平均工作量的 1.75 倍。

试题 17 参考答案

【问题1】

PV = (2000+3000+4000+2000+1800)×5 = 64000 元。

EV = 10×20%×2000+9×30%×3000+12×30%×4000+13×80%×2000+7×50%×1800 = 53600 元。

【问题2】

SV<0 且 CV<0，项目进度滞后，成本超支。

【问题3】

（1）用工作效率高的人员更换工作效率低的人员。

（2）改进方法，提高工作效率。

（3）加强成本控制。

【问题4】

1.75。

试题 18（2010 年下半年案例分析试题 3）

阅读下列说明，回答问题 1 至问题 4，将解答或相应的编号填入答题纸的对应栏内。

【说明】

某市石油销售公司计划实施全市的加油卡联网收费系统项目。该石油销售公司选择了希赛公司作为项目的承包方，希赛公司经石油销售公司同意，将系统中加油机具改造控制模块的设计和生产分包给专业从事自动控制设备生产的 H 公司。同时，希赛公司任命了有过项目管理经验的小刘作为此项目的项目经理。

小刘经过详细的需求调研，开始着手制定项目计划，在此过程中，他仔细考虑了项目中可能遇到的风险，整理出一张风险列表。经过分析整理，得到排在前三位的风险如下：

（1）项目进度要求严格，现有人员的技能可能无法实现进度要求；

（2）现有项目人员中有人员流动的风险；

（3）分包商可能不能按期交付机具控制模块，从而造成项目进度延误。

针对发现的风险，小刘在做进度计划的时候特意留出了 20%的提前量，以防上述风险发生，并且将风险管理作为一项内容写进了项目管理计划。项目管理计划制定完成后，小刘通知了项目组成员，召开了第一次项目会议，将任务布置给大家。随后，大家按分配给自己的任务开展了工作。

第四个月底，项目经理小刘发现 H 公司尚未生产出联调所需要的机具样品。H 公司于 10 天后提交了样品，但在联调测试过程中发现了较多的问题，H 公司不得不多次返工。项目还没有进入大规模的安装实施阶段，20%的进度提前量就已经被用掉了，此时，项目一旦发生任何问题就可能直接影响最终交工日期。

【问题 1】（4 分）

请从整体管理和风险管理的角度指出该项目的管理存在哪些问题。

【问题 2】（3 分）

项目经理小刘为了防范风险发生，预留了 20%的进度提前量，在风险管理中这叫做 __（1）__ 。

在风险管理的各项活动中，头脑风暴法可以用来进行 __（2）__ ，风险概率及影响矩阵可用来进行 __（3）__ 。

【问题 3】（2 分）

针对"项目进度要求严格，现有人员的技能可能无法实现进度要求"这条风险，请提出你的应对措施。

【问题 4】（6 分）

针对"分包商可能不能按期交付机具控制模块，从而造成项目进度延误"这条风险，结合案例，分别按避免、转移、减轻和应急响应四种策略提出具体应对措施。

试题 18 分析

本题主要考查项目风险管理，侧重于考查各种的风险的应对措施。

【问题 1】

要求考生从整体管理和风险管理的角度指出该项目的管理存在哪些问题，这需要从试题的说明中寻找线索。

（1）"小刘经过详细的需求调研，开始着手制定项目计划"，项目整体计划由小刘个人制定，缺乏相关干系人的参与，因此，该计划不一定符合实际情况，不一定满足项目需要。

（2）"他仔细考虑了项目中可能遇到的风险，整理出一张风险列表"，在风险管理计划中，小刘只是列出了风险简单的风险列表，对于这些风险没有进行分析，没有给出相应的应对措施。

（3）"针对发现的风险，小刘在做进度计划的时候特意留出了 20%的提前量"，确定的20%的进度提前量可能估算不准确，依据不足，与项目的实际情况不符。

（4）"项目管理计划制定完成后，小刘通知了项目组成员，召开了第一次项目会议，将任务布置给大家"，项目管理计划制定完成后，未经过评审就直接执行，给项目实施带来不确定性。

（5）"随后，大家按分配给自己的任务开展了工作"，小刘没有及时指导管理项目的执行，也没有及时监督与控制项目执行。

（6）"第四个月底，项目经理小刘发现 H 公司尚未生产出联调所需要的机具样品。H公司于 10 天后提交了样品，但在联调测试过程中发现了较多的问题，H 公司不得不多次返工"，说明小刘没有有效地进行项目的整体变更控制，缺乏对分包商 H 公司的监督与管理，尤其是对其设计生产的机具改造控制模块过程缺乏质量控制。

【问题2】

在进行持续时间估算时，需考虑应急储备（有时称为时间储备或缓冲时间），并将其纳入项目进度计划中，用来应对进度方面的不确定性。应急储备可取活动持续时间估算值的某一百分比、某一固定的时间段，或者通过定量分析来确定。随着项目信息越来越明确，可以动用、减少或取消应急储备。应该在项目进度文件中清楚地列出应急储备。

在项目风险管理中，头脑风暴法主要用在风险识别中，其目的是取得一份综合的风险清单。头脑风暴法通常由项目团队主持，虽然也可邀请多学科专家来实施此项技术。在一位主持人的推动下，与会人员就项目的风险进行集思广益。可以以风险类别作为基础框架。然后再对风险进行分门别类，并进一步对其定义加以明确。

在项目风险管理中，风险概率及影响矩主要用于定性分析过程。根据评定的风险概率和影响级别，对风险进行等级评定。通常采用参照表的形式或概率和影响矩阵的形式，评估每项风险的重要性及其紧迫程度。概率和影响矩阵形式规定了各种风险概率和影响组合，并规定哪些组合被评定为高重要性、中重要性或低重要性。

【问题3】

要求考生针对"项目进度要求严格，现有人员的技能可能无法实现进度要求"这条风险，提出应对措施。显然，该风险一旦发生，会对项目带来消极的影响。其相应的措施有聘请专家作为顾问，对现有人员进行培训；进行内部培训；提高现有人员的工作效率和技能；招聘项目所需技能的人员。

【问题4】

要求考生针对"分包商可能不能按期交付机具控制模块，从而造成项目进度延误"这条风险，结合案例，分别按避免、转移、减轻和应急响应四种策略提出具体应对措施。

规避风险指改变项目计划，以排除风险或条件，或者保护项目目标，使其不受影响，或对受到威胁的一些目标放松要求，例如，延长进度或减少范围等。但是这是相对保守的风险对策,在回避风险的同时,也就彻底放弃了项目带给我们的各种收益和发展机会。规避风险的另一个重要的策略是排除风险的起源,即利用分隔将风险源隔离于项目进行的路径之外。事先评估或筛选适合于本身能力的风险环境进入经营,包括细分市场的选择、供货商的筛选等,或选择放弃某项环境领域,以准确预见并有效防范完全消除风险的威胁。

转移风险指设法将风险的后果连同应对的责任转移到他方身上。转移风险实际只是把风险损失的部分或全部以正当理由让他方承担,而并非将其拔除。风险转移策略几乎总需要向风险承担者支付风险费用。转移工具丰富多样,包括但不限于利用保险、履约保证书、担保书和保证书。出售或外包将自己不擅长的或自己开展风险较大的一部分业务委托他人帮助开展,集中力量在自己的核心业务上,从而有效地转移了风险。同时,可以利用合同将具体风险的责任转移给另一方。在多数情况下,使用成本补偿合同可将费用风险转移给买方,如果项目的设计是稳定的,可以用固定总价合同把风险转移给卖方。有条件的企业可运用一些定量化的风险决策分析方法和工具,来精算优化保险方案。

减轻指设法把不利的风险事件的概率或后果降低到一个可接受的临界值。提前采取行动减少风险发生的概率或者减少其对项目所造成的影响,比在风险发生后亡羊补牢进行的补救要有效得多。例如,采用不太复杂的工艺,实施更多的测试,或者选用比较稳定可靠的卖方都可减轻风险。它可能需要制作原型或者样机,以减少从试验室工作台模型放大到实际产品中所包含的风险。如果不可能降低风险的概率,则减轻风险的应对措施应设法减轻风险的影响,其着眼于决定影响的严重程度的连接点上。例如,设计时在子系统中设置冗余组件有可能减轻原有组件故障所造成的影响。

对于有些风险,项目团队可以制定应急应对策略,即只有在某些预定条件发生时才能实施的应对计划。如果确信风险的发生会有充分的预警信号,就应该制定应急应对策略。应该对触发应急策略的事件进行定义和跟踪,如未实现阶段性里程碑,或获得供应商更高程度的重视。

试题 18 参考答案

【问题 1】

(1) 项目整体计划由小刘个人制定,缺乏相关干系人的参与,确认有效的评审机制。

(2) 小刘没有及时指导管理项目的执行,也没有及时监督与控制项目执行

(3) 缺乏对分包商 H 公司的监督与管理,尤其是对其设计和生产的过程缺乏质量控制。

(4) 没有对已识别的主要风险制定一个有效的风险应对计划,或风险应对措施不力。

【问题 2】

(1) 应急储备。

(2) 风险识别。

(3) 定性风险分析。

【问题 3】

(1) 聘请专家作为顾问,对现有人员进行培训,或进行内部培训,提高现有人员的工

作效率和技能。

（2）招聘项目所需技能的人员。

【问题4】

（1）避免策略：重新选择实力强能按时交付并能保证机具控制模块质量的厂商；或延长项目的进度。

（2）转移策略：与分包商 H 签订的合同中应当明确如下内容：必须按时保质完成机具模块（详细指出机具模块应具备的技术指标、性能等），否则因机具模块质量引起的项目工期延期、造成的经济损失由 H 公司承担。

（3）减轻策略：及时对分包商 H 公司的设计生产过程进行监控、加强质量管理（比如进行阶段性评审，要求 H 公司定期提交有关机具模块的绩效报告等）。

（4）应急响应：建立应急储备（比如预留时间、资金预留等）。

试题 19（2010 年下半年案例分析试题 4）

阅读下列说明，回答问题 1 至问题 3，将解答或相应的编号填入答题纸的对应栏内。

【说明】

希赛公司为当地一家书店开发图书资料垂直搜索引擎产品，双方详细约定了合同条款，包括合同金额、产品验收标准等。此项目是该公司独立承担的一个小型项目，项目经理小张兼任项目技术负责人。项目进行到设计阶段后，由于小张从未参与过垂直搜索引擎的产品开发，产品设计方案经过两次评审后仍未能通过。公司决定将小张从该项目组调离，由小李接任该项目的项目经理兼技术负责人。

小李仔细查阅了小张组织撰写的项目范围说明书和产品设计方案后，进行了修改。小李将原定从头开发的方案，修改为通过学习和重用开源代码来实现的方案。小李还相应地修改了小张组织编写的项目范围说明书，将其中按照项目生命周期分解得到的大型分级目录列表形式的 WBS 改为按照主要可交付物分解的树形结构图形式，减少了 WBS 的层次。小李提出的设计方案和项目范围说明书得到了项目干系人的认可，通过了评审。

【问题1】（5分）

结合本案例，判断下列选项的正误（填写在答题纸的对应栏内，正确的选项填写"√"，错误的选项填写"×"）

（1）项目范围控制需要按照项目整体变更控制过程来处理。（　）

（2）项目范围说明书通过了评审，标志着完成了项目范围确认工作。（　）

（3）小李修改了项目范围说明书，但原有的项目范围管理计划不需要变更。（　）

（4）小李编写的项目范围说明书中应该包括产品验收标准等重要合同条款。（　）

（5）通过评审后，新项目范围说明书将成为该项目的范围基准。（　）

【问题 2】(4 分)

请简述小李组织编写的项目范围说明书中 WBS 的表示形式与小张组织编写的范围说明书中 WBS 的表示形式各自的优缺点及适用场合。

【问题 3】(6 分)

结合项目现状，请简述在项目后续工作中小李应如何做好范围控制工作。

试题 19 分析

本题主要考查范围定义和范围控制方面的知识，主要涉及范围说明书的内容和形式。

【问题 1】

这是一道判断题。

（1）正确。项目范围控制是监督项目和产品的范围状态、管理范围基准变更的过程。对项目范围进行控制，就必须确保所有请求的变更、推荐的纠正措施或预防措施都经过实施整体变更控制过程的处理。在变更实际发生时，也要采用范围控制过程来管理这些变更。

（2）错误。范围确认（核实范围）是正式验收项目已完成的可交付成果的过程。范围确认包括与客户或发起人一起审查可交付成果，确保可交付成果已圆满完成，并获得客户或发起人的正式验收。范围确认工作贯穿项目的始终。

（3）错误。范围管理计划是一个计划工具，用以描述团队如何定义项目范围、如何制订详细的范围说明书、如何定义和编制 WBS，以及如何验证和控制范围。因此，项目范围说明书发生了变化（例如，在本案例中，编制 WBS 的方法发生了变化），原有的项目范围管理计划也可能需要变更。

（4）正确。项目范围说明书包括产品范围描述和项目可交付成果，并定义用户对产品的验收标准。

（5）错误。范围基准是项目管理计划的组成部分，包括项目范围说明书、WBS 和 WBS 词典。

【问题 2】

考查 WBS 的表示形式及各自的优缺点、适用场合，请参考第 9 章试题 10 的分析。

【问题 3】

利用项目绩效测量结果，来评估偏离范围基准的程度。确定偏离范围基准的原因和程度，并决定是否需要采取纠正或预防措施，是项目范围控制的重要工作。

小李应以通过评审的范围说明书、WBS 和 WBS 词典作为范围基准，在整个项目生命周期内，这个基准被监控、核实和确认。

要确保所有的范围变更按照整体变更控制过程来加以处理。对可能造成范围变更的因素施加影响，以确保这些变更得到一致认可。当范围变更发生时，对实际的变更进行管理。

试题 19 参考答案

【问题 1】

（1）√。

（2）×。

（3）×。

（4）√。

（5）×。

【问题 2】

小张编写的 WBS 的表示形式为分级目录列表形式，其优点是能反映出项目所有的工作要素，可是直观性较差。适用于大型、复杂项目。

小李编写的 WBS 的表示形式为树形结构图形式，其优点是 WBS 层次清晰，非常直观，结构性很强，但不易修改，对于大的、复杂的项目很难表示出项目的全景。适用于中小型项目。

【问题 3】

（1）以通过评审的范围说明书、WBS 和 WBS 词典作为范围基准，在整个项目生命周期内，这个基准被监控、核实和确认。

（2）确保所有的范围变更按照整体变更控制过程来加以处理。

（3）对可能造成范围变更的因素施加影响，以确保这些变更得到一致认可。

（4）利用项目绩效测量结果，来评估偏离范围基准的程度。

（5）当范围变更发生时，对实际的变更进行管理。

试题 20（2010 年下半年案例分析试题 5）

阅读下列说明，回答问题 1 至问题 3，将解答或相应的编号填入答题纸的对应栏内。

【说明】

希赛公司的质量管理体系中的配置管理程序文件中有如下规定：

1. 由变更控制委员会（CCB）制定项目的配置管理计划；

2. 由配置管理员（CMO）创建配置管理环境；

3. 由 CCB 审核变更计划；

4. 项目中配置基线的变更经过变更申请、变更评估、变更实施后便可发布；

5. CCB 组成人员不少于一人，主席由项目经理担任。

公司的项目均严格按照程序文件的规定执行。在项目经理的一次例行检查中，发现项目软件产品的一个基线版本（版本号 V1.3）的两个相关联的源代码文件仍有遗留错误，便向 CMO 提出变更申请。CMO 批准后，项目经理指定上述源代码文件的开发人员甲、乙修改错误。甲修改第一个文件后将版本号定为 V1.4，直接在项目组内发布。次日，乙修改第二个文件后将版本号定为 V2.3，也在项目组内发布。

【问题 1】（6 分）

请结合案例，分析希赛公司的配置管理程序文件的规定及实际变更执行过程存在哪些问题？

【问题 2】（3 分）

请为案例中的每项工作职责指派一个你认为最合适的负责角色。（在答题纸相应的单元格中画 "√"，每一列最多只能有一个单元格画 "√"，多画、错画 "√" 不得分）

工作 负责人	编制配置 管理计划	创建配置 管理环境	审核变 更计划	变更 申请	变更 实施	变更 发布
CCB						
CMO						
项目经理						
开发人员						

【问题 3】（6 分）

请就配置管理，判断以下概念的正确性（在答题纸对应栏内，正确的画 "√"，错误的画 "×"）：

（1）配置识别、变更控制、状态报告、配置审计是软件配置管理包含的主要活动。（　）

（2）CCB 必须是常设机构，实际工作中需要设定专职人员。（　）

（3）基线是软件生存期各个开发阶段末尾的特定点，不同于里程碑。（　）

（4）动态配置库用于管理基线和控制基线的变更。（　）

（5）版本管理是对项目中配置项基线的变更控制。（　）

（6）配置项审计包括功能配置审计和物理配置审计。（　）

试题 20 分析

本题主要考查配置管理的规程和各种人员在配置管理中的角色和职责，概念性的知识比较多。

【问题 1】

要求考生结合案例，分析希赛公司的配置管理程序文件的规定及实际变更执行过程存在的问题。在希赛公司的质量管理体系中的配置管理程序文件中，有 5 项规定，分别分析如下：

（1）由 CCB 制定项目的配置管理计划。这是不正确的，项目的配置管理计划应由 CMO 制定，经 CCB 审核；

（2）由 CMO 创建配置管理环境；

（3）由 CCB 审核变更计划；

（4）项目中配置基线的变更经过变更申请、变更评估、变更实施后便可发布。这是不正确的，配置基线的变更需经过变更申请、变更评估、变更实施、变更验证与确认后方可发布；

（5）CCB 组成人员不少于一人，主席由项目经理担任。这是不正确的，CCB 不是一个常设机构，其成员构成可以根据工作的需要组成，小的项目 CCB 可以只有 1 人，甚至只是兼职人员。 主席一般由高层领导来担任则不是项目经理。

实际变更执行过程中存在的错误有：

（1）"在项目经理的一次例行检查中，发现项目软件产品的一个基线版本（版本号 V1.3）的两个相关联的源代码文件仍有遗留错误，便向 CMO 提出变更申请"，这是错误的，应该向项目经理提出变更申请，由 CMO 配置管理员受理变更请求；

（2）"CMO 批准后，项目经理指定上述源代码文件的开发人员甲、乙修改错误"，这是错误的，应该由 CCB 审批变更请求，而不是由 CMO 批准；应该由 CMO 指定开发人员甲、乙修改错误，而不是由项目经理指定；

（3）"甲修改第一个文件后将版本号定为 V1.4，直接在项目组内发布。次日，乙修改第二个文件后将版本号定为 V2.3，也在项目组内发布"，这是错误的，乙的版本号命名不规范，没有严格执行版本管理与发行管理；甲、乙两人修改后的文件没有过审核或验证，没有将相关修改信息通知可能受变更影响的相关人员。

【问题 2】

这是问题 1 第前半部分的延伸，为案例中的每项工作职责指派一个最合适的负责角色。请直接阅读参考答案。

【问题 3】

这是一道判断题，逐一分析如下。

（1）正确。软件配置管理是一个支持性的软件生命周期过程，它有益于项目管理、开发和维护活动、各种保证活动、最终产品的客户和用户。尽管硬件配置管理和软件配置管理的实现有所不同，配置管理的概念可以应用于所有要控制的项。软件配置管理包括四个主要活动，分别是配置识别、变更控制、状态报告和配置审计。

（2）错误。原因见问题 1 的分析。

（3）错误。里程碑是项目中的重要时点或事件，里程碑标志着某个可交付成果或者阶段的正式完成。里程碑和可交付成果紧密联系在一起，但并不是一个事物。基线是已经通过了正式复审的规格说明或中间产品，它可以作为进一步开发的基础，并且只有通过正式的变化控制过程才能改变它。简单地说，基线就是通过了正式复审的配置项。基线是开发过程中关键的里程碑，不过里程碑强调过程的终点和终点的标识，而基线更强调的是一个开发阶段到达里程碑时的结果及其内容。

（4）错误。动态库也称为开发库、程序员库或工作库，用于保存开发人员当前正在开发的配置实体。动态库通常包括新模块、文档、数据元素或进行修改的已有元素。动态库是软件工程师的工作区，由工程师控制；受控库，也称为主库或系统库，是用于管理当前基线和控制对基线的变更。受控库包括配置单元和被提升并集成到配置项中的组件。软件工程师和其他人员可以自由地拷贝受控库中单元或组件。然而，必须有适当的权限授权变更。受控库中的单元或组件用于创建集成、系统和验收测试或对用户发布的构建版。

（5）错误。配置项的版本控制作用于多个配置管理活动之中，例如，创建配置项、配置项的变更、配置项的评审等。在项目开发过程中，绝大部分的配置项都要经过多次的修改才能最终确定下来。对配置项的任何修改都将产生新的版本。由于不能保证新版本一定比老版本"好"，所以不能抛弃老版本。版本控制的目的是按照一定的规则保存配置项的所有版本，避免发生版本丢失或混淆等现象，并且可以快速、准确地查找到配置项的任何版本。

（6）正确。配置审计的主要作用是作为变更控制的补充手段，来确保某一变更需求已被切实实现。配置审计可以分为功能配置审计和物理配置审计。功能配置审计是进行审计以验证：

① 配置项的开发已圆满完成；

② 配置项已达到规定的性能和功能特定特性；

③ 配置项的运行和支持文档已完成并且是符合要求的。

功能配置审计可以包括按测试数据审计正式测试文档、审计验证和确认报告、评审所有批准的变更、评审对以前交付的文档的更新、抽查设计评审的输出、对比代码和文档化的需求、进行评审以确保所有测试已执行。功能配置审计还可以包括依据功能和性能需求进行额外的和抽样的测试。

物理配置审计是进行审计以验证：

① 每个构建的配置项符合相应的技术文档；

② 配置项与配置状态报告中的信息相对应。

物理配置审计可以包括审计系统规格说明书的完整性、审计功能和审计报告、了解不符合采取的措施、对比架构设计和详细设计组件的一致性、评审模块列表以确定符合已批准的编码标准、审计手册（如用户手册、操作手册）的格式、完整性和与系统功能描述的符合性。

试题 20 参考答案

【问题 1】

配置管理程序文件存在的问题：

（1）项目的配置管理计划应由 CMO 制定，经 CCB 审核；

（2）配置基线的变更需经过变更申请、变更评估、变更实施、变更验证与确认后方可发布；

（3）小的项目 CCB 可以只有 1 人，甚至只是兼职人员。主席一般由高层领导来担任则不是项目经理。

实际变更执行过程中存在的问题：

（1）应该向项目经理提出变更申请，由 CMO 配置管理员受理变更请求；

（2）应该由 CCB 审批变更请求，而不是由 CMO 批准；应该由 CMO 指定开发人员甲、乙修改错误，而不是由项目经理指定；

（3）乙的版本号命名不规范，没有严格执行版本管理与发行管理；

（4）甲、乙两人修改后的文件没有过审核或验证，没有将相关修改信息通知可能受变更影响的相关人员。

【问题 2】

工作 负责人	编制配置 管理计划	创建配置 管理环境	审核变 更计划	变更 申请	变更 实施	变更 发布
CCB			√			
CMO	√	√				√
项目经理				√		
开发人员					√	

【问题 3】

（1）√。

（2）×。

（3）×。

（4）×。

（5）×。

（6）√。

主要参考文献

[1] 张友生，田俊国，殷建民．信息系统项目管理师辅导教程（第 2 版）．北京：电子工业出版社，2009.1

[2] 王勇，张斌．项目管理知识体系指南（第 4 版）．北京：电子工业出版社，2009.4

[3] 全国计算机专业技术资格考试办公室．2009～2010 年系统集成项目管理工程师考试试题

[4] 中国项目管理委员会.中国项目管理知识体系与国际项目管理专业资质认证标准.北京：机械工业出版社．2001.4

[5] 张友生．信息系统项目管理师考试全程指导．北京：清华大学出版社，2009.5

[6] 韩万江，姜立新．软件开发项目管理．北京：机械工业出版社，2004.1

[7] 白思俊．现代项目管理．北京：机械工业出版社，2002.4

[8] 刘慧．IT 执行力——IT 项目管理实践．北京：电子工业出版社，2004.5

[9] 邓世忠．IT 项目管理．北京：机械工业出版社，2004.5

[10] 忻展红，舒华英．IT 项目管理．北京：北京邮电大学出版社，2005.8

[11] 钟璐．软件工程．北京：清华大学出版社，2005.9

[12] 孙强．信息系统审计安全、风险管理与控制．北京：机械工业出版社，2003.1

[13] 张海藩．软件工程导论（第 4 版）．北京：清华大学出版社，2003.12

[14] 全国计算机专业技术资格考试办公室．系统集成项目管理工程师考试大纲．北京：清华大学出版社，2009.1

[15] 张友生．系统集成项目管理工程师考点突破、案例分析、试题实战一本通．北京：电子工业出版社，2010.9

电子工业出版社
PUBLISHING HOUSE OF ELECTRONICS INDUSTRY

Broadview®
www.broadview.com.cn

《系统集成项目管理工程师考试试题分类精解（第2版）》
读者交流区

尊敬的读者：

感谢您选择我们出版的图书，您的支持与信任是我们持续上升的动力。为了使您能通过本书更透彻地了解相关领域，更深入的学习相关技术，我们将特别为您提供一系列后续的服务，包括：

1. 提供本书的修订和升级内容、相关配套资料；
2. 本书作者的见面会信息或网络视频的沟通活动；
3. 相关领域的培训优惠等。

您可以任意选择以下四种方式之一与我们联系，我们都将记录和保存您的信息，并给您提供不定期的信息反馈。

1．在线提交

登陆www.broadview.com.cn/13025，填写本书的读者调查表。

2．电子邮件

您可以发邮件至jsj@phei.com.cn或editor@broadview.com.cn。

3．读者电话

您可以直接拨打我们的读者服务电话：010-88254369。

4．信件

您可以写信至如下地址：北京万寿路173信箱博文视点，邮编：100036。

您还可以告诉我们更多有关您个人的情况，及您对本书的意见、评论等，内容可以包括：

（1）您的姓名、职业、您关注的领域、您的电话、E-mail地址或通信地址；
（2）您了解新书信息的途径、影响您购买图书的因素；
（3）您对本书的意见、您读过的同领域的图书、您还希望增加的图书、您希望参加的培训等。

如果您在后期想停止接收后续资讯，只需编写邮件"退订+需退订的邮箱地址"发送至邮箱：market@broadview.com.cn 即可取消服务。

同时，我们非常欢迎您为本书撰写书评，将您的切身感受变成文字与广大书友共享。我们将挑选特别优秀的作品转载在我们的网站（www.broadview.com.cn）上，或推荐至CSDN.NET等专业网站上发表，被发表的书评的作者将获得价值50元的博文视点图书奖励。

更多信息，请关注博文视点官方微博：http://t.sina.com.cn/broadviewbj。

我们期待您的消息！
博文视点愿与所有爱书的人一起，共同学习，共同进步！

通信地址：北京万寿路173信箱　博文视点（100036）　　电话：010-51260888
E-mail：jsj@phei.com.cn，editor@broadview.com.cn

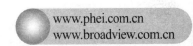
www.phei.com.cn
www.broadview.com.cn

反侵权盗版声明

　　电子工业出版社依法对本作品享有专有出版权。任何未经权利人书面许可，复制、销售或通过信息网络传播本作品的行为；歪曲、篡改、剽窃本作品的行为，均违反《中华人民共和国著作权法》，其行为人应承担相应的民事责任和行政责任，构成犯罪的，将被依法追究刑事责任。

　　为了维护市场秩序，保护权利人的合法权益，我社将依法查处和打击侵权盗版的单位和个人。欢迎社会各界人士积极举报侵权盗版行为，本社将奖励举报有功人员，并保证举报人的信息不被泄露。

举报电话： (010)88254396；（010）88258888
传　　真： (010)88254397
E－mail： dbqq@phei.com.cn
通信地址： 北京市万寿路173信箱
　　　　　　电子工业出版社总编办公室
邮　　编： 100036